中國語言文字研究輯刊

九 編

許錟輝 主編

第 7 冊

《集篆古文韻海》文字研究

黃雅雯 著

花木蘭文化出版社

國家圖書館出版品預行編目資料

《集篆古文韻海》文字研究／黃雅雯 著 -- 初版 -- 新北市：花
木蘭文化出版社，2015〔民 104〕
目 2+296 面；21×29.7 公分
（中國語言文字研究輯刊 九編；第 7 冊）
ISBN 978-986-404-388-0（精裝）
1. 古文字學
802.08   104014806

ISBN- 978-986-404-388-0

9 789864 043880

中國語言文字研究輯刊
九 編　　第 七 冊　　　　　ISBN：978-986-404-388-0

《集篆古文韻海》文字研究

作　　者　黃雅雯
主　　編　許錟輝
總 編 輯　杜潔祥
副總編輯　楊嘉樂
編　　輯　許郁翎
出　　版　花木蘭文化出版社
社　　長　高小娟
聯絡地址　235 新北市中和區中安街七二號十三樓
　　　　　電話：02-2923-1455／傳真：02-2923-1452
網　　址　http://www.huamulan.tw 信箱 hml 810518@gmail.com
印　　刷　普羅文化出版廣告事業
初　　版　2015 年 9 月
全書字數　205720 字
定　　價　九編 16 冊（精裝）　台幣 40,000 元

《集篆古文韻海》文字研究

黃雅雯　著

作者簡介

黃雅雯，1985 年生，女，臺灣桃園人，國立中央大學中國文學系學士、國立臺灣師範大學國文研究所碩士，現為高中國文老師。自幼喜好文史，尤以知悉歷史制度、掌故趣聞為樂。學術專長以文字學為主，教學時常輔以漢字構形及其文化意涵解釋文本。有〈利用《集篆古文韻海》校補、考釋《汗簡》、《古文四聲韻》數則〉單篇論文計於《中國文字》(新四十一期，臺北藝文印書館) 出版。

提　要

　　《集篆古文韻海》宋人杜從古撰，是繼《汗簡》、《古文四聲韻》以後，作為傳抄古文字編的集大成之作。但其自成書以來卻罕為世人所知，直至清人阮元搜訪四庫未收書，《集篆古文韻海》才被編選入《宛委別藏》之一。本論文以文字學的角度切入研究《集篆古文韻海》，最重要的研究重點在於糾正學界對版本的錯誤認識，以及彰顯本書保存字形的價值。全文共分為六章，各章論述重點如下：

　　第一章「緒論」，說明問題意識與研究動機，指出杜從古《集篆古文韻海》有利於傳抄古文與出土文獻合證。並透過研究方法與步驟來梳理字形，以求彰顯本書價值。

　　第二章「《集篆古文韻海》述要」，首先介紹作者杜從古生平，以及糾正學界以為《集篆古文韻海》僅存《宛委別藏》一孤本的認識，並釐清與比較《集篆古文韻海》現存三個版本間的體例、源流與傳抄差異。

　　第三章「《集篆古文韻海》引青銅銘文研究」，本章主要利用今存宋人金文著錄，儘可能比對《集篆古文韻海》雜參青銅銘文的字例，並對字形予以分析，改正錯誤的釋文。本論文中各字例考釋的字形表，同時也指出該字形收錄於徐在國《傳抄古文字編》的頁碼，學界可據改正後的成果兩相參考。

　　第四章「《集篆古文韻海》引唐代碑銘研究」，本章主要將《集篆古文韻海》與唐代以「古文」書刻的〈碧落碑〉、〈陽華岩銘〉比對。整理《集篆古文韻海》引用的情形，並對其引用〈碧落碑〉、〈陽華岩銘〉有助於形體理解者，予以分條地考釋說明。

　　第五章「《集篆古文韻海》之研究價值」，本章細部地提出《集篆古文韻海》校補唐宋碑刻、《汗簡》、《古文四聲韻》的貢獻，並整理《集篆古文韻海》的變異現象，證實其構形與戰國文字有高度相關。

　　第六章「結論」，總結本論文的研究成果、敘述研究侷限與未來展望。

目次

凡　例

一、本論文《集篆古文韻海》字形採以學界最常使用的版本「清阮元進呈《宛委別藏》影舊抄本三冊，1935 年商務印書館依故宮博物院藏本影印」爲主要字形（即徐在國《傳抄古文字編》（三冊）所採用字形）。若遇字跡不清或不同，則以「**現藏於臺灣國家圖書館明嘉靖二年（1523）武陵龔萬鐘抄本**」，與北京圖書館古籍出版編輯組：《北京圖書館古籍珍本叢刊（5）·經部·小學》的「**清嘉慶元年（1796）錢唐項世英抄本**」兩個版本相互參照說明。

二、本論文引用的《汗簡》、《古文四聲韻》等傳抄古文字字形皆據徐在國《傳抄古文字編》（三冊）所採。《傳抄古文字編》所使用的各個版本見徐在國《傳抄古文字編·前言》（上冊），北京：線裝書局，2006 年 11 月，頁 V～XII。

三、本論文正文行文各依原書名稱之，然表格爲求簡潔，《說文解字》簡稱《說文》，《集篆古文韻海》簡稱《韻海》，《古文四聲韻》則簡稱《四聲韻》。論文引用的傳抄古文字形後若附有數字，說明如下：

（1）《韻海》5.2，「5.2」則表示出自《集篆古文韻海》卷五第 2 頁。

（2）《汗簡》1.3 尙，「1.3 尙」則表示《汗簡》卷上之一第 13 頁，字形出

自《尚書》。

（3）**《四聲韻》** 5.7 孝，「5.7 孝」則表示《四聲韻》卷五第 7 頁，字形出
　　自古《孝經》。

「《汗簡》、《古文四聲韻》字形出處簡稱表」詳見徐在國《傳抄古文字編·
前言》（上冊），北京：線裝書局，2006 年 11 月，頁 XX～XXIII。

四、本論文徵引甲骨文、金文、戰國文字、降至秦漢魏晉篆隸字形，每一字形
　　之後均括號依序注明時代、出處。主要運用學界常見的文字編，見本論文
　　參考書目。

五、本論文古音使用郭錫良《漢字古音手冊》。

六、本論文第三章「《集篆古文韻海》引青銅銘文研究」，比對現存宋人著錄金
　　文字形，青銅器器名各依原書所稱。

七、本論文依學界慣例直稱學者姓名，一律不加先生。

第一章　緒　論

　　本章論述問題意識與研究動機，指出杜從古《集篆古文韻海》有利於傳抄古文與出土文獻合證。並透過研究方法與步驟梳理字形，彰顯《集篆古文韻海》價值。

第一節　研究背景與目的

　　古文字一名，有廣、狹二義之別。就廣義來說，指通行於先秦時期的古漢字，包括甲骨文、金文和戰國文字，兼及秦至漢初的小篆以及保留篆書寫法的篆隸（古隸）等，是與「今文」隸書相對的古文字。若以狹義而言，則是漢人所稱之古文。〔註1〕漢人所謂古文，如東漢許慎在《說文解字》將古文和小篆、籀文並列，認爲古文乃殷周以來之古體文字。然而直到清人吳大澂才訂正許慎錯誤，提出古文其實是戰國時代的文字。〔註2〕王國維更提出〈戰

〔註1〕關於漢代「古文」的概念，可參陳夢家〈古文考略〉《尚書通論（增訂本）》（北京：中華書局，1985 年 10 月），頁 170～177。以及李零：〈出土發現與古書年代的再認識〉《李零自選集》（桂林：廣西師範大學出版社，1998 年 2 月），頁 32～33。

〔註2〕〔清〕吳大澂〈說文古籀補・自序〉：「竊謂許氏以壁中書爲古文，疑皆周末七國時所作」，見吳大澂：《說文古籀補（三冊）》（上海：商務印書館，1936 年 3 月初版），頁 2。

國時秦用籀文六國用古文說〉的研究，經由何琳儀修正補充後〔註3〕，確定古文即是戰國東方六國的文字。〔註4〕現今所能得見這些戰國古文字材料，出處可分為二：一為近年出土有關戰國文字的實物墨跡資料，二則為保存在《說文解字》古文、三體石經古文以及《汗簡》、《古文四聲韻》、《集篆古文韻海》等輾轉傳抄的字書中。

　　古文字的傳抄，始於東漢許慎《說文解字》，許慎以降，不乏字書之編纂。據李守奎〈古文字字編類著作的回顧與展望〉一文提到，中國古文字學界歷來有編著文字編的傳統，以圖表匯集古文字形的文字編著作則始產生於宋代。〔註5〕如郭忠恕輯古文七十一家成《汗簡》，隨後夏竦又按四聲分韻增益成《古文四聲韻》，同代杜從古亦編纂有《集篆古文韻海》，以郭、夏著作為根基加廣增益數十倍。而這種以傳抄文字為編纂對象的傳抄古文字書，在未有出土文獻大量出現之前，被認為字形駁雜，真偽混亂，長期以來不被重視。李零曾提到不被重視的原因有二：

　　　　一是兩書所採用的那些古文材料後人大多見不到，無從核對其可靠
　　　　性；二是其所收字體與宋以來出土的青銅器銘文（所謂「真古文」）
　　　　也有很大區別。特別是清代以來，《古文尚書》辨偽的大案在當時造
　　　　成巨大影響，加之考據學家們尊崇許學，他們不大相信《說文》外
　　　　還會有多少真正的古文流傳下來。〔註6〕

而何琳儀則解釋這類傳抄古文字駁雜的原因，他說：

〔註3〕何琳儀說：「《說文》古文不單與小篆形體有別，有些與殷周文字形體也距離較大，惟獨在六國文字中可以找到它們的前身。這充分說明，來源為「壁中書」的《說文》古文應屬戰國時期東方六國文字體系」，見何琳儀：《戰國文字通論（訂補）》（南京：江蘇教育出版社，2003年6月初版一刷），頁56。

〔註4〕參見〔清〕王國維：〈戰國時秦用籀文六國用古文說〉、〈說文所謂古文說〉《觀堂集林（外二種）》（上）（石家莊：河北教育出版社，2001年6月），頁151～152、155～157。

〔註5〕李守奎：〈古文字字編類著作的回顧與展望〉《吉林大學社會科學學報》，2008年1月第四八卷第一期，頁123。

〔註6〕李零、劉新光整理：《汗簡·古文四聲韻·出版後記》（北京：中華書局，1983年12月一版一刷），頁4。

首先應該肯定，像《汗簡》、《古文四聲韻》這類廣徵博引的古文字典，其所收古文本來就不會是有系統結構的文字。多頭的來源導致這些古文，無論從時間或空間上都不能統一。換言之，這些文字既有時代較早的，也有時代較晚的；既有從碑刻、竹簡迻錄的，也有從紙本轉鈔的。因此，兩書所收形體泛濫無方，即使所徵引同一材料也有多種異體共存的現象。〔註7〕

傳抄文字之所以不受重視除了上述之外，因傳抄產生的文字訛變當也是其中一個原因。由於這些字書引用的資料泰半亡佚，無從徵實，又加上傳抄導致的形體訛變，不少學者對於這些滋雜蕪亂，甚或疑爲僞造的文字不存好感。如清代注釋《汗簡》的鄭珍，秉持著傳統《說文解字》學派的學統，認爲《汗簡》是淆亂許學而僞託古文。〔註8〕迄至民國初年，諸多文字學家也是存著懷疑的眼光，如唐蘭《古文字學導論》評價《汗簡》與《古文四聲韻》說道：

> 從漢末到宋初，除了篆籀和竹簡古文外，只有杜撰的古字。郭忠恕做《汗簡》，是這一個時期的結束。……本意是集錄這些材料以備研究鐘鼎文字，但結果這些材料，大抵不能用。〔註9〕

雖然唐蘭如此說，不過若從《汗簡》、《古文四聲韻》所引用的來源看來，當有本源根據，正如王國維於〈魏石經考五〉所說「郭忠恕輩之所集，絕非其所自創，而當爲六朝以來相傳之舊體也。」〔註10〕而李零亦說：

> 《汗簡》和《古文四聲韻》就是以《說文解字》和《魏正始石經》做基礎，進一步擴大搜集當時存世的一些其他字書、寫本和石刻，匯集其中的古文字體編寫而成。它們是《說文》和《正始石經》之

〔註7〕何琳儀：《戰國文字通論（訂補）》，頁70。

〔註8〕鄭珍之子鄭知同在〈汗簡箋正序〉中說：「先君子爲古篆籀之學，奉《說文》爲圭臬，恆苦後來淆亂許學而僞託古文者二：在本書中有徐氏新附，在本書外有郭氏《汗簡》」、又云：「《汗簡》之不經則異是，其歷採諸家自《說文》、石經而外，大抵好奇之輩影附詭託，務爲僻怪，以炫末俗。」參〔清〕鄭珍：《汗簡箋正》（臺北：藝文印書館（光緒十五年廣雅書局刻），1991年1月），頁數不詳。

〔註9〕唐蘭：《古文字學導論（增訂本）》（濟南：齊魯書社，1981年1月初版一刷），頁359～360。

〔註10〕王國維：《觀堂集林（外二種）》（下），頁604。

後研究古文字體最重要的兩部書籍。〔註11〕

近年以來，有賴地下考古挖掘的昌盛，書寫於簡牘布帛上的墨書實蹟可以得見。透過比照研究，愈來愈多學者肯定傳抄古文的研究價值。如李守奎〈古文字字編類著作的回顧與展望〉一文中，歸結這類文字編的學術價值時提到：

> 郭忠恕《汗簡》、夏竦《古文四聲韻》這類早期的文字編的功能和目的就是在保存材料。也正由於宋人所見的古文字材料大多亡佚，因此透過當時編纂的古文字編，我們才得見其面貌。〔註12〕

而徐在國在其主編的《傳抄古文字編‧前言》中也說道：

> 一方面，古文字中尤其是戰國文字中的許多疑難字就是借助傳抄古文的形體得以釋出的。另一方面，許多學者利用地下出土的古文字資料，考其來源，正其訛誤，從而有利於充分發揮傳抄古文的價值。
>
> 〔註13〕

而黃錫全也於《汗簡注釋‧後記》中說：「傳抄古文與出土古文字合證是古文字研究領域的新課題」〔註14〕，誠如學界所述，筆者認為這個新課題是需陸續進行的。舉例來說，新出的《清華大學藏戰國竹簡》（貳）第六章「乃𢝫（背）秦公弗𢎞（與）」，「𢝫」字簡文作如𢝫，字形與《古文四聲韻》卷三皓韻引〈古老子〉「抱」字作「𢝫」形體完全相同，楚簡《老子》常以「保」表「抱」。〔註15〕目前出土文獻「保」字尚未出現在形體上增加「爻」形，因此在清華簡此字尚未出現之前，對於《古文四聲韻》存有此「保」字異體還未可得到印證。然透過不斷被發掘的出土文獻正可以說明這類傳抄字形的研究尚處於未竟之地。

　　承上，在學界主要以郭忠恕《汗簡》與夏竦《古文四聲韻》兩部傳抄古文

〔註11〕李零、劉新光整理：《汗簡‧古文四聲韻》（北京：中華書局，1983 年 12 月一版一刷），頁 1。

〔註12〕李守奎：〈古文字字編類著作的回顧與展望〉，頁 127。

〔註13〕徐在國主編：《傳抄古文字編》（上）（北京：線裝書局，2006 年 10 月），頁 XVII。

〔註14〕黃錫全：《汗簡注釋》（武漢：武漢大學出版社，1990 年 8 月），頁 539。

〔註15〕參清華大學出土文獻讀書會：〈《清華大學藏戰國竹簡》（貳）研讀箚記（二）〉，復旦大學古文字研究中心，網址：http://www.gwz.fudan.edu.cn/SrcShow.asp?Src_ID=1743。

字編爲研究的同時，同代與其相似性質的《集篆古文韻海》卻鮮少有人關注。只有郭子直〈記元刻古文《老子》碑兼評《集篆古文韻海》〉一文〔註16〕，僅有略爲介紹其書的體制、貢獻與限制，此外據筆者所見再無人撰文予以專門的研究。近來學界開始注意此書，除引用《集篆古文韻海》傳抄字形的考釋類文章外，主要有徐在國主編《傳抄古文字編》將《集篆古文韻海》字形一一收錄，以及北京中華書局出版的《集篆古文韻海校補》（《古代韻書集刊》系列）據《永樂大典》殘卷、《古老子》碑文、《集韻》對《集篆古文韻海》進行了校補。〔註17〕除上述兩書外，以《集篆古文韻海》字形作爲專門性研究的論文尚未見到。如郭子直所說《集篆古文韻海》的貢獻在於「補出了《集韻》裡的許多重文的古文寫法而郭、夏二書失收的」〔註18〕外，筆者以爲《集篆古文韻海》的價值大概可以分爲以下幾項論述：

　　第一、可利用《集篆古文韻海》校補《汗簡》、《古文四聲韻》字形。杜從古在其〈自序〉中說明收字來源，其曰：「郭忠恕碑記集古之文……視疎所集，則增廣數十倍矣」〔註19〕，可以見得《集篆古文韻海》與郭、夏二書之間的承襲關係。黃錫全於《汗簡注釋》一書中注釋時，不少也以杜從古《集篆古文韻海》作爲與《汗簡》、《古文四聲韻》字形補充的例子。如其注「燴」字條下說：

　　（字形）燴，工外切，見石經。夏韻泰韻錄石經作（字形）（配抄本）、（字形）（羅本），杜從古錄作（字形）。（字形）乃（字形）形誤寫。〔註20〕

黃氏據《古文四聲韻》與《集篆古文韻海》所載字形，可以斷定《汗簡》作（字形）當是訛誤的字形。又如「蘀」字，從艸㯱聲。《汗簡》錄作（字形）（1.5 裴）、《古文四聲韻》所錄字形爲（字形）（5.24 裴），下所從的（字形）即「㿝」字古文（字形）的訛

〔註16〕郭子直：〈記元刻古文《老子》碑兼評《集篆古文韻海》〉《古文字研究（第廿一輯）》（北京：中華書局，2001 年 10 月），頁 349～360。

〔註17〕〔宋〕杜從古撰、丁治民校補：《集篆古文韻海校補》（北京：中華書局（《古代韻書輯刊》），2012 年 10 月）。

〔註18〕郭子直：〈記元刻古文《老子》碑兼評《集篆古文韻海》〉，頁 356。

〔註19〕杜從古：《集篆古文韻海》（上海：江蘇古籍出版社（影印《《宛委別藏》》本），1998 年 12 月），無標頁數。

〔註20〕黃錫全：《汗簡注釋》，頁 252。

變，反較是《集篆古文韻海》所錄 （5.23）字形正確。〔註21〕本論文第五章就利用了《集篆古文韻海》校補、考釋《汗簡》、《古文四聲韻》八十幾則。可以見得杜從古《集篆古文韻海》所載字形，當對補充、校對《汗簡》、《古文四聲韻》有所助益。

　　第二、收字廣泛，保存如青銅銘文、唐宋碑刻、傳抄戰國古文等特殊字形。《集篆古文韻海》旁徵博引不少特殊字形，若能嚴加整理必能對研究古文字有所貢獻，其中尤其是有助於合證、補證出土文字。以傳抄古文字來合證出土文獻的文章，詳見本章文獻探討部分（頁 10）。這些文章多以《汗簡》、《古文四聲韻》兩部傳抄字書作爲合證出土文獻的例證。不過近期已有學者以《集篆古文韻海》作爲補證、合證或考釋出土文獻之例，如張崇禮〈釋「瘟氣」〉一文，以《集篆古文韻海》收有「臀」字頭，下列有兩古文形體作 、 （4.22）的例子。認爲兩字形則應分析爲從肉气聲，它們都是「肐」，而肐從肉旡聲，當釋爲「餼」。所以《上海博物館藏戰國楚竹書四・柬大王泊旱》簡 18 的 字是從广肐聲，當是腐肉之氣、癘疫之氣的「氣」。〔註22〕蘇建洲〈楚文字訛混現象舉例〉以 （《馬王堆漢墓帛書〔肆〕・養生方》）應隸定作「屮山」釋爲《說文解字》的「屲」，並引《集篆古文韻海》「屲」作 （3.26），進而旁證「止」、「山」二形有互相訛混的現象。〔註23〕孟蓬生於〈「法」字古文音釋——談魚通轉例說之五〉一文提出《說文解字・廌部》「灋」字條下收錄一古文字形作 形，而傳抄古文與出土文獻中亦有不少近似字形，如 （上博一・緇衣 14）、 （馬王堆帛書・式法）、 （馬王堆帛書・九主）。這些可以讀爲「灋」、「乏」或「廢」的字，其構形學界還未得到一致見解，部分學者都認爲該字的構形跟「乏」字有關，從通假而言乏、灋音近可通。但孟蓬生支持劉樂賢認爲「該字下部明顯從止，不存在釋乏的可能」〔註24〕，從構形的角度，引用《集篆古文

〔註21〕黃錫全：《汗簡注釋》，頁81。

〔註22〕張崇禮：〈釋「瘟氣」〉，復旦大學古文字研究中心，網址：http://www.gwz.fudan.edu.cn/SrcShow.asp?Src_ID=664

〔註23〕蘇建洲：〈楚文字訛混現象舉例〉，武漢大學簡帛研究中心，網址：http://www.jianbo.org/admin3/2010/xuedeng014/sujianzhou.htm

〔註24〕劉樂賢：〈《說文》「法」字古文補釋〉，《古文字研究（第廿四輯）》（北京中華書局，

韻海》收錄了「白」字的傳抄古文有作 、（5.26）形者，認爲《說文解字》「瀍」字古文「」當分析爲从止，白聲，並舉出大量的材料證明「瀍」與「百」、「白」音可相通。〔註 25〕而林清源〈釋「葛」及其相關諸字〉一文也多舉《集篆古文韻海》爲例子。〔註 26〕

　　除了上引各家運用《集篆古文韻海》考釋出土文字之外，筆者可以再舉一例。《古璽彙編》0294 有一字作 ，舊不識〔註 27〕，通過學者對荊門包山楚簡二號墓 147 簡記載：「陳悬、宋獻爲王煮 於海，爰屯二儋（擔）之食、金鋥二鋥，將以收成」。〔註 28〕的研究，可以確定 （《古璽彙編》0294）以及 （包山簡 147），此二字爲「鹽」字。〔註 29〕林澐提出此形甚至就是「未加聲符的鹽字初文」。〔註 30〕關於「鹽」傳抄與出土字表可參如下，從下表中可以看出，《汗簡》、《古文四聲韻》字形大概類似如小篆「从鹵監聲」，而戰國出土字形則並有多形。筆者認爲有可能「从鹵从皿」（鹽字出土文獻字表形3、4、5）爲楚系文字有特有，而「从鹵監聲」（鹽字出土文獻字表形6、7、8）

2002 年），頁 464〜467。

〔註 25〕孟蓬生：〈「法」字古文音釋──談魚通轉例說之五〉，復旦大學古文字研究中心，網址：http://www.gwz.fudan.edu.cn/SrcShow.asp?Src_ID=1642

〔註 26〕林清源：〈釋「葛」及其相關諸字〉，復旦大學古文字研究中心，網址：http://www.gwz.fudan.edu.cn/SrcShow.asp?Src_ID=563

〔註 27〕羅福頤主編：《古璽彙編》（北京：文物出版社，1981 年 12 月一版，1994 年 6 月二刷），頁 51。
　　　　曾憲通認爲應該釋爲「盟」，讀爲「盟」，曾憲通：〈論齊國「遱盟」及其相關問題〉，收於廣東黃炎文化研究會等編：《容庚先生百年誕辰紀念文集》（廣東：廣東人民出版社，1998 年 4 月），頁 622。然經趙平安的研究，筆者贊同此字應該釋爲「鹽」，趙文見下註 30 所引。

〔註 28〕湖北省荊沙鐵路考古隊：《包山楚簡》（北京：文物出版社，1991 年），頁 28。

〔註 29〕學者研究參看劉釗：〈談包山楚簡中「煮鹽於海」的重要史料〉《中國文物報》第 43 期第 3 版，1992 年 10 月 18 日。後收入劉釗：《出土簡帛文字叢考》（臺灣：臺灣古籍出版有限公司（《出土思想文物與文獻研究叢書第十九種》），2004 年 3 月初版），頁 33〜34。趙平安：〈戰國文字中的鹽字及其相關研究〉《考古》2004 第 8 期，頁 56〜61。

〔註 30〕林澐：〈讀包山楚簡札記七則〉《江漢考古》1992 年第 4 期，頁 84，後收入林澐：《林澐學術文集》（北京：文物出版社，1999 年 5 月），頁 20。

則爲秦系所有，後爲現今所用。由於《集篆古文韻海》正收有與楚系文字相似之形作 ![img] （2.28），通過以上例子可見《集篆古文韻海》對於考釋出土文獻有一定的貢獻。

【鹽字傳抄古文字形表】

小篆	汗簡	汗簡	四聲韻	韻海	韻海	韻海
![img]	![img]	![img]	![img]	![img]	![img]	![img]
目	5.65	2.27 汗	2.28	2.28	2.28	2.28 註：漏抄右半部

【鹽字出土字形表】

戰國	戰國	戰國	戰國	戰國
![img]	![img]	![img]	![img]	![img]
1.亡鹽右戈	2.亡鹽右戈	3.包山 147	4.上博容成	5.《璽彙》0294
戰國	戰國	秦代	西漢	西漢
![img]	![img]	![img]	![img]	![img]
6.集證 141	7.雲夢秦律	8.睡虎地秦律 183	9.馬王堆五十二病方 135	10.武威儀禮少牢 35

　　第三、有助於與歷代字書中隸定古文的相互研究。隸定「古文」是相對於篆體「古文」而言，指用隸書或楷書的筆法來寫「古文」字形。〔註31〕這些隸定古文現被認定對於研究古文字形體非常具有價值，大多保留於如《玉篇》、《廣韻》、《集韻》等歷代字書中。《集篆古文韻海》中，不少處依字書所收，將這些隸定古文再以「篆法」寫出。如《說文解字》說：「禰，祝禰也。从示畱聲」。《宋本玉篇》、《篆隸萬象名義》、《集韻》等字書，「禰」字下載有「袖」字的隸定古文。徐在國認爲：「古音留屬來紐幽部，由屬余紐幽部。禰作袖當屬聲符替換」。

〔註31〕參見徐在國：《隸定古文疏證·前言》（合肥，安徽大學出版社，2002 年 6 月），頁1。

〔註 32〕而《集篆古文韻海》則將此形體以篆法寫出作 （4.46），就是把隸定古文以篆體筆法還原。又如「靈」字，《集韻》隸定古文作「霛」、「霝」等，《集篆古文韻海》也將其以篆體筆法寫出作 （2.19）。〔註 33〕由於隸定古文在丁度等撰的《集韻》中保存不少，而《集篆古文韻海》四聲分卷，各韻內單字則依《集韻》排列次序，在整理時可以將兩書相對照。若能將《集篆古文韻海》的此項優點加以整理運用，想必能與隸定古文形體相互補足。

基於上述的研究動機，本論文透過《集篆古文韻海》字形的梳理，以及運用所載的字形用以考釋傳抄古文、出土文字，可以正確理解《集篆古文韻海》的貢獻。本論文的研究內容可分述如下：

第一部份，對於字形的梳理方面。學界對《集篆古文韻海》字形的整理研究仍屬空白，只見郭子直〈記元刻古文《老子》碑兼評《集篆古文韻海》〉一文曾略述《集篆古文韻海》體例。此外，徐在國主編的《傳抄古文字》將《集篆古文韻海》字形作為取材的來源，但因為《集篆古文韻海》「所錄古文形體不注明出處，給我們判定帶來了困難」。〔註 34〕因此對於字形的處理方式為「為保持此書原貌，我們未做改動，一并收錄」。〔註 35〕換句話說，徐在國主編的《傳抄古文字》雖然收《集篆古文韻海》字形，但只是依照原釋文與字形照錄，並未做更深入的研究。近來丁治民以據《永樂大典》殘卷、《古老子》碑文、《集韻》對《集篆古文韻海》進行了校補〔註 36〕，可謂系統地整理《集篆古文韻海》字形。但在校對版本的使用上，忽略了現藏於臺灣國家圖書館明嘉靖二年（1523）武陵龔萬鐘抄本。〔註 37〕經過筆者研究比對後，許多清阮元《宛委別藏》本的

〔註 32〕徐在國：《隸定古文疏證》，頁 18。

〔註 33〕徐在國：《隸定古文疏證》，頁 21～22。

〔註 34〕徐在國編：《傳抄古文字編》（上），頁 IX。

〔註 35〕徐在國編：《傳抄古文字編》（上），頁 IX。

〔註 36〕〔宋〕杜從古撰、丁治民校補：《集篆古文韻海校補》（北京：中華書局（《古代韻書輯刊》），2012 年 10 月）。

〔註 37〕丁治民《〈集篆古文韻海〉校補舉例》一文中說到：「校補的前提需有其他版本，《集篆古文韻海》雖有宋鈔本、明鈔本，但問題是上述鈔本均未流傳下來，僅有宛委別藏本及其影印本一種」《溫州大學學報·社會科學版》第 26 卷第 1 期，2013 年 1 月，頁 66。但根據筆者述，《集篆古文韻海》現存有三個版本，詳見本論文第

釋文與字形可以利用明嘉靖二年（1523）武陵龔萬鐘抄本予以補足說明。此外，當時因爲編纂的趨勢，《集篆古文韻海》中雜參不少青銅銘文，但局限於宋人釋讀金文的水平，很多字形上的辨別與釋文是錯誤的。因此鑒於近來《集篆古文韻海》字形作爲《傳抄古文字編》字形的來源，而文字編又具有「學術性和工具性雙重性質」〔註38〕，因此須對《集篆古文韻海》字形作一初步整理。基於以上，本論文第二、第三章，主要研究在於清楚理解《集篆古文韻海》體例與現存三個版本間傳抄的差異，以及整理《集篆古文韻海》引青銅器字形並改正誤釋。

第二部分，運用《集篆古文韻海》予以合證傳抄古文、出土文獻、隸定古文。傳抄古文由於輾轉傳抄，因此訛誤較多，本論文的第四章、第五章主要是利用《集篆古文韻海》字形予以合證傳抄古文，並提出《集篆古文韻海》的構形現象與戰國文字高度相關。

第三部分，客觀認識《集篆古文韻海》的價值。本論文第五章主要提出《集篆古文韻海》保存不少特殊字形，尤其是對於考釋《汗簡》、《古文四聲韻》二書有所貢獻。

綜上言之，《集篆古文韻海》雖然收字駁雜，歷代皆沒沒無聞，但若善加整理，有助於合證傳抄古文、出土文獻、隸定古文。

第二節　前人研究文獻之回顧

學界對於傳抄古文字編的研究主要以郭忠恕《汗簡》、夏竦《古文四聲韻》二書爲主。由於目前對杜從古《集篆古文韻海》的研究，僅見郭子直〈記元刻古文《老子》碑兼評《集篆古文韻海》〉一文。因此在前人研究文獻的回顧，將以《汗簡》、《古文四聲韻》爲主。雖然僅述及郭、夏二書的研究概況，然其將

二章第三節「《集篆古文韻海》版本流傳」。但學界一般僅以爲現存僅有清阮元《宛委別藏》所收，如郭子直〈記元刻古文《老子》碑兼評《集篆古文韻海》〉、徐在國《傳抄古文》所用字形。

〔註38〕學者李守奎說：「中國古文字學界歷來有編著文字編的傳統。古文字編能集中表現釋字成果，簡明扼要地表達編著者的學術觀點，又可供人查閱，因而具有學術性和工具性雙重性質。」見李守奎：〈關於古文字編體例的一些思考〉《華夏文化論壇》2006 年 00 期，頁 116。

有助於《集篆古文韻海》研究的切入點。回顧當前傳抄古文字編的研究成果，總體來說有各別從文字學、音韻學、訓詁學，或古籍版本源流及辨偽的角度來研究。以下分別敘述前人的研究概況〔註39〕：

一、從文字學的角度進行研究

傳抄古文字自宋代有系統的編纂後，由於元明兩代金石學的消沉，對於這些宋人所輯文字編中的字形，還未體認到可再作一整理研究。清代乾隆時期《說文解字》學稱盛，但是此時很少有學者充分利用古文字材料來研究《說文解字》。〔註40〕到了晚清時期，古文字考釋才有相當成果的累積，如吳大澂《說文古籀補》首創按《說文解字》的次第，將先秦金文、石刻、璽印、貨幣等不同材料匯集，對於《說文解字》失收的古文、籀文有字形上的補足。其後的丁佛言《說文古籀補補》、強運開《說文古籀三補》是同性質的文字學著作，對於吳大澂皆有所繼承。而在許慎《說文解字》的研究範疇之下，不少晚清學者也開始注意《汗簡》、《古文四聲韻》這類宋人所輯纂的傳抄古文字編。利用《汗簡》、《古文四聲韻》中的傳抄古文考釋甲、金文已相當普遍，如吳式芬、陳介祺、劉心源、方濬智、孫詒讓等。關於晚清學者在這方面的成就，陳偉武〈試論晚清學者對傳抄古文的研究〉一文對晚清學者們的考釋成果有較為詳細的舉例和介紹，可以參考。〔註41〕

近幾十年來考古事業的蓬勃發展，使得出土材料的日漸增多，愈來愈多學者重視起傳抄古文與出土文字合證的重要性。此種考釋古文字的方法和成果有增無減。翻檢《甲骨文字詁林》、《金文詁林》、《戰國古文字典》這些考釋文字的大型工具書，便可以找到很多例子。例如《戰國古文字典》釋「太」時，引《汗簡》 ![字形] 為證。〔註42〕而後隨著包山、郭店、上博等幾批大宗竹簡的出土和

〔註39〕 以下主要參考自王丹：《汗簡》、《古文四聲韻》研究綜述〉，復旦大學古文字研究
中心，網址：http://www.guwenzi.com/SrcShow.asp?Src_ID=767

〔註40〕 李守奎：〈古文字字編類著作的回顧與展望〉，頁124。

〔註41〕 陳偉武：〈試論晚清學者對傳抄古文的研究〉《第二屆國際清代學術研討會論文
集》，高雄：國立中山大學中文系，1999年，頁857～881。

〔註42〕 何琳儀：《戰國古文字字典——戰國文字聲系》（北京：中華書局，1998年9月），
頁942。

發現，利用此類傳抄古文來考釋出土古文字的例子日漸增多。略舉單篇論文如下：

（一）朱德熙〈釋臺〉一文據《說文解字》「就」字籀文作「[字形]」，其左半偏旁「[字形]」及《三體石經》、《汗簡》、《古文四聲韻》中釋作「戚」的「[字形]」、「[字形]」的右半偏旁，認為它們是甲骨文中用作地名的「[字形]」（合36563）的變體。從而認為甲骨文中的地名「臺」應釋為「就」，讀為「戚」，而不是分裂釋作「言」、「京」兩個字。〔註43〕

（二）湯餘惠引用《古文四聲韻》「親」字作「[字形]」「[字形]」（上平聲真韻），認為舊不識的戰國陶文「[字形]」（《季禾》20.7）為「親」字的省文。〔註44〕

（三）白于藍〈《郭店楚墓竹簡》釋文正誤一例〉據《古文四聲韻》「耕」字所收隸定古文作「畊」、「畁」，論定〈成之聞之〉中的「[字形]」應為「耕」字而非原書釋文中的「加」。〔註45〕

（四）李家浩〈楚墓竹簡中的「昆」字及從「昆」的字〉一文據《汗簡》、《古文四聲韻》「昆」、「混」下古文字形作「[字形]」、「[字形]」、「[字形]」者，從而判斷郭店簡《六德》「為『[字形]』弟也，為妻亦肰（然）」的「[字形]」字，應釋為「昆」字。其他一些從古文「昆」的字如「[字形]」、「[字形]」、「[字形]」、「[字形]」，現在也都得到了正確的認識，應分別釋為悃、緄、鞬、褌。〔註46〕

（五）何琳儀〈郭店簡古文二考〉一文亦據《古文四聲韻》「[字形]」形而釋《郭店》「[字形]」、「[字形]」、「[字形]」應為「達」字。〔註47〕

除以上所舉之外，還有很多學者利用此類傳抄古文來合證考釋出土文獻的文章，這方面的敘述可參王丹〈《汗簡》、《古文四聲韻》研究綜述〉一文的介

〔註43〕朱德熙：《朱德熙文集‧第五卷》（北京：商務印書館，1999年9月），頁1～2。

〔註44〕湯餘惠：〈略論戰國文字形體研究中的幾個問題〉《古文字研究（第十五輯）》（北京：中華書局，1986年6月第一版），頁13。

〔註45〕白于藍：〈《郭店楚墓竹簡》釋文正誤一例〉《吉林大學社會科學學報》，1999年第二期，頁90～92。

〔註46〕李家浩：〈楚墓竹簡中的「昆」字及從「昆」的字〉《著名中年語言學家自選集‧李家浩卷》（合肥：安徽教育出版社，2002年12月），頁306～317。

〔註47〕何琳儀：〈郭店簡古文二考〉《古籍整理研究學刊》，2002年9月第五期，頁1～2。

紹。〔註48〕

　　以《汗簡》、《古文四聲韻》爲專門研究者，在大陸方面如黃錫全〈利用《汗簡》來考釋古文字〉〔註49〕、〈《汗簡》、《古文四聲韻》中之石經、《說文》「古文」的研究〉〔註50〕、〈《汗簡》、《古文四聲韻》中之《義雲章》「古文」的研究〉等文。〔註51〕黃錫全利用《汗簡》、《古文四聲韻》中的傳抄古文考釋古文字，也將同爲傳抄古文字彼此進行了對比研究。其博士論文更以《汗簡》爲題，將二千餘字傳抄古文字形，運用出土文獻予以逐一地考釋說明。〔註52〕何琳儀〈戰國文字與傳抄古文〉〔註53〕與〈《汗簡》和《古文四聲韻》古文〉〔註54〕，利用甲金文、戰國文字對傳抄古文進行了比較，其碩士論文也以《汗簡·古文四聲韻與古文的關係》爲題，具體闡述了二者之間的關係。〔註55〕袁本良〈鄭珍《汗簡箋正》論略〉一文則詳細地說明《汗簡箋正》對《汗簡》的考釋與補正。〔註56〕此外，王丹〈《汗簡》、《古文四聲韻》傳抄古文試析〉一文選取了書中二十個字，並利用新出簡帛材料與傳抄古文合證，釐清了部分傳抄古文形

〔註48〕王丹：〈《汗簡》、《古文四聲韻》研究綜述〉，復旦大學古文字研究中心，網址：http://www.guwenzi.com/SrcShow.asp?Src_ID=767

〔註49〕黃錫全：〈利用《汗簡》來考釋古文字〉《古文字研究（第十五輯）》（北京：中華書局，1986 年 6 月），頁 135～151。亦收錄於《古文字論叢》（臺北：藝文印書館，1990 年 10 月），頁 413～431。

〔註50〕黃錫全：〈《汗簡》、《古文四聲韻》中之石經、《說文》「古文」的研究〉《古文字研究（第十九輯）》（北京：中華書局，1992 年 8 月），頁 433～463。亦收錄於《古文字論叢》（臺北：藝文印書館，1990 年 10 月），頁 433～463。

〔註51〕黃錫全：〈《汗簡》、《古文四聲韻》中之《義雲章》「古文」的研究〉《古文字研究（第廿輯）》（北京：中華書局，2000 年 3 月），頁 465～4487。亦收錄於《古文字論叢》（臺北：藝文印書館，1990 年 10 月），頁 465～487。

〔註52〕黃錫全：《汗簡研究》（武昌：武漢大學博士論文），後更名爲《汗簡注釋》，1990 年由武漢大學出版，臺灣則由臺灣古籍出版社於 2005 年出版發行。

〔註53〕何琳儀：〈戰國文字與傳抄古文〉《古文字研究（第十五輯）》（北京：中華書局，1986 年 6 月），頁 101～134。

〔註54〕何琳儀：《戰國文字通論（訂補）》，頁 69～81。

〔註55〕何琳儀的碩士論文《汗簡·古文四聲韻與古文的關係》，筆者未能得見。內容介紹主要引自黃錫全《汗簡注釋·自序》，頁 008～009。

〔註56〕袁本良：〈鄭珍《汗簡箋正》論略〉《貴州文史叢刊》，2001 年第三期，頁 36～40。

體奇詭的嬗變之跡。〔註57〕王丹的另一文〈《古文四聲韻》重文間的關係試析〉則舉例說明《古文四聲韻》存有的異體、假借、同義換讀等現象。〔註58〕

　　大陸關於以傳抄古文字的專著，學位論文有楊慧真《《汗簡》異部重文的再校訂》，利用漢字形、音、義相結合的特點，對《汗簡》異部重文進行了考察。〔註59〕國一姝《《古文四聲韻》異體字處理訛誤的分析》則整理了《古文四聲韻》的訛誤形況。〔註60〕李春桃《傳抄古文字綜合研究》則擴大傳抄古文字研究的視野，提出傳抄古文存在誤植現象，研究更需注重傳抄古文的國別判斷。〔註61〕此外，徐在國編著的《傳抄古文字編》，〔註62〕內容收有十三種傳抄古文字材料，是傳抄古文字的大型工具書。其中將《集篆古文韻海》作為字編的主要來源，以《說文解字》9353 為字頭，收羅編排傳抄古文字形，對於研究而言，十分便於檢閱比較。

　　臺灣方面對於傳抄古文字的研究，單篇論文方面有許學仁〈《古文四聲韻》古文合證例釋稿（一）〉、〈《古文四聲韻》古文合證稿（二）〉，兩文以出土文獻與《古文四聲韻》相互合證。〔註63〕沈寶春〈段、桂注證《說文解字》古文引《汗簡》、《古文四聲韻》的考察〉〔註64〕，以段玉裁、桂馥注證《說文

〔註57〕王丹：〈《汗簡》、《古文四聲韻》傳抄古文試析〉，復旦大學古文字研究中心，網址：http://www.guwenzi.com/SrcShow.asp?Src_ID=773

〔註58〕王丹：〈《古文四聲韻》重文間的關係試析〉《漢字研究（第一輯）》（北京：學苑出版社，2005 年 6 月），頁 238～243。

〔註59〕楊慧真：《《汗簡》異部重文的再校訂》（北京：北京語言文化大學漢語言文字學，2002 年碩士論文，石定果指導）。

〔註60〕國一姝：《《古文四聲韻》異體字處理訛誤的分析》（北京：北京語言文化大學漢語言文字學，2002 年碩士論文，石定果指導）。

〔註61〕李春桃：《傳抄古文字綜合研究》（長春：吉林大學，2012 年博士論文，吳振武指導）。

〔註62〕徐在國：《傳抄古文字編（全三冊）》（北京：線裝書局，2006 年 11 月出版）。

〔註63〕許學仁：〈《古文四聲韻》古文合證例釋稿（一）〉，《第七屆中國文字學全國學術研討會論文集》（臺北：私立東吳大學中國文學系所主編，1996 年 4 月），頁 197～236。〈《古文四聲韻》古文合證稿（二）〉，《第三屆國際中國古文字學研討會論文》（香港：香港中文大學主辦，1997 年 10 月 15～17 日），頁 1～26。

〔註64〕沈寶春：〈段、桂注證《說文解字》古文引《汗簡》、《古文四聲韻》的考察〉《漢學研究之回顧與前瞻國際學術研討會論文集》（臺北：國立臺灣師範大學國文學

解字》古文引用宋人所輯古文的情況，推求乾嘉《說文解字》學家並非全然對宋人之書有輕蔑鄙薄的態度。李綉玲〈夏竦《古文四聲韻》之構形現象舉隅探析〉一文，以文字構形演變的觀點，分析《古文四聲韻》繁化、簡化、變異與類化等現象，並以二十多餘字爲探討。〔註65〕

　　學位論文方面，有劉端翼《汗簡與汗簡箋正研究》是對郭忠恕《汗簡》與鄭珍《汗簡箋正》的研究。〔註66〕李綉玲《《古文四聲韻》古文探賾》一文，以《古文四聲韻》爲主，分有文字考釋、構形、訛誤現象等方面予以研究。〔註67〕專書方面則有許學仁《古文四聲韻古文研究——古文合證篇》，考釋《古文四聲韻》其中的 115 字，並與出土文獻兩相合證。〔註68〕

二、從音韻學的角度進行研究

　　以音韻學角度的研究如王國維〈書《古文四聲韻》後〉討論了此書與《唐韻》、《切韻》等分韻情況的個別異同之處。〔註69〕呂朋林〈《汗簡》音切考校（上）〉、〈《汗簡》音切考校（下）〉〔註70〕將《汗簡》中四百多條音注與《廣韻》反切作異同的比較。以同代的作品《汗簡》將近四百多條反切爲研究，提供了《廣韻》以外的音韻探究。周祖謨〈《新集古文四聲韻》與《集古文韻》辨異〉根據二者名稱不同、上聲分韻多寡不同、韻次也不同等推測《集古文韻》是因承夏書，而採取與《集韻》所本的一類的韻書改作而成的，兩者非

系，2006 年 4 月 8〜9 日），頁 217〜235。

〔註65〕李綉玲：〈夏竦《古文四聲韻》之構形現象舉隅探析〉《國立虎尾科技大學學報》，2009 年 6 月第二十八卷第二期，頁 111〜134。

〔註66〕劉端翼：《汗簡與汗簡箋正研究》（臺灣：中國文化大學中國文學所 80 學年度碩士論文，李威熊指導）。

〔註67〕李綉玲：《《古文四聲韻》古文探賾》（臺灣：國立中正大學中國文學所 97 學年度博士論文，季旭昇指導）。

〔註68〕許學仁：《古文四聲韻古文研究，古文合證篇》（臺北：文史哲出版社，1997 年 3 月）。

〔註69〕王國維：〈書《古文四聲》韻後〉，《觀堂集林·第八卷》（石家莊：河北教育出版，2001 年 11 月），頁 227。

〔註70〕呂朋林：〈《汗簡》音切考校（上）〉，《古籍整理研究學刊》，1998 年第一期，頁 15〜19。呂朋林：〈《汗簡》音切考校（下）〉，《古籍整理研究學刊》，1998 年第二期，頁 45〜49。

一書不能混爲一談。〔註71〕何琳儀以《古文四聲韻》卷四第三十七號韻「號」作「唊」、「號」作「𧆷」，印證「虘」、「唬」通假。〔註72〕王丹〈《古文四聲韻》重文間的關係試析〉〔註73〕中舉出《古文四聲韻》具有假借關係的古文，如源——𡆬、焉——𠂤、性——𣅀、賢——𡩉等，並舉出同時期出土文獻或傳世文獻中的假借用例與之相印證，同時反映出上古音的一些規律。

三、其他方面的研究

關於宋人所輯的古文字編，主要是以文字與音韻的方面去研究。而其他方面的切入點，有訓詁學或古籍版本源流及辨僞的角度。由於篇數較少，所以在此綜合爲三部分介紹。

第一，從訓詁學的角度進行研究。傳抄古文字編中有因語義相近而用它字的情況，由於它是不同於假借（音借）和形借的一種義借現象，所以有助於訓詁上的考究。如王丹〈《古文四聲韻》重文間的關係試析〉一文中就列舉了一些具有同義換讀關係的古文，如丹——彤、續——賡、圓——𡇈、順——𨑰——若、釣——鈞、福——祿等等。另外，徐在國在〈談隸定古文中的義近誤置字〉一文中分析了《說文解字》、《原本玉篇殘卷》、《宋本玉篇》、《篆隸萬象名義》、《古文四聲韻》等字書、韻書中的隸定古文存在著義近而誤置的情況。〔註74〕

第二，從探究古籍版本源流及辨僞的角度進行研究。早在清代鄭珍《汗簡箋正》一書中，就專門單列一卷對《汗簡》古文所出的七十一種典籍進行了一番疏理，從中可看出這些版本存在的一些問題。如《古尚書》、《古孝經》等僞本、《三體石經》、《碧落文》等歷經轉寫字體訛亂變形的版本、《衛宏字

〔註71〕周祖謨：〈《新集古文四聲韻》與《集古文韻》辨異〉《古籍整理研究學刊》，1999年第一期，頁7～9。

〔註72〕何琳儀：《戰國文字通論（訂補）》，頁57。

〔註73〕王丹：〈《古文四聲韻》重文間的關係試析〉《漢字研究（第一輯）》（北京：學苑出版社，2005年6月），頁238～243。

〔註74〕徐在國：〈談隸定古文中的義近誤置字〉《古籍整理研究學刊》，1998年第六期，頁25～26。

說》等篇名有誤。陳奇〈鄭珍對古文的研究〉〔註75〕、黃錫全〈汗簡書目注釋〉
〔註76〕等文，就在鄭珍書目整理的基礎上進一步闡述《汗簡》所引書目的問題。
舒大剛〈論日本傳《古文孝經》決非「隋唐之際」由我國傳入〉〔註77〕一文將
《汗簡》、《古文四聲韻》與日傳《古文孝經》中字形的對比研究，得出結論
「找不出日傳《古文孝經》與我國唐、宋時期流行《古文孝經》之間互相承
襲的跡象」。〔註78〕曹建國、張玖青〈李商隱《字略》真偽考辨〉通過對《汗
簡》、《古文四聲韻》所收《李商（尚）隱字略》中古文的考述和傳世文獻的
記載，考述了李商隱著《字略》一書的真實性。〔註79〕徐剛〈衛宏《古文官書
考述》〉根據《汗簡》和傳世典籍中有關衛宏《古文官書》的記載，對有關資
料進行疏理和考辨，指出清代以來論述此書作者應是衛恆而不是衛宏的證據
不能成立。〔註80〕以上等文利用古文字編中所引用的其他資料，從不同的版本
源流及辨偽的角度相互比較，釐清學術上的問題，都得到了很好的成果。

　　第三，還有一些總體評價這些古文字編的文章，如李學勤〈汗簡〉〔註81〕、
曾憲通〈論《汗簡》古文之是非得失——讀《汗簡注釋》有感〉〔註82〕、陳榮
軍〈《汗簡》研究綜述〉〔註83〕、顧新民〈夏竦與《古文四聲韻》〉〔註84〕等文。
都對這些傳抄古文形體有助於考釋戰國文字持以肯定的評價。〔註85〕

〔註75〕陳奇：〈鄭珍對古文的研究〉《貴州文史叢刊》，1987 年第二期，頁 115～121。

〔註76〕黃錫全：《汗簡注釋》，頁 037～070。

〔註77〕舒大剛：〈論日本傳《古文孝經》決非「隋唐之際」由我國傳入〉《四川大學學報》，
　　　　2002 年第二期，頁 110～117。

〔註78〕舒大剛：〈論日本傳《古文孝經》決非「隋唐之際」由我國傳入〉，頁 116。

〔註79〕曹建國、張玖青：〈李商隱《字略》真偽考辨〉《文學遺產》，2004 年第三期，頁
　　　　54～60。

〔註80〕徐剛：〈衛宏《古文官書考述》〉《中國典籍與文化》，2004 年第四期，頁 78～84。

〔註81〕李學勤：《失落的文明》（上海：上海文藝出版社，1997 年 12 月），頁 71～73。

〔註82〕曾憲通：〈論《汗簡》古文之是非得失——讀《汗簡注釋》有感〉《曾憲通學術文
　　　　集》（汕頭：汕頭大學出版社，2002 年 7 月），頁 429～434。

〔註83〕陳榮軍：〈《汗簡》研究綜述〉《鹽城工學院學報》，2004 年第四期，頁 44～47。

〔註84〕顧新民：〈夏竦與《古文四聲韻》〉《南方文物》，1987 年第一期，頁 89～90。

〔註85〕李學勤曾說：「通過戰國文字研究開展，前代「古文」之學得到重新評價，《汗簡》
　　　　真實價值也為人們所認識。過去王國維先生指出《說文》「古文」系六國文字，現

第三節 研究方法

　　本論文主要的研究範疇以《集篆古文韻海》一書爲主，使用的版本爲學界常見的清阮元《宛委別藏》本，輔資以明嘉靖二年龔萬鐘本字形補充說明。主要利用出土文獻與傳抄古文字書《汗簡》、《古文四聲韻》字形互證，而在研究方法上則偏向以字形爲主要著力點，以下簡述本文所採用的研究方法。

　　關於文字形體的研究方法，由於中國文字以形載音、義的特性，所以歷來考釋古文字多以「字形」爲樞紐。關於此點，文字學家于省吾曾說：「留存至今的某些古文字的音與義或一時不可確知，然其字形則爲確切不移客觀存在。因而字形是我們實事求是地進行研究的唯一基礎」。〔註86〕也因爲如此，中國歷代以來的文字學研究都十分重視文字形體。早在東漢的許愼即利用分析文字部件的考釋方法，但直到唐蘭的《古文字學導論》才具體提出四種方法，即：對照法（比較法）、推勘法、偏旁分析法、歷史的考證。〔註87〕而本論文研究在著重文字形體的研究角度之下，以學界普遍運用的方法，進行研究。

一、對照法（二重證據法）

　　王國維在〈古史新證〉中云：

> 吾輩生於今日，幸於紙上之材料外，更得地下之材料。由此種材料，
> 吾輩固得據以補正紙上之材料……此二重證據法，惟在今日使得爲
> 之。〔註88〕

在我們不妨說《汗簡》「古文」確以六國文字爲其本源」，見李學勤：《失落的文明》，頁73。

〔註86〕于省吾：《甲骨文字釋林》（北京：中華書局，1979年6月一版一刷），頁3。

〔註87〕唐蘭：《古文字學導論（增訂本）》（濟南：齊魯書社，1981年1月初版一刷），頁155～202。唐蘭之後的一些著作也提到考釋文字的方法，大抵不出唐氏所說，但有些學者認爲考釋文字需與古代社會與禮制結合，並提出「據禮俗制度釋字」一法，參見高明：《古文字學通論》（北京：北京大學出版社，1996年6月），頁167～172。

〔註88〕王國維：《王國維先生全集初編·古史新證》（臺北：大通書局有限公司，1976年7月），頁4794。

本論文第一節中提及，由於此類宋人所輯的傳抄古文字在資料尙不夠充足的時代，不能夠正視其學術價值。然近年來出土地下簡帛材料的豐足，王國維所提倡的兩重證據法愈來愈有其運用的背景。本論文主要以《集篆古文韻海》的傳抄古文字形體爲主要的研究焦點，而文字研究的重點本應著重於「形體」的動態演化。不過因爲文字的書寫過程已經消失，所存的僅是靜態的存在，所以動態過程的重現則有賴於充足地蒐羅資料與材料之間的分析比對。

　　本論文的研究主要涉及到兩部分的材料，一爲甲骨文、金文與近年出土有關戰國文字的實物墨跡資料，二則是歷代傳抄編纂的字書。對照法的運用可以分爲「內部系統之間的對照」與「內部與外部系統的對照」。前者是指將同爲傳抄系統的文字予以比較；後者即是指傳抄與出土的對照，而此即王國維先生所言的二重證據法。透過此方法，可以比對出內、外部系統中文字的異同，說明彼此之間的關係。再進一步可以釐清在歷史發展過程中，文字形體的「在整個文字史中演變的環節與說明」（唐蘭謂之「歷史考證法」）。〔註89〕

二、構形分析法

　　東漢許愼《說文解字序》云：「倉頡之初作書，蓋依類象形，故謂之文。其後形聲相益，即謂之字」，宋人鄭樵更進一步說「獨體爲文，合體爲字」〔註90〕。一個漢字構形方法若是合體，則有所謂構件部分，即所謂的偏旁。而唐蘭在《中國古文字學導論》一書中提出「偏旁分析法」一名，其云：

> 孫詒讓是最能用偏旁分析的，……他的方法是把已認識的古文字分析做若干單體——就是偏旁，再把每一個單體的各種不同形式集合起來，看它們的變化。等到遇到大眾所不認識的字，也只要把來分析做若干單體，假使各個單體都認識了，再合起來認識那一個字。這種方法雖未必便能認識難字，但由此認識的字，大抵總是顛撲不

〔註89〕唐蘭云：「文字是活的，不斷地在演變著，所以我們要研究文字，務必要研究它的發生和演變」，而所謂的「歷史比較法」即是追求文字演變的歷史，以考釋古文字，與「比較法」相似而更著重於文字演變，在整個文字史中的環節和說明。參唐蘭：《古文字學導論（增訂本）》，頁193～194。

〔註90〕〔宋〕鄭樵：《通志二十略》（台北：世界書局，1984年10月），頁112。

破的。〔註91〕

東漢的許慎早已使用這個方法並對漢字結構進行分析說明，不少前輩學者利用此方法也考釋出不少疑難之字。學者劉釗認爲「考釋文字以『形』爲主」，其云：

> 考釋古文字的一條根本原則，就是以形爲主，從字形出發。文字都具有形、音、義三個部分，但辨識一個字的過程只能是由形至音，由音到義的過程。……形的解釋對了，問題就算解決了一大半。〔註92〕

本文利用此方法時，可分析《集篆古文韻海》偏旁與構件，以考正字形傳抄演變的正訛。

三、歸納法

劉釗在《古文字構形學》之「古文字構形演變條例」一章中說道：

> 古文字構形演變條例，是指在分析考釋古文字的實踐中總結出的古文字構形演變規律。……在平時考釋古文字的過程中，學者間都是自覺不自覺地在運用這些條例的，只是缺乏更爲深入的總結和歸納。當然，條例只能做爲一般規律來認識和運用，任何規律都是相對的，都存在者或多或少的例外甚至相反的的規律。〔註93〕

從以上這段論述，可以說古文字演變有其共性與獨特性，在共性的研究方法上即是使用歸納法，先從廣泛字例的個別分析之後再歸結出演變的條例。誠如劉釗所說古文字條例的歸納有助於擴大分析文字的能力，並且提高考釋文字的準確度。〔註94〕本文以歸納法整理《集篆古文韻海》常見的變異現象，並予以戰國文字常見的構形條例予以相互比較，祈能夠對考釋出土文字有所彌助。

承上研究方法，本論文循序漸進地處理《集篆古文韻海》的文字問題，故研究步驟可以分爲以下三個步驟：

〔註91〕 唐蘭：《古文字學導論（增訂本）》，頁 178～179。

〔註92〕 劉釗：《古文字構形學》（福州：福建人民出版社，2006 年 1 版 1 刷），頁 228～229。

〔註93〕 劉釗：《古文字構形學》，頁 335。

〔註94〕 劉釗：《古文字構形學》，頁 335。

一、收集研究範圍可能涉及到的材料

　　研究的基點須建立在材料的收集才能分析。由於傳抄古文的資料比較龐雜，大致包括《說文》古文，石經古文，郭忠恕《汗簡》和夏竦《古文四聲韻》中之古文〔註95〕，還有一些碑刻上的文字，如〈碧落碑〉、〈陽華岩銘〉、〈三體陰符經〉、〈宋古文磚〉、〈北宋魏閑墓誌等〉。〔註96〕幸近年出版的《傳抄古文字編》（三冊）中依照字頭將這些材料蒐羅其下，使用起來十分便利。此外，歷代字書如顧野王《玉篇》、慧琳《一切經音義》、日僧空海《篆隸萬象名義》、遼僧行均《龍龕手鑑》、司馬光《類篇》、陳彭年等《廣韻》、丁度等《集韻》所錄古文也需參考。由於出土事業日漸發達，凡有相關實物墨跡、敦煌古寫本、今人所編之文字編等，要得見也十分容易。所以此步驟將與《集篆古文韻海》相關的資料收集整理，以利初步建立資料庫。

二、掃描資料以便建立字庫

　　以《說文》所收 9353 字形為字頭統領，將相關文字字形逐一掃瞄建檔並且編號。建立方式如以下二例：

例一：【神字傳抄古文字形表】

編號：25　示部　神　天神，引出萬物者也。从示、申。食鄰切

小篆	碧落	碧落	汗簡	汗簡	汗簡	汗簡
汗簡	四聲韻	四聲韻	四聲韻	韻海	韻海	韻海

（注：碧落為碧落碑，四聲韻為《古文四聲韻》之簡稱，韻海為《集篆古文韻海》的簡稱）

〔註95〕陳偉武：〈試論晚清學者對傳抄古文的研究〉，頁 857～881。

〔註96〕參徐在國編、黃德寬合編：《傳抄古文字編》（上），頁Ⅴ～Ⅶ。

【神字出土字形表】

甲骨	金文	戰國	戰國	戰國	戰國	西漢
周中・齊家村骨	伯戔簋	郭店太一	郭店唐虞	上博恆先	行氣玉銘	老子甲五

例二：【遣字傳抄古文字形表】

編號：1144　辵部　遣　縱也。从辵𧷦聲。去衍切

小篆	三體	汗簡	四聲韻	韻海	韻海	韻海
				形一	形二	形三

（注：三體爲三體石經，四聲韻爲《古文四聲韻》簡稱，韻海爲《集篆古文韻海》的簡稱）

【遣字出土字形表】

甲骨	金文	金文	金文	金文	秦簡	西漢
商後下3.3	大保簋	小臣謎簋蓋	小臣謎簋	遣小子簋	睡虎地簡	居延簡甲
形一	形二	形三	形四	形五	形六	形七

三、進行比勘與歸納

運用步驟二所建立的漢字資料庫進行比勘。如上例一【神字傳抄古文系字形表】中，《汗簡》與《集篆古文韻海》皆收有同形的「」形，可見《集篆古文韻海》是以《汗簡》、《古文四聲韻》的基礎上而來。《集篆古文韻海》「神」下有，與甲骨文作（周中・齊家村骨），金文作（周中・伯戔簋）以及戰國文字作（郭店唐虞）都相似。但字亦收有「」形，不僅

不合於金文、出土楚帛書、秦簡等字形，在同為內部的傳抄系統中也不見。因此透過以上鋪排比勘的功夫，就可以初步得出彼此之間的異同。

又如例二「遣」字例，透過比對後可以發現，基本上《說文解字》小篆、三體石經、《汗簡》、《古文四聲韻》、《集篆古文韻海》（形一）等，在字形上已有些許訛變。甲骨、金文「遣」字上部皆從「𦥑」從「𠂤」（【遣字出土文字系統字形表】形一～五），沒有作從「與」從「𠂤」。「遣」字上部之所以變從「與」從「𠂤」（如【遣字出土文字系統字形表】形六、七）與「遣」作**遺**（戰國・雲夢效律）、**遺**（秦代・睡虎地簡 24.28），上部字形類化成相同的形體，已是戰國稍晚至秦漢的字形。從字表中可見《集篆古文韻海》形二、三作「**𢻹**」與「**𢻹**」，合乎商周古文字形體從「𦥑」不從「與」。

第二章　杜從古《集篆古文韻海》述要

本論文的研究主體——杜從古《集篆古文韻海》一書，是一部以傳抄方式著錄的古文字字典。欲研究《集篆古文韻海》中所載的字形，需先探討目前可見不同抄手間版本的差異。因此，本章第一節先介紹《集篆古文韻海》作者與體例。第二節著重在探討《集篆古文韻海》自成書爾後，在歷代公私目錄中的著錄狀況，以及對現存三個版本流傳進行考源。第三節則比較現存三個版本間的差異，第四節爲結語，期能透過這些方面的考究，糾補一些學界對於《集篆古文韻海》的錯誤認識。

第一節　作者生平與《集篆古文韻海》體例

本節分爲兩部分，第一部分介紹《集篆古文韻海》作者杜從古生平；第二部分就整體研究後歸結《集篆古文韻海》的編纂體例，提出使用《集篆古文韻海》時，特別須注意釋文與古文形體間的對應關係。

一、杜從古生平

宋人杜從古，字唐稽，輯著有古文字編《集篆古文韻海》一書傳世。其人於《宋史》無傳，故生平事蹟不詳。今從《書史會要》、《翰墨志》、《書錄》與阮元（1764～1849）《宛委別藏》所收《集篆古文韻海》提要中略見其記載。如明陶宗儀《書史會要》卷六載云：

杜從古，字唐稽，官至禮部郎。宣和中，與米友仁、徐兢同爲書學博士。高宗云：「先皇帝喜書，至立學養士，獨得杜唐稽一人，餘皆體仿，了無神氣。」〔註1〕

從陶宗儀《書史會要》的記載中可知，杜從古是一位留心文字、善丹青翰墨的書法家，其在書法造詣上獲得很高的評價。然而今日留下來的作品卻不多，可見者僅以篆文書刻的〈宋通直郎通判洺州楊公墓誌銘〉〔註2〕，以及〈集篆古文韻海序〉一文。

杜從古的官階，阮元在〈集篆古文韻海提要〉中提到：「陶宗儀云從古官至禮部郎，自序稱朝請郎、職方員外郎，蓋指其作書時而言」。〔註3〕阮元所謂陶宗儀云杜從古官至禮部郎，實際上是參自《書史會要》卷六所載，已詳前文所引。官至禮部郎且與米友仁、徐兢同爲書學博士之事，另可見於宋·楊仲良《皇宋通鑑長編記事本末·卷百三十五徽宗皇帝·四學》，其載云：

（宣和）六年正月己未，詔提舉措置書藝所以主客員外郎杜從古、新知大宗正丞徐兢、新差編修《汴都志》朱有仁並爲措置管勾官，生徒五百人爲額，篆正文法鐘鼎，小篆法李斯，隸法鐘繇、蔡邕，真法歐、虞、褚、薛，草法王羲之、顏、柳、徐、李，逐月會試。先是，王黼以唐告三道：虞世南書《狄仁傑告》、顏真卿書《顏允南母蘭陵郡太夫人張氏告》及徐浩《封贈告》進呈。上曰：『朕欲教習前代書法，所頒告命，使能者書之，不愧前代。』時書學已罷，故

〔註1〕〔元〕陶宗儀：《書史會要》，收於盧輔聖主編：《中國書畫全書（三）》（上海：上海書畫出版社出版發行，1992年10月一版一刷），頁49。

〔註2〕中央研究院歷史語言研究所的傅斯年圖書館藏：〈宋通直郎通判洺州楊公墓誌銘〉，拓片編號02312，墓主：楊詠（生卒年：仁宗景祐元年1034至哲宗紹聖三年1096），撰者：權邦彥，書者：高景雲，篆書：杜從古，刊刻年：宣和三年（1121，墓主死後二十五年），葬地：鄆州頃城縣盧泉鄉（今山東東平），出土地：山東東平縣。本片拓片亦收錄於北京圖書館金石組編：《北京圖書館藏中國歷代石刻拓本彙編（第四十冊）》（河南：中州古籍出版社，1989年出版），頁140。惜原蓋失拓，未可見杜從古的篆書作品。

〔註3〕阮元提要可見於〔清〕阮元：《揅經室外集卷二》，本引文主要是引自杜從古：《集篆古文韻海》（上海：江蘇古籍出版社（影印《宛委別藏》本），1998年12月），無標頁數。

特置是局。〔註4〕

從以上記載可知，陶宗儀所云杜從古官至禮部郎時間爲宣和六年（1124 年），因主客員外郎屬尚書省六部門中之禮部，故稱其爲禮部郎。〔註5〕另外，阮元提要謂「自序稱朝請郎、職方員外郎，蓋指其作書時而言」則是杜從古自序《集篆古文韻海》末提到的「宣和元年九月二十八日朝請郎尚書職方員外郎杜從古謹序」〔註6〕，也就是完成《集篆古文韻海》約宣和元年（1119），而其時任朝請郎、職方員外郎等職。

二、《集篆古文韻海》體例

杜從古編纂《集篆古文韻海》時，引用資料來源與編書體例皆無所述，以致後世無以爲據。學界首先對《集篆古文韻海》體例的研究，是郭子直〈記元刻古文《老子》碑兼評《集篆古文韻海》〉，其云：

> 無目錄，依韻書成例，正文按聲調分爲五卷，集卷一，上平聲，二十八韻；卷二，下平聲，二十九韻；卷三，上聲，五十五韻；卷四，去聲，六十五韻；卷五，入聲，三十四韻；合二百六韻。各卷韻目次第及韻目用字多依《廣韻》，各韻內單字則依《集韻》排列次序。
>
> 〔註7〕

由於當時郭子直以爲《集篆古文韻海》僅《宛委別藏》一孤本而已，因此單以一個版本言之。其實比較現今所存的三個版本〔註8〕，郭子直的研究部分有誤。例如其說「韻目次第及韻目用字多依《廣韻》」，但經比較後三個版本目前所存韻目次第是依《集韻》順序。郭氏說《集篆古文韻海》收字順序大部分依《集韻》，但仍有部分不是如此。此外，《集篆古文韻海》所收古文字與釋文的關係，

〔註4〕　〔宋〕楊仲良撰、李之亮校點：《皇宋通鑑長編記事本末・第四冊》（哈爾濱：黑龍江人民出版社，2006 年 12 月出版），頁 2290。

〔註5〕　龔延明：《宋代官制辭典》（北京：中華書局，1997 年 4 月出版），頁 218。

〔註6〕　杜從古：《集篆古文韻海》（影印《宛委別藏》本），無標頁數。

〔註7〕　郭子直：〈記元刻古文《老子》碑兼評《集篆古文韻海》〉，頁 355。

〔註8〕　現存的《集篆古文韻海》一共有三個版本，除郭子直文中所述的阮元《宛委別藏》本外，另有明嘉靖二年武陵龔萬鐘抄本（現藏於臺灣國家圖書館），與清嘉慶元年錢唐項世英抄本（現藏於中國北京圖書館）二本。

也是需經過比對研究過才可歸結出規律。總之,《集篆古文韻海》體例經研究後可以歸結出三項,以下分述之。

（一）四聲分韻隸字,韻目依《集韻》

杜從古《集篆古文韻海》一共五卷,以四聲分韻隸字。其韻目次第經比對後,可知應依《集韻》編次,而非郭子直所言「多依《廣韻》」,〔註9〕而韻目用字確實依《廣韻》較多。

下表爲《集篆古文韻海》三個版本與《廣韻》、《集韻》韻目比較表,完全相同者不列。

書名	集 篆 古 文 韻 海			廣 韻	集 韻
版本	明龔萬鐘抄本	《宛委別藏》本	項世英抄本	澤存堂本	明洲本
下平聲	（二僊）〔註10〕			二仙	二僊
	二十五添	二十五添	二十五添	二十五添	二十五沾
	二十六嚴	二十六嚴	二十六嚴	二十六咸	二十六嚴
	二十七咸	二十七咸	二十七咸	二十七銜	二十七咸
	二十八銜	二十八銜	二十八銜	二十八嚴	二十八銜
上聲	九夔	九夔	九夔	九夔	九噦
	二十五濟	二十五濟	二十五濟	二十五濟	二十五潛
	二十八獮	二十八獮	二十八獮	二十八獮	二十八獧
	四十二拯	四十二拯	四十二拯	四十二拯	四十二抍
	四十九敢	四十九敢	四十九敢	四十九敢	四十九勘
	五十琰	五十剡	五十琰	五十琰	五十琰
	五十二广	五十二广	五十二广	五十二儼	五十二儼
	五十三嗛	五十三嗛	五十三嗛	五十三嗛	五十三瞧
去聲	十一暮	十一暮	十一暮	十一暮	十一莫
	十四泰	十四泰	十四泰	十四泰	十四夳
	十六恠	十六恠	十六恠	十六怪	十六怪
	（二十六圂）	二十六圂	二十六圂	二十六圂	二十六圂
	二十七恨	二十七恨	二十七恨	二十七恨	二十七恨
	三十三線	三十三線	三十三線	三十三線	三十三綫

〔註9〕 郭子直:「各卷韻目次第及韻目用字多依《廣韻》。各韻內單字則依《集韻》排列次序」,見郭子直:〈記元刻古文《老子》碑兼評《集篆古文韻海》〉,頁355。

〔註10〕 括號表示整個韻部原書葉殘缺,但仍可據其版本卷前總韻目校補。

	四十八釅	四十八釅	四十八釅	四十八釅	四十八隌
	原書缺葉	五十七釅	五十七釅	五十七釅	五十七驗
		五十九鑑	五十九鑑	五十九鑑	五十九覽
入聲	二沃	二沃	二沃	二沃	二渓
	八勿	八勿	八勿	八物	八勿
	十五轄	十五轄	十五轄	十五轄	十五鞯
	十七薛	十七薛	十七薛	十七薛	十七薛
	二十二昔	二十二昔	二十二昔	二十二昔	二十二笞
	二十八盍	二十八盍	二十八盍	二十八盍	二十八盍
	三十一業	三十一業	三十一業	三十一洽	三十一業
	（三十二洽）	三十二洽	三十二洽	三十二狹	三十二洽
	三十三狎	三十三狎	三十三狎	三十三葉	三十三狎
	三十四乏	三十四乏	三十四乏	三十四乏	三十四乏

從表中可知，下平聲二六嚴至二八銜與入聲三十一業至三十四乏的順序，《集篆古文韻海》三個版本與《集韻》是完全相同。因此在韻目次第上應與《集韻》較近而非《廣韻》。《集韻》韻目次序的變動與同用、獨用例的改變有關，反映出《集篆古文韻海》與其時代較近的《集韻》關係密切。

在韻目用字上，《集篆古文韻海》三個版本則與《廣韻》用字較近。如下平聲二十五添，上聲九麌、二十五濟、二十八獮、四十二拯、四十九敢，去聲十一暮、十四泰、三十三線、四十八釅、五十七釅、五十九鑑，入聲二沃、十五轄、二十二昔、二十八盍、三十三狎等。這些韻目用字與《集韻》的不同處，多半是意義上相近或是異體字的關係，如去聲五十九鑑，《集韻》作「覽」，二者都是可盛水的用具，又上聲四十二「拯」，《集韻》作「抍」是異體字關係。這些不同大多是由於《集韻》喜用古體、異體字。

（二）每韻收字排列順序大致依《集韻》

郭子直在〈記元刻古文《老子》碑兼評《集篆古文韻海》〉一文中說《集篆古文韻海》「各韻內單字則依《集韻》排列次序」〔註11〕。筆者曾據《集篆古文韻海》的《宛委別藏》版本與《集韻》明洲本〔註12〕對校，基本上郭氏說

〔註11〕郭子直：〈記元刻古文《老子》碑兼評《集篆古文韻海》〉，頁355。

〔註12〕〔宋〕丁度等編：《集韻》（上）（據述古堂影宋抄本影印）（上海：上海古籍出版社，1985年5月）。

法無誤。但也有少數韻部如上平聲七之收字排列順序較《集韻》相對混亂。另還有許多字與《集韻》相較並非收在同一個韻部裡，而是依照《廣韻》韻部。如「娑」、「傞」、「佗」、「羅」、「那」諸字，《集篆古文韻海》歸在下平聲七歌，而《集韻》歸在八戈。又如「銀」字，《集篆古文韻海》收在上平聲十七眞，而《集韻》收字在十八諄。再如「牝」、「盡」、「引」等字，《集篆古文韻海》與《廣韻》相同，收在上聲十六軫中，而《集韻》卻收在十七準。從這些字例的歸屬與《廣韻》相同可知，《集篆古文韻海》雖與《集韻》關係密切，卻也非完全按照《集韻》排列次序。

　　由於《集韻》某些字的歸韻比較雜亂，其表現在某些韻部的開口呼與合口呼的分別上，如諄、準、稕、魂、混、緩、換、戈、果諸韻，《廣韻》只有合口呼，《集韻》則兼有開口呼。又如隱、焮、迄、恨諸韻，《廣韻》只有開口呼，《集韻》則兼有合口呼。〔註 13〕《集篆古文韻海》在介音區別上與《廣韻》有較一致的表現，而其他韻部收字排列順序大致依《集韻》，則是採用了《集韻》各韻內小韻聲母，依發音部位較有次序的排列。〔註 14〕

（三）所收古文與釋文關係需參考《集韻》

　　《集篆古文韻海》所收的古文來源與字數，據杜從古〈自序〉說：

> 今輒以所集鐘鼎之文、周秦之刻，下及崔瑗、李陽冰筆意近古之字，句中正、郭忠恕碑記集古之文，有可取者，摭之不遺；猶以為未也，又爬羅《篇》、《韻》所載古文，詳考其當，收之略盡。於今《韻略》，字有不足，則又取許慎《說文》，參以鼎篆偏旁補之，庶足於用而無闕焉。比《集韻》則不足，校《韻略》則有餘。視竦所集，則增廣數十倍矣。〔註 15〕

由於《集篆古文韻海》務求該廣的收字原則造成字體駁雜，且其收古文與楷體釋文之間的關係並非依形隸定如此簡單而已，其中還牽涉假借或是異體字等關

〔註 13〕王力：《中國語言學史》（太原：山西人民出版社，1981 年 8 月），頁 72。

〔註 14〕趙振鐸說：「《廣韻》每個韻內部分若干個小韻，這些小韻的排列比較零亂……而《集韻》每個韻內部的小韻是按照發音部位相同來排列的。」見趙振鐸：《集韻研究》（北京：語文出版社，2006 年 1 月），頁 10。

〔註 15〕杜從古：《集篆古文韻海》（影印《《宛委別藏》》本），無標頁數。

係。杜從古在編纂《集篆古文韻海》時，曾參考《汗簡》、《古文四聲韻》，以及宋人著錄青銅銘文，也據《集韻》楷體古文、或體等異體字以篆作隸。因此若遇所引字形來源不同時，古文字形與釋文將有不同的情形，特別是據《集韻》等韻書以篆作隸時，古文形體與釋文的情況需要說明。

筆者曾根據《集篆古文韻海》與《集韻》互校的結果發現杜從古在纂編時，很多皆是有意識地參考《集韻》異體字再將其以篆體寫出。《集韻》雖為韻書，但遇字有異體者則廣收異體字而形成一組組的異體字群，並在注文中以各用語說明異體字之間的關係。〔註16〕茲舉其中例子如「**惚崧枀枀**，惚，《說文解字》：『輝也，一曰帙』，或作崧祕枀」（《集韻》上平聲三鍾）。首字「惚」為《說文解字》所有，而「崧祕枀」則是收自其他字書的別體，類似的例子在《集韻》不勝枚舉。如上述例子，《集篆古文韻海》以篆作隸 **憬 祕**（1.3）時，其釋文則作「惚」。古文形體與釋文之間正是《集韻》所列的正字與異體字關係。凡是以上這種引自《集韻》等字書異體再以篆作楷的例子，古文字與釋文的關係則需多多參考《集韻》。

今據整體的研究，《集篆古文韻海》所收古文與楷體釋文之間的關係，基本上有幾種情形，說明如下：

（1）由於《集篆古文韻海》有一部分字形是取自《集韻》等字書中的異體字，再以篆法寫出。這類古文形體和釋文據《集韻》可知是為「或作」、「或從」、「或省」、「古作」、「或書作某」……「通作」等關係。此例很多，例如：《集篆古文韻海》錄古文形體作 **帠**（1.1）釋文作「蒙」，《集韻》說：「冡，《說文解字》覆也，通作蒙」〔註17〕，因此古文形體 **帠** 與釋文「蒙」為同音通假關係。又如形義並同而僅字形構件組合方位不同的異體字，《集韻》以「書作某」表示，如「圵」《集韻》：「或書作『圲』」〔註18〕，兩字「土」與「千」左

〔註16〕《集韻》在說明一組字組之間的關係時，有「或作」、「或從」、「或省」、「古作」、「古從」、「古省」、「籀作」、「籀從」、「籀省」、「隸作」、「隸省」，或是以「俗作某」表示俗體字、「通作某」表示經史用字的假借現象、「書作某」表示部件相同僅位置有所變化。關於《集韻》術語的使用，可參趙振鐸：《集韻研究》，頁12～15+38～53。

〔註17〕〔宋〕丁度等編：《集韻》（上），頁7。

〔註18〕〔宋〕丁度等編：《集韻》（上），頁158。

右互換。《集篆古文韻海》錄古文形體作 ❖（2.1）而釋文作「廾」即是依照《集韻》所說這種因構件方位寫法不同的異體關係。又如《集篆古文韻海》錄古文形體作 ❖（2.14）而釋文「棠」，古文形體作 ❖（4.3）而釋文作「骶」等皆是。再者是「省體」關係，《集韻》以「或省」說明，如《集篆古文韻海》錄古文形體 ❖（2.1），釋文爲「願」，依《集韻》：「願或省願」。〔註19〕又如是「古今字」關係，《集韻》以「古作」說明，如《集韻》：「眱，古作瞑」，《集篆古文韻海》錄 ❖（1.13），釋文作「眱」，這是依照《集韻》將「眱」字的古文形體以篆體寫出。

（2）古文形體與釋文是直接隸定關係，如《集篆古文韻海》古文形體作 ❖（2.16）釋文作「瞠」，又如《集篆古文韻海》 ❖（3.1）釋文作「胴」，《集篆古文韻海》錄 ❖（3.30）釋文作「榥」等是。

（3）古文形體與楷字釋文無意義相關或是異體關係，純粹是聲音假借或是誤寫。如《集篆古文韻海》古文形體 ❖（2.7）釋文作「輠」，《集韻》「輠，束也，或从韋」，釋文應作「韘」才是，可能是誤寫或單純聲音假借（兩字在《集韻》中古音皆屬下平聲五爻）。又如《集篆古文韻海》古文形體 ❖（1.18），依字形釋文應隸定作「暖」，但其下釋文有「暄鵑鴛宛輐」，其和古文字字形無意義相關或是異體字關係，可能是單純聲音假借（此些字在《集韻》中古音皆屬上平聲二十二元）。

（4）古文形體與楷字釋文爲義同或義近關係，如《集篆古文韻海》古文形體作「❖」（2.7）釋文作「燃」。《集韻》說「爇，燃也，或从炙（鑋）」，《說文解字》：「然，燒也。从火狀聲」，徐鉉曰：「今俗別作燃，蓋後人增加」。《集篆古文韻海》所錄的古文形體「❖」與釋文「燃」是義同關係。又如《集篆古文韻海》錄古文形體作 ❖（3.37）釋文作「婪」，《說文解字》曰：「河內之北謂貪曰惏」，清段玉裁注：「惏與女部婪音義同」，兩者也是義近關係。又「絳」下錄字形作 ❖（4.2），依字形分析應爲「紅」，「糸」中加點形如 ❖（戰國・楚王孫漁戈）之所从。《說文解字》：「絳，大赤也」，「絳」與「紅」二字爲義近關係。

（5）書中雜收青銅銘文，對於這些銘文多半取自宋人著錄，如薛尚功《歷

〔註19〕〔宋〕丁度等編：《集韻》（上），頁160。

代鐘鼎彝器款式法帖）、呂大臨的《考古圖》、《考古圖釋文》與王俅的《嘯堂集古錄》等。關於這些青銅銘文的釋文可以分為兩種情形，第一、有時遇同一青銅銘文上同一字形但各家釋文不同時，則分作二處收錄。如《集篆古文韻海》收「貫」古文形體作𨌈（4.29）（去聲二十九換）與「爭」收古文字形作𨌈（2.17）（下平聲十三耕），兩字同形但釋文不同。此字形出於〈晉姜鼎〉，楊南仲云：「疑母字，讀爲貫，象穿貫寶貨形」〔註20〕，此字確爲「貫」而非「爭」。釋「爭」乃由於呂大臨《考古圖釋文》將此字誤以爲與古孝經「𩂉」類似〔註21〕，因此《集篆古文韻海》將𨌈釋文分作「貫」與「爭」收於不同韻部。另一情況則是僅採某家釋文，如收上聲三十五馬收𧝓𧝗（3.28）二形，字形出於〈晉姜鼎〉（《集成》2826）與〈秦公鐘〉（《集成》270），釋文則採王俅《嘯堂集古錄》釋爲「夏」。此字楊南仲與薛尚功則依形隸定或爲「𩂉」、「𩂉」而呂大臨《考古圖釋文》則置於疑字，今此字應隸作「𩄀」從夏㔾聲，與擾通，諸家訓爲柔。〔註22〕《集篆古文韻海》中這類引自青銅銘文的字形與釋文，大多不出宋人考釋的水準，因襲承之。在引用《集篆古文韻海》時，應該理解同一字形因釋文不同而分見二處的情況，是因爲作者在收錄這類青銅銘文時，常依各家說法有異而兼收之。

　　總上，《集篆古文韻海》中的古文與釋文關係複雜，有時遵循《集韻》所列的關係，有時又以僅憑己意而任意將音近、義近的字當作釋文，因此在引用《集篆古文韻海》時應多加謹愼。

第二節　《集篆古文韻海》版本流傳

　　杜從古《集篆古文韻海》約成書於北宋宣和元年（1119）。〔註23〕據其〈自

〔註20〕見〔宋〕呂大臨：《考古圖》（北京：中華書局（《宋人著錄金文叢刊》），1987年2月），頁9。

〔註21〕見〔宋〕呂大臨：《考古圖釋文》（北京：中華書局（《宋人著錄金文叢刊》），1987年2月），頁278。

〔註22〕陳連慶：〈《晉姜鼎》銘新釋〉《古文字研究（第十三輯）》（北京：中華書局，1986年6月），頁194。

〔註23〕杜從古：《集篆古文韻海》（影印《《宛委別藏》》本），無標頁數。

序〉所說，可知杜從古著作的動機，其云：「臣嘗懼朝廷有大典冊，垂之萬世，而百氏濡毫，體法不備，豈不累太平之盛舉」。〔註24〕可見編寫的目的有二，一是備朝廷撰寫典冊之需，如宋徽宗時鑄造的青銅禮樂器上的銘文用字，二是供民間寫刻記念文件，如墓誌銘蓋、碑類、印章等的用字。〔註25〕然而，其在成書後卻不如作者自許，長時間處於湮沒無聞的狀態。元、明二代雖略有述及，然清初不少學者卻不知有《集篆古文韻海》的存在，如吳玉搢（1698～1773）評元人高翿刻古文《老子》參考《集篆古文韻海》字形說道「今並《古文韻海》亦不可見，翻此碑……筆法未善，視郭忠恕、僧夢英已當三舍避之」。〔註26〕又畢沅（1730～1797）亦說「云出《古文韻海》，《宋史・藝文志》無此書。字體奇詭失實，非古人之遺也」。〔註27〕吳玉搢《金石存》成書於乾隆三年（1738），畢沅《關中金石記》則是在乾隆三十二年（1767）任陝西巡撫陸續彙纂，於時二人似乎皆不見《集篆古文韻海》。直至乾隆晚期，阮元任浙江學政、巡撫時，搜訪江浙一帶祕籍，〔註28〕該書才收錄為《宛委別藏》其一。〔註29〕

　　阮元在〈集篆古文韻海提要〉曾提到該的流傳狀況，云其「是編書家未見著錄」〔註30〕。孫星衍（1753～1818）《平津館鑑藏書籍記・補遺》亦說「《集篆古文韻海五卷》，前有宣和元年杜從古自序，此書諸家皆不著錄」。〔註31〕雖

〔註24〕〔宋〕杜從古：《集篆古文韻海》（影印《《宛委別藏》》本），無標頁數。

〔註25〕郭子直：〈記元刻古文《老子》碑兼評《集篆古文韻海》〉，頁 355～356。

〔註26〕轉引自郭子直：〈記元刻古文《老子》碑兼評《集篆古文韻海》〉，頁 350，其文末注釋第 4 條云此語出自吳玉搢《金石存・卷四》，頁廿八。

〔註27〕〔清〕畢沅：《關中金石記・卷八》，見王雲五主編：《叢書集成初編》（臺北：商務印書館，1936 年 12 月初版），頁 161。

〔註28〕阮元於清乾隆五十八年至嘉慶三年（1793～1798）出任山東、浙江學政，嘉慶四年至十年（1799～1805）之間任浙江巡撫。〔清〕張鑒等撰、黃愛平點校本：《阮元年譜（繁體版）》（北京：中華書局，1995 年 11 月），頁 12～30。

〔註29〕有關臺灣故宮所藏《宛委別藏》之研究介紹，可參吳哲夫：〈《宛委別藏》簡介〉一文，收於王秋桂、王國良主編：《中國圖書・文獻學論集》（臺北：明文書局，1983 年 9 月初版），頁 527～553。

〔註30〕〔宋〕杜從古：《集篆古文韻海》（影印《《宛委別藏》》本），無標頁數。

〔註31〕〔清〕孫星衍：《平津館鑑藏書籍記（附補遺、續編）》，收於王雲五主編：《叢書集成初編》（上海：商務印書館，1936 年 6 月初版），頁 80。

然《集篆古文韻海》自宋宣和年間後到清代被輯爲《宛委別藏》其一，似有一長時間消失不見，不過根據筆者鈎沉的結果卻非阮、孫二氏所說在其之前未見著錄。而現存除《宛委別藏》本外，可見另外有二個版本。下文先考究《集篆古文韻海》在阮、孫之前的目錄著錄，再論述三個現存版本的源流狀況。

一、《集篆古文韻海》著錄

　　《集篆古文韻海》較爲人知的著錄爲清阮元收編的《宛別藏委》本，然其實最早的著錄可以推至明末。根據筆者的發現，最早著錄《集篆古文韻海》的藏書目錄是明末清初毛扆（1640～1713）的《汲古閣珍藏秘本書目》。其記載「《集篆古文韻海》五本一套。宋人杜從古字唐稽，世不知有此書，十兩）」。〔註32〕而其下一條《新集古文四聲韻》又記：

> 《新集古文四聲韻》五本一套。夏竦，字子喬。世無其書，此三書者世間絕無而僅有者也，十兩。（筆者案：此三書者指《新集古文四聲韻》前兩條《增廣鐘鼎篆韻》七本一套、《集篆古文韻海》五本一套，以及本條《新集古文四聲韻》」）。〔註33〕

由此可知，《集篆古文韻海》在被毛扆著錄之前，的確是長時間處於「世不知有此書」、「世間絕無而僅有者也」的情況。然其實元代楊桓（1234～1299）曾在《六書統·自序》中說：「觀前宋杜從古《集篆古文韻海》但博文多識而已」〔註34〕。又高翿跋元刻《古文道德經》：「所書古文《老子》，偶於《集篆古文韻海》中檢討綴緝」，〔註35〕可見《集篆古文韻海》到元代仍爲人所知。到了明代較少被世人注意的原因，筆者推測可能是因爲《集篆古文韻海》字

〔註32〕 〔明〕毛扆：《汲古閣珍藏秘本書目》，王雲五主編：《叢書集成初編·世善堂藏書目錄及其他一種》（清嘉慶五（庚申）年（1800）士禮居刊本）（上海：商務印書館，1937 年 6 月初版），頁 3

〔註33〕 〔明〕毛扆編：《汲古閣珍藏秘本書目》，頁 4。

〔註34〕 〔元〕楊桓：《六書統》，臺北：臺灣商務印書館（影印文淵閣四庫全書本第 227 冊），1983 年，頁 7。

〔註35〕 見元古文道德經并側題字及額拓片（景至元廿七年刻盩厔縣樓觀臺道德經幢拓本），遼金元拓片數位典藏（中央研究歷史語言研究所），網址：http://ndweb.iis.sinica.edu.tw/rub_public/System/Yuan/search/EnlargePIC_DATA_1.jsp?RUBBING_ID=11107

形數量龐大，若欲廣爲抄出多本實屬不易。因此世間僅只有數本流傳，到了
汲古閣中更成爲罕見的珍藏秘本。

這批原汲古閣的珍藏秘本會被編纂成目錄的原因，根據清人葉德輝在〈古
今藏書家紀版本〉說到：

> 明毛扆《汲古閣珍藏秘本書目》（一卷，黃丕烈《士禮居叢書》刻
> 本）注有宋本、元本、舊抄、影宋、校宋本等字，此乃售書于潘
> 稼堂未，不得不詳爲記載，以備受書者之取證，非其藏書全目也。

〔註36〕

又於〈明毛晉汲古閣刻書之四〉云：

> 毛氏汲古閣藏書，當時欲售之潘稼堂太史未，以議價不果，後遂歸
> 季滄葦禦史振宜。黃丕烈《士禮居叢書》中所刻毛扆《汲古閣珍藏
> 秘本書目》，所載價目，即其出售時所錄也。〔註37〕

據葉德輝所言，《汲古閣珍藏秘本書目》編纂目的乃因汲古閣主人毛晉之子毛扆
出售藏書時所編，此僅是部分的藏書。由於本目錄出於鬻書之用的書單，因此
體例依次對版本、書名、卷數、冊數、作者、抄本品類與售價等有詳細說明，
而部分書目有題識，對其珍善程度作簡要評介。根據丁延峰研究《汲古閣珍藏
秘本書目》對版本的紀錄是「凡宋元版均冠于書名之前，而抄本均加以標注，
凡不作標注的當爲明本」，丁延峰說：

> 明清藏書家對國朝版本多不以爲然，毛扆自不應例外，故撰于清初
> 的《書目》所收的這些不加注明的版本，當多爲明本無疑。〔註38〕

雖然《汲古閣珍藏秘本書目》著錄《集篆古文韻海》並未見說明是何種版本，
但可從以上研究推測得知兩點：一爲明代的毛氏父子汲古閣藏有《集篆古文韻
海》，二乃汲古閣所藏的《集篆古文韻海》可能是明抄本。根據傳統說法，《汲
古閣珍藏秘本書目》此批藏書後歸於季振宜（1630～1674）所有，然潘天禎已

〔註36〕〔清〕葉德輝：《書林清話・古今藏書家紀版本》，收於楊家駱主編：《中國目錄學
名著第二集》（臺北：世界書局，1983年10月四版），頁5。

〔註37〕〔清〕葉德輝：《書林清話・明毛晉汲古閣刻書之四》，頁196。

〔註38〕參自丁延峰：〈《汲古閣珍藏秘本書目》的著錄體例及其價值述論〉《圖書館理論與
實踐》，2009年06期，頁46～50。

撰文考究而駁斥此說。〔註 39〕而是大部分編目的書籍相繼流散，難於查明歸屬何人，因此汲古閣藏的《集篆古文韻海》流處亦不知去向。毛扆編纂鬻書目錄的時間據潘天禎所考，其時間應在康熙三十八年（1699）九月至康熙四十七年（1708）之間，而毛扆卒於康熙五十二年（1713）。〔註 40〕假設此批書籍在下限毛扆卒年左右鬻出，那麼距離《宛委別藏》的收錄，也有將近百年的時間是無人著錄。〔註 41〕

　　《集篆古文韻海》除上述毛扆、阮元、孫星衍的著錄外，其他書目也有記載者，還有如莫友芝（1811～1871）《邵亭知見傳本書目》、繆荃孫（1844～1919）《藝風堂文續集・集篆古文韻海跋》、《藝風藏書續記》、趙詒琛（1869～1948）《峭帆樓善本書目》等。《集篆古文韻海》在歷代公私目錄可以考見者，僅寥寥數家而已。

二、現存版本源流考溯

　　阮元得《集篆古文韻海》後，依舊抄影摹進呈爲《宛委別藏》，成爲現今學界最廣爲認識的版本。如嚴一萍《續聚珍版叢書》、《叢書集成三編》，沈治宏、劉琳《現存宋人著述總錄》〔註 42〕、徐在國《傳抄古文字編》等皆僅提及阮元《宛委別藏》本。最早撰文介紹《集篆古文韻海》的郭子直〈記元刻古文《老子》碑兼評《集篆古文韻海》〉，其說：

> 《集篆古文韻海》，五卷，宋杜從古撰。今僅見《宛委別藏》選集影摹舊抄本三冊，民國二十四年商務印書館依故宮博物院藏本影印，惜未見其他版本可資補校。〔註 43〕

〔註 39〕潘天禎：〈《秘本書目》收錄書的歸屬問題〉，原發表於《圖書館雜誌》1986 年第 1、2 期，頁數 39～42+46；57～60。後收入潘天禎：《潘天禎文集》（上海：上海科學技術文獻出版社，2002 年 4 月），頁 203～216。

〔註 40〕潘天禎：〈《秘本書目》收錄書的歸屬問題〉，頁 215。

〔註 41〕此處並非意指阮元訪得的本子即是毛扆所鬻出的本子，而是指自毛扆著錄《集篆古文韻海》後，至阮元再著錄《集篆古文韻海》時，已經相距有近百年的時間。

〔註 42〕沈治宏、劉琳主編：《現存宋人著述總錄・經部・小學類》（成都：巴蜀書社出版發行，1995 年 8 月一版一刷），頁 26。

〔註 43〕郭子直：〈記元刻古文《老子》碑兼評《集篆古文韻海》〉，頁 355。

郭子直也以爲《集篆古文韻海》僅有清阮元《宛委別藏》此一孤本而已。其實《集篆古文韻海》最早有宋抄本，清方功惠（1829～1897）曾據宋抄本影摹《集篆古文韻海》，欲輯成《碧琳瑯館叢書》，然惜雖寫成而未刻〔註44〕，而今日原宋抄本與方功惠抄本都已不見。上文曾述及藏於汲古閣者或可能是明抄本，以及阮元影摹的舊抄原本〔註45〕，都是《集篆古文韻海》在歷史上曾經存在過的版本。而如今現存的版本除《宛委別藏》外，仍有藏於中國北京圖書館（1998年改名爲中國國家圖書館）的清嘉慶元年（1796）錢唐項世英抄本〔註46〕，與藏於臺灣國家圖書館明嘉靖二年（1523）武陵龔萬鐘抄本。〔註47〕比較此三者版本上的差異，詳見本論文「版本比較」處（頁46），下文分別釐清現存三版本的源流狀況。

（一）明嘉靖二年（1523）武陵龔萬鐘抄本

除廣爲人知的《宛委別藏》本外，《集篆古文韻海》另一版本是現藏於臺灣國家圖書館，卷末署有「時嘉靖癸未歲仲穐吉旦假抄本訂正重錄武陵伯子龔萬鐘識」者。癸未即明嘉靖二年（1523），抄手是武陵的龔萬鐘（以下稱明龔萬鐘本）。由於抄者事蹟已不可考，因此以下便從版本上的藏書鈐印考究此版本的流傳狀況。

本版本共計有十四方鈐印（重複不計，見下圖），分別是：（1）小珊三十年精力所聚白文方印、（2）求古居朱文方印、（3）會稽章氏藏書朱文方印、（4）

〔註44〕見〔清〕楊守敬：《增訂叢書舉要·卷四十七》：「《碧琳瑯館叢書》巴陵方功惠柳橋輯，刊於廣州，已寫未刻本：《集篆古文韻海》五卷（景宋抄本）宋杜從古」。收於謝承仁：《楊守敬集·第七冊》（武漢市：湖北人民出版社，1988～1997年），頁778～779。

〔註45〕阮元〈集篆古文韻海提要〉云：「此依舊抄影摹」，見〔宋〕杜從古：《集篆古文韻海》（影印《宛委別藏》本），無標頁數。

〔註46〕北京圖書館古籍出版編輯組：《北京圖書館古籍珍本叢刊（5）·經部·小學》（北京：書目文獻出版社，1991年），頁746～841。

〔註47〕《國立中央圖書館善本書目》載有《集篆古文韻海》（明嘉靖二年（1523）武陵龔萬鐘手抄本），見國立中央圖書館編：《國立中央圖書館善本書目》（上）（甲編卷一·經部小學類）（臺灣：中華叢書委員會，1957年8月），頁47。今可於臺灣國家圖書館「古籍影像檢索系統」檢索並於館內列印，網址：http://rarebook.ncl.edu.tw/rbook/hypage.cgi?HYPAGE=search/search_res.hpg&sysid=00980&v=

荃孫白文長方印、（5）藝風珍藏白文方印、（6）江陰繆荃孫藏書記朱文長方印、（7）曾經藝風勘讀朱文方印、（8）王致堂〔註48〕三世寶藏朱文長方印、（9）陳立炎朱文長方印、（10）古書流通處朱文長方印、（11）龔氏家藏白文方印、（12）武陵伯子朱文方印、（13）士廉印、（14）龔士廉之印。由於部分藏書印擁有者較不可考，存而不論。今就可考知者，藉藏書印勾勒本版本的流傳，以同一擁有者將藏書印歸類，考述如下。

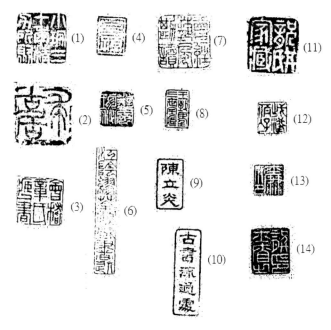

（1）龔萬鐘：龔氏家藏白文方印、武陵伯子朱文方印、士廉印、龔士廉之印。

龔萬鐘，明嘉靖間之抄手，生平事蹟不詳。除曾抄寫《集篆古文韻海》外，目前可考者還有收藏於香港中文大學的《春秋四傳三十八卷綱領一卷提要一卷列國東坡圖說一卷春秋二十國年表一卷諸國興廢說一卷》。其爲明嘉靖間刊本，版心下鐫有「龔士廉書，唐麟刊」等字。〔註49〕

〔註48〕此印左半第三字「⿰⿱𡈼土」繆荃孫於《藝風堂文續集・卷六・集篆古文韻海跋》隸定爲「堂」，見〔清〕繆荃孫著，黃明、楊同甫標點：《藝風藏書記》（上海：上海古籍出版社，《中國歷代書目題跋叢書第二輯》，2007年6月），頁243。然筆者認爲此字爲「𡈼」的古文「⿰⿱𡈼土」，應釋作「望」，疑此人即爲名滿江南的話雨樓第四代傳人王致望（約1785～1850年），其人字渭徵，號少呂，吳江盛澤鎮人，特喜篆書，撰有《舜湖紀略》一書。

〔註49〕香港中文大學圖書館系統編：《香港中文大學圖書館古籍善本書錄》（香港：中文

（2）黃丕烈：求古居朱文方印

黃丕烈（1763～1825），字紹武，號蕘圃，別署復翁、佞宋主人等，清江蘇吳縣人，乾隆五十三年（1788）舉人。黃氏藏書齋室樓名甚多，如先是有學耕堂，後陸續有百宋一廛、士禮居、陶陶居、學山海居、讀未見書齋等。[註50] 其曾於《求古精舍金石圖》序云：「余以求古名其居，爲藏宋刻書籍也，因自號佞宋主人」。[註51] 而《集篆古文韻海》的「求古居朱文方印」，即是其命藏書齋室名「求古居」的藏書印。

從黃丕烈的藏書印得知，《集篆古文韻海》曾被黃氏收藏。黃丕烈的全部藏書，在嘉慶末年開始散出。至道光五年（1825）卒前已散失殆盡，其中善本秘冊多歸汪士鐘藝芸書舍。汪氏藝芸書舍藏散出之後，又爲常熟瞿鏞（約1800～1864）鐵琴銅劍樓和山東聊城楊以增（1787～1856）海源閣分而得藏。此是粗略而言，若要細考黃氏所有藏書去向是不可細究。從書上鈐印來看，《集篆古文韻海》應該不歸二者所有，而是繆荃孫所得。

（3）繆荃孫：小珊三十年精力所聚白文方印、荃孫白文長方印、藝風 珍藏白文方印、江陰繆荃孫藏書記朱文長方印、曾經藝風勘讀朱 文方印

繆荃孫（1844～1919），字炎之，一字筱珊，又作小山，晚號藝風、藝風老人，江蘇江陰人。近代著名的藏書家、目錄學家，圖書館事業的奠基者，其藏書印達十九枚之多。[註52]《集篆古文韻海》此版本上共印有五方繆荃孫藏書印，而其《藝風堂藏書續紀・卷一・小學》也有著錄《集篆古文韻海》。[註53] 除以印記與藏書記示所藏外，繆氏撰〈集篆古文韻海跋〉提到：

> 《集篆古文韻海》五卷，杜從古撰。白緜紙舊抄本，末有「時嘉靖

大學出版社，2001 年增訂），頁 24。

〔註50〕林申清編著：《明清著名藏書家・藏書印》（北京：北京圖書館出版社，2000 年 10 月），頁 144。

〔註51〕〔清〕趙紹祖輯：《求古精舍金石圖》，臺北：新文豐，《石刻史料新編》（第二輯 第七），1979 年。，頁 5421。

〔註52〕林申清編著：《明清著名藏書家・藏書印》，頁 207～209。

〔註53〕〔清〕繆荃孫著，黃明、楊同甫標點：《藝風藏書記》，頁 243。

癸未歲仲秋吉旦假抄本訂正重錄武陵伯子龔萬鐘識」一行題籤。亦舊有王致堂三世寶藏朱文長印。……此書《四庫》未收，他書目亦未見著錄，惟《平津館鑑藏書籍記》有之，云有從古自序，此本已脫。今夏晤趙君學南亦藏是書……。〔註54〕

從此段跋文可知：其一，繆荃孫所跋的《集篆古文韻海》版本，即是嘉靖癸未龔萬鐘抄本，也就是有蓋有繆荃孫五方藏書印，現存於臺灣國家圖書館者。其二，在繆荃孫之前，本版本就鈐有「王致堂三世寶藏朱文長方印」。其三，其友趙詒琛（號學南，1862～1946）也藏有《集篆古文韻海》。而筆者考察趙詒琛的《峭帆樓善本書目・經部》的確記載藏有《集篆古文韻海》一書。於小字提要說「宋杜從古撰，明人影寫舊刻本」〔註55〕，但卻不能確定趙詒琛所藏是否和繆荃孫一樣皆是明嘉靖龔萬鐘的抄本，抑或為另一明抄本。

繆荃孫卒後，關於藝風堂藏書下落，清倫明曾云：「繆氏歿世之當年，其子繆祿保（字子壽）『以所藏書售之上海古書流通處。所餘抄校本及刻本之罕見者尚不少，並家稿攜之入都』」。〔註56〕其子繆祿保把大部分藏書賣給了上海古書流通處，另有些珍本隨繆祿保移往北京，後多為北京大學圖書館所得。從本版本上的「陳立炎」與「古書流通處」藏書印來看，繆荃孫手上的《集篆古文韻海》應是經由繆祿保賣予了上海古書流通處。

（4）陳立炎：陳立炎朱文長方印、古書流通處朱文長方印

陳立炎，一名琰，杭州人，清末於上海交通路開設六藝書局，後因涉及訴訟而關閉，翌年仍掛名古今圖書館繼續營業。其人對於舊書不求甚解，但因為人頗有膽識，後得書業界沈知方、魏炳榮之支持，以兩萬多元之高價，收購了盧址（1725～1794）抱經樓全部藏書，而於1916年開設古書流通處。古書流通處最初設在上海三馬路惠福里，後遷麥家圈仁濟醫院隔壁，再遷廣

〔註54〕〔清〕繆荃孫：《藝風堂文續集・卷六》（上海：上海古籍出版社，續修四庫全書編纂委員會：《續修四庫全書・集部》（1574冊），1994～2002年），頁239。

〔註55〕趙詒琛：《峭帆樓善本書目》，收於林夕主編、孫學雷、姜尋副主編：《中國著名藏書家書目匯刊，近代卷，26》（北京：商務印書館，2005年10月一版一刷），頁544。

〔註56〕〔清〕倫明：《辛亥以來藏書紀事詩（附校補）》（上海：上海古籍出版社，1999年9月），頁33。

西路小花園，前後約共經營九年之久。〔註57〕

其友陳乃乾在〈上海書林夢憶錄〉中記述當時古書流通處的藏書規模，其云：

> 前後九年，規模闊大，儼然爲同業巨擘。凡藏書家之大批售出者，悉爲其網羅，如百川之朝宗于海焉。其中最著者爲繆筱珊藝風堂及嘉定廖谷似（壽豐）兩家之藏。……其《藝風堂藏書記》正續編中最精之宋本……生前已轉歸他人，死後，其子僧保、祿保以遺書悉數售于古書流通處。當時依據《藏書記》點交。〔註58〕

根據此段，可以得知繆荃孫死後，其子依《藝風藏書》正續三記所載書目，點交轉售於陳立炎古書流通處。因此，更可以說明上文提到曾被著錄在《藝風堂藏書續紀・卷一・小學》的明龔萬鐘本抄本《集篆古文韻海》，是一併從繆荃孫手上轉售於古書流通處。

關於古書流通處藏書流向，陳乃乾提到「末年以存書悉數售於中國書店，作價萬元」。〔註59〕不能確定明龔萬鐘本抄本《集篆古文韻海》，是否一同售之，然今本藏於臺灣國家圖書館，從《國立中央圖書館善本書目》編者謹識可知《集篆古文韻海》或是蒐羅自上海：

> 溯自七七事變，戰端肇於河北，延及江南，藏書之家，不克世守。國立中央圖書館怵於歸安陸氏藏書東渡之前艦，懼我國寶藏再有流失之虞，乃於抗戰時期以上海爲中心，北自燕都，南迄粵港，網羅收購，不遺餘力，南北秘籍，歲集藏於該館，典籍之豐，爲歷代公藏之冠。〔註60〕

從上引文可知，或原於上海一帶的《集篆古文韻海》，於兵火倥傯之際，隨其他

〔註57〕〔清〕陳乃乾：〈上海書林夢憶錄〉（上中下），原載於《古今》第 20、21（1943 年 4 月）、第 27、28 期（1943 年 8 月）、第 30 期（1943 年 9 月）。此轉引自秋禾、少莉編：《舊時書坊》（北京：生活・讀書・新知三聯書店，2005 年 12 月，2006 年 7 月重印），頁 88～91。

〔註58〕轉引自秋禾、少莉編：《舊時書坊》（北京：生活・讀書・新知三聯書店，2005 年 12 月，2006 年 7 月重印），頁 91。

〔註59〕〔清〕陳乃乾：〈上海書林夢憶錄〉，頁 95。

〔註60〕國立中央圖書館編：《國立中央圖書館善本書目》（上），無標頁數。

善本被國民政府蒐羅攜帶至臺灣，而能免於書厄秦火之災。

（二）清阮元《宛委別藏》本

阮元進呈的《集篆古文韻海》，據繆荃孫（1844～1919）在〈集篆古文韻海跋〉提到，原抄本是影抄自孫星衍平津館本。其云：

> 此書《四庫》未收，他書目亦未見著錄，惟《平津館鑑藏書籍記》有之，云有從古自序，此本已脱。……阮文達公進呈即影抄平津館本。〔註61〕

據研究阮元輯《宛委別藏》來源自借抄友朋、取相關文獻祖本以及諸家代爲徵求。而阮元官浙江巡撫時，孫星衍受召爲幕僚，因此是有可能抄自孫氏所藏舊本。後阮元的《宛委別藏》與文淵閣《四庫全書》於 1937 年一道運抵臺灣，現今存放於故宮博物院。1981 年由臺灣商務印書館將其所收 174 種書籍全部影印出版，而江蘇古籍出版社又於 1988 年據臺灣商務印書館版本再次影印出版。學界廣爲運用的《集篆古文韻海》版本即爲阮元《宛委別藏》本。

此外附帶一提，和阮、孫同時的謝啓昆（1737～1802）撰《小學考》時，卻沒有考述《集篆古文韻海》一書。《小學考》乃謝氏官浙江按察時，觀文瀾閣中秘之書經，於乾隆六十巳卯（1795）至嘉慶三年戊午（1798）撰成。〔註62〕其時與地緣關係和阮元、孫星衍訪書十分相近，且三人也有交遊之誼。以何務求賅廣、專考小學經籍存佚的《小學考》〔註63〕，爲何沒有將《集篆古文韻海》單獨列條考述？不知是否因謝啓昆未見阮、孫二人手上之《集篆古文韻海》。然可以確定的是謝啓昆撰書時曾見杜從古〈自序〉，因謝氏在「夏竦《古文四聲韻》」下有引用杜從古〈自序〉評論《古文四聲韻》的文字。〔註64〕謝啓昆未能考述

〔註61〕見〔清〕繆荃孫：《藝風堂文續集・卷六》，頁 239。

〔註62〕〔清〕謝啓昆〈小學考序〉曰：「乾隆巳卯啓昆官浙江按察使得觀文瀾閣中秘之書經，始采輯爲《小學考》。後復由山西布正使移任浙江，從政之暇更理前業，成書五十卷。……時嘉慶戊午季夏，越五年壬戌重加釐定，乃付板削焉。」見〔清〕謝啓昆：《小學考》（臺北：藝文印書館，1974 年 2 月初版），頁 7。

〔註63〕〔清〕謝啓昆《小學考》五十卷，共收歷代史志、公私書目、方志、文集、筆記中所錄之小學書 1180 種，每書下標明作者、卷數、存佚以及原書序跋、諸家論説、作者生平等。

〔註64〕〔清〕謝啓昆：《小學考》（卷十八），頁 313。

《集篆古文韻海》，以致讓後學失去欲治此書的鈐鍵〔註65〕，殊是《集篆古文韻海》的一大憾事。

（三）清嘉慶元年（1796）錢唐項世英抄本

《集篆古文韻海》另一版本是現藏於中國北京圖書館，卷末署有「太瘦生金湜謹錄」、「嘉慶初元錢唐項世英重錄」（以下稱清項世英本）。全版共計有七方鈐印（見下表），卷前共四方其中一方字體已模糊不詳，重複者不計，其餘爲（1）「孝經一卷人家」、（2）「北京圖書館藏」、（4）「宗室盛昱收藏圖書印」。以及卷末三方，分別是（5）「世英之印」、（6）「折銈飲馬後裔」等印。以下就可考抄者與藏書者述之：

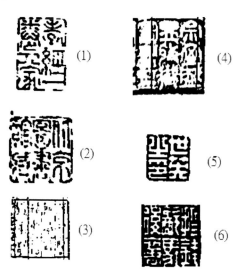

（1）金湜：太瘦生金湜謹錄（抄者）

明人金湜（活動期約 1436～1480），字本清，號太瘦生、朽木居士，四明人（今浙江寧波）。明英宗正統六年（1441）舉於鄉，以善書授中書舍人，後遷太僕寺丞，督山東、河南馬鄭。詩多逸韻，能畫寫竹石甚佳，鉤勒竹尤妙，每命筆，姿態橫生，率題小詩於上，人稱爲三絕。又善摹印篆，其書法篆、隸、行草俱有漢晉人風骨。〔註66〕

金湜雖生卒年不詳，但從其致仕時代推論約是明英宗、憲宗朝人。由此，

〔註65〕俞樾《小學考序》曾言：「自來言小學者之鈐鍵，欲治小學者不可不讀此書」，見〔清〕謝啓昆：《小學考》，頁1。

〔註66〕參張傳保修、陳訓正、馬瀛纂：《民國鄞縣通志》（上海：上海書店，1993年），頁119。

其抄錄《集篆古文韻海》時間應早於上述明嘉靖（明世宗）武陵龔萬鐘抄本的年代。然由於今所存的嘉慶項世英本是據金湜舊抄重錄，因此並非金湜所抄原本。所以今能見的《集篆古文韻海》三版本中，仍以藏於臺灣國家圖書館的明龔萬鐘本最古。

（2）盛昱：宗室盛昱收藏圖書印

盛昱（1850～1900），愛新覺羅氏，字伯熙、韻蒔，號意園，隸滿洲鑲白旗，肅武親王豪格七世孫，爲清宗室，藏書於郁華閣，其人精詩文，工八法，潛心金石學。〔註67〕

盛昱藏書的流散，宋元本多被袁克文收藏，而其中部分明清本則入鄧邦述（1868～1939）群碧樓，完顏景賢、李盛鐸（1859～1934）等。由於不能確定自盛昱到周叔弢（1891～1984）之間，清嘉慶元年（1796）錢唐項世英抄本的《集篆古文韻海》爲何人收藏。不過據李盛鐸《木樨軒藏書題記與書錄》所載，李氏曾見《集篆古文韻海》，並稱其爲「杜從古《古文韻》」。〔註68〕

（3）周叔弢：孝經一卷人家

周叔弢，近代藏書大家，其曾收藏元相臺岳氏荊溪家塾刻本，天祿琳琅舊物的《孝經》，並請齊白石刻一方「孝經一卷人家」〔註69〕的印章並以示珍藏。因此，據清項世英抄本的《集篆古文韻海》上的「孝經一卷人家」藏書印，可知《集篆古文韻海》當曾爲周叔弢所收藏。

另考察今人所編周叔弢藏書的《自莊嚴堪善本書目》也記載有清項世英抄本的《集篆古文韻海》。〔註70〕《自莊嚴堪善本書目》爲 1952 年周叔弢捐贈予北京圖書館的宋元明刻本和抄本、校本等，共計七百一十五種，二千六百七十一冊的善本書目錄。因此，自周叔弢捐贈後，現今的清項世英抄本《集

〔註67〕高興璠：〈愛新覺羅・盛昱〉《滿族研究》1995 年 04 期，頁 37。

〔註68〕出自李盛鐸題記「明李登《撫古遺文》」此書下云：「其書蓋以杜從古《古文韻》、劉楚《鐘鼎韻》爲本」，見〔清〕李盛鐸撰、張玉範編：《木樨軒藏書題記與書錄》（北京：北京大學出版社，1985 年），頁 89。

〔註69〕齊白石所刻「孝經一卷人家」藏書印，可見於齊白石：《齊白石全集・第八卷篆刻》（長沙：湖南美術出版社，1996 年 10 月一版一刷），頁 330。

〔註70〕冀淑英纂：《自莊嚴堪善本書目》（天津：天津古籍出版社，1985 年 7 月初版），頁 20。

篆古文韻海》就藏於北京圖書館，而北京圖書館古籍出版編輯組曾據此版本編入《北京圖書館古籍珍本叢刊（5）・經部・小學》中，學界得以見此。

第三節　《集篆古文韻海》版本比較

　　《集篆古文韻海》現存共有三個版本，分別爲現藏於臺灣國家圖書館明嘉靖二年（1523）武陵龔萬鐘抄本，與中國北京圖書館清嘉慶元年（1796）錢唐項世英抄本，以及現藏於臺灣故宮博物院清阮元《宛委別藏》抄本。三個版本經比較研究後可以初步歸納以下幾點不同：

一、版式行款

　　《集篆古文韻海》版本之一《宛委別藏》本的形式介紹，依郭子直〈記元刻古文《老子》碑兼評《集篆古文韻海》〉一文，說其：

> 原抄本葉心高廿一、寬十五公分。白口，葉心寫「古文韻海卷 x」，下寫葉數。烏絲闌，每半葉八行，行寫古文大字五字，各附小楷釋文。卷首有自序三葉，末署「宣和元年九月二十八日朝請郎尚書職方員外郎臣杜從古謹序」。無目錄，依韻書成例，正文按聲調分爲五卷。〔註71〕

郭氏說明的版式行款，需有一處訂正，每行雖基本寫古文大字五字，但非全書皆此，也有多至九字。而除以上介紹外，與另外二個版本的版式行款比較，可列表如下：

	明武陵龔萬鐘抄本	清錢塘項世英抄本	清阮元《宛委別藏》抄本
卷數	五卷	五卷	五卷
高廣	高 27.4 公分，寬 17.1 公分，原紙高 24.7 公分。	原書版框高 210 毫米，寬 142 毫米	高 21、寬 15 公分
版式	版心白口，每卷首頁書有「前宋杜從古編」	版心白口	版心白口，葉心寫「集篆古文韻海卷 x」，下寫葉數
欄線	無欄線	烏絲闌	烏絲闌
行款	每半葉八行，每行字數不一，各附小楷釋文	每半葉八行，每行字數不一，各附小楷釋文	每半葉八行，每行字數不一，各附小楷釋文

〔註71〕郭子直：〈記元刻古文《老子》碑兼評《集篆古文韻海》〉，頁 355。

序跋	卷首有宋杜從古自序三葉，卷五末有清桂馥手書題跋，以及陶宗儀《書史會要》記杜從古生平事蹟。	卷首有宋杜從古自序三葉，卷五末有清桂馥手書題跋，以及陶宗儀《書史會要》記杜從古生平事蹟。	卷首有阮元提要與宋杜從古自序三葉。
目錄	無目錄與引用書目，但各卷前有總韻目	無目錄、引用書目與總韻目	無目錄、引用書目與總韻目

由於《集篆古文韻海》體例的缺陷，所列古文各形，均未註明出處，現存三版本皆無目錄與引用書目，因此成為《集篆古文韻海》研究上的較大限制。

二、序跋差異

　　《集篆古文韻海》現存三個版本的序跋有部分差異。第一是明武陵龔萬鐘抄本與清錢塘項世英抄本皆有杜從古〈自序〉與桂馥（1736～1805）跋文，而清阮元《宛委別藏》抄本則無桂馥跋文。三個版本的杜從古〈自序〉內文有些許詞句不同，據桂馥跋文說杜從古〈自序〉輯自《永樂大典》卷 15978，但此卷今已不存。〔註72〕桂馥曾據清項世英本所載〈自序〉與永樂大典互勘〔註73〕，從其批註的小字可知清項世英本的所載〈自序〉與永樂大典差異處較多，而明龔萬鐘抄本與《宛委別藏》本則較近於永樂大典。

　　除詞句上的不同外，其中最大兩處不同：一為所稱卷數不同，清項世英本稱《集篆古文韻海》有十五卷，而另兩者言有五卷。清項世英本杜從古〈自序〉說「復以四聲編之，分為十五卷，之曰《集篆古文韻海》」，其上桂馥的批註小字則曰：

　　　　十五卷下《大典》有文「有目錄一卷」六字

　　　　《韻海》下《大典》有其文，□（案：筆者自加，此處應闕漏一字）

　　　　凡一萬三千七百三十一字，篆凡三萬五百四十五字，音義凡二十萬

　　　　四百五十八字。〔註74〕

〔註72〕見《永樂大典》現存卷目表〉，收於張昇編：《《永樂大典》研究集刊》（附錄一）（北京：北京圖書館出版社，2005 年 6 月），頁 1005。

〔註73〕清項世英本的杜從古〈自序〉上的批註小字，是桂馥就四庫館互勘的文字。見項世英本的桂馥跋文，北京圖書館古籍出版編輯組：《北京圖書館古籍珍本叢刊（5）‧經部‧小學》，頁 841。

〔註74〕項世英本杜從古〈自序〉，見北京圖書館古籍出版編輯組：《北京圖書館古籍珍本

從桂馥批註小字中可知《永樂大典》所載〈自序〉稱原《集篆古文韻海》有十五卷並有目錄一卷，且有統計所收字數、音義。桂馥於跋文中以爲「原書十五卷後人損爲五卷而削其目錄音義」〔註75〕亦是據校刊《永樂大典》所載〈自序〉後所得的看法。由於現今三個版本皆存五卷，因此原本是否爲十五卷則不可得知。

第二不同處爲清項世英本〈自序〉末署「臣北筶謹序」，而另兩本末署「臣杜從古謹序」。桂馥於跋文中說「初宋芝山出示此本，疑北筶姓名不類，訪之周林汲言《大典》作杜從古，因就四庫館互勘一過」。〔註76〕筆者認爲桂馥所謂「北筶」（形作 北筶）應是「杜從古」的三字的誤認。由於「杜」字墨跡漫漶，因此似「北」，而「從」字較近「古」，遂以爲「從」爲「竹」頭，合二字爲一字認作「筶」。因此也就造成桂馥以爲「北筶姓名不類」的誤解，因此《集篆古文韻海》作者依當《永樂大典》所載爲杜從古無誤。

三、韻目殘存

由於三版本皆屬手抄本，在歷代傳抄的過程中有不少差異，如韻目殘存與用字。現將三版本所存韻目以及次序、用字列表如下〔註77〕：

書名	集 篆 古 文 韻 海			廣 韻	集 韻
版本	明龔萬鐘抄本	《宛委別藏》本	項世英抄本	澤存堂本	明洲本
上平聲	一東	一東	一東	一東	一東
	二冬	二冬	二冬	二冬	二冬
	三鍾	三鍾	三鍾	三鍾	三鍾
	四江	四江	四江	四江	四江
	五支	五支	五支	五支	五支

叢刊（5）‧經部‧小學》，頁 748。

〔註75〕見項世英本桂馥跋文，北京圖書館古籍出版編輯組：《北京圖書館古籍珍本叢刊（5）‧經部‧小學》，頁 841。

〔註76〕見項世英本桂馥跋文，北京圖書館古籍出版編輯組：《北京圖書館古籍珍本叢刊（5）‧經部‧小學》，頁 841。

〔註77〕本表需說明者有：（1）空白處表示原書缺葉（2）以【】表示者代表原書缺葉，但可從各卷前的總韻目校補。（《集篆古文韻海》現存三個版本中，僅以「明龔萬鐘抄本」各卷前有總韻目。）

六脂	六脂	六脂	六脂	六脂
七之	七之	七之	七之	七之
八微	八微	八微	八微	八微
九魚	九魚	九魚	九魚	九魚
十虞	十虞	十虞	十虞	十虞
十一模	十一模	十一模	十一模	十一模
十二齊	十二齊	十二齊	十二齊	十二齊
十三佳	十三佳	十三佳	十三佳	十三佳
十四皆	十四皆	十四皆	十四皆	十四皆
十五灰	十五灰	十五灰	十五灰	十五灰
十六咍	十六咍	十六咍	十六咍	十六咍
十七眞	十七眞	十七眞	十七眞	十七眞
十八諄	十八諄	十八諄	十八諄	十八諄
十九臻	十九臻	十九臻	十九臻	十九臻
二十文	二十文	二十文	二十文	二十文
二十一欣	二十一欣	二十一欣	二十一欣	二十一欣
二十二元	二十二元	二十二元	二十二元	二十二元
二十三魂	二十三寬	二十三寬	二十三魂	二十三寬
二十四痕	二十四痕	二十四痕	二十四痕	二十四痕
二十五寒	二十五寒	二十五寒	二十五寒	二十五寒
二十六桓	二十六桓	二十六桓	二十六桓	二十六桓
二十七删	二十七删	二十七删	二十七删	二十七删
二十八山	二十八山	二十八山	二十八山	二十八山

下平聲	一先	一先	一先	一先	一先
	【二僊】			二仙	二僊
	三蕭	三蕭	三蕭	三蕭	三蕭
	四宵	四宵	四宵	四宵	四宵
	五爻	五爻	五爻	五肴	五爻
	六豪	六豪	六豪	六豪	六豪
	七歌	七歌	七歌	七歌	七歌
	八戈	八戈	八戈	八戈	八戈
	九麻	九麻	九麻	九麻	九麻
	十陽	十陽	十陽	十陽	十陽
	十一唐	十一唐	十一唐	十一唐	十一唐
	十二庚	十二庚	十二庚	十二庚	十二庚

十三耕	十三耕	十三耕	十三耕	十三耕
十四清	十四清	十四清	十四清	十四清
十五青	十五青	十五青	十五青	十五青
十六蒸	十六蒸	十六蒸	十六蒸	十六蒸
十七登	十七登	十七登	十七登	十七登
十八尤	十八尤	十八尤	十八尤	十八尤
十九疾	十九侯	十九侯	十九侯	十九侯
二十幽	二十幽	二十幽	二十幽	二十幽
二十一侵	二十一侵	二十一侵	二十一侵	二十一侵
二十二覃	二十二覃	二十二覃	二十二覃	二十二覃
二十三談	二十三談	二十三談	二十三談	二十三談
二十四鹽	二十四鹽	二十四鹽	二十四鹽	二十四鹽
二十五添	二十五添	二十五添	二十五添	二十五沾
二十六嚴	二十六嚴	二十六嚴	二十六咸	二十六嚴
二十七咸	二十七咸	二十七咸	二十七銜	二十七咸
二十八銜	二十八銜	二十八銜	二十八嚴	二十八銜
二十九凡	二十九凡	二十九凡	二十九凡	二十九凡

上聲	一董	一董	一董	一董	一董
	二腫	二腫	二腫	二腫	二腫
	三講	三講	三講	三講	三講
	四紙	四紙	四紙	四紙	四紙
	五旨	五旨	五旨	五旨	五旨
	六止	六止	六止	六止	六止
	七尾	七尾	七尾	七尾	七尾
	八語	八語	八語	八語	八語
	九麌	九麌	九麌	九麌	九噳
	十姥	十姥	十姥	十姥	十姥
	十一薺	十一薺	十一薺	十一薺	十一薺
	十二蟹	十二蟹	十二蟹	十二蟹	十二蟹
	十三駭	十三駭	十三駭	十三駭	十三駭
	十四賄	十四賄	十四賄	十四賄	十四賄
	十五海	十五海	十五海	十五海	十五海
	十六軫	十六軫	十六軫	十六軫	十六軫
	十七準	十七準	十七準	十七準	十七準
	十八吻	十八吻	十八吻	十八吻	十八吻
	十九隱	十九隱	十九隱	十九隱	十九隱

【二十阮】			二十阮	二十阮
【二十一混】			二十一混	二十一混
二十二很	二十二很	二十二很	二十二很	二十二很
二十三旱	二十三旱	二十三旱	二十三旱	二十三旱
二十四緩	二十四緩	二十四緩	二十四緩	二十四緩
二十五潸	二十五潸	二十五潸	二十五潸	二十五潸
二十六產	二十六產	二十六產	二十六產	二十六產
二十七銑	二十七銑	二十七銑	二十七銑	二十七銑
二十八獮	二十八獮	二十八獮	二十八獮	二十八玀
二十九篠	二十九篠	二十九篠	二十九篠	二十九筱
三十小	三十小	三十小	三十小	三十小
三十一巧	三十一巧	三十一巧	三十一巧	三十一巧
三十二皓	三十二皓	三十二皓	三十二皓	三十二皓
三十三哿	三十三哿	三十三哿	三十三哿	三十三哿
三十四果	三十四果	三十四果	三十四果	三十四果
三十五馬	三十五馬	三十五馬	三十五馬	三十五馬
三十六養	三十六養	三十六養	三十六養	三十六養
三十七蕩	三十七蕩	三十七蕩	三十七蕩	三十七蕩
三十八梗	三十八梗	三十八梗	三十八梗	三十八梗
三十九耿	三十九耿	三十九耿	三十九耿	三十九耿
四十靜	四十靜	四十靜	四十靜	四十靜
四十一迥	四十一迥	四十一迥	四十一迥	四十一迥
四十二拯	四十二拯	四十二拯	四十二拯	四十二拯
四十三等	四十三等	四十三等	四十三等	四十三等
四十四有	四十四有	四十四有	四十四有	四十四有
四十五厚	四十五厚	四十五厚	四十五厚	四十五厚
四十六黝	四十六黝	四十六黝	四十六黝	四十六黝
四十七寢	四十七寢	四十七寢	四十七寢	四十七寑
四十八感	四十八感	四十八感	四十八感	四十八感
四十九敢	四十九敢	四十九敢	四十九敢	四十九勘
五十琰	五十剡	五十琰	五十琰	五十琰
五十一忝	五十一忝	五十一忝	五十一忝	五十一忝
五十二广	五十二广	五十二广	五十二儼	五十二儼
五十三豏	五十三豏	五十三豏	五十三豏	五十三瞔
五十四檻	五十四檻	五十四檻	五十四檻	五十四檻
五十五范	五十五范	五十五范	五十五范	五十五范

去聲	一送	一送	一送	一送	一送
	二宋	二宋	二宋	二宋	二宋
	三用	三用	三用	三用	三用
	四絳	四絳	四絳	四絳	四絳
	五寘	五寘	五寘	五寘	五寘
	六至	六至	六至	六至	六至
	七志	七志	七志	七志	七志
	八未	八未	八未	八未	八未
	九御	九御	九御	九御	九御
	十遇	十遇	十遇	十遇	十遇
	十一暮	十一暮	十一暮	十一暮	十一莫
	十二霽	十二霽	十二霽	十二霽	十二霽
	十三祭	十三祭	十三祭	十三祭	十三祭
	十四泰	十四泰	十四泰	十四泰	十四夳
	十五卦	十五卦	十五卦	十五卦	十五卦
	十六恠	十六恠	十六恠	十六怪	十六怪
	十七夬	十七夬	十七夬	十七夬	十七夬
	十八隊	十八隊	十八隊	十八隊	十八隊
	十九代	十九代	十九代	十九代	十九代
	二十廢	二十廢	二十廢	二十廢	二十廢
	【二十一震】	二十一震	二十一震	二十一震	二十一震
	【二十二稕】	二十二稕	二十二稕	二十二稕	二十二稕
	【二十三問】	二十三問	二十三問	二十三問	二十三問
	【二十四焮】	二十四焮	二十四焮	二十四焮	二十四焮
	【二十五願】	二十五願	二十五願	二十五願	二十五願
	【二十六慁】	二十六慁	二十六慁	二十六慁	二十六圂
	二十七恨	二十七恨	二十七恨	二十七恨	二十七恨
	二十八翰	二十八翰	二十八翰	二十八翰	二十八翰
	二十九換	二十九換	二十九換	二十九換	二十九換
	三十諫	三十諫	三十諫	三十諫	三十諫
	三十一襇	三十一襇	三十一襇	三十一襇	三十一襇
	三十二霰	三十二霰	三十二霰	三十二霰	三十二霰
	三十三線	三十三線	三十三線	三十三線	三十三綫
	三十四嘯	三十四嘯	三十四嘯	三十四嘯	三十四嘯
	三十五笑	三十五笑	三十五笑	三十五笑	三十五笑

三十六效	三十六效	三十六效	三十六效	三十六效
三十七號	三十七號	三十七號	三十七号	三十七号
三十八箇	三十八箇	三十八箇	三十八箇	三十八箇
三十九過	三十九過	三十九過	三十九過	三十九過
四十禡	四十禡	四十禡	四十禡	四十禡
【四十一漾】	四十一漾	四十一漾	四十一漾	四十一漾
四十二宕	四十二宕	四十二宕	四十二宕	四十二宕
四十三映	四十三映	四十三映	四十三映	四十三映
四十四諍	四十四諍	四十四諍	四十四諍	四十四諍
四十五勁	四十五勁	四十五勁	四十五勁	四十五勁
四十六徑	四十六徑	四十六徑	四十六徑	四十六徑
四十七證	四十七證	四十七證	四十七證	四十七證
四十八嶝	四十八嶝	四十八嶝	四十八嶝	四十八隥
四十九宥	四十九宥	四十九宥	四十九宥	四十九宥
	五十候	五十候	五十候	五十候
	五十一幼	五十一幼	五十一幼	五十一幼
	五十二沁	五十二沁	五十二沁	五十二沁
	五十三勘	五十三勘	五十三勘	五十三勘
	五十四闞	五十四闞	五十四闞	五十四闞
	五十五豔	五十五豔	五十五豔	五十五豔
	五十六栝	五十六栝	五十六栝	五十六栝
	五十七釅	五十七釅	五十七釅	五十七驗
	五十八陷	五十八陷	五十八陷	五十八陷
	五十九鑑	五十九鑑	五十九鑑	五十九覽
	六十梵	六十梵	六十梵	六十梵
入聲　一屋	屋（少韻次「一」）	一屋	一屋	一屋
二沃	二沃	二沃	二沃	二渓
三燭	三燭	三燭	三燭	三燭
四覺	四覺	四覺	四覺	四覺
五質	五質	五質	五質	五質
六術	六術	六術	六術	六術
七櫛	七櫛	七櫛	七櫛	七櫛
八勿	八勿	八勿	八物	八勿
九迄	九迄	九迄	九迄	九迄
十月	十月	十月	十月	十月

十一沒	十一沒	十一沒	十一沒	十一沒
十二曷	十二曷	十二曷	十二曷	十二曷
十三末	十三末	十三末	十三末	十三末
十四點	十四點	十四點	十四點	十四點
十五轄	十五轄	十五轄	十五轄	十五鎋
十六屑	十六屑	十六屑	十六屑	十六屑
十七薛	十七薛	十七薛	十七薛	十七薛
十八藥	十八藥	十八藥	十八藥	十八藥
十九鐸	十九鐸	十九鐸	十九鐸	十九鐸
二十陌	二十陌	二十陌	二十陌	二十陌
二十一麥	二十一麥	二十一麥	二十一麥	二十一麥
二十二昔	二十二昔	二十二昔	二十二昔	二十二昔
二十三錫	二十三錫	二十三錫	二十三錫	二十三錫
二十四職	二十四職	二十四職	二十四職	二十四職
二十五德	二十五德	二十五德	二十五德	二十五德
二十六緝	二十六緝	二十六緝	二十六緝	二十六緝
二十七合	二十七合	二十七合	二十七合	二十七合
二十八盍	二十八盍	二十八盍	二十八盍	二十八盍
二十九葉	二十九葉	二十九葉	二十九葉	二十九葉
三十帖	三十帖	三十帖	三十帖	三十帖
三十一業	三十一業	三十一業	三十一洽	三十一業
【三十二洽】	三十二洽	三十二洽	三十二狹	三十二洽
三十三狎	三十三狎	三十三狎	三十三葉	三十三押
三十四乏	三十四乏	三十四乏	三十四乏	三十四乏

以上是《集篆古文韻海》三個版本與《廣韻》、《集韻》韻目比較表。從本表可歸結出兩項：

（一）《集篆古文韻海》現存三個版本韻目次第基本一致，用字有不同處如：

上平聲二十三魂，龔萬鐘本「魂」為正字，而另兩本「寬」是異體字。

下平聲十九侯，龔萬鐘本「矦」是本字，而另兩本「侯」是後起字。

上聲五十琰，《宛委別藏》本作「剡」是因為第一字較其他本漏抄。因此，以第二字「剡」代替原來列於首字的「琰」字為韻目。

去聲二十五願，項世英本「顠」為異體字，其他本為正體。

（二）現存的《集篆古文韻海》三個版本中，共同漏抄處如下平聲二儠、上聲二十阮與二十一混。另外，時代最早的「明龔萬鐘抄本」漏抄處最多，如去聲二十一震至二十六恩與五十候至六十梵、入聲三十二洽。從此處可見，後兩個清代抄本能較明代龔萬鐘抄本傳抄齊全，應是參據其他抄本而來。

四、傳抄異同

經過比對後，現存三個版本中，明嘉靖龔萬鍾抄本與其他兩版本的差異較多。而三者的差異主要表現在因傳抄而來的脫漏與文字形體變化兩點上。在脫漏方面又可以分為兩部分來說，一是三版本間所收錄的古文形體脫漏，二是三者之間存在著釋文的脫漏和誤抄。

第一部分收錄的古文形體脫漏，以龔萬鐘本上平聲為例，如「从」字（上平聲三鍾），《宛委別藏》本與清項世英抄本皆抄古文形體四形作「　　　　　」，而龔萬鐘本漏抄第一形「　」，作「　　　」，卻將其補於下一行「　」、「　」兩形之中。另一種情況是將漏抄者補於每韻末，如十八諄，《宛委別藏》本與項世英本最後一字為「　」，而龔萬鐘本於其字下又補前面漏抄的「　」、「　」二字。此外也有漏抄而未補，如八微漏抄「　」、十六咍漏抄「　」、十七眞漏抄「　」等等，以上是龔萬鐘本脫漏而另外兩版本抄有的情況。《宛委別藏》與項世英本脫漏然而龔萬鐘本卻有抄者，如一東韻漏抄「　」，七之漏抄「　」、「　」、「　」、「　」、「　」、「　」、「　」、「　」、「　」，八微漏抄「　」，九魚漏抄「　」、「　」、「　」、「　」，而「　」《宛委別藏》則抄至十虞，其中值得注意的是若有一整列字漏抄則多在韻末。

此外三個版本之間也存在著缺漏部分形體而互相可以補足的例子，如龔萬鐘本與項世英本下平聲七歌抄有「　」形，而《宛委別藏》本僅抄作「　」形，因此可據完整字形補足。以上僅舉部分三個版本間所收錄的古文字形相互脫漏的情況，因此在整理上應該互相參考、相互補足。

第二部分三個版本之間存在著釋文漏抄和誤抄的情況，如三個版本皆錄古文形體「　」，龔萬鐘本釋文作「鶋」正確，而《宛委別藏》與項世英本則抄

作「翱」，或許是認爲偏旁「鳥」、「隹」、「羽」可通。又如三個版本錄古文字形「![字形]」（下平聲一先），《集韻》：「黇，或从戔作䵼」而龔萬鐘本釋文作「黇」是正確的，而《宛委別藏》與項世英本釋文則作「鮎」則有誤。

在文字形體變化方面，由於傳抄的過程中容易使文字的點畫造成差異，進而造成誤解致使產生訛形。文字之所以產生訛形，書寫與誤解是兩大至爲重要的主因，而且兩者互爲因果關係。〔註78〕例如「齒」字清《宛委別藏》本作![字形]（3.6），明龔萬鐘本則作![字形]。古文字「齒」或作如![字形]（《古璽文編》3583），而「牙」字形如![字形]（《古璽文編》0412）。依字形分析明龔萬鐘本作![字形]，上部圓圈形有可能是「齒」上部的「止」形或「牙」的形變而來。而清《宛委別藏》本作![字形]（3.6），整理者似乎不解字形構形，以爲是「口」形，並在中間加上「水」形。又如「爨」字，明龔萬鐘本作![字形]，从宀从林從炎，清《宛委別藏》本作![字形]，下部誤解字形而抄錯成「![字形]」。再者如「香」字，清《宛委別藏》本作![字形]（2.13），明龔萬鐘本作![字形]，誤解爲上部![字形]「黍」形左右兩旁爲「廾」形。從以上可知，若僅是依據單一個版本則難以看出是否在版本的抄寫中就產生訛變。因此利用三個版本的比對，可以互相補足彼此間的傳抄缺失。

再以上平聲八微「祈」爲例，可列傳抄與出土系統字表如下：

【祈字傳抄古文字形表】

小篆	碧落碑	碧落碑	汗簡	四聲韻	
![字形]	![字形]	![字形]	![字形] 碧落碑	![字形] 雲義章	
韻海 （明龔萬鐘）		韻海 （清《宛委別藏》）		韻海 （清項世英）	
![字形]	![字形]	![字形]	![字形]	![字形]	![字形]
形一	形二	形三	形四	形五	形六

〔註78〕杜忠誥：《說文篆文訛形釋例》（臺北：文史哲出版社，2009年2月初版修訂），頁32。

【祈字出土字形表】

金文	金文	金文	金文	金文	戰國	戰國
商代・祈爵	周中・頌簋	春秋・王孫鐘	春秋・邾公釛	春秋・書也缶	包山266	上博（七）・武12.27

黃錫全《汗簡注釋》中說：「𥛜祈，今存碑文作𥜽，此形示旁同部首，邾公釛鐘旂（祈）作𣃘，樂書缶作𠂤，疑𦥑爲𣃘或𠂤形譌誤」。〔註79〕。明龔萬鐘本「祈」作「𥜽」（形一）與黃氏所謂「今存碑文作𥜽」形相同。清《宛委別藏》本作「𥜽」上部「⺊」，應是再從「𧮫」訛變而來。另外形二與形四來自春秋邾公釛鐘的「𣃘」，下部爲「斤」，明龔萬鐘本作「𢁉」，清《宛委別藏》本作「𢁉」。明龔萬鐘本還可見是「斤」字略訛，因爲在傳抄系統中「斤」字往往寫作「𠂤」，如下表等字的「斤」字偏旁：

汗簡	四聲韻	四聲韻	四聲韻	四聲韻	韻海	韻海
尚書	馬田碑	雲義章	尚書	老子		
析	近	折	誓	斷	斫	虒

「𠂤」形內部容易以爲是「人」而訛作「𠆢」，因此明龔萬鐘本的形體較爲正確，而清《宛委別藏》本下部「斤」字作「𠩺」也就訛誤更甚了。

　　另如「詩」字，《說文解字》古文作𧥣，从言，寺省作止。《古文四聲韻》「詩」作𧥣（1.20 史）「言」旁已由「𦥑」訛變爲「𡨄」形，《集篆古文韻海》明龔萬鐘本承襲《古文四聲韻》這樣的訛誤，作𧥣形。然而到了《宛委別藏》作𧥣，項世英本作𧥣，「𡨄」形則又再訛作「𡖎」形。而三個版本的「止」形則與𣥚（戰國・璽彙0140）相同。

　　再者如上平聲十八諄，「諄」與「暽」字，明龔萬鐘本作下表形一、形二，从「屯」聲。但是《宛委別藏》與項世英本「屯」卻訛變成似「女」形，作下表形三、形四。

〔註79〕黃錫全：《汗簡注釋》，頁68。

韻海（明龔萬鐘）	韻海（明龔萬鐘）	韻海（清《宛委別藏》）	韻海（《宛委別藏》）
〔形〕	〔形〕	〔形〕	〔形〕
形一	形二	形三	形四

不過其因爲筆畫連合似「女」的「屯」形與戰國「純」作如 〔形〕（曾侯墓簡），所從的「屯」形相似，可以反映文字書寫過程的趨同性。

此外，利用三個版本形體差異的對照也可以補正學者的研究。蘇建洲在〈讀《上博（六）·用曰》筆記五則〉中引《集篆古文韻海》去聲四十九宥韻中的「富」古文形體作 〔形〕（4.45），對於「凡國棟先生所說目前未見楚簡『穴』寫作『大』形」〔註80〕的說法提出疑問。蘇建州說：

> 值得注意的是，《集篆古文韻海》4.45「富」作 〔形〕，其上「宀」旁寫作「大」形，依類化的觀點，則「穴」旁似亦有可能寫作「大」形。〔註81〕

蘇文引用的字形是以清《宛委別藏》本，然而如果查看傳抄年代較早的明龔萬鐘本，此字形作「〔形〕」，並非寫作「大」形而是「土」形。字形有可能是從戰國「富」作 〔形〕（戰國·郭店緇衣）而來，也不排除是「土」可與「穴」的偏旁互作。在《集篆古文韻海》中還可以舉一字形爲證，如「覆」古文字形作 〔形〕（5.2），上部正是「土」可與「穴」可通用的例子。除此之外，兩者通用還可舉文獻爲證，如「窴」與「填」，《說文解字》：「窴，塞也。從穴，真聲」，《玉篇》：「古文填字」。《楚辭·天問》：「洪泉極深，何以窴之」，《註》：「窴，填同」。此外，亦可舉古文字爲例，如《說文解字》：「岫，山穴也」，籀文從「穴」作「〔形〕」，也有增加義近的「土」形義符，如《集篆古文韻海》「窟」字形作「〔形〕」和《包山楚簡》「〔形〕」窀（窆）（簡157）。由以上例子可知，的確「土」、「穴」義近可以通用。筆者認爲《宛委別藏》本上從「大」

〔註80〕凡國棟：〈《用曰》篇中的「寧」字〉，武漢大學簡帛研究中心，網址：http://www.bsm.org.cn/show_article.php?id=609

〔註81〕蘇建洲：〈讀《上讀（六）·用曰》筆記五則〉，武漢大學簡帛研究中心，網址：http://www.bsm.org.cn/show_article.php?id=644

形有可能是據明龔萬鐘本的「土」形輾轉訛來。因此，蘇建洲以《宛委別藏》本字形認爲「穴」可能寫作「大」形便不足以成爲直接例證。

透過表現在脫漏與文字形體變化的傳抄差異比對，可以爲《集篆古文韻海》的文字研究補足版本間的傳抄缺失，學界在引用字形時也應該注意三個版本間的差異。

第四節　結　語

本章主要研究現存杜從古《集篆古文韻海》三個版本間的體例、源流、傳抄差異。透過前文研究可以糾補一些對於《集篆古文韻海》錯誤認識，以及鉤沉其在藏書目錄中的著錄情況。

第一在體例研究部分，可以糾正學界錯誤看法如下：（一）《集篆古文韻海》四聲分韻隸字，韻目依《集韻》而非《廣韻》。（二）每韻收字排列順序大致依《集韻》，然卻也有混亂的地方，尤其是漏抄而補之處。（三）《集篆古文韻海》收字駁雜但與《集韻》關係密切，所收古文與釋文關係大部分需參考《集韻》對異體字組的用語說明。

第二在版本源流考述部分，可以解決學界對於《集篆古文韻海》版本錯誤的認識，《集篆古文韻海》現存版本分別爲：（一）現藏於臺灣國家圖書館明嘉靖二年（1523）武陵龔萬鐘抄本。（二）現藏於中國北京圖書館清嘉慶元年（1796）錢唐項世英抄本。（三）現藏於臺灣故宮博物院清阮元《宛委別藏》抄本。版本一共有三而非學界一直以爲僅有《宛委別藏》一孤本而已，而根據私家藏書目錄與現存版本的藏書印可以考據三個版本源流。

第三於版本比較部分，可以整理出現存三個版本間的差異分別在版式行款、序跋差異、韻目殘存、傳抄異同四個方面。其中須特別重視三個版本間的傳抄異同，其異同可分爲脫漏與文字形體變化兩大方面，在整理與引用上須注意三個版本之間的差異。

第三章 《集篆古文韻海》引青銅銘文研究

　　有宋一代金石學興起，古文研究與金石學逐漸融爲一體。〔註1〕由於這一時期的學者並無古文字斷代的意識，於是將金文與傳抄古文等同。〔註2〕因此《集篆古文韻海》中雜收不少銅器銘文，皆統稱爲「古文」，其編纂體例乃有時代背景，從此也開啓元、明、清文字編兼雜收錄古文、金文之例。民國以降，由於王國維提出〈戰國時秦用籀文六國用古文說〉與後經何琳儀修正補充後〔註3〕，如今可概分古文即是戰國東方六國的文字，而青銅銘文主要爲西周文字。〔註4〕由於文字斷代概念的提出，整理《集篆古文韻海》雜收青銅銘文之例，成爲使

〔註1〕　徐剛說：「宋代以後，古文學的傳承出現了根本性的變化，那就是融入了金石學的傳統。古文從此與其他先秦古文字一起作爲一個整體，成爲金石學的輔助手段」，見徐剛：《古文源流考》（北京：北京大學出版社，2008 年 3 月），頁 26。

〔註2〕　李春桃：《傳抄古文綜合研究》，頁 17。

〔註3〕　何琳儀說：「《說文》古文不單與小篆形體有別，有些與殷周文字形體也距離較大，惟獨在六國文字中可以找到它們的前身。這充分說明，來源爲「壁中書」的《說文》古文應屬戰國時期東方六國文字體系」，見氏著：《戰國文字通論（訂補）》，頁 56。

〔註4〕　參見〔清〕王國維：〈戰國時秦用籀文六國用古文說〉、〈說文所謂古文說〉《觀堂集林（外二種）》（上），頁 151～152、155～157。

用字形的首要工作。本章第一節指出《集篆古文韻海》雜收青銅銘文卻不載明出處的侷限；第二節則分條考述《集篆古文韻海》引用青銅銘文的出處，並改釋錯誤之處。

第一節　《集篆古文韻海》引青銅銘文的侷限

《集篆古文韻海》是一部廣徵博引的字書，根據筆者初步統計結果，約收古文形體 14116 字，據〈自序〉說其古文來源云：

> 今輒以所集鐘鼎之文、周秦之刻，下及崔瑗、李陽冰筆意近古之字，句中正、郭忠恕碑記集古之文，有可取者，摭之不遺；猶以爲未也，又爬羅《篇》、《韻》所載古文，詳考其當，收之略盡。……於今《韻略》，字有不足，則又取許慎《說文》，參以鼎篆偏旁補之，庶足於用而無闕焉。比《集韻》則不足，校《韻略》則有餘。視竦所集，則增廣數十倍矣。〔註5〕

由〈自序〉可知字形來源多頭，除在郭忠恕《汗簡》、夏竦《古文四聲韻》基礎之上，還有：（1）金文（鐘鼎文）、周秦銘刻。（2）李陽冰、句中正、郭忠恕等唐宋人所刻寫的古文。（3）《玉篇》、《廣韻》、《集韻》等所載古文。（4）採用《說文》字形或金文偏旁自己拼湊的「古文」等。〔註6〕但因《集篆古文韻海》本身的體例侷限，凡書中所載字形都不注明出處，爲學界所詬病，致使成書後未能廣爲流傳，如郭子直曾評論說道：

> 其中最引人非議的，當首推所列古文各形，均未注明出處。作者以爲「其所出處之目，則不盡收其書，且以《汗簡》諸書爲證」（自序）他說的卷首列的《引用書目》省去尚可，至於單字下的出處，卻千萬不能缺少。編時根據的那些材料，時經八百多年，大多亡佚，即有《汗簡》只有互相引用的各字可證，大量新出之字，今天就無從參驗了。〔註7〕

〔註5〕　〔宋〕杜從古：《集篆古文韻海・自序》（影印《宛委別藏》本），無標頁數。

〔註6〕　黃德寬、陳秉新：《漢語文字學史》（合肥：安徽教育出版社，2006 年 8 月二版一刷），頁 077～078。

〔註7〕　郭子直：〈記元刻古文《老子》碑兼評《集篆古文韻海》〉，頁 356～357。

近年以來，學者徐在國主編的大型《傳抄古文字編》收錄《集篆古文韻海》作爲傳抄古文來源，也基於「此書所錄古文形體不注明出處，給我們判定帶來了困難」。〔註8〕因此對於字形的處理方式爲「爲保持此書原貌，我們未做改動，一并收錄」。〔註9〕但徐在國已注意到《集篆古文韻海》混雜有銅器銘文且多被誤釋，雖在《傳抄古文字編》中提出了《集篆古文韻海》38 條來源自青銅銘文的字列，以供學界參考。但其於字編正文卻按《集篆古文韻海》原書字形與釋文照錄，並未改釋，且其提出的字例數量，遠不及《集篆古文韻海》所收的青銅銘文。筆者認爲徐書處理方式似乎過於草率而不夠嚴謹，《集篆古文韻海》既然被作爲《傳抄古文字編》字形的主要來源，青銅銘文本應排除於傳抄古文字之外。〔註10〕因此使用《集篆古文韻海》字形的首要工作，便是盡量整理所引青銅銘文字形的出處，並考其正訛。筆者認爲《集篆古文韻海》引青銅銘文的問題可述如下：

一、所收青銅銘文不注出處

《集篆古文韻海》全書僅羅列字形卻不注明出處，在傳抄過程又時有形體上的訛誤。由於無法覆查原出處，若未經研究任意爲據，對於研究而言將是一大問題。例如《集篆古文韻海》「寶」錄一形作 ，按形體應爲「缶」，釋爲「寶」應是據薛尚功《歷代鐘鼎彝器款式法帖・京姜鬲》銘文「其永 用」。〔註11〕由於文字形體減省或假借常依據上下文例的限制而能釋讀，因此在銘文中釋爲「寶」是沒有問題的。又如「射」錄有字形作 、（4.38），甲骨文「射」作如 （合46），金文作如 （周早・令鼎），《集篆古文韻海》所錄字形的確頗似「射」字。但其實經比對過後，字形應抄自薛尚功《歷代鐘鼎彝器款式法帖・南宮中鼎二》「射」作 ，〈南宮中鼎三〉「射」作 。此字宋人所摹字形失眞，銘文中也非「射」字，此字今可隸定作「歎」（即

〔註8〕徐在國編：《傳抄古文字編》（上），頁 IX。

〔註9〕徐在國編：《傳抄古文字編》（上），頁 IX。

〔註10〕徐在國說：「我們所收的傳抄古文本是不收青銅銘文的，但此書（筆者案：指《集篆古文韻海》）所錄古文形體不注明出處，給我們判定帶來了困難。爲保持此書原貌，我們未做改動，一并收錄」，見徐在國編：《傳抄古文字編》（上），頁 IX。

〔註11〕〔宋〕薛尚功：《歷代鐘鼎彝器款識法帖》（《宋人著錄金文叢刊》），頁 80。

「夒」），於銘文中用為地名，字形應是由如 （商・小臣艅尊）訛來。從以上二例看來，《集篆古文韻海》僅抽錄其青銅字形與釋文但卻不錄出處，研究者將無法覆查原處的用例。

二、所收青銅銘文大多誤釋

　　《集篆古文韻海》雜收的青銅銘文字形，大多依據如薛尚功《歷代鐘鼎彝器款式法帖》，呂大臨的《考古圖》、《考古圖釋文》等。由於宋人對象形程度較高或是氏族徽號的文字認識不足，因此常有誤釋。〔註12〕《集篆古文韻海》釋字亦大抵不出宋人水平，基本上都按所見的金石著錄照錄，例如《集篆古文韻海》上聲三十二皓收有 （3.25）字形，釋文為「鎬」。此字形明顯是「厚」而非「鎬」。此字形應抄自薛尚功《歷代鐘鼎彝器款式法帖》中的〈師𩅂簋〉的字形「 」，完全按照薛尚功釋文為「鎬」收錄字形〔註13〕，而今劉昭瑞《宋代著錄商周青銅器銘文箋證》已經改釋為「厚」無誤。〔註14〕又如「虞」下錄字形 （2.15），不注出處，據筆者比對，此字形來源係據薛尚功《鐘鼎彝器款式法帖・伊彝》銘文「伊 （揚？） （賞）辛事秦 （飲）」〔註15〕之 形。此字宋人誤釋為「虞」，《集篆古文韻海》因襲承之，字形又稍訛。此字應為「賞」，於銘文中用作「賞」，金文其他字形如 （周早・史獸鼎）、 （周早・弔簋）。薛尚功與《集篆古文韻海》所摹錄的字形，上部的「商」形都有一些訛變。但兩者相對來說，即便薛尚功誤釋字形，仍可據整體銘文的研究而改釋。然《集篆古文韻海》不注字形出處而又承襲誤釋，

〔註12〕馬曉風歸納了數項宋人考釋金文的方法，並提出宋人金文考釋之誤提出五項原因，分別為：（一）形近而混；（二）與楷書對照；（三）望文生訓；（四）對氏族銘文的認識不清楚；（五）附會《說文》。見馬曉風：《宋代金文學研究》（西安：陝西師範大學博士學位論文，2008 年 5 月），頁 121～138。

〔註13〕〔宋〕薛尚功：《歷代鐘鼎彝器款識法帖》（《宋人著錄金文叢刊》），頁 69。

〔註14〕見「編號307〈師訇簋〉釋文」，劉昭瑞：《宋代著錄商周青銅器銘文箋證》（廣州：中山大學出版社，2000 年 5 月），頁 157。

〔註15〕釋文依劉昭瑞所釋，其云：「末字疑為『畬』之壞字，讀為『飲』，『秦飲』一詞亦見〈𨡔方鼎〉（《考古學報》一九五五年第九冊圖版玖），成王器」，見氏著：《宋代著錄商周青銅器銘文箋證》，頁 137。

若非嚴加考察則容易誤引。

　　以上的兩項缺失皆由《集篆古文韻海》體例上不注明出處所衍生而來。也鑒於此缺失，以下第二節便盡可能地逐條考釋《集篆古文韻海》引用青銅器之例。

第二節　《集篆古文韻海》引青銅銘文出處與考釋

　　根據筆者的研究，雖然《集篆古文韻海》古文字形不註明出處，但是並非完全不可比對尋繹字形來源，尤其是其中夾雜收錄的青銅銘文其實引之有據。以下第一部分先概述《集篆古文韻海》引用青銅器來源，第二部分分條考釋《集篆古文韻海》引用青銅器之例。

一、《集篆古文韻海》引青銅銘文出處

　　《集篆古文韻海》引青銅銘文大概都能從今存宋人金石著錄，如薛尚功《歷代鐘鼎彝器款式法帖》、呂大臨的《考古圖》、《考古圖釋文》與王俅的《嘯堂集古錄》等找到出處。若無法從以上著作尋繹出處之字，也可從元代楊鉤《增廣鐘鼎篆韻》比對得知。元代楊鉤《增廣鐘鼎篆韻》成書時代雖較宋代《集篆古文韻海》時代晚，然據馬國權考證，此書是在〔宋〕薛尚功《重廣鐘鼎篆韻》（今已佚）的基礎上成書，基本上保留了薛書的原貌。〔註16〕因此，《增廣鐘鼎篆韻》書中所載的字形，宋人杜從古在編《集篆古文韻海》時亦可見到，因此在比對時也需要參考。

　　需提及的是《集篆古文韻海》收錄青銅銘文時，廣泛參考各家著錄，目的在於收羅編纂字形，因此有時僅為迻錄而已，並不考其正誤。如《集篆古文韻海》「品」收字形作 $\overset{\circ\circ}{\triangledown}$（3.36），與呂大臨《考古圖釋文》「品」字頭所采字形 $\diamondsuit$ 相似。呂大臨說此字形引自〈牧敦〉，〔註17〕但筆者遍查〈牧敦〉銘文並無此字形，不知所云何據。又如《集篆古文韻海》收「貫」古文形體作 $\maltese$（4.29）與「爭」收古文字形作 $\maltese$（2.17）兩字同形但釋文不同。此字形出於

〔註16〕參馬國權：〈金文字典述評〉《中國文史論叢》（1980 年第 4 輯），頁 27～46。

〔註17〕〔宋〕呂大臨：《考古圖釋文》（《宋人著錄金文叢刊》），頁 282。

〈晉姜鼎〉，楊南仲云：「疑母字，讀爲貫，象穿貫寶貨形」〔註18〕，此字確爲「貫」而非「爭」。釋「爭」乃由於呂大臨《考古圖釋文》將此字誤以爲與古孝經「庚」類似〔註19〕，因此《集篆古文韻海》將爭釋文分作「貫」與「爭」收於不同處。

二、《集篆古文韻海》引青銅銘文考釋

關於《集篆古文韻海》引用青銅字形與其正誤，可以分爲引用該字形本身釋字正確與該資料本身即釋字錯誤兩部分予以考釋，詳下字表。

（一）《集篆古文韻海》引青銅銘文考釋正確

【《集篆古文韻海》引青銅銘文考釋正確字表】〔註20〕

編號	徐書頁數	字例	青銅器字形	韻海字形	考　釋
1.	徐（上）P8	祿	（薛·仲駒敦蓋）	5.2	《韻海》「彔」作（5.2），「祿」錄字形作（5.2），以上取自金文，如薛尚功《歷代鐘鼎彝器款式法帖·仲駒敦蓋》「祿」作，借「彔」爲「祿」。「彔」甲骨文作（甲598），金文作（周早·大保簋）、（周中·彔伯簋）、（周晚·散盤），西周中期後大多爲左右各兩點。

〔註18〕見〔宋〕呂大臨：《考古圖》（《宋人著錄金文叢刊》），頁9。

〔註19〕見〔宋〕呂大臨：《考古圖釋文》（《宋人著錄金文叢刊》），頁278。

〔註20〕表格說明：本字表共有六欄，除第一欄爲編號外，其餘分別爲：

（二）徐書頁數：例如徐（上）P50，指可於徐在國編：《傳抄古文字編》（上冊），頁50中找到字形。

（三）字例：指徐在國《傳抄古文字編》的楷書字頭。

（四）青銅字形：指《集篆古文韻海》所引青銅字形的原摹字形。例如：薛·商鐘三，指字形取自薛尚功《歷代鐘鼎彝器款式法帖》所錄青銅器〈商鐘三〉。

（五）《韻海》字形：《韻海》爲《集篆古文韻海》簡稱。數字編號同徐在國《傳抄古文字編》，例如《韻海》1.15，指原字形取自《集篆古文韻海》上聲15頁。

（六）考釋：即考釋《集篆古文韻海》文字形體。

2.	徐（上）P9	福	薛・師淮父卣（蓋）	5.2	《韻海》「福」錄字形（5.2）共六形，第一、二形與與薛尚功《歷代鐘鼎彝器款式法帖・張仲簠二、三》「福」作相同。第三形與薛尚功《歷代鐘鼎彝器款式法帖・遲父鐘》「福」作相同。
			薛・遲父鐘	5.2	第四、五形加「宀」，與薛尚功《歷代鐘鼎彝器款式法帖・師淮父卣・蓋》「福」作相同。加「宀」象宮室房屋之形，可指宗廟祭祀求福之地，如春秋・邾大宰鐘「福」作如此。
3.	徐（上）P17	禍	楊・元子鐘	3.27	《韻海》「禍」錄字形作（3.27），與元代楊鈞《增廣鐘鼎篆韻・元子鐘》〔註21〕「禍」作相同。〔註22〕「禍」戰國文字作（戰國・中山王壺），（戰國・清華簡楚居16），《韻海》「禍」與其字形相似。
4.	徐（上）P22	皇	薛・孟皇父匜	2.15	《韻海》「皇」錄字形作（2.15），與薛尚功《歷代鐘鼎彝器款式法帖・孟皇父匜》「皇」作相似。
5.	徐（上）P27	琱	薛・宰辟父敦二	2.4	《韻海》「琱」錄字形作（2.4），與薛尚功《歷代鐘鼎彝器款式法帖・宰辟父敦二》「琱」作相同，金文「琱」也作如（周中・五年師旋簋）。
6.	徐（上）P30	靈	薛・齊侯鎛鐘	2.19	《韻海》「靈」錄一形作（2.19），與薛尚功《歷代鐘鼎彝器款式法帖・齊侯鎛鐘》「靈」作相似。郭沫若分析字形說「上

〔註21〕字形雖取自比宋代《集篆古文韻海》時代較晚的元代楊鈞《增廣鐘鼎篆韻》，然據馬國權考證，此書是在〔宋〕薛尚功《重廣鐘鼎篆韻》（今已佚）的基礎上成書的，基本上保留了薛書的原貌。參馬國權：〈金文字典述評〉《中國文史論叢》1980年第4輯，頁27～46。因此，元代楊鈞《增廣鐘鼎篆韻》書中所載的字形，宋人杜從古在編《集篆古文韻海》時亦可見到。

〔註22〕〔元〕楊鈞：《增廣鐘鼎篆韻・上聲三十四果・元子鐘》，收於〔清〕阮元輯：《宛委別藏》（上海：江蘇古籍出版社，1998年2月），頁270。

			字形		說明
					從需，乃聲，下從 乃火之變體。中所從者或説爲人形，謂是巫字所從出。余意乃從龜又爪，象人執龜，一手執之，一手捵之。從火者，以火灼龜，使之呈兆，吉凶均有靈驗也」〔註23〕，其説可從。
7.	徐（上）P50	芍	薛·蓮勺爐	5.22	《韻海》「芍」錄二形作 （5.22），字形取自薛尚功《歷代鐘鼎彝器款式法帖·蓮勺爐》「勺」作 ，然稍有訛變。《韻海》釋文作「芍」乃依薛尚功於卷十九目錄稱器名爲〈蓮芍爐〉。此器爲漢代青銅器，「蓮勺」爲縣名，《漢書·地理志》亦作「輦酌」，因此按字形而言，以上三形應爲「酌」字。「酌」金文僅一例作 （周晚·伯公父勺），〈蓮芍爐〉與《韻海》的「酉」形則類似「囟」形。「囟」形應是由如商代·婦配咸簋「配」作 ，所從的「酉」形簡化而來。「勺」古文字一般作如 （商·勺方鼎）， （戰國·郭店語四），象勺中有物之形，而《韻海》右半的「勺」形作 ，則與原形相差較遠。此器劉敞《先秦古器記》有記〔註24〕，而1984年11月於齊都鎮崔家莊亦出土〈蓮勺宮博山爐〉實物，現藏於山東臨淄齊國歷史博物館。〔註25〕
8.	徐（上）P54	葉	薛·齊侯鎛鐘	5.37	《韻海》錄字形 （5.37）釋文爲「葉」，與薛尚功《歷代鐘鼎彝器款式法帖·齊侯鎛鐘》字形 ，釋文爲「葉」相同。「葉」甲骨文作 （合19956），字下從木，上象其葉，即「葉」的初文。「世」字于省吾認爲是「於止字上部附加一點或三點，以別於止」。因此金文「葉」字上半從「世」聲爲聲化。〔註26〕

〔註23〕郭沫若《兩周金文辭大系·叔夷鐘》，頁208。

〔註24〕〔宋〕薛尚功：《鐘鼎彝器款式法帖》（《宋人著錄金文叢刊》），頁103。

〔註25〕據《臨淄區志·第二十六卷文物古蹟·第七類重要文物藏品·第二輯青銅器》（2007）所載，網址：http://www.zbsq.gov.cn/bin/mse.exe?seachword=&K=c34&A=8&rec=703&run=13

〔註26〕季旭昇：：《説文新證》（上冊），頁146～147。

9.	徐（上） P68	春	 薛・1・ 商鐘	 1.15	《韻海》「春」錄字形（1.15），字形當取自薛尚功《歷代鐘鼎彝器款式法帖・商鐘三》「春」作。「春」金文从艸、从日（或从月）、屯聲，如（春秋・吳王光鐘）、（春秋・書也缶）。《韻海》所錄字形「屯」形稍訛。
			  楊・永始 壺	 1.15	《韻海》「春」錄字形（1.15），與元代楊鉤《增廣鐘鼎篆韻・永始壺》「春」作相同。〔註27〕「春」甲骨文作（合29715），金文作（春秋・吳王光鐘）、戰國文字作（曾侯墓簡）。秦文字「屯」字寫在「艸」的上部，如（戰國・雲夢日乙）、（西漢・綜橫家書）、（西漢・汝陰侯墓太乙九宮占盤），「屯」形稍變。
10.	徐（上） P112	和	 薛・寶和 鐘二	 2.9	《韻海》「和」錄三形作（2.9），字形與薛尚功《歷代鐘鼎彝器款式法帖・寶和鐘二》「和」作相同。古「和」、「龢」通用無別，「龢」為本字，而「和」後起字，「龢」甲骨文作（前2.45.2），金文作（周中龢爵），（周中牆盤），本義為樂器，由樂音之諧和始能引出許慎所謂「調也」之義。〔註28〕
11.	徐（上） P116	唐	 薛・齊侯 鐘四	 2.14	《韻海》「唐」錄字形作（2.14），應取自金文，如薛尚功《歷代鐘鼎彝器款式法帖・齊侯鐘四》「唐」作。「唐」甲骨文作（甲1556），金文作（商・唐子且乙爵），戰國文字作（戰國・璽印集粹），从口庚聲。

〔註27〕〔元〕楊鉤《增廣鐘鼎篆韻・上平聲十八諄・永史壺》，頁101。

〔註28〕郭沫若：《甲骨文字研究・釋龢言》，郭沫若著作編輯出版委員會編：《郭沫若全集・考古編・第一卷》）（北京：科學出版社，1982年9月），頁96

12.	徐（上） P135	單	 薛·雞單彝	 3.21	《韻海》「單」錄字形 Ｙ Ｙ Ｙ Ｙ Ｙ（3.21）、Ｙ Ｙ（4.32）、「觶」錄字形（4.3），以上應取自金文，如薛尚功《歷代鐘鼎彝器款式法帖·雞單彝》「單」作 Ｙ。「單」甲骨文作 Ｙ（菁5.1）、Ｙ（乙1049）、Ｙ（前7.26.4），金文作 Ｙ（商代·單父丁斝）、Ｙ（周晚·單伯鬲），為一種作戰與打獵的工具。
13.	徐（上） P136	喪	 薛·寅簋	 4.41	《韻海》「喪」錄字形 （4.41），與薛尚功《歷代鐘鼎彝器款式法帖·寅簋》「喪」作 字形相同。「喪」甲骨文作 （合10927）、 （粹470）。後金文下方有「亡」形作 （周晚·毛公鼎）、 （春秋·子犯鐘），戰國文字作 （戰國·郭店語一）。《韻海》與〈寅簋〉與〈子犯鐘〉字形較近。
14.	徐（上） P149	是	 薛·召仲考父壺	 3.3	《韻海》「是」錄有二形作 （3.3），字形取自金文，如薛尚功《歷代鐘鼎彝器款式法帖·召仲考父壺》「是」作 。
15.	徐（上） P174～175	德	 楊·寶德鬲	 5.33	《韻海》「德」錄一形作 （5.33），形體特殊，字形據元代楊鉤《增廣鐘鼎篆韻》云出自〈寶德鬲〉，其錄作 。〔註29〕上部類似寫法如 （周晚·汈其鐘），下部心形或漏寫。又《韻海》「德」錄一字形作 （5.33），下部心形寫法如 （周中·史頌簋），似「又」。

〔註29〕〔元〕楊鉤：《增廣鐘鼎篆韻·入聲二十五德·寶德鬲》，頁461。

16.	徐（上）P217	言	（字形）	（字形）1.18	《韻海》「言」錄一形作（字形）（1.18），與呂大臨《考古圖・中言父旅敦》釋（字形）爲「言」字形相同。〔註30〕其於《考古圖釋文》又立「信」字頭，錄相同字形並云：「（字形）中信父齃，又古言字」。〔註31〕
			呂・考古圖釋文・中信父齃		
17.	徐（上）P242	讓	（字形）	（字形）4.40	《韻海》「讓」錄一形作（字形）（4.40），據元代楊鉤《增廣鐘鼎篆韻》稱此形出自漢代〈齊安爐〉，書亦錄相同字形作（字形）。〔註32〕「讓」字小篆作（字形），漢以所從的右半「襄」逐漸隸變如（字形）（西漢・成安宮鼎）、（字形）（東漢・史晨盃）。《韻海》所錄的「讓」字應爲入漢以後形體，上部作（字形）形或由如（字形）（漢印徵）省變而來。
			楊・齊安爐		
18.	徐（上）P258～259	對	（字形）	（字形）4.21	《韻海》「對」錄多形作（字形）（4.21）。以上「對」形多有訛變，訛變甚多的有（字形）等形。「對」甲骨文作（字形）（甲740）、（字形）（佚657），字從「又」從「丵」〔註33〕從「土」，本義指以「辛」類工具鑿擊土地。金文作（字形）（周早・父乙尊）、（字形）（周中・楷伯簋），由於撲土闢地之後，應該要植樹樹立地界，因此在「丵」下加「丰」。
			周中・楷伯簋		

〔註30〕　〔宋〕呂大臨：《考古圖・卷三・中言父旅敦》（《宋人著錄金文叢刊》），頁49。

〔註31〕　〔宋〕呂大臨：《考古圖釋文》（《宋人著錄金文叢刊》），頁284。

〔註32〕　〔元〕楊鉤《增廣鐘鼎篆韻・去聲四十一漾・齊安爐》，頁374。

〔註33〕甲骨文「丵」字從「辛」，劉釗以爲「古文字從『辛』或與『辛』形體相近的字，在發展演變中其上部都類化作『丷』或『丷』」。見劉釗〈釋「賣」及相關諸字〉，收入氏著《古文字考釋叢稿》（湖南：岳麓書社，2005年7月），頁229。因此此「對」字從「又」從「丵」從「土」，本義爲以「辛」類工具鑿擊土地應該無誤，而《韻海》「對」錄一形（字形），從辛從又，與（字形）（周中・同鼎）相同，更可補充說明「對」的本義。

					〔註34〕而金文「對」也逕以「業」爲之，如 （周晚·多友鼎），說明「對」與「業」 形義相近，而《韻海》「對」所錄第一形作 亦是。金文「對」左半部一般作，然也有 如（周早·師艅鼎）、（周中·追簋）、 （周晚·比簋），左半部字形已似「皇」 （「皇」字形如周早·作冊大方鼎、周 晚·杜伯盨）。《韻海》所錄的 等形，都應是此類左半 訛作「皇」之上，再度訛變的形體。〔註35〕 此外，《韻海》所錄的，右旁訛作似 「勿」，字形與薛尚功《歷代鐘鼎彝器款式 法帖·師艅尊》「對」作相似。
19.	徐（上） P276～ 277	鬲	薛·虢叔 鬲	5.31	《韻海》「鬲」共錄 （5.31），以上字形應 取自金文，如薛尚功《歷代鐘鼎彝器款式法 帖·虢叔鬲》「鬲」作、〈鬲父已尊〉作、 〈父乙鬲〉作、〈兄癸卣〉作。「鬲」 甲骨文作（粹 1543），後足形離析訛作 「羊」，如（周早·令簋）。
20.	徐（上） P280	爲	薛·晉姜 鼎	1.6	《韻海》「爲」錄字形（1.6），與薛 尚功《歷代鐘鼎彝器款式法帖·晉姜鼎》釋 「爲」相同。此字由楊南仲所釋，其說 正確，然而未分析「爪」旁的爲何。〔註36〕

〔註34〕參季旭昇：《說文新證》（下冊），頁 158。

〔註35〕如、左半能肯定爲「皇」的訛變，乃據《韻海》「煌」所錄作（2.15），兩
　　　　者形體相似，詳參本字表「煌」字考釋。

〔註36〕〔宋〕呂大臨：《考古圖·卷一·晉姜鼎》（《宋人著錄金文叢刊》），頁 9。

					而呂大臨《考古圖釋文》云：「𦥑𦥑晉姜鼎，《說文》作此象加 𦥑 爾」。〔註37〕雖然分析錯誤，但已能分析出 𦥑 爲「象」形。
21.	徐（上）P281	藝	𦥑 薛・召夫尊	𦥑 4.17	《韻海》「藝」錄字形 𦥑 𦥑 𦥑 𦥑（4.17），與薛尚功《歷代鐘鼎彝器款式法帖・召夫尊》 𦥑 字形相似，薛尚功釋爲「執」錯誤，應釋爲「𦥑」，《韻海》釋字正確。「𦥑」即「藝」的本字，本義爲種植草木，甲骨文作 𦥑（合27772），𦥑（合28575），金文作 𦥑（商・𦥑觚）𦥑（周晚・盠方彝），𦥑（周晚・毛公鼎）。
22.	徐（上）P287	叔	𦥑 薛・齊侯鐘五	𦥑 5.3	《韻海》「叔」錄 𦥑 𦥑 𦥑 𦥑 𦥑 𦥑（5.3）六形，與薛尚功《歷代鐘鼎彝器款式法帖・齊侯鐘五》「叔」作 𦥑 相同，金文借「弔」爲「叔」。「弔」甲骨文作 𦥑（甲1870）𦥑（前5.17.2），從人，身附繳繳。
23.	徐（上）P290	史	𦥑 薛・齊安鑪	𦥑 3.6	《韻海》「史」錄一形作 𦥑（3.6），字形來自薛尚功《歷代鐘鼎彝器款式法帖・（漢）齊安鑪》銘文「佐 𦥑 工司馬」，△爲「史」。「佐史」爲漢代地方官署內書佐和曹史的統稱。《漢書・百官公卿表上》：「百石以下有斗食、佐史之秩，是爲少吏」，顏師古注引《漢官名秩簿》：「佐史，月俸八斛也」。〔註38〕「史」甲骨文作 𦥑（粹1144）從又持中。漢隸後作 𦥑（西漢縱橫家書175）、𦥑（東漢・史晨碑）。《韻海》與〈齊安鑪〉下部兩撇寫得較開不交錯。

〔註37〕 〔宋〕呂大臨：《考古圖釋文》（《宋人著錄金文叢刊》），頁281。

〔註38〕 （漢）班固撰、（唐）顏師古注：《漢書》（第三冊）（北京：中華書局，1964年11月上海第2次印刷），頁742～743。

24.	徐（上）P296	臣	 薛・南宮中鼎一	 1.13	《韻海》「臣」錄三形作（1.13），與薛尚功《歷代鐘鼎彝器款式法帖・南宮中鼎一》「臣」作相似，象豎目形。
25.	徐（上）P313	敃	 薛・敃敦	 3.8	《韻海》「敃」作（3.8），與薛尚功《歷代鐘鼎彝器款式法帖・敃敦》「敃」作相同。
26.	徐（上）P318	用	 王黼・蛟篆鐘	 4.2	《韻海》「用」錄字形作（4.2），此形應取自宋代王黼《重修宣和博古圖・蛟篆鐘》〔註39〕「用」字作，爲鳥蟲書。此器薛尚功《歷代鐘鼎彝器款式法帖》亦收，器名爲〈商鐘三〉（今名〈越王者旨於賜鐘三〉）此銘共有三種摹刻本，但文字稍有出入，據字形相程度來看，《韻海》與《重修宣和博古圖》摹本較相似。〔註40〕
27.	徐（上）P338	眉	 楊・許子小鐘	 1.7	《韻海》錄（1.7），釋爲「眉」，字形與釋文取自金文。裘錫圭說：「『頮』字習見于金文，或作『頮』，象用水盆洗臉，即『頮』（沬）字異體，……『沬』、『眉』古音極近，所以金文多假借爲眉壽之『眉』」。〔註41〕於金文中字形大多作（周中・頌盤）或（春秋・齊侯盤），字象雙手捧倒皿，下從「頁」，以會以水沬洗之意。字也可以如（周中或周晚・晉侯對鼎），「頁」省爲「首」，或作（周晚・鼃季鼎），也可省去捧皿的雙手。《韻海》第二形作應該爲最省的形體。元代楊鉤《增廣鐘鼎篆韻》稱此形出自〈許子小鐘〉，書亦錄相同字形作。〔註42〕

〔註39〕〔宋〕王黼《重修宣和博古圖・蛟篆鐘》（卷22），文淵閣四庫全書電子版，無標頁數。

〔註40〕摹刻本著錄比較的差異，見〈越王者旨於賜鐘三：附一、附二〉圖版，施謝捷：《吳越文字彙編》（江蘇：江蘇教育出版社，1998年8月），頁368。又此器說明見同書，頁558。

〔註41〕裘錫圭：〈史牆盤銘解釋〉《文物》1978年第3期，頁27。

〔註42〕〔元〕楊鉤《增廣鐘鼎篆韻・上平聲七之・許子小鐘》，頁55。

28.	徐（上）P339	自		薛·商鐘三 4.5	《韻海》「自」錄字形（4.5），與薛尚功《歷代鐘鼎彝器款式法帖·商鐘三》「自」作相似。「自」甲骨文作（菁5.1）、（前3.27.7），象鼻形。此形與春秋·攻敔王光戈「自」作字形相近。
29.	徐（上）P340	魯		薛·寅簋 3.11	《韻海》「魯」錄有三形作（3.11），與薛尚功《歷代鐘鼎彝器款式法帖·寅簋》「魯」作相似。「魯」甲骨文作（合7895），金文作（周早·井侯簋）、（周晚·魯侯壺）。下從口或甘，《韻海》的上部「魚」形稍有訛變，第三形右半的魚鰭甚至訛作手形。
30.	徐（上）P352	雁（鷹）		薛·鷹父癸彝 4.20	《韻海》「鷹」字引字形作（4.20），此形當取自薛尚功《歷代鐘鼎彝器款式法帖·鷹父癸彝》，釋文為「鷹」，並云：「首一字正作鷹之狀，象形篆也」。[註43] 據劉昭瑞研究，認為「首字稍有訛變，疑當作類形，舊以為像蝙蝠，殷墟婦好墓（《殷墟婦好墓》彩版33.2右）出土玉鷹造形與此略同」。[註44]
31.	徐（上）P352	雍		薛·盠和鐘 1.3	《韻海》「雝」錄字形（1.3），與薛尚功《歷代鐘鼎彝器款式法帖·盠和鐘》「雝」作相似。「雝」甲骨文作（前2.28.7），金文作（周早·盂鼎）（周晚·害夫鐘），（春秋·秦公石磬）。
32.	徐（上）P361	朋		薛·巳酉戌命彝 2.21	《韻海》「朋」錄二形作（2.21），與薛尚功《歷代鐘鼎彝器款式法帖·巳酉戌命彝》「朋」作相近。「朋」甲骨文作（後下8.5）、（商代·寧朋觚）、（周早·中作且癸鼎），象二串貝之形。

〔註43〕〔宋〕薛尚功：《歷代鐘鼎彝器款式法帖》（《宋人著錄金文叢刊》），頁10。

〔註44〕劉昭瑞：《宋代著錄商周青銅器銘文箋證》，頁90。

			薛・齊侯鎛鐘	2.21	《韻海》「朋」錄二形作 ![字形] ![字形]（2.21），加人形，與薛尚功《歷代鐘鼎彝器款式法帖・齊侯鎛鐘》「朋」作 ![字形] 字形相近。加人形的「朋」甲骨文作 ![字形]（合13），金文作 ![字形]（周中・楚簋）， ![字形]（周晚・伯康簋），《韻海》與〈齊侯鎛鐘〉人形已作ㄅ形。
33.	徐（上）P381	舄	薛・尨敦	5.28	《韻海》「舄」錄二形作 ![字形] ![字形]（5.28），字形與薛尚功《歷代鐘鼎彝器款式法帖・尨敦》「舄」作 ![字形] 相同，字形取自金文。
34.	徐（上）P385	惠	薛・師簋	4.16	《韻海》錄 ![字形]（4.16），釋爲「惠」，與薛尚功《歷代鐘鼎彝器款式法帖・師簋》「惠」作 ![字形] 相同，銘文作「![字形]（叀）離我邦小大猷」，此借「叀」爲「惠」。
35.	徐（上）P390	敢	薛・寅簋	3.37	《韻海》「敢」錄字形 ![字形] ![字形] ![字形] ![字形] ![字形] ![字形]（3.37），以上取自金文，如薛尚功《歷代鐘鼎彝器款式法帖》「敢」作 ![字形]。
36.	徐（中）P451	簠	薛・劉公鋪	3.10	《韻海》錄字形 ![字形]（3.10），釋爲「簠」，字形與薛尚功《歷代鐘鼎彝器款式法帖・劉公鋪》釋 ![字形] 爲「鋪」相同。「鋪」即「簠」，爲圓形器。〔註45〕
37.	徐（中）P486	嘉	薛・晉姜鼎	2.11	《韻海》「嘉」錄字形作 ![字形]（2.11），取自薛尚功《歷代鐘鼎彝器款式法帖・晉姜鼎》「嘉」作 ![字形]。金文嘉字从壴从加，「加」形从爪、力、口，字形如 ![字形]（春秋・嘉姬鼎）。〈晉姜鼎〉「嘉」作 ![字形]，省口形抑或口形上移，力下的三畫可能爲爪，而「壴」形似「吉」。

〔註45〕李旭昇：《說文新證》（上冊），頁366～368。

38.	徐（中）P486	嘉	 薛・嘉仲盉	 2.11	《韻海》「嘉」錄字形作 ▨（2.11），字形與釋文應取自薛尚功《歷代鐘鼎彝器款式法帖・嘉仲盉》「嘉」作 ▨。金文「嘉」字一般而言從「壴」從「加」，「加」形從爪、力、口，如 ▨（周晚・右走馬嘉壺）、▨（周晚・伯嘉父簋）、▨（戰國・中山王鼎）。《韻海》與〈嘉仲盉〉「嘉」形上從艸下從廾，應隸定作薹。
39.	徐（中）P490	虞	 西周早・宜侯夨簋	 1.9	《韻海》「虞」錄字形作 ▨（1.9），字形與西周早・宜侯夨簋「虞」作 ▨，摹本作 ▨ 近似。〔註46〕
40.	徐（中）P490	虔	 薛・周虔敦二	 2.3	《韻海》「虔」錄字形作 ▨（2.3），字形與薛尚功《歷代鐘鼎彝器款式法帖・周虔敦二》「虔」作 ▨ 相同。二者「虔」從「大」不從「文」，與〈卌三年逑鼎〉「虔」作 ▨ 相同。
41.	徐（中）P493	虢	 薛・虢姜敦	 5.26	《韻海》「虢」錄 ▨ ▨ ▨ ▨（5.26）（此形明龔萬鐘本錄作 ▨ ▨），從爪從攴從虎，字形與薛尚功《歷代鐘鼎彝器款式法帖・虢姜敦》「虢」作 ▨ 相同。
42.	徐（中）P495	鬶	 薛・趩鼎	 1.6	《韻海》「鬶」錄一形作 ▨（1.6），從鼎，與薛尚功《歷代鐘鼎彝器款式法帖・趩鼎》「鬶」作 ▨ 相同。「鬶」或從鼎，甲骨文作 ▨（乙3803），金文作 ▨（周早・歸▨進鼎）、▨（周中・羌鼎）。
43.	徐（中）P496	盉	 薛・伯玉盉	 2.10	《韻海》「盉」錄字形 ▨（2.10），與薛尚功《歷代鐘鼎彝器款式法帖・伯玉盉》「盉」作 ▨ 相似。「盉」金文作 ▨（周早・吳盉），▨（周中・伯▨盉），從禾聲。《韻海》「禾」形下部訛作「人」形。

〔註46〕董蓮池：《新金文編》（上冊）（北京：作家出版社，2011年10月），頁580。

44.	徐（中）P496	益	薛·牧敦	5.29	《韻海》收錄的金文「益」有兩形，一爲（5.29），與薛尚功《歷代鐘鼎彝器款式法帖·牧敦》「益」字作相同。另一爲（5.29），也與薛尚功《歷代鐘鼎彝器款式法帖·霥敦》「益」字作相同。
			薛·霥敦	5.29	「益」《說文》說：「，从水、皿」，然金文至戰國文字可靠的「益」字都从八从血，如（周中·深簋），（周晚·畢鮮簋），（戰國·環權），（戰國·包山113），因此薛尚功釋〈牧敦〉〈霥敦〉二形爲「益」無誤，而《韻海》釋文也是正確的。此外，呂大臨《考古圖釋文》立有「益」字頭說：「〈霥敦〉《說文》作」〔註47〕，是透過《說文》說解也把〈霥敦〉字形皿中一橫視爲水形。然而另一形〈牧敦〉卻置於疑字〔註48〕，可見呂大臨受《說文》影響，對「益」皿中从水是肯定的。的確「益」字在秦文字訛爲从水，如（戰國·雲夢雜抄）、（秦·珍秦133），此形爲後世所承。薛尚功能把〈牧敦〉、〈師毀（毀）敦〉此形都釋爲「益」是可貴的。
45.	徐（中）P503	靜	薛·姬寏豆	3.32	《韻海》「靜」錄一形作（3.32），字形應取自金文，如薛尚功《歷代鐘鼎彝器款式法帖·姬寏豆》「靜」作類似。金文「靜」如（周中·靜卣）、（周中·班簋）。《韻海》「靜」所从之「青」形有些訛變。
46.	徐（中）P506	酆	薛·寅簋	4.40	《韻海》「酆」錄二形作（4.40），字形與薛尚功《歷代鐘鼎彝器款式法帖·寅簋》「酆」作相同。「酆」甲骨文作（粹912），（前1.35.5），金文作（周早·

〔註47〕〔宋〕呂大臨：《考古圖釋文》（《宋人著錄金文叢刊》），頁287。

〔註48〕〔宋〕呂大臨：《考古圖釋文》（《宋人著錄金文叢刊》），頁288。

					臣辰卣），（周晚・毛公鼎），象容器中有香酒之形，《韻海》二形小點拉得較長。
47.	徐（中）P506～507	爵	薛・父癸匜	5.22	《韻海》「爵」（5.22），取自金文象形，如薛尚功《歷代鐘鼎彝器款式法帖・父癸匜》「爵」字作，只是形體較簡略。「爵」字甲骨文作（合 18570），金文形體填實作（商代・商爵），（商代・爵父癸壺），皆象爵上有柱，前有流，後有鋬，下有三足之形。
48.	徐（中）P507	秬	薛・寅簋	3.8	《韻海》「秬」錄字形作（3.8）（明襲萬鐘本作），與薛尚功《歷代鐘鼎彝器款式法帖・寅簋》「秬」作相同。「秬」（𥣬）金文作（周早・吳方彝），（周晚・毛公鼎）。
49.	徐（中）P507	饎	薛・叔夜鼎	1.16	《韻海》「饎」錄字形作（1.16），與薛尚功《歷代鐘鼎彝器款式法帖・叔夜鼎》「饎」作相似，銘文作「饎鼎」，作爲食器的修飾語。此字說法較多，舊多釋作「饎」，訓爲「滫飯也」，「滫飯」即蒸米的意思。近日單育辰隸定爲「饎」，可以讀爲「羞」，用爲膳羞或進膳羞之義。〔註49〕
50.	徐（中）P527	射	薛・邾敦二	4.38	《韻海》「射」作（4.38），與薛尚功《歷代鐘鼎彝器款式法帖・邾敦二》「射」作相似。「射」從弓從矢，本義爲射箭，甲骨文作（合 46），金文作（周早・令鼎），（春秋・石鼓田車）。

〔註49〕單育辰：〈釋饎〉，復旦大學古文字研究中心，網址：http://www.gwz.fudan.edu.cn/Src Show.asp?Src_ID=2004

51.	徐（中）P534	覃		2.27 薛・晉姜鼎	《韻海》「覃」錄字形（2.27），與薛尚功《歷代鐘鼎彝器款式法帖・晉姜鼎》「覃」作相似。「覃」金文作（商代・共覃父乙簋），（周早・覃父丁爵），从鹵从，會貯鹽（鹵）於罈子（）中。〔註50〕
52.	徐（中）P535	厚		3.35 薛・齊侯鎛鐘	《韻海》「厚」錄字形（3.35），（4.46），以上取自金文，如薛尚功《歷代鐘鼎彝器款式法帖・齊侯鎛鐘》「厚」作。「厚」甲骨文作（合34123），金文作（周中・王臣簋），（春秋・魯伯盤）。
53.	徐（中）P538	嗇		5.32 薛・齊安爐	《韻海》「嗇」錄字形作（5.32），與薛尚功《歷代鐘鼎彝器款式法帖・齊安爐（漢代）》「嗇」作相近。「嗇」甲骨文作（乙124），上從「來」，金文作（周早・沈子他簋）、（周中・牆盤），秦以後有一類字形，上部的「來」形筆畫趨於平直簡化，如（秦・睡虎地29.30）、（西漢・帛書老乙195上）、（西漢・武威簡特牲23），《韻海》與漢代〈齊安爐〉字形同之。
54.	徐（中）P598	楚		3.8 薛・季娟鼎	《韻海》「楚」錄二形作（3.8），第一形與薛尚功《歷代鐘鼎彝器款式法帖・季娟鼎》「楚」作相似；第二形與薛尚功《歷代鐘鼎彝器款式法帖・楚公鐘》作相同，乃从「疋」省。第一形與（戰國・中子化盤）相似，但稍有訛變。

〔註50〕 季旭昇：〈說覃鹽〉，復旦大學出土文獻與古文字研究中心，網址：http://www.gwz. fudan.edu.cn/SrcShow.asp?Src_ID=732

55.	徐（中） P609 ～610	稽	 薛・郜敦一	 3.13	《韻海》錄 （3.13）（末一形明 冀萬鐘本則作 ），釋爲「稽」，字形與薛尚 功《歷代鐘鼎彝器款式法帖・郜敦一》釋 爲「稽」相似。此字可隸定作「頡」，《韻海》 第二形作 ，右旁的「頁」應是如 （頡） （周中・友簋）字形再訛來。
56.	徐（中） P616	貝	 薛・兄癸卣	 4.18	《韻海》「貝」錄諸形作 （4.18）， 字形取自金文，如薛尚功《歷代鐘鼎彝器款式 法帖・兄癸卣》「貝」作 ，象形。
57.	徐（中） P619	贖	 薛・楚邘 仲南和鐘	 4.44	《韻海》「贖」錄字形作 （4.44），與薛尚 功《歷代歷代鐘鼎彝器款式法帖・楚邘仲南 和鐘》「贖」作 同。「贖」金文作 （周 晚・伯家父簋）、 （周晚・復公子簋），《韻 海》與〈楚邘仲南和鐘〉同〈復公子簋〉。
58.	徐（中） P645	晶	 薛・敔敦	 3.24	《韻海》「晶」作 （3.24），此形取自薛尚 功《歷代鐘鼎彝器款式法帖・敔敦》「晶」 作 。楊樹達說：「晶爲晶星之初字。晶爲 星之初文，故曑曑晨諸字皆從晶。曑省爲星， 晨省爲晨，故晶亦省爲晶」。〔註51〕釋「晶」 無誤。
59.	徐（中） P652	暮	 薛・商鐘 一	 4.13	《韻海》「暮」錄字形 （4.13），與薛尚功 《歷代鐘鼎彝器款式法帖・商鐘一》「暮」作 相似，旁加鳥形，然《韻海》鳥形稍有訛 變。
60.	徐（中） P654	扩	 薛・宰辟 父敦二	 3.21	《韻海》「扩」作 （3.21）取自金文，如薛 尚功《歷代鐘鼎彝器款式法帖・宰辟父敦二》 「扩」作 。甲骨文「扩」作 （合303）， 金文作 （商代・扩乙盤）、 （周中・休 盤），象旌旗形。

〔註51〕楊樹達：〈敔殷三跋〉《積微居金文說》（考古學專刊甲種第一號），北京：中國科學
院出版，1952年9月，頁76。

61.	徐（中）P654	旂	（薛‧牧敦）	（1.8）	《韻海》「旂」錄字形（1.8），與薛尙功《歷代鐘鼎彝器款式法帖‧牧敦》「旂」作近似。「旂」金文作（周早‧旂作父戊鼎）、（周晚‧楚簋），《韻海》「旂」字近〈楚簋〉「斤」形寫法。
62.	徐（中）P657	旅	（薛‧義母匜）	（3.9）	《韻海》「旅」錄字形（3.9），與薛尙功《歷代鐘鼎彝器款式法帖‧義母匜》「旅」作相似。甲骨文「旅」從「从」持「㫃」，如（合1027），（佚735），本義爲軍旅，金文作（商代‧旅父癸爵）、（周中‧達盨）。
63.	徐（中）P658	族	（薛‧名夫尊）	（5.1）	《韻海》「族」作（5.1）取自金文，如薛尙功《歷代鐘鼎彝器款式法帖‧名夫尊》「族」作，只是形體稍離析。甲骨文「族」作（合6814），（合34136），金文作（周中‧番生簋），至戰國上部「㫃」訛作「止」作（戰國‧陳喜壺），（戰國‧郭店語三）。
64.	徐（中）P670	貫	（薛‧晉姜鼎）	（4.29）	《韻海》「貫」錄字形作（4.29），與薛尙功《歷代鐘鼎彝器款式法帖‧晉姜鼎》「貫」作相似，此字楊南仲說：「疑毋字，讀爲貫，象穿貫寶貨形」〔註52〕，其說正確。
65.	徐（中）P677	克	（薛‧高克尊）	（5.34）	《韻海》「克」錄字形（5.34），字形應取自金文，如薛尙功《歷代鐘鼎彝器款式法帖‧高克尊》「克」作。「克」金文作（商代‧克尊），或於上豎畫加點，如（周早‧何尊），其後點向左右延長成橫畫，如（春秋早‧曾伯棗匜），《韻海》第一形與之相同。

〔註52〕見〔宋〕呂大臨：《考古圖》（《宋人著錄金文叢刊》），頁9。

66.	徐（中）P680	穆	薛·遲父鐘三	5.3	《韻海》「穆」錄字形（5.3），與薛尚功《歷代鐘鼎彝器款式法帖·遲父鐘三》「穆」作相似。「穆」金文如（周中·遹簋）、（周中·師𩵋鼎）。
67.	徐（中）P684	康	薛·晉姜鼎	2.14	《韻海》「康」作（2.14），字形與薛尚功《歷代鐘鼎彝器款式法帖·晉姜鼎》「康」作相似。「康」金文作（商代·女康丁簋）、（周晚·伊簋）。
68.	徐（中）P685	年	薛·師毛敦	2.1	《韻海》「年」作（2.1），字形與薛尚功《歷代鐘鼎彝器款式法帖·師毛敦》「年」作相似。
69.	徐（中）P693	黎	薛·史黎簋一	1.10	《韻海》錄字形（1.10），釋爲「黎」，字形當取自薛尚功《歷代鐘鼎彝器款式法帖·史黎簋一》「黎」作。呂大臨《考古圖》在釋讀此銘文時隸定此字爲「𥻋」，認爲字形從黍從刀，在銘文中用作「黎」。〔註53〕然此字應當是「利」字。「利」甲骨文作（合40685）、（屯2299），金文作（周早·利簋）、（周早·利鼎），從刀割禾，《韻海》、〈史黎簋〉與〈利鼎〉字形相似。
70.	徐（中）P717	寶	薛·京姜鬲	3.25	《韻海》「寶」錄一形作（3.25），按形體應爲「缶」，釋爲「寶」是據薛尚功《歷代鐘鼎彝器款式法帖·京姜鬲》銘文「其永用」。「寶」甲骨文作（合17512），從「宀」，其下有「貝」、「玉」，金文作（周早·𤔲小子鼎），加「缶」。其後戰國文字或省作（貨系0321）、（上博昭王）。《韻海》錄薛尚功《歷代鐘鼎彝器款式法帖·京姜鬲》「寶」形已減省剩「缶」形。

〔註53〕　〔宋〕呂大臨：《考古圖釋文》（《宋人著錄金文叢刊》），頁62。

71.	徐（中）P721	客	（字形）薛·商鐘三	（字形）5.26	《韻海》「客」錄字形（5.26），字形與薛尚功《歷代鐘鼎彝器款式法帖·商鐘三》（今名〈越王者旨於賜鐘三〉）「客」作相似，此字應爲「各」。
72.	徐（中）P722	寒	薛·南宮中鼎一	1.20	《韻海》「寒」形作（1.20），與薛尚功《歷代鐘鼎彝器款式法帖·南宮中鼎一》「寒」作相似。金文「寒」從宀，人在茻中。如（西周晚·寒姒鼎），至周晚·克鼎人腳加止形，又加「二」形，作。薛尚功《歷代鐘鼎彝器款式法帖·南宮中鼎一》與《韻海》「寒」形的人腳與止形離析而「茻」筆劃也變平直。
73.	徐（中）P755	帥	薛·盄和鐘	4.4	《韻海》「帥」錄字形（4.4）、（5.9），字形當取自金文。「帥」甲骨文作（前7.21.4）本義爲佩巾，後加義符「巾」作（周中·史頌簋），（周中·番生簋），小篆「帥」作從「巾」、「𠂤」。
74.	徐（中）P759	帚	薛·女乙觚一	3.34	《韻海》「帚」錄字形作（3.34），薛尚功《歷代鐘鼎彝器款式法帖·女乙觚一》「帚」作相似，「帚」甲骨文作（佚5.27），象掃帚形，ㅂ爲置掃帚的架子，金文作（商代·帚女簋）。《韻海》所錄字形似爲反文，「帚」反文如甲骨文（後下3.17）。
75.	徐（中）P784	作	薛·齊侯鎛鐘	5.24	《韻海》錄（5.24），釋爲「作」，字形與薛尚功《歷代鐘鼎彝器款式法帖·齊侯鎛鐘》「作」相似。此字可隸定作「𣦻」，其他字形如（周晚·姑氏簋）、（春秋·郘王劍）、（戰國·書也缶）。
76.	徐（中）P790	偏	薛·師毀（毀）敦	2.3	《韻海》「偏」錄一形作（2.3），字形與釋文據薛尚功《歷代鐘鼎彝器款式法帖·師毀（毀）敦》銘文：「司我西東」，

					釋△爲「偏」。按字形从戶从冊應爲「扁」。金文「戶」形多作如「扂」▨（周中・犀尊）之所从，「扁」左上「戶」形《韻海》抄訛如「阜」形，類似的訛誤另如「房」《韻海》抄作▨（2.12）亦訛作「阜」形。
77.	徐（中）P817	身	▨ 薛・齊侯鎛鐘	▨ 1.13	《韻海》「身」錄三形▨▨▨（1.13），字形與薛尚功《歷代鐘鼎彝器款式法帖・齊侯鎛鐘》「身」作▨相似。「身」甲骨文作▨（乙7977），李孝定以爲「从人而隆其腹，象人有身之形」。〔註54〕金文作▨（周早・班簋），▨（春秋・邾公華鐘），較甲骨文多一短橫畫。
78.	徐（中）P826	裕	▨ 薛・敔敦	▨ 4.12	《韻海》「裕」錄二形作▨▨（4.12），字形與薛尚功《歷代鐘鼎彝器款式法帖・敔敦》「裕」作▨相似，而字形另如▨（周中・舀壺）。
79.	徐（中）P837	考	▨ 薛・齊侯鎛鐘	▨ 3.25	《韻海》「考」錄字形▨（3.25），與薛尚功《歷代鐘鼎彝器款式法帖・齊侯鎛鐘》「考」作▨相似。此形上部與金文「老」作▨（春秋・夆叔盤），▨（春秋・夆叔匜），「孝」作▨（戰國・十四年陳侯午尊）相似，應是承自甲骨文「老」作▨（合16013）之形。
			▨ 薛・牧敦	▨ 3.25	《韻海》「考」錄字形▨（3.25），與薛尚功《歷代鐘鼎彝器款式法帖・牧敦》「考」作字形相似。此形另如金文▨（周早・沈子它簋），▨（周晚・楚公逆鐘），乃上承甲骨文▨（前2.2.6）而來。

〔註54〕李孝定：《甲骨文集釋（第八卷）》（臺北：中央研究院歷史語言研究所，1965年），頁2719～2720。

80.	徐（中）P847	朕	 薛·寶和鐘四	 3.36	《韻海》「朕」錄二形作 朕朕（3.36），字形與薛尚功《歷代鐘鼎彝器款式法帖·寶和鐘四》「朕」作 朕、〈寶和鐘五〉作 朕 相同。「朕」甲骨文作 朕（甲 2304），金文作 朕（周早朕尊），字形从廾持 丨 縫補舟縫。後 丨 加「點」作 朕（周晚·仲辛父鼎），點畫又成一橫畫作 朕（春秋·秦公鎛）。
81.	徐（中）P858	見	 薛·見父乙甗	 4.31	《韻海》「見」錄 見見見見（4.31）、見（4.32）等形，以上與薛尚功《歷代鐘鼎彝器款式法帖·見父乙甗》「見」作 見 相似。裘錫圭認為甲骨文中跪坐形為「見」，立人形為「視」。〔註55〕
82.	徐（中）P885	首	 薛·宰辟父敦二	 3.34	《韻海》「首」錄三形 首首首（3.34），與薛尚功《歷代鐘鼎彝器款式法帖·宰辟父敦二》「首」作 首 相似。以上字形取自金文，如 首（周早·沈子它簋）、首（周晚·楚公逆鎛）。
			 薛·齊侯鐘二	 3.34	《韻海》「首」有一形作 首（3.34），與薛尚功《歷代鐘鼎彝器款式法帖·齊侯鐘二》「首」作 首 相似。
83.	徐（中）P890	文	 薛·宰辟父敦三	 1.16	《韻海》「文」錄二形作 文文（1.16），字形取自金文，如薛尚功《歷代鐘鼎彝器款式法帖·宰辟父敦三》「文」作 文。「文」甲骨文作 文（甲 3940）、文（京津 2837），从大，人身有交紋之形。交紋之形多樣，如 文（周中·旂父戊鼎）、文（周晚·師害簋）。《韻海》第二形類似周晚〈師害簋〉字形。

〔註55〕裘錫圭：〈甲骨文中的見與視〉，收於國立臺灣師範大學國文學系編：《甲骨文發現一百周年學術研討會論文集》（臺北：文史哲出版有限公司，1998 年 5 月 10 日～12 日），頁 1～5。

84.	徐（中）P930	廟	（薛・敔敦）	（4.34）	《韻海》「廟」作 （4.34），字形與薛尚功《歷代鐘鼎彝器款式法帖・敔敦》「廟」作 相似。金文「朝」，尚未訛變爲《說文》所從的「舟」形，仍作「〵〵」、「水」、「川」，如 （周早・先獸鼎）、 （周早・矢方彝）。
85.	徐（下）P1009	煌	（薛・許子鐘一）	（2.15）	《韻海》「煌」錄字形 （2.15），與薛尚功《歷代鐘鼎彝器款式法帖・許子鐘一》「煌」作 相似。左半「光」上部所從的火形加一橫畫。
86.	徐（下）P1010	光	（薛・晉姜鼎）	（2.15）	《韻海》「光」錄字形 （2.15），第一形與薛尚功《歷代鐘鼎彝器款式法帖・晉姜鼎》「光」作 相似；第二形與薛尚功《歷代鐘鼎彝器款式法帖・蔑敖鬲》「光」作 （王黼《重修宣和博古圖・蔑敖鬲（卷十九）》則作 ，小異）相似。「光」甲骨文作 （寧滬3.40），金文作 （周早・井侯彝）、 （周晚・毛公鼎），從人頭上有火，「火」字有時上部加一橫筆作 （春秋・吳王光鑑）、 （戰國・者汈鐘），爲《韻海》第一形所從，第二形與周早〈井侯彝〉相似。
87.	徐（下）P1031	壺	（薛・召仲考父壺）	（1.10）	《韻海》「壺」錄字形作 （1.10），與薛尚功《歷代鐘鼎彝器款式法帖・召仲考父壺》「壺」作 相似。「壺」甲骨文作 （乙2924），金文作 （周中・番匊生壺）、 （周中・佳壺爵）、 （戰國・曾姬無卹壺），皆象壺形。
88.	徐（下）P1023	赤	（薛・師毛父鼎）	（5.28）	《韻海》「赤」錄字形 （5.28），與薛尚功《歷代鐘鼎彝器款式法帖・師毛父鼎》「赤」作 字形相同。「赤」甲骨文作 （乙2908），金文作 （周早・麥鼎）、 （周中・休盤），從大火。《韻海》與〈師毛父鼎〉下部「火」形與〈休盤〉相似，筆劃較平直。

89.	徐（下）P1042	應	薛·齊侯鐘二	2.20	《韻海》「應」錄（2.20）、（4.40）二形，字形應取自金文，即「雁」字，於銘文假借爲「應」。「雁」金文作（周中·雁侯見工簋）、（周晚·鄧公簋），从人、隹（膺的初文）聲。「隹」甲骨文初文作，从隹，半圓形指示膺之部位，金文半圓形簡化爲一短豎。〔註56〕《韻海》所錄的第一形，字形應取自薛尚功《歷代鐘鼎彝器款式法帖·齊侯鐘二》「應」作，不僅「人」形訛變作「厂」形，指示符號也變作「十」形。戰國（齊）璽彙580錄一字形作，在璽文中用作人名。季旭昇認爲釋爲「雁（鷹）」或「雁」還可討論。由於璽彙字形正與《韻海》「應」所錄相似，或可用以證「雁（鷹）」字形卻有可能變作如此。
90.	徐（下）P1141	原	薛·雁侯敦	1.17	《韻海》「原」錄字形（1.17），金文原（邍）一般作（周晚·史敄簋）、（春秋早·陳公子甗），从辵（或彳）从夊从田，下从象。《韻海》下部「象」作，字形取自薛尚功《歷代鐘鼎彝器款式法帖·雁侯敦》「原」作之形（王黼《重修宣和博古圖·周雁侯敦》作），此器「象」形有訛，因此呂大臨釋讀時分析字形誤以爲字形「从彳从备从本」，隸定作「彝」。〔註57〕
91.	徐（下）P1142	永	薛·孟姜匜	3.31	《韻海》「永」錄字形作（3.31），字形與釋文應取自薛尚功《歷代鐘鼎彝器款式法帖·孟姜匜》「永」作。然按字形應爲「羕」借爲「永」，「羕」金文作（周中·羕史尊），（春秋·邥君壺），从永羊聲。《韻海》與〈孟姜匜〉下部的「永」作「大」形，乃從如（春秋·邥君壺）字形訛來。

〔註56〕參季旭昇：《說文新證》（下冊），頁276。

〔註57〕〔宋〕呂大臨：《考古圖·卷三·雁侯敦》（《宋人著錄金文叢刊》），頁48。

92.	徐（下）P1168	龍		薛·遲父鐘1.3	《韻海》「龍」錄二形作（1.3），與薛尚功《歷代鐘鼎彝器款式法帖·遲父鐘》「龍」作，此爲象形「龍」字。劉昭瑞說：「象形龍字見微氏家族『瘋特鐘』銘『寵』字所從，象形『龍』字當非宋人臆造」。〔註58〕
93.	徐（下）P1196	拜		薛·伯姬鼎4.20	《韻海》「拜」錄（4.20）諸形，以上與如，薛尚功《歷代鐘鼎彝器款式法帖·伯姬鼎》「拜」作，〈寅簋〉「拜」作相似。金文從手從「𡤥」，龍宇純以爲甲金文中常見的「捧」（拜）作，即爲「拔」的本字，正象草根之形，爲「𡴄」的初文，而「拔」本義即爲拔擢草根，假借爲「拜」。〔註59〕因此《詩經·召南·甘棠》云「勿翦勿拜」，鄭玄注「拜之言拔也」。〔註60〕
94.	徐（下）P1202	擇		薛·齊侯鎛鐘5.26	《韻海》錄二形作（5.26），釋爲「擇」，字形與薛尚功《歷代鐘鼎彝器款式法帖·齊侯鎛鐘》「擇」作相似，按字形可隸定作「𤴚」。
95.	徐（下）P1238	姬		薛·㪅姬壺1.8	《韻海》「姬」錄字形作（1.8），與薛尚功《歷代鐘鼎彝器款式法帖·㪅姬壺》「姬」作相似。「姬」甲骨文作（前1.35.6），金文作（周早·懵季遽父），（春秋曹公盤），從女從臣。「臣」于省吾以爲象梳比之形〔註61〕，如（商·臣觚）。《韻海》「姬」所從的「臣」形已簡化。

〔註58〕劉昭瑞：《宋代著錄商周青銅器銘文箋證》，頁121。

〔註59〕詳參龍宇純：〈甲骨文金文字及其相關問題〉，《中央研究院歷史語言研究所集刊》（第34本下冊），頁405～433。

〔註60〕李旭昇：〈《召南·甘棠》「勿翦勿拜」古義新證〉，見氏著《詩經古義新證》（臺北：藝文印書館，1994年3月初版，1995年3月增訂版），頁37～43。

〔註61〕于省吾：《甲骨文字釋林》（北京：中華書局，1979年6月），頁66～67。

96.	徐（下）P1240	婦	楊・庚午鬲	3.34	《韻海》「婦」錄字形 （3.34）（末一形明龔萬鐘作 ）等，字形與楊鉤《增廣鐘鼎篆韻・庚午鬲》「婦」作 相似。〔註62〕「婦」甲骨文作甲骨文 （乙871），金文作 （商代・婦觥）、（商代・射婦鼎03.1378）、（周中・義伯簋）、（春秋・邛君婦龢壺），从女从帚。《韻海》除第一形外，「帚」形都訛變成似「束」形。
97.	徐（下）P1255	妥	薛・晉姜鼎	3.27	《韻海》「妥」錄字形作 （3.27），與薛尚功《歷代鐘鼎彝器款式法帖・晉姜鼎》「妥」作 相同。「妥」《說文解字》失收，甲骨文作 （乙8722），金文作 （商・妥鼎）（周早・沈子它簋），（周中・戜者鼎）从爪女。
98.	徐（下）P1260	民	薛・晉姜鼎	1.14	《韻海》「民」錄字形作 （1.14），與薛尚功《歷代鐘鼎彝器款式法帖・晉姜鼎》「民」作 相似。「民」甲骨文作 ，金文作 （周早・盂鼎）、（春秋早・秦公簋）。
99.	徐（下）P1263	氏	楊・毀敦	3.3	《韻海》「氏」錄三形作 （3.3），「氏」金文字形一般作 （周晚・散盤），而《韻海》第一、二形無點與甲骨文 （商2.21.6）、金文 （周中・散簋）相似；第二形作兩點則與元代楊鉤《增廣鐘鼎篆韻・毀敦》所錄「氏」作 字形相似。〔註63〕

〔註62〕〔元〕楊鉤：《增廣鐘鼎篆韻・上聲四十四有・庚午鬲》，頁289。

〔註63〕〔元〕楊鉤：《增廣鐘鼎篆韻・上聲四紙・毀敦》，頁202

100.	徐（下） P1269 ～1270	我	薛・師敦 （毀）敦	3.26	《韻海》「我」錄諸形作（圖）（3.26），以上取自金文。如薛尚功《歷代鐘鼎彝器款式法帖・師敦（毀）敦》「我」作（圖）。「我」甲骨文作（圖）（合19957）、（圖）（甲2382），象有鋸齒狀的長柄兵器。金文作（圖）（周早・我鼎）、（圖）（周中・善鼎）、（圖）（周中・盠駒盤），象鋸齒狀的左半部漸訛變。如《韻海》所錄第二、三形我、（我），鋸齒狀訛作「禾」、「午」似「午」，字形如薛尚功《歷代鐘鼎彝器款式法帖・師㝬敦》「我」作（圖）。又《韻海》所錄第五形（圖），與戰國・陳肪簠「我」作（圖）相似，已訛變太多。
101.	徐（下） P1274	匹	薛・寅簠	5.9	《韻海》「匹」錄二形作（圖）（5.9），字形與薛尚功《歷代鐘鼎彝器款式法帖・寅簠》（圖）相同，此字薛尚功釋為「所」錯誤[註64]，呂大臨釋為「匹」正確。[註65]「匹」甲骨文作（圖）（林2.26.7），為馬匹的計量單位。[註66]金文作（圖）（周中・衛簠）、（圖）（周中・單伯鐘），從石，而〈寅簠〉與《韻海》「石」形稍有訛變。
102.	徐（下） P1275	匜	薛・義母匜	1.5	《韻海》錄（圖）（1.5）、（圖）（3.4），釋為「匜」。釋文依薛尚功《歷代鐘鼎彝器款式法帖・義母匜》釋（圖）為「匜」。依字形此字為「也」，借為「匜」。
			薛・季姬匜	1.5	《韻海》「匜」錄一形作（圖）（1.5），與薛尚功《歷代鐘鼎彝器款式法帖・季姬匜》「匜」作（圖）近似。其他字形如（圖）（周中・筍侯匜）、（圖）（周晚・宗仲匜），象有手柄的注水器。

〔註64〕〔宋〕薛尚功：《鐘鼎彝器款式法帖・卷十五・寅簠》(《宋人著錄金文叢刊》)，頁76。

〔註65〕〔宋〕呂大臨：《考古圖・卷三・寅簠》(《宋人著錄金文叢刊》)，頁57。

〔註66〕季旭昇：《說文新證》（下冊），頁206～207。

103.	徐（下）P1290	孫	薛·商鐘一	1.19	《韻海》「孫」錄一形作（1.19），字形取自薛尚功《歷代鐘鼎彝器款式法帖·商鐘一》「孫」作。
104.	徐（下）P1290～1291	繇	薛·寅簋	2.5	《韻海》「繇」錄字形（2.22）、（2.5），字形應是取自金文，如薛尚功《歷代鐘鼎彝器款式法帖·寅簋》「繇」作。「繇」金文作（周中·彔伯簋）、（周晚·師克盨）、（周晚·散盤），根據曾憲通認為右旁「」乃繇（繇）之初文，字乃象形文鼬之省變。上體象鼬鼠之頭部……下體象鼬鼠足及尾」[註67]，其說可從。補充來說，前的形應為鼬鼠的嘴部。《韻海》第一形作，象鼬鼠尾部之形離析；第二形作，象鼬鼠的尾部亦離析，鼬鼠頭及身體似人形，與戰國·曾侯木簡「繇」作相同；第三形作，以上所錄三形象鼬鼠頭部的都離析在旁。
105.	徐（下）P1303	縉	薛·晉姜鼎	3.19	《韻海》「縉」錄二形（3.19）、（4.30），與薛尚功《歷代鐘鼎彝器款式法帖·晉姜鼎》「縉」作相同。「縉」金文作（周中·牆盤）、（周晚·蔡姞簋），從爱。
106.	徐（下）P1308	緘	周晚·蝕公簋	2.29	《韻海》錄字形（2.29）（明冀萬鐘本作），釋為「緘」。分析此字形「咸」的「戌」旁省簡作「戈」形，「口」旁亦省略。字形與（周晚·蝕公簋）相近，此字《金文編》釋為「誠」，認為「從言從緘省」，可從。[註68]

[註67] 曾憲通：〈說繇〉《古文字研究（第十輯）》（北京：中華書局，1983年7月），頁26。

[註68] 容庚編著、張振林、馬國權摹補：《金文編》（北京：中華書局，1985年7月），頁143。董蓮池《新金文編》（上冊）承之，隸定作「讝」，頁258。

107.	徐（下）P1315	彝	薛・寶尊	1.7	《韻海》「彝」錄有十形（1.7），以上當取自金文「彝」形。如薛尚功《歷代鐘鼎彝器款式法帖・寶尊》「彝」字作。「彝」甲骨文作（合 36512），本義爲宗廟奉牲之祭，下從廾，上部爲祭祀牲品，清儒以爲鳥、雞等禽類，鳥形前方有「卜」形，或不加作（掇 2.158），〔註69〕而金文「彝」作（周早・小臣宰簋）、（春秋・秦公簋）。
108.	徐（下）P1360～1361	在	薛・尹卣	3.15	《韻海》「在」錄（3.35）、（4.22）等形，以上與薛尚功《歷代鐘鼎彝器款式法帖・尹卣》「在」作相似。「在」即「才」，甲骨文作（合 38223），（粹 935），金文作（周中・頌鼎）、（周中・才興父鼎），陳劍認爲「才」爲「弋」（杙）的分化字。〔註70〕另外《韻海》「在」又錄一形作，元代楊鉤《增廣鐘鼎篆韻》云出自〈父癸鼎〉，字形錄作。〔註71〕
109.	徐（下）P1379	釐	薛・伯碩父鼎	1.8	《韻海》「釐」錄字形（1.8），取自薛尚功《歷代鐘鼎彝器款式法帖・伯碩父鼎》「釐」作。「釐」甲骨文作（甲 2695）、（甲 3915）、（後下 33.1），從來從攴，或從年從攴，示手持棍棒朴打收割的禾穗，呈

〔註69〕 季旭昇：《說文新證》（下冊），頁 218。

〔註70〕 陳劍：〈釋造〉，收於復旦大學出土文獻與古文字研究中心編：《出土文獻與古文字研究（第一輯）》（北京：復旦大學出版社，2006 年 12 月），頁 67（註腳 34 有論述）。

〔註71〕 〔元〕楊鉤：《增廣鐘鼎篆韻・上聲十五海・父癸鼎》，頁 244。

					現具體收成之狀。〔註72〕《韻海》與〈伯碩父鼎〉字形省「攴」，如 。
110.	徐（下）P1383	畯	![字形] 薛·刺公敦一	![字形] 4.25	畯，《韻海》「畯」下有二形作 ![字形] ![字形]（4.25），字形與薛尚功《歷代鐘鼎彝器款式法帖·刺公敦一》「畯」作 ![字形] 相似，銘文作「畯才（在）立（位）」。「畯」甲骨文作 ![字形]（後下4.7），金文另如 ![字形]（周早·大盂鼎），![字形]（周中·頌簋）。
111.	徐（下）P1394	協	![字形] 薛·盠和鐘	![字形] 5.38	《韻海》「協」錄字形作 ![字形]（5.38），與薛尚功《歷代鐘鼎彝器款式法帖·盠和鐘》「協」作 ![字形] 相同。「協」甲骨文作 ![字形]（合7），金文作 ![字形]（春秋·秦公鎛），簡帛作 ![字形]（戰國·清華簡尹誥02）（![字形]）。
112.	徐（下）P1397	銑	![字形] 薛·盠和鐘	![字形] 3.20	《韻海》「銑」錄字形 ![字形]（3.20）（明龔萬鐘本作 ![字形]），字形與薛尚功《歷代鐘鼎彝器款式法帖·盠和鐘》「銑」作 ![字形] 相似，銘文作「其音銑銑」。「先」形一般作 ![字形]（周中·師望鼎），此形兩旁加撇畫。「先」所從「止」形訛變。
113.	徐（下）P1427	車	![字形] 薛·單癸卣	![字形] 1.9	《韻海》「車」錄字形 ![字形]（1.9），與薛尚功《歷代鐘鼎彝器款式法帖·單癸卣》「車」作 ![字形] 相似。「車」甲骨文作 ![字形]（合11448），金文作 ![字形]（商代·叔車觚）象車全體之形，或有書寫方向改變，如甲骨文 ![字形]（花東416）、![字形]（周晚·晉侯穌鐘）。《韻海》與〈單癸卣〉同之。

〔註72〕季旭昇：〈說釐〉《中國文字（新36期）》（臺北：藝文印書館，2011年1月），頁1～16。

114. P1441	徐（下）	陵	 薛・季娟 （婦）鼎	 2.20	《韻海》錄 （2.20），釋爲「陵」，字形與薛尚功《歷代鐘鼎彝器款式法帖・季娟（婦）鼎》釋 爲「陵」相似，銘文作「遣小臣錫貝錫」。
115. P1442	徐（下）	陽	 薛・曾侯 鐘	 2.12	《韻海》錄字形 （2.12），釋爲「陽」，字形當取自薛尚功《歷代鐘鼎彝器款式法帖・曾侯鐘》 （陽）。然按字形而言，此自應爲「𣃟」。「𣃟」金文作 （戰國・畬章鐘）、（戰國・周𣃟戈），簡帛文字作 （戰國・清華保訓），上部「𠂆」訛爲「止」。
116. P1460	徐（下）	禽	 楊・敔敦	 2.27	《韻海》「禽」錄一字形作 （2.27），字形稍有訛變。字形應出自於元代楊鉤《增廣鐘鼎篆韻・敔敦》「禽」作 。〔註73〕此字薛尚功《歷代鐘鼎彝器款式法帖・敔敦》作 ，與甲骨文作「禽」 （合9225）相同，前二者或有寫訛。又《韻海》「檎」作 （2.27），所從的「禽」似上字形，應是杜從古採用金文偏旁自己拼湊的「古文」。
117. P1460～ 1462	徐（下）	萬	 薛・叔邦 父簠	 4.26	《韻海》「萬」錄 （4.26）（4.27）等形，以上取自金文，如薛尚功《歷代鐘鼎彝器款式法帖・叔邦父簠》作 。「萬」本義象蠍子形，如甲骨文作 （前3.30.5），金文作 （周中・仲簋），後蠍尾漸漸繁化爲「內」形，如 （戰國・陳侯因齊敦）。《韻海》所錄其中較特殊的 ，蠍子的尾部訛變如「子」

〔註73〕〔元〕楊鉤：《增廣鐘鼎篆韻・下平聲二十一侵・敔敦》，頁186。

					形🔲（合4882）下部，字形應取自如薛尚功《歷代鐘鼎彝器款式法帖・刺公敦》「萬」作🔲。
118.	徐（下）P1469	庚	🔲 薛・庚鼎	🔲 2.15	《韻海》「庚」錄三形作🔲🔲🔲（2.15），字形應當取自金文，如薛尚功《歷代鐘鼎彝器款式法帖・庚鼎》作🔲。「庚」甲骨文作🔲（鐵76.2）、🔲（甲568）、🔲（菁4），金文作🔲（商・冊父丁爵），本指有耳可搖的樂器。薛尚功錄〈庚鼎〉字形時並云：「此庚乃有垂實之象……今商器多象其形」〔註74〕，金文「庚」形更肖其形。
119.	徐（下）P1470	辭	🔲 薛・牧敦	🔲 1.8	《韻海》錄🔲（1.8），釋為「辭」，字形應來自薛尚功《歷代鐘鼎彝器款式法帖・牧敦》銘文「🔲迺多🔲，不用先王乍（作）井（刑）」之🔲字，薛尚功釋為「辝」。按此字形應為「𤔲」，金文字形如🔲（周晚・番生簋蓋），從受、從幺中有🔲（架子），象雙手治亂絲狀。〈牧敦〉下似從「土」，下部從「土」的「𤔲」字，應由薛尚功《歷代鐘鼎彝器款式法帖・尨敦》「嗣」作🔲之所從訛來。《韻海》上部「爪」形又抄訛似為「厂」，字形訛變應從如春秋早・大司馬𠤳「嗣」作🔲訛來。
120.	徐（下）P1471	癸	🔲 薛・父癸爵	🔲 3.5	《韻海》「癸」錄🔲（3.5），與薛尚功《歷代鐘鼎彝器款式法帖・父癸爵》「癸」作🔲相同。
121.	徐（下）P1473	子	🔲 楊・陀鼎	🔲 3.6	《韻海》「子」錄一形作🔲（3.6），字形與元代楊鉤《增廣鐘鼎篆韻・陀鼎》〔註75〕「子」作🔲相同。「子」甲骨文有作如🔲（粹1472），金文如🔲（周中・折觥），作🔲此為繁複增飾之形。

〔註74〕〔宋〕薛尚：《鐘鼎彝器款式法帖》（《宋人著錄金文叢刊》），頁3。

〔註75〕〔元〕楊鉤：《增廣鐘鼎篆韻・上聲六止・陀鼎》，頁211。

122.	徐（下）P1479	寅	薛‧齊侯鎛鐘	1.7	《韻海》「寅」錄字形 （1.7），字形與薛尚功《歷代鐘鼎彝器款式法帖‧齊侯鎛鐘》「寅」作 相同。甲骨文干支的「寅」字假借「矢」字為之，作 （後 1.31.10），為以示區別，加以區別符號「一」或「口」，如 （甲 709）、 （燕 24），後「口」形漸漸訛變作「臼」形，如甲骨文 （存 2735），金文 （商‧小子省卣）。矢鏃中或加點作 （周中‧師奎父鼎），後矢鏃進而又訛成似「臼」形作 （周晚‧弭伯簋）、 （戰國‧陳純釜），《韻海》所錄同戰國〈陳純釜〉形，為訛形。
			薛‧師𠫑簋	1.15	《韻海》「寅」錄字形 （1.15），與薛尚功《歷代鐘鼎彝器款式法帖‧師𠫑簋》「寅」作 相同，此為訛形，由如 （周中‧師奎父鼎）此形訛來。
			薛‧牧敦	1.15	《韻海》「寅」錄一形作 （1.15），字形據薛尚功《歷代鐘鼎彝器款式法帖‧牧敦》「寅」作 ，此形訛變較多。
123.	徐（下）P1482	午	薛‧文王命瘌鼎	3.12	《韻海》此形「午」作 （3.12），與薛尚功《歷代鐘鼎彝器款式法帖‧文王命瘌鼎》「午」作 相同。此外《韻海》也收金文「午」多形，如 、 、 、 （3.12）。「午」本義為「杵」，甲骨文作 （甲 184）， （後 2.38.8），金文作 （商代‧戊嗣鼎），像杵形。 （商代‧四祀邸其卣）， 周晚‧齲簋，二形上部訛作 。因此《韻海》所收的 、 、 也為訛形。

| 124. | 徐（下）P1493 | 尊 | 薛·祖乙卣（器） | 1.19 | 《韻海》「尊」錄 （1.19），與薛尚功《歷代鐘鼎彝器款式法帖·祖乙卣（器）》「尊」作 相似，只是「酉」形訛變較多。應是據如 （周晚·伯吉父簋）而來。此字可隸定作「障」，如甲骨文作 （前5.4.4），金文承之，戰國文字則作如 （戰國·郭店唐虞）。 |

（二）《集篆古文韻海》引青銅銘文考釋錯誤

【《集篆古文韻海》引青銅銘文考釋錯誤字表】〔註76〕

編號	徐書頁數	字例	青銅器字形	韻海字形	考　釋
1.	徐（上）P8	禧	王黼·尹卣蓋	1.8	《韻海》「禧」收一字形作 （1.8），字形與釋文應據宋代王黼《重修宣和博古圖·尹卣蓋》釋 為「禧」。〔註77〕此器薛尚功《歷代鐘鼎彝器款式法帖》亦收，名為〈尹卣〉，字形作 ，釋為「熹」。按銘文「王飲西宮 」， 應釋為「烝」，《爾雅·釋天》：「冬祭曰烝」，甲骨文作 （合38690）、（花東039），象豆中有禾穀已進神明，或从手。金文作 （周早·大盂鼎）、（周中·段簋）。

〔註76〕表格說明：本字表共有六欄，除第一欄為編號外，其餘分別為：

（二）徐書頁數：例如徐（上）P50，指可於徐在國編：《傳抄古文字編》（上冊），頁50中找到字形。

（三）字例：指徐在國《傳抄古文字編》的楷書字頭。

（四）青銅字形：指《集篆古文韻海》所引青銅字形的原摹字形。例如：薛·商鐘三，指字形取自薛尚功《歷代鐘鼎彝器款式法帖》所錄青銅器〈商鐘三〉。

（五）《韻海》字形：《韻海》為《集篆古文韻海》簡稱。數字編號同徐在國《傳抄古文字編》，例如《韻海》1.15，指原字形取自《集篆古文韻海》上聲15頁。

（六）考釋：即考釋《集篆古文韻海》文字形體。

〔註77〕〔宋〕王黼《重修宣和博古圖·尹卣蓋》（卷11），文淵閣四庫全書電子版，無標頁數。

2.	徐（上）P24	環	 薛·�敦	 1.21	《韻海》錄字形 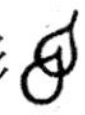 （1.21），釋爲「環」，字形與薛尚功《歷代鐘鼎彝器款式法帖·敦敦》銘文：「賜汝玄衣赤環（  ）芾」之「 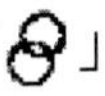 」相同，宋人釋爲「環」。根據郭沫若研究曰：「『赤 』亦見〈利鼎〉〈曶鼎〉〈免敦〉〈南季鼎〉〈揚敦〉，諸器均著其色爲赤……余謂 當是蛤之初文，象形，假爲袷」。〔註78〕其說可從，因此此字不爲「環」。
3.	徐（上）P93	必	 薛·張仲簠二	 5.9	《韻海》「必」錄二形作  （5.9），字形與釋文應取自薛尚功《歷代鐘鼎彝器款式法帖·張仲簠二》釋  爲「必」，銘文作「  友飤飤」。此字誤釋，今改釋爲「者」，於銘文中用作「諸」。〔註79〕「者」一般金文作如  （商·者婦爵），  （春秋·者減鐘），此形省口。
4.	徐（上）P111	召	 薛·南宮中鼎二	 4.34	《韻海》「召」錄字形作  （4.34），與薛尚功《歷代鐘鼎彝器款式法帖·南宮中鼎二》「召」作  相似，此字宋人誤釋，應釋爲「省」。「省」甲骨文作  （粹1045），金文作  （商代·小子省卣）、  （周晚·散盤），从目从屮。〈散盤〉於屮上加點畫，後點畫延伸爲橫畫，如  （戰國璽彙3265），《韻海》第二形與之相近。
5.	徐（上）P148	此	 薛·虢姜敦	 3.4	《韻海》錄字形 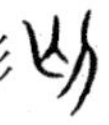 （3.4），釋文爲「此」，當依薛尚功《歷代鐘鼎彝器款式法帖·虢姜敦》釋  爲「此」。然按字形而言，並非「此」而是「勻」。「勻」甲骨文作  （粹1260），金文作  （周中·師遽方彝），與「此」作  （周早·此盉），  （戰國·郭店尊德）構形不同，因此《韻海》 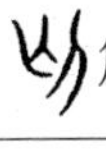 爲「勻」不爲「此」。

〔註78〕郭沫若《兩周金文辭大系·豆閉敦》，郭沫若著作編輯出版委員會編：《郭沫若全集·考古編·第八卷》（北京：科學出版社，1982年9月），頁77～78。

〔註79〕劉昭瑞：《宋代著錄商周青銅器銘文箋證》，頁159。

6.	徐（上）P206	品	呂·考古圖釋文·牧敦	3.36	《韻海》「品」字作（3.36），字形與呂大臨《考古圖釋文》「品」字頭所采字形相似。呂大臨說此字形引自〈牧敦〉，〔註80〕但今遍查銘文無此字形，不知何據。
		品	薛·品伯彝	3.36	《韻海》「品」字錄字形（3.36），當取自薛尚功《歷代鐘鼎彝器款式法帖·品伯彝》「品」字作。薛尚功分析此字形說：「品作三口而一覆其下，古人作字左右反正不拘，偏旁之位置耳」。〔註81〕按「品」甲骨文以及金文作（粹432），（甲124），（周早井侯簋），三口有一在上或二在上，然未見有一口覆其下之形。此器呂大臨《考古圖》亦收，器名爲〈單伯彝〉，其釋爲「單」，又分析字形說：「字从三口而一覆在下，不知爲何字，或云爲品字」。〔註82〕此字宋人不敢肯定是「品」或「單」，存疑。
7.	徐（上）207	冊	楊·商尊	5.27	《韻海》「冊」下錄一字形作（5.27），字形明顯非「冊」。字形與釋文與元代楊鉤《增廣鐘鼎篆韻·商尊》釋相同。〔註83〕應改釋爲「葡」，「葡」甲骨文作（合3911），金文作（商代·戊葡卣）、（周代·啓卣）相同。
8.	徐（上）P216	世	薛·師詫敦	4.16	《韻海》「世」錄字形作（4.16），字形應根據薛尚功《歷代鐘鼎彝器款式法帖·師詫敦》銘文「用乍（作）宮寶」，此字宋人釋爲「世」，然根據字形應釋爲「州」。由宋人對青銅銘文釋文來看，容易與「世」構形類似的字混淆。〔註84〕

〔註80〕〔宋〕呂大臨：《考古圖釋文》（《宋人著錄金文叢刊》），頁282。

〔註81〕〔宋〕薛尚功：《歷代鐘鼎彝器款式法帖》（《宋人著錄金文叢刊》），頁57。

〔註82〕〔宋〕呂大臨：《考古圖釋文》（《宋人著錄金文叢刊》），頁76。

〔註83〕〔元〕楊鉤：《增廣鐘鼎篆韻·下平聲十陽·商尊》，頁443。

〔註84〕其他誤釋爲「世」的例子，如商代〈兄癸酉〉銘文作「」，宋人割裂字形將末二字誤釋爲「世昌」，將「口」形屬下字字形的一部分。然今此二字釋爲「殳日」，「口」形屬上形。「世」金文作（周早·寧簋），「卅」作（周早·矢簋）。由誤釋的情況來看，宋人容易將「州」、「世」、「卅」、「劦」這類由三個同形構形的字形混淆。

			薛·世母 辛卣器	4.16	《韻海》「世」錄一形作（4.16），字形與釋文應根據薛尚功《歷代鐘鼎彝器款式法帖·世母辛卣器》釋為「世」。今根據研究，此應為「數字卦」，如邢文：「在數字卦的前後常見刻有名詞或短語，如《三代吉金文存》所錄的〈父乙角〉：『右史父乙，五五五。』人名在五五五之前。更多的人名是在數字材料之後，如所謂〈世母辛卣〉：『五五五，母辛』」。〔註85〕
9.	徐（上） P219 ～220	諸	呂·嘉仲 盉	1.9	《韻海》錄一字形（1.9），釋為「諸」。字形出處應為薛尚功《歷代鐘鼎彝器款式法帖·嘉仲盉》銘文「嘉中（仲）　友用其吉金」△釋為「諸」。按字形為「者」，字形與（春秋·者瀘鐘）、（春秋晚·鼁鐘）相似。
10.	徐（上） P225	信	薛·仲信 父方甗	4.24	《韻海》「信」錄一形作（4.24），與薛尚功《歷代鐘鼎彝器款式法帖·仲信父方甗》釋為「信」同。銘文作「　作旅甗」。為人名，然是否為「信」，存疑待考。
11.	徐（上） P227	諫	薛·諫尊	4.30	《韻海》「諫」錄字形作（4.30）（明翼萬鐘本作亦同），下部字形稍有訛變。字形與釋文與薛尚功《歷代鐘鼎彝器款式法帖·諫尊》釋作「諫」相同，銘文作「　作父」此字應為「諫」。
12.	徐（上） P239	諆	薛·孟姜 匜	1.8	《韻海》錄字形（1.8），釋為「諆」，與薛尚功《歷代鐘鼎彝器款式法帖·孟姜匜》字形相似，然銘文釋為「諅」。按字形而言，此字為「期（萁）」，金文其他字形如

〔註85〕邢文：〈數字卦與《周易》形成的若干問題〉，收於鄭吉雄主編：《周易經傳文獻新銓》（臺北：臺大出版中心，2010年1月），頁71。

					（春秋・寬兒鼎）、（春秋・齊侯敦），「日」形可置於「其」上。
13	徐（上）P256	韻		薛・曾侯鐘一 4.25	《韻海》「韻」錄四形作（4.25），其中第二形與薛尚功《歷代鐘鼎彝器款式法帖・曾侯鐘一》「韻」作相同。然按字形釋爲「韻」錯誤，應爲「酓」。「酓」甲骨文作（乙8710），金文作（商代・邐簋），（周中・伯彧壺），（戰國・酓忎鼎），戰國文字作（戰國・包山179），（戰國・陶三686）。
14.	徐（上）P267	釁		薛・太公簋 4.24	《韻海》錄古文字形（4.24），釋爲「釁」，字形與釋文應根據薛尚功《歷代鐘鼎彝器款式法帖・太公簋》釋爲「釁」，宋人誤釋，此應爲「鑄」字。「鑄」甲骨文作（金511），本義爲銷金，字從臼持軍鍋、下從皿，中有火。〔註86〕金文作（春秋・取膚匜）、（春秋・哀成弔鼎）、（戰國・中期鄲孝子鼎），或加義符「金」形或聲符「召、哥」，形體也有省火省皿的，《韻海》第二形作，中有「火」、「金」，下形「皿」形或訛。
15.	徐（上）P278	煉		薛・宋公欒鼎 5.1	《韻海》「煉」錄二形作（5.1），與薛尚功《歷代鐘鼎彝器款式法帖・宋公欒鼎》釋爲「煉」相同。按字形而言，「煉」甲骨文作（合30956），（合30806），與上字形並不相同，因此《韻海》與〈宋公欒鼎〉字形非「煉」而是「餗（饋）」。

〔註86〕李旭昇：《說文新證》（下冊），頁246。

16.	徐（上）P310～311	敦	薛・仲酉父敦	4.21	《韻海》錄 （4.21），釋爲「敦」，與薛尚功《歷代鐘鼎彝器款式法帖・仲酉父敦》釋 爲「敦」相同。以上字形宋人誤釋，按字形隸定爲「毃」，在銘文中用爲「簋」。
17.	徐（上）P361	朋	薛・牧敦	2.21	《韻海》「朋」錄 （2.21），字形當取自薛尚功《歷代鐘鼎彝器款式法帖・牧敦》釋 爲「朋」。然按字形而言非「朋」，不知何字，存疑。
18.	徐（上）P385	惠	薛・晉姜鼎	4.16	《韻海》錄二形 （4.16），釋爲「惠」，與薛尚功《歷代鐘鼎彝器款式法帖・晉姜鼎》釋 相同。然此字誤釋，應爲「蠆」，銘文作「作 爲極」，意指做根本以爲則效。 「蠆」甲骨文作 （前 2.30.6），本義爲花蒂脫華之形，上從芔省，下從止。〔註 87〕張亞初認爲「蠆」有鞏固、常在和根本的意思。〔註 88〕金文作 （周早・蠆尊）、（周晚・訇簋）、（春秋早・秦公簋）。而《韻海》所錄第一形與戰國・陶五 020 作 相似。
19.	徐（中）P450	簋	薛・師奐父簋二	3.5	《韻海》錄 （3.5）釋爲「簋」，字形釋文應依薛尚功《歷代鐘鼎彝器款式法帖・師奐父簋二》釋 爲「簋」。此字誤釋，按字形爲「須」，如 （春秋・鄭義伯盨），在銘文中借爲「盨」，「盨」金文如 （周晚・杜伯盨），（周晚・鄭義羌父盨）。

〔註 87〕郭沫若：《兩周金文辭大系・晉姜鼎》，頁 230。

〔註 88〕張亞初：〈周屬王所作祭器𣄰簋考〉《古文字研究》（第五輯）（北京：中華書局，1981年 1 月），頁 158～159。

20.	徐（中） P451	簋	（圖）	（圖） 薛・叔邦 父簋 3.10	《韻海》錄字形（圖）（3.10），都釋爲「簋」。釋文依宋人所釋，如薛尚功《歷代鐘鼎彝器款式法帖・叔邦父簋》釋（圖）爲「簋」；〈太公簋〉釋（圖）爲「簋」；〈張仲簋二〉釋（圖）爲「簋」。以上皆應改釋爲「盨」。〔註89〕
21.	徐（中） P466	畀	（圖） 呂・考古 圖釋文・ 弭中医	（圖） 4.6	《韻海》錄（圖）（4.6），釋爲「畀」。字形當取自如薛尚功《歷代鐘鼎彝器款式法帖・張（弭）仲簋三》銘文「弭中（仲）壽」，此字薛尚功釋爲「昇」，呂大臨《考古文釋文》釋爲「畀」〔註90〕，《韻海》釋文依呂大臨。此字下部从「廾」，於銘文中用作「其」，字形應爲擷取如（圖）（周早・弭□父卣）部分形體而來。
22.	徐（中） P477	卣	（圖） 薛・杞公 匜	（圖） 3.33	《韻海》錄字形（圖）（3.33）釋文爲「卣」，然從字形來看應取自薛尚功《歷代鐘鼎彝器款式法帖・杞公匜》「匜」字作（圖）。〈杞公匜〉銘文作「叔姜□盨（圖）」，宋人釋「匜」亦不正確，依字形應釋爲「壺」。春秋晚期之〈匜君壺〉有「盥壺」〔註91〕專用爲盥洗時盛水之器。金文「壺」字如周晚・薛侯壺作（圖）與戰國・陳喜壺字作（圖），字形與其近似，之所以有（圖）字形，可能是摹本時可能漏摹字形下部。

〔註89〕 季旭昇：《說文新證》（上冊），頁 409～410。

〔註90〕 〔宋〕呂大臨：《考古圖釋文》（宋人著錄金文叢刊），頁 283。

〔註91〕 〈匜君壺〉「盥壺」二字作 ，見容庚：《商周彝器通考》（下冊）（臺灣：大通

書局，1973 年），圖板 749，頁 396

23.	徐（中） P477	卣	 楊·父丁 盉	 3.33	《韻海》「卣」錄字形 （3.33），字形與釋文與楊鉤《增廣鐘鼎篆韻·父丁盉》〔註92〕相同。同器據王黼《重修宣和博古圖· 阜父丁盉》所錄字形作 ，釋爲「阜」。〔註93〕《韻海》上聲四十四有「阜」字亦收同形作 （3.34），可見此形宋人釋文不一。此字該釋爲何，存疑。
24.	徐（中） P477	卣	 薛·執爵 父丁卣	 3.33	《韻海》「卣」錄字形 （3.33），字形與薛尚功《歷代鐘鼎彝器款式法帖·執爵父丁卣》相似，《韻海》釋爲「卣」不知何據。
25.	徐（中） P485	尉	 薛·旄敦	 4.12	《韻海》錄字形 （4.12），釋爲「尉」，與薛尚功《歷代鐘鼎彝器款式法帖·旄敦》釋爲「尉」相同，此字誤釋，應爲「聞」。 「聞」甲骨文作 （前7.31.2），象人有所聽聞之形，从人从耳。至金文「耳」形離析，如 （周早·盂鼎），後人的頭部因加裝飾，如 （周早·利簋），後也離析產生訛變，如 （春秋·郘王子鐘）。故《韻海》爲訛變之形。 此外，《韻海》錄 （4.12）（明龔萬鐘本作 ）也釋爲「尉」，其字形應出自薛尚功《歷代鐘鼎彝器款式法帖·師毀（毀）敦》「乃且（祖）考又（有） 于我家」，△字今存的宋人著錄都釋爲「婚」，只有元代楊鉤《增廣鐘鼎篆韻》與《韻海》同釋爲「尉」，不知何據〔註94〕，郭沫若《兩周金

〔註92〕〔元〕楊鉤：《增廣鐘鼎篆韻·上聲四十四有·父丁盉》，頁288。

〔註93〕〔宋〕王黼《重修宣和博古圖·阜父丁盉》（卷19），文淵閣四庫全書電子版，無標頁數。

〔註94〕〔元〕楊鉤《增廣鐘鼎篆韻·去聲十遇·毀敦》，頁330。

					文辭大系．師毀毀》亦無釋。〔註 95〕筆者認爲此字即爲「尌」字異體，《說文》：「尌，立也。从壴从寸」，「尌」本从木从又，即爲樹植之「樹」的本字，甲骨文作（合 27781），後加「豆」聲，因此「尌」左旁本應爲「查」。〔註 96〕因此，筆者分析上部即爲「查」，下从「廾」，古文字中从「寸」也可作「廾」，如「封」金文作（周晚．琱生簋），也作（周中．封虎鼎），「對」作（周早．令鼎），也作（周晚．多友鼎），「尊」作（戰國．郭店唐虞），也作（戰國．雲夢日甲）。承上，「尌」也可能作「弆」，因此〈師毀（毀）敦〉「乃且（祖）考又（有）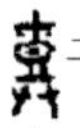于我家」，「又（有）」即爲「有建樹」之意，句意或可以解釋爲：你的祖考有建樹（功勳）於我家。
26.	徐（中）P492	虎	 薛．南宮中鼎二	 3.11	《韻海》「虎」錄一形作（3.11），與薛尚功《歷代鐘鼎彝器款式法帖．南宮中鼎二》「虎」作相似，此「虎」形亦與（周中．九年衛鼎），（周晚．師兌簋）相似。另《韻海》「虎」又錄二形，字形皆取自金文，第二形如薛尚功《歷代鐘鼎彝器款式法帖．（商）虎父丁鼎》「虎」作，宋人釋「虎」錯誤，應釋爲「犬」。〔註 97〕
27.	徐（中）P497	盡	 薛．師𩛥敦	 3.15	《韻海》錄（3.15），釋爲「盡」，釋文應據如薛尚功《歷代鐘鼎彝器款式法帖．師𩛥敦》銘文「德不克」，宋人釋爲「盡」。此字甲骨文作（合 6053）、（周

〔註 95〕郭沫若：《兩周金文辭大系．師毀毀》，頁 114。

〔註 96〕裘錫圭：〈釋「尌」〉《龍宇純先生七秩晉五壽慶論文集》（臺北：學生書局，2002 年 11 月），頁 189-194。

〔註 97〕劉昭瑞：《宋代著錄商周青銅器銘文箋証》，頁 22。

					中・師望鼎），可隸定作「妻」，學界今一般都釋爲「畫」。而白於藍則認爲金文中「妻」與「畫」之用法並不相同，主張「妻」應改釋爲花紋之「文」（紋）。其下部所從之 ⊠、⊠正是花紋之「文」（紋）之象形初文。並說〈師𤔲敦〉銘文「⊠（寡）德不克⊠」，⊠當讀作忞（或敃），訓爲彊，句意爲「德寡而不能自勉」。白於藍說法可從。〔註98〕
28.	徐（中）P501	主	⊠⊠ 薛・夏珦戈	⊠ 3.10	《韻海》「主」錄字形作 ⊠（3.10），字形據薛尚功《歷代鐘鼎彝器款式法帖・夏珦戈》釋 ⊠ 爲「主」。此字宋人誤釋爲「主」，今名此器爲〈蔡侯產戈〉，字體爲鳥蟲書，此字應釋爲「蔡」。〔註99〕
29.	徐（中）P506～507	爵	⊠⊠ 薛・兄癸卣	⊠ 5.22	《韻海》錄 ⊠ ⊠（5.22）二形，釋爲「爵」，字形與釋文應取自薛尚功《歷代鐘鼎彝器款式法帖・兄癸卣》。銘文首行末作「⊠」，宋人遂將字形分釋二字爲「爵兩」（或爵丙），當作王賞賜之物。〔註100〕然根據研究，「⊠」或爲氏名，應釋爲「雟」。〔註101〕《韻海》依宋人分釋爲二字而單錄爲「爵」字。

〔註98〕 白於藍：〈釋「妻」〉，復旦大學出土文獻與古文字研究中心，網址：http://www.gwz.fudan.edu.cn/SrcShow.asp?Src_ID=1123

〔註99〕 劉昭瑞：《宋代著錄商周青銅器銘文箋證》，頁 255。

〔註100〕 銘文首行作 ⊠，宋人釋文爲「丁子王錫爵兩」，見〔宋〕薛尚功：《歷代鐘鼎彝器款式法帖》（《宋人著錄金文叢刊》），頁 16。

〔註101〕 程少軒：〈試說「雟」字及相關問題〉，復旦大學出土文獻與古文字研究中心，網址：http://www.gwz.fudan.edu.cn/SrcShow.asp?Src_ID=380。後亦收入復旦大學出土文獻與古文字研究中心編：《出土文獻與古文字研究》（第二輯）（北京：復旦大學大學出版社，2008 年 8 月），131～145。

30.	徐（中）P506～507	爵	薛·寅簋	5.22	《韻海》「爵」下有二字形作 （5.22），釋文依據薛尚功《歷代鐘鼎彝器款式法帖·寅簋》釋銘文 爲「輦爵」。薛尚功把一字分釋爲兩字，今應釋作「輏」，所以《韻海》二形非「爵」字。
125.	徐（中）P509	饘	薛·叔夜鼎	2.2	《韻海》錄字形 （2.2），釋爲「饘」，與薛尚功《歷代鐘鼎彝器款式法帖·叔夜鼎》釋 爲「饘」相同。此字象鬲中有物煮食，或應改釋爲「鬻」（煮）。
126.	徐（中）P509	饌	薛·宰辟父敦一	3.19	《韻海》「饌」下錄字形作 （3.19），字形與釋文與自薛尚功《歷代鐘鼎彝器款式法帖·宰父敦一》釋 爲「饌」相同，今依形可隸定爲「餴」。〔註102〕
127.	徐（中）P526	矢	薛·宰辟父敦一	3.5	《韻海》「矢」作 （3.5），字形與薛尚功《歷代鐘鼎彝器款式法帖·宰辟父敦一》銘文「彤 」字形相同，宋人釋爲「矢」。今據郭沫若研究，此爲「沙（綏）」。〔註103〕
128.	徐（中）P527	射	薛·南宮中鼎二	4.38	《韻海》「射」錄二形作 （4.38），字形與釋文依薛尚功《歷代鐘鼎彝器款式法帖·南宮中鼎二》「射」作 ，〈南宮中鼎三〉「射」作 ，宋人所摹字形失眞，此字今隸定作「數」即「夔」，於銘文中用爲地名，字形應是由如 （商·小臣餘尊）訛來。
129.	徐（中）P531	高	薛·叔高父簋	2.7	《韻海》「高」錄字形 （2.7），字形與釋文應取自薛尚功《歷代鐘鼎彝器款式法帖·叔高父簋》釋 爲「高」，然按字形而言此爲「良」字。「良」甲骨文作 （乙3334），

〔註102〕劉昭瑞：《宋代著錄商周青銅器銘文箋證》，頁94～95。

〔註103〕詳參郭沫若：《殷周青銅器銘文研究·戈琱威𣄢必彤沙說》，郭沫若著作編輯出版委員會編：《郭沫若全集·考古編·第四卷》，頁157～171。

					本義爲「廊」。「高」作<img_placeholder>（甲2807），象高大的建築物，二者字形有別。河南臨汝小屯出土〈叔良父匜〉與宋人所著錄的銘文形體近同，疑乃一人作器。（見《考古》1984年第2期頁156圖1）。 
130.	徐（中）P537	亶	 <img_placeholder> 薛・師虘簋	 <img_placeholder> 3.18	《韻海》「亶」引字形作<img_placeholder>（3.18），此形應取自薛尚功《歷代鐘鼎彝器款式法帖・師虘簋》「亶」字作<img_placeholder>。然據今人劉昭瑞研究，此形應釋作「奠」而非「亶」。〔註104〕「奠」甲骨文作<img_placeholder>（乙676反），象置酒以祭，酒下一橫或爲地或爲薦物。金文作<img_placeholder>（周晚・逨盤）承甲骨之形、或下加「丌」作<img_placeholder>（周晚・叔向父簋）。由於〈師虘簋〉<img_placeholder>「酉」形較特殊，與「亶」的小篆形體作<img_placeholder>近似，宋人遂以爲「亶」字，其非。《韻海》（宛委別藏本）抄作<img_placeholder>，下缺一橫，而明龔萬鐘本抄作<img_placeholder>不訛。 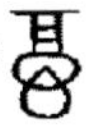     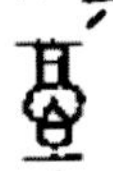   
131.	徐（中）P545	夏	 <img_placeholder> 薛・晉姜鼎	 <img_placeholder> 3.28	《韻海》釋<img_placeholder>   <img_placeholder>（3.28）爲「夏」，字形與薛尚功《歷代鐘鼎彝器款式法帖・晉姜鼎》<img_placeholder>相同，然其隸定作「䕃」。此字銘文常見，如<img_placeholder>（周早・克鼎），今隸定作「䕃」用作「柔」。〔註105〕  
132.	徐（中）P558	楊	 <img_placeholder> 薛・尢敦	 <img_placeholder> 2.12	《韻海》「楊」錄字形<img_placeholder>  <img_placeholder> <img_placeholder>（2.12），據明龔萬鐘本釋文作「揚」，宛委別藏釋文作「楊」當寫訛。按字形即爲金文習見的「對揚王休」的「揚」字。字形如<img_placeholder>（周早・耳尊）、<img_placeholder>（周早・令簋），字从廾从易。廾或加「止」形如<img_placeholder>（周早・守宮鳥尊）、<img_placeholder>    

〔註104〕劉昭瑞：《宋代著錄商周青銅器銘文箋證》，頁157。

〔註105〕劉昭瑞：《宋代著錄商周青銅器銘文箋証》，頁220。

				（周中・師酉簋）。《韻海》第二形作[字形] 左半應爲「廾」的訛形，從「廾」的字有相同離析訛變另如春秋・吳王光鐘「執」左半的「廾」作[字形]；《韻海》第三形據元代楊鉤《增廣鐘鼎篆韻》字形作[字形]云出自〈陀鼎〉〔註106〕，右半應從「卩」。「揚」字從「卩」字形如[字形]（周中・虢叔鐘），而傳抄古文字「卩」多作如[字形]形，當知《韻海》第三形作[字形]，爲從「卩」的揚字。元代楊鉤《增廣鐘鼎篆韻》同字抄作[字形]爲訛形。
133. 徐（中）P608～609	華	[字形] 薛・寅簋	[字形] 2.11	《韻海》錄字形[字形]（2.11）釋爲「華」，與薛尚功《歷代鐘鼎彝器款式法帖・寅簋》釋[字形]爲「華」相同。此字誤釋，應爲「萊」。「萊」甲骨文作[字形]（粹15）、[字形]（合30827），本義或爲草根。〔註107〕金文作[字形]（周早・矢方彝）、[字形]（周中・彔伯簋）、[字形]（周中・衛盉）。《韻海》同〈衛盉〉字形稍變。
		[字形] 薛・牧敦	[字形] 2.11	《韻海》錄字形[字形]（2.11），釋爲「華」，字形與薛尚功《歷代鐘鼎彝器款式法帖・牧敦》[字形]相似。薛尚功釋爲「漆」，〔註108〕呂大臨《考古圖釋文》釋爲「黍」。〔註109〕以上所釋皆誤，應釋爲「萊」。
134. 徐（中）P619	賴	[字形] 薛・父乙鼎	[字形] 4.18	《韻海》「賴」字引字形作[字形]（4.18），此形當來自薛尚功《歷代鐘鼎彝器款式法帖・父乙鼎》銘文：「作冊友史易（賜）[字形] 貝」。

〔註106〕〔元〕楊鉤《增廣鐘鼎篆韻・上平聲十陽・陀鼎》，頁150。

〔註107〕詳參龍宇純：〈甲骨文金文[字]字其相關問題〉，《中央研究院歷史語言研究所集刊》（第34本下冊）（臺北：商務印書館，1963年12月），頁405～433。

〔註108〕〔宋〕薛尚功：《歷代鐘鼎彝器款式法帖・卷十四・牧敦》（《宋人著錄金文叢刊》），頁70。

〔註109〕〔宋〕呂大臨：《考古圖・卷三・牧敦》（《宋人著錄金文叢刊》），頁51。

					薛尚功據《宣和博古圖》釋作「賴」，並引其云：「昔者貨貝而寶龜，日錫賴貝者，《說文》：以賴爲贏，言錫貝之多也。此商人作之，以享父乙。」〔註110〕此字《殷周金文集成》亦收作 ![字形] （商・肆作父乙盤簋）〔註111〕，今人不釋作「賴」，依形隸定可作「賣」。〔註112〕
135. 徐（中）P624	賣	![字形] 薛・伊彝	![字形] 2.15		《韻海》錄 ![字形]（2.15）（明龔萬鐘本作 ![字形]，宛委別藏本下部「貝」形抄訛），釋爲「賣」，釋文據薛尚功《歷代鐘鼎彝器款式法帖・伊彝》釋 ![字形] 爲「賣」。此字宋人誤釋，應爲「賞」。《說文》釋曰：「賞，行賈也。從貝，商省聲」，金文其他字形如 ![字形]（周早・史獸鼎）、 ![字形]（周早・弔簋）。
136. 徐（中）P624	都	![字形] 楊・公緘鼎	![字形] 1.10		《韻海》「都」錄一形作 ![字形]（1.10），字形出處據元代楊鉤《增廣鐘鼎篆韻・十一模》「都」字頭注云：「![字形] 公緘鼎，按《博古圖》錄此作 ![字形] 音保，王仲庚錄此作 ![字形] 音都，兩存之」。〔註113〕 筆者案：今存宋代著錄此器有呂大臨《考古圖・公緘鼎》、王黼《重修宣和博古圖・雔公緘鼎》、王俅《嘯堂集古錄・雔公緘鼎》、薛尚功《歷代鐘鼎彝器款式法帖・公緘鼎》同字都錄作 ![字形]，疑王仲庚所錄拓本不清之形，描其輪廓而已。
137. 徐（中）P636	邟	![字形] 薛・邟敦	![字形] 4.33		《韻海》「邟」錄字形作 ![字形]（4.33），字形釋文根據薛尚功《歷代鐘鼎彝器款式法帖・邟敦》釋 ![字形] 爲「邟」，然此字今應隸定作「鄔」。

〔註110〕〔宋〕薛尚功：《歷代鐘鼎彝器款式法帖》（《宋人著錄金文叢刊》），頁7。

〔註111〕中國社會科學院考古研究所編：《殷周金文集成（第八冊）》（北京：中華書局，1987年4月），〈商・肆作乙盤簋〉，器號4144，拓片頁數29。

〔註112〕董蓮池：《新金文編》（上冊），頁792。

〔註113〕〔元〕楊鉤《增廣鐘鼎篆韻・上平聲十一模・公緘鼎》，頁84。

138.	徐（中）P657	旅	薛・諸旅鬲	3.9	《韻海》「旅」錄一形作（3.9），字形與薛尚功《歷代鐘鼎彝器款式法帖・諸旅鬲》釋爲「旅」近似。按字形或爲「述」字，「述」金文作（周早・大盂鼎）、（周中・史述簋）。
139.	徐（中）P666	冏	薛・單冏父乙鼎	3.31 3.31	《韻海》「粟」錄字形（3.30）與「冏」錄二形（3.31），字形取自薛尚功《歷代鐘鼎彝器款式法帖・單冏父乙鼎》「冏」作。此字宋人誤釋，據劉雨、張亞初的研究，此爲「光」字，其說：「字舊釋同（粟）、景、北等，都不確切。《善齋吉金錄》1.19釋「光」，可從。青銅器是子子孫孫永寶用的一種藝術品，因此從形制花紋到文字本身都刻意求精、求美。婦好之好作，左右各從一女，就是證明。字上從火，下從對稱之二人形（古文字單線與雙鉤無別）。一般說來，對稱的話，應作。此字上部字，假借筆畫重合而爲，是比較特殊的對稱例子。所以，這個字上從火，下從人，應即光字。〔註114〕」其說可從。
140.	徐（中）P670	爭	呂・考古圖釋文・古孝經	2.17	《韻海》錄字形作（2.17）釋爲「爭」。此字據呂大臨《考古圖釋文》將此字誤以爲與古孝經「」類似而誤釋爲「爭」。依字形應爲「貫」。〔註115〕
141.	徐（中）P670	貫	薛・名夫尊（蓋）	4.29	《韻海》錄字形（4.29），釋爲「貫」，字形釋文與薛尚功《歷代鐘鼎彝器款式法帖・名夫尊（蓋）》釋爲「貫」相同。然此字是否爲「貫」存疑。

〔註114〕劉雨、張亞初：〈商周族氏銘文考釋舉例－摘自《商周青銅器族氏銘文的資料和初步研究》〉，《古文字研究（第七輯）》（北京：中華書局，1982年6月），頁36～37。

〔註115〕見〔宋〕呂大臨：《考古圖釋文》（《宋人著錄金文叢刊》），頁278。

142.	徐（中）P676	鼎	薛‧象形鼎	3.32	《韻海》「鼎」錄一形作（3.32），字形取自薛尚功《歷代鐘鼎彝器款式法帖‧象形鼎》釋爲「鼎」，此字不識，應非「鼎」。又《韻海》又錄一形作（3.32）也釋爲「鼎」，此字甲骨文作（合27226），金文作（周早或周中‧寓鼎）、（周中‧段簋）。此字形可隸定作「鼎」。學界一般將「鼎」與甲金文常見的「鼏」（字形如周晚‧小克鼎作）分釋爲二字。近來陳劍主張二者或可視爲一字的異體。其从「匕」不从「刀」，乃因「刀」旁與「匕」旁易混[註116]，其說可從。因此《韻海》所錄不知從何據，然不應釋爲「鼎」。
143.	徐（中）P695	米	薛‧張仲簋一	3.12	《韻海》錄字形（3.12），釋爲「米」，以及（4.6）釋爲「利」，字形與薛尚功《歷代鐘鼎彝器款式法帖‧張仲簋一》釋爲「米」相同。此字宋人誤釋，應釋爲「梁」，「梁」金文作（周晚‧奐父盨）、（周晚‧伯仲父匜）、（春秋‧虘仲父盤）。
144.	徐（中）P710	室	薛‧巳酉戌命彝	5.9	《韻海》錄字形（5.9）釋爲「室」，字形與釋文據薛尚功《歷代鐘鼎彝器款式法帖‧巳酉戌命彝》釋爲「室」同。銘文作「賞貝十朋，万剢用（造）丁宗彝」，非「室」，應隸定作「」。金文「」字與「作」、「鑄」等字相類似的用法，當讀爲「造」。

[註116] 陳劍撰長文認爲「象以刀分割俎案上的肉之形」而舊釋爲「鼏」的相關異體諸字，都應改釋爲古書「肆解牲體」之「肆」的表意本字。詳參陳劍：〈甲骨金文舊釋「鼏」之字及相關諸字新釋（上中下）〉，復旦大學出土文獻與古文字研究中心，網址：

http://www.gwz.fudan.edu.cn/SrcShow.asp?Src_ID=280（上）

http://www.gwz.fudan.edu.cn/srcshow.asp?src_id=281（中）

http://www.gwz.fudan.edu.cn/srcshow.asp?src_id=282（下）

後又收入復旦大學出土文獻與古文字研究中心編：《出土文獻與古文字研究》（第二輯）（北京：復旦大學出版社，2008年8月），頁13～48。

145.	徐（中）P712	宏	 薛·樂司徒卣	 2.21	《韻海》錄諸形作（2.21），此字舊釋爲「弘」，如薛尚功《歷代鐘鼎彝器款式法帖·樂司徒卣》釋 爲「弘」。今人于豪亮改釋爲「引」字〔註117〕，本義爲開弓，以一小撇表示。《韻海》所錄諸形都有一些訛變，其中第四形作，小撇作十字狀，與薛尚功《歷代鐘鼎彝器款式法帖·齊侯鐘一》「弘」作 相似。
146.	徐（中）P746	冕	 薛·寅簋	 3.22	《韻海》錄字形（3.22），釋爲「冕」，字形與釋文應據薛尚功《歷代鐘鼎彝器款式法帖·寅簋》釋 爲「冕」。銘文作「虎 熏裏」，當指以虎皮之作或以虎文爲飾且帶有淺紅色或朱紅色裏裏之車幬。因此釋「冕」錯誤，應釋爲「冟」，「冟」甲骨文作（戩6.8），（周中·彔伯戎簋），（周晚·師兌簋）。
147.	徐（中）P756	帶	 薛·宰辟父敦三	 4.18	《韻海》錄二形（4.18），釋爲「帶」，釋文依薛尚功《歷代鐘鼎彝器款式法帖·宰辟父敦三》銘文：「玄衣黹 」，釋 爲「帶」。此字宋人誤釋，字形又有所訛變，應當爲此字爲「屯」，於銘文中表示衣緣之「純」專字。「屯」甲骨文作（後下28.4），象植物種子發芽，金文作（周中·頌鼎）、（周晚·此簋）。《韻海》與〈宰辟父敦三〉下部形似爲从（手）形爲訛變。
148.	徐（中）P759	布	 薛·宰辟父敦一	 4.13	《韻海》「布」下錄一字形作（4.13），字形與薛尚功《歷代鐘鼎彝器款式法帖·宰辟父敦一》釋 爲「束」相似，但《韻海》釋爲「布」不知何據。薛尚功此字也誤釋，因銘文：「玄衣黹純」，「黹純」指繡花緄邊，今應釋爲「黹」。

〔註117〕于豪亮：〈說引字〉《于豪亮學術文存》（北京：中華書局，1985 年 1 月），頁 74 ～76。

149. 徐（中）P764	市	薛·宰辟父敦一	5.12	《韻海》錄 （5.12），釋爲「巿」，釋文據薛尚功《歷代鐘鼎彝器款式法帖·宰辟父敦一》銘文「易（錫）女（汝）莘朱，玄衣黹屯（純）」釋爲「巿」。此字非「巿」，應釋爲「帶」。「帶」甲骨文作（庫1231）、（京都2100），金文作（周早·大保戈）、（春秋·子犯編鐘），本義爲紳帶。《韻海》與〈宰辟父敦一〉字形已與金文不類，但與戰國·曾侯墓簡138「帶」作相近。
150. 徐（中）P774	仲	薛·秉仲爵	4.1	《韻海》錄（4.1），釋爲「仲」，字形應取自薛尚功《歷代鐘鼎彝器款式法帖·秉仲爵》釋爲「仲」。此字誤釋，劉昭瑞以爲乃「盾」，象盾中飾錫，即考古發現中常見的銅泡。〔註118〕 字形另如（商·秉盾簋）、（周中·十五年趞曹鼎）。
151. 徐（中）P779	位	薛·南宮中鼎三	4.7	《韻海》錄（4.7），釋爲「位」，薛尚功《歷代鐘鼎彝器款式法帖·南宮中鼎三》釋爲「位」相同，此字可隸定作「应」。
152. 徐（中）P805	傒	薛·牧敦	1.10	《韻海》錄（1.10），釋爲「傒」，字形與釋文應據薛尚功《歷代鐘鼎彝器款式法帖·牧敦》銘文「辠（厥）庶右」，釋爲「傒」。此字誤釋，應爲「訊」。「訊」本義爲訊問俘虜，金文字形如（周中·五祀衛鼎）、（周晚·晉侯穌鐘），字從人（下加止形），雙手被反綁於背後，前有口表示訊問。〈牧敦〉人形下部的足形寫得較倉促減省，形似圓圈，《韻海》於此基礎之上又輾轉抄訛，又於圓圈中加點畫。

〔註118〕劉昭瑞：《宋代著錄商周青銅器銘文箋證》，頁26。

153.	徐（中）P812	冀	〔薛·冀父辛卣〕	戴 4.6	《韻海》「冀」錄字形 戴（4.6），應取自薛尚功《歷代鐘鼎彝器款式法帖·冀父辛卣》「冀」作戴。宋人釋此字爲「冀」，如呂大臨《考古圖釋文》分析說：「《說文》冀作冀，此文無 兀 而加支，字益繁省不同」。〔註119〕然「冀」作冀（戰國·珍秦52），冀（戰國·陝西臨潼陶），而此字下從廾又加支，應隸作「戴」，字形另如西周早期〈父辛鼎戴鼎〉作 ▨。〔註120〕
154.	徐（中）P812	冀	〔薛·冀師盤〕	4.6	《韻海》錄字形作 ▨（4.6），釋爲「冀」，字形與釋文據薛尚功《歷代鐘鼎彝器款式法帖·冀師盤》（目錄作〈冀北盤〉）銘文：「▨師季韓用其士（吉）金」，△釋爲「冀」。此字誤釋，應釋爲「曾」。「曾」甲骨文作 ▨（前6.54.1），金文作 ▨（周中·匐盂）、▨（春秋·曾子伯曶盤），下加「口」形。《韻海》與〈冀師盤〉字形作 ▨ 與 ▨（春秋·曾子伯曶盤）相似，下部的口形寫得較尖，而又缺上部一畫，致使誤釋。
155.	徐（中）P814	眾	〔薛·尨敦〕	4.1	《韻海》錄字形 ▨（4.1），釋爲「眾」，字形與薛尚功《歷代鐘鼎彝器款式法帖·尨敦》釋 ▨ 爲「眾」相同。此字誤釋，應釋爲「見」。「見」甲骨文作 ▨（甲2124），從「卪」上有目形，周中·牆盤作 ▨，卪形稍變，《韻海》與〈尨敦〉字形應從此形訛來。
156.	徐（中）P845	屈	〔薛·張仲簠一〕	5.12	《韻海》錄 ▨（5.12），釋爲「屈」，字形與薛尚功《歷代鐘鼎彝器款式法帖·張仲簠一》▨ 相似，此字薛尚功釋爲「張」，呂大臨《考古圖釋文》歸入疑字，不知杜從古爲

〔註119〕〔宋〕呂大臨：《考古圖釋文》（《宋人著錄金文叢刊》），頁283。

〔註120〕董蓮池：《新金文編》（上冊），頁396。

					何釋爲「屈」從何據。此字左旁爲「人」（尸）形，右旁爲「耳」，金文「耳」形如「取」字作 ![圖] （周中・番生簋），因此此字爲「佴」，《韻海》第二形抄訛。
157. P858	徐（中）	見	![圖] 薛・南宮中鼎二	![圖] 4.31	《韻海》「見」錄字形作 ![圖] （4.31）、![圖]（4.32），釋文依薛尚功《歷代鐘鼎彝器款式法帖・南宮中鼎二》「見」作 ![圖]，此字宋人誤釋，應釋爲「省」（省）。
158. P860	徐（中）	覽	![圖] 薛・姬奠豆	![圖] 3.37	《韻海》錄 ![圖]（3.37），釋爲「覽」，字形釋文依薛尚功《歷代鐘鼎彝器款式法帖・姬奠豆》釋 ![圖] 爲「覽」。銘文作「魯中（仲）白（伯）」，此非「覽」可隸定作「睝」。
159. P898	徐（中）	令	![圖] 薛・史政父鼎	![圖] 4.43	《韻海》錄 ![圖]（4.43），釋爲「令」，與薛尚功《歷代鐘鼎彝器款式法帖・史政父鼎》釋 ![圖] 爲「令」相同，此字應隸定作「顧」。
160. P983	徐（下）	尨	![圖] 薛・尨敦	![圖] 1.4	《韻海》「尨」錄字形作 ![圖]（1.4），與薛尚功《歷代鐘鼎彝器款式法帖・尨敦》「尨」作 ![圖] 相似。此字舊釋「尨」誤釋，今釋「蔡」，其他字形如 ![圖]（周中・九年衛鼎）、![圖]（春秋・蔡侯匜）。
161. P995	徐（下）	獨	![圖] 薛・叔獨敦	![圖] 2.23	《韻海》錄一字形 ![圖]（2.23），釋爲「獨」，字形與釋文應取自薛尚功《歷代鐘鼎彝器款式法帖・叔獨敦》釋 ![圖] 爲「獨」。依字形應隸定爲「屬」，字形與周早・集屬作父癸簋「屬」作 ![圖] 相似。〔註121〕
162. P1009	徐（下）	煌	![圖] 楊・元子鐘	![圖] 2.15	《韻海》錄一形 ![圖]（2.15），釋爲「煌」，字形與元代楊鉤《增廣鐘鼎篆韻・元子鐘》所錄「煌」作 ![圖] 字形相似。〔註122〕此爲「皇」

〔註121〕董蓮池：《新金文編》（中冊），頁1203。

〔註122〕〔元〕楊鉤：《增廣鐘鼎篆韻・下平聲十一唐・元子鐘》，頁163。

					字，字形是在如 （春秋晚・郤王義楚觶）、（戰國・曾侯墓磬）之上，上部訛變爲从「屮」。
163.	徐（下）P1025	夾	 薛・遲父鐘一	 5.39	《韻海》「夾」錄一字形作 （5.39），此應據宋代王黼《重修宣和博古圖・遲父鐘》對銘文「龢 鐘」釋△爲「林夾」〔註123〕而割裂下部字形而來。此器薛尚功《歷代鐘鼎彝器款式法帖》亦收，字形作 ，釋爲「棽」亦同。此字應隸定作「薔」，金文其他字形如 （周晚・士父鐘）、（周晚・虢弔旅鐘），金文中多用以修飾鐘，稱薔鐘或龢薔鐘，典籍作林鐘。〔註124〕〈遲父鐘〉下部所从的「亩」寫作 ，應是由如 （「稟」，周早・農卣）此類寫法訛變而來，似「大」形。
164.	徐（下）P1034	昊	 薛・師㝨簋	 3.25	《韻海》錄字形 （3.25），釋作「昊」，字形與薛尚功《歷代鐘鼎彝器款式法帖・師㝨簋》釋「肆皇帝亡（無）」爲「昊」相同，然此字誤釋，應隸定作「臭」，爲「罘」的訛形，在銘文中用作「斁」。「昊」古文字作 （周中・牆盤），（戰國・璽彙0965），（戰國・上博詩論），从日从天。「罘」甲骨文作 （拾17.2），金文後作 （周中・牆盤）、（周晚・南宮乎鐘）漸訛變與「昊」形類似。
165.	徐（下）P1044	慧	 薛・趞鼎	 4.16	《韻海》「慧」錄字形作 （4.16），與薛尚功《歷代鐘鼎彝器款式法帖・趞鼎》「慧」作 相似。然宋人釋「慧」錯誤，吳振武認爲

〔註123〕〔宋〕王黼《重修宣和博古圖・遲父鐘》（卷22），文淵閣四庫全書電子版，無標頁數。

〔註124〕董蓮池：《新金文編》（上冊），頁758。

					此字可能就是深淺之淺的會意寫法，字形表現以手持㸯（箭）測水之深淺，字或又從涉，涉的本義是徒步涉水，凡能涉之水必爲淺者。〔註125〕
166. P1025	徐（下）	奄	（字形） 薛・盄和鐘	（字形） 3.38	《韻海》錄字形（字形）（3.38），釋爲「奄」，乃根據薛尚功《歷代鐘鼎彝器款式法帖・盄和鐘》（今名〈秦公鎛〉）銘文曰：「（字形）又下國」，宋人根據文獻文例遂釋爲「奄」，如《詩・大雅・皇矣》「奄有四國」，然依字形應爲「竈」。《書・舜典》有「肇有十二州」。
167. P1084	徐（下）	溫	（字形） 薛・伯溫父甗	（字形） 1.18	《韻海》「溫」錄字形（字形）（1.8），與薛尚功《歷代鐘鼎彝器款式法帖・伯溫父甗》「溫」作（字形）相似。宋人釋此字爲「溫」，如呂大臨對此字形考辨曰「按楊南仲釋此字爲勳，求之古文，皆不近似，不知何所據。今考其文從水從皿，又從（字形），與（字形）字相近，當爲溫字，其上又有（字形），不知謂何。古文比《說文》有所加也」。〔註126〕近出西周晚期〈伯溫父簋〉〔註127〕有相似字形作（字形），從湄從皿，可知《韻海》與〈伯溫父甗〉有訛變。以〈伯溫父甗〉來說，「（字形）」爲目形，而上部像眉毛之形「（字形）」與右旁的水形「（字形）」筆畫相連接，今應隸定爲「湄」。
168. P1114	徐（下）	洎	（字形） 薛・遟父鐘一	（字形） 4.6	《韻海》錄（字形）（4.6），釋爲「洎」，字形與薛尚功《歷代鐘鼎彝器款式法帖・遟父鐘一》「眔」作（字形）相同。韻海的釋文錯誤，釋作「洎」乃從宋人王俅《嘯堂集古錄》。〔註128〕「眔」金文作（字形）（周早・令鼎），（字形）（周中・免簋）。

〔註125〕董蓮池：《新金文編》（中冊），頁 1523。

〔註126〕〔宋〕呂大臨：《考古圖釋文》（《宋人著錄金文叢刊》），頁 276。

〔註127〕寶雞市考古研究所、扶風縣博物館：〈陝西扶風五郡西村西周青銅器窖藏發掘簡報〉《文物》2007 年 08 期，頁 23，字形收錄於董蓮池：《新金文編》（上冊），頁 617。

〔註128〕〔宋〕王俅：《嘯堂集古錄》（下）（上海涵芬樓景印蕭山朱氏藏宋刊本）（臺北：商務印書館，1979 年），頁 83。

169. 徐（下）P1128	淄	薛·齊侯鐘一	1.7	《韻海》「淄」錄字形作（1.7），與薛尚功《歷代鐘鼎彝器款式法帖·齊侯鐘一》「淄」作相同。王寧檢討諸說，以爲銘文「師于」，後二字應釋爲「沘潨」〔註129〕。其說可从，因此可改釋爲「沘」。
170. 徐（下）P1175	鹵	薛·魯公鼎	3.11	《韻海》「鹵」錄字形（3.11），字形應取自薛尚功《歷代鐘鼎彝器款式法帖·魯公鼎》「魯」作。薛尚功云：「按鹵字，許愼《說文》云从西省，象鹽形即魯字也」。〔註130〕然據字形此字應爲「周」，「周」甲骨文作（甲3536），金文作（周早·成周鈴），（周早·徝方鼎）。
171. 徐（下）P1189	職	薛·戠敦	5.31	《韻海》錄（5.31），釋爲「職」，字形與薛尚功《歷代鐘鼎彝器款式法帖·戠敦》「戠」作相同。「戠」爲器主名，同字於同器其他字形分別爲。此作寫法較特殊，下部「口」形兩側筆畫寫得較長作，形則沒入口形中。而《韻海》錄作，其之又貫穿口形，作形，下部已訛成似「田」形。
172. 徐（下）P477 徐（下）P1190	聘	薛·聘鐘	4.42	《韻海》「聘」錄字形作（4.42），「粤」錄字形（2.18）、（2.19），與薛尚功《歷代鐘鼎彝器款式法帖·聘鐘》「聘」作字形相同，此字可隸定作「粤」。
173. 徐（下）P1207	舉	薛·辛舉	3.8	宋人著錄的青銅銘文中「」形多見，都釋作「舉」。《韻海》「舉」錄三形作（3.8），當本於青銅器。末一形與薛尚功《歷

〔註129〕王寧：〈叔夷鐘鎛銘釋文補釋〉，復旦大學古文字研究中心，網址：http://www.gwz.fudan.edu.cn/SrcShow.asp?Src_ID=1921。

〔註130〕〔宋〕薛尚功：《歷代鐘鼎彝器款式法帖》（《宋人著錄金文叢刊》），頁41。

					代鐘鼎彝器款式法帖・主人舉爵》「舉」作 [字形] 相同。此字應釋爲「冉」，據張亞初研究「冉」爲氏族名，認爲這個國族屬於商王朝，後歸屬西周，有過相當的實力。〔註131〕
174. 徐（下） P1247	委	薛・晉姜鼎 [字形]	[字形] 3.4		《韻海》錄字形 [字形]（3.4）（明冀萬鐘本作 [字形]），釋文爲「委」，與薛尚功《歷代鐘鼎彝器款式法帖・晉姜鼎》[字形] 釋爲「委」相同。然依字形而言，此字非「委」而是「每」，於銘文中讀作「敏」。「每」甲骨文作 [字形]（粹340）、[字形]（合573），本象婦女髮飾盛美之形。金文作 [字形]（周早・天亡簋）、[字形]（周中・舀尊）、[字形]（春秋・杞伯簋），戰國文字作 [字形]（戰國・郭店語一），髮飾漸訛作「來」形。
175. 徐（下） P1264	戠	薛・師毀（毀）敦 [字形]	[字形] 5.26		《韻海》錄 [字形]（5.26），釋爲「戠」，字形與薛尚功《歷代鐘鼎彝器款式法帖・師毀敦》銘文「珝 [字形] 㫎 必彤沙」之 [字形] 形相同，宋人釋爲「戠」，《韻海》從之。郭沫若〈戈珝戠㫎 必彤沙說〉以爲此字从肉从戈，从目（如〈無惠鼎〉同字作 [字形]）或从白，當是肉形的訛變，戠乃戈之援〔註132〕，其說可從。因此應隸定作「戠」。
176. 徐（下） P1272	直	薛・晉姜鼎 [字形]	[字形] 5.32		《韻海》「直」錄字形作 [字形]（5.32），「列」錄字形作 [字形]（5.21），兩字字形類似但釋文不同。字形應取自薛尚功《歷代鐘鼎彝器款式法帖・晉姜鼎》有一形作 [字形]。薛尚功釋爲「烈」，而呂大臨《考古圖釋文》釋爲「直」，並云：「[字形] 晉鼎，《說文》作 [字形]，古文作 [字形]，互有繁省」。〔註133〕由於兩家釋文不同，因此《韻海》分作二字收錄。

〔註131〕劉雨、張亞初：〈商周族氏銘文考釋舉例—摘自《商周青銅器族氏銘文的資料和初步研究》〉，《古文字研究（第七輯）》，頁 32～33。

〔註132〕詳參郭沫若：《殷周青銅器銘文研究・戈珝戠㫎必彤沙說》，頁 157～171。

〔註133〕〔宋〕呂大臨：《考古圖釋文》（《宋人著錄金文叢刊》），頁 287。

					〈晉姜鼎〉銘文作「每（敏）揚厥光」，呂大臨《考古圖釋文》釋爲「直」錯誤。此字爲此形爲「剌」字繁飾之形，「剌」甲骨文作（合18514），金文增繁飾作（商代・剌卣），（周中・班簋）。金文有「剌祖」，而傳世文獻《詩・商頌・烈祖》稱成湯「嗟嗟烈祖」。〈晉姜鼎〉銘文「光剌」，即「光烈」，薛尚功釋爲「烈」正確。
177.	徐（下）P1301	練	薛・寅簋	4.31	《韻海》「練」錄二字形作（4.31），第一形與薛尚功《歷代鐘鼎彝器款式法帖・寅簋》「練」相似。第二形與薛尚功《歷代鐘鼎彝器款式法帖・牧敦》「練」相似。以上應字形釋爲「熏」，如〈寅簋〉銘文：「虎冪裏」，其他字形如（周中・番生簋），（周中・吳方彝），（周晚・師克盨），本義爲束草木以焚之，从束，中有點畫，下或加火形。
178.	徐（下）P1315	綏	薛・晉姜鼎	1.6	《韻海》「綏」錄一形作（1.6），字形與薛尚功《歷代鐘鼎彝器款式法帖・晉姜鼎》銘曰：「征湯（陽）」，釋爲「綏」相同。此字楊南仲隸定作「妥糸」，雖云疑爲「緣」字，然其所說十分正確。〔註134〕「緣」金文作（周中・班簋），「母」形上部或訛作「來」作（春秋・者減鐘），〈晉姜鼎〉亦爲訛形。此字呂大臨以爲「綏」，薛尚功從之，錯誤。〔註135〕
179.	徐（下）P1356	均	（鈞）戰國・子禾子釜	1.15	《韻海》「均」錄二形（1.15），字从「金」應爲「鈞」字。「鈞」金文作（周中・幾父壺），（周晚・楚公逆鐘），（周

〔註134〕〔宋〕呂大臨：《考古圖・卷一・晉姜鼎》（《宋人著錄金文叢刊》），頁9。

〔註135〕〔宋〕呂大臨：《考古圖釋文》（《宋人著錄金文叢刊》），頁273。

					晚・小臣守簋），〔圖〕（戰國・子禾子釜）（拓本作〔圖〕）。《韻海》與〈子禾子釜〉字形相近。
180.	徐（下）P1399	鎬	〔圖〕薛・師虎簋	〔圖〕3.25	《韻海》錄字形〔圖〕（3.25），釋爲「鎬」，釋文依薛尚功《歷代鐘鼎彝器款式法帖・師虎簋》釋〔圖〕爲「鎬」相同。此字誤釋，應釋爲「厚」。
181.	徐（下）P1406	錞	〔圖〕薛・師毀（毀）敦	〔圖〕4.21	《韻海》錄〔圖〕（4.21），釋爲「錞」，釋文應據薛尚功《歷代鐘鼎彝器款式法帖・師毀（毀）敦》釋〔圖〕爲「錞」。此字誤釋，應釋爲「錫」，字形與〔圖〕（周晚・楚公逆鐘）相似。
182.	徐（下）P1421	斧	〔圖〕薛・斧爵	〔圖〕3.10	《韻海》「斧」下錄二型作〔圖〕〔圖〕（3.10），字形與釋文應取自薛尚功《歷代鐘鼎彝器款式法帖・斧爵》〔圖〕，今應釋爲「戌」。「戌」甲骨文作〔圖〕（佚233），金文作〔圖〕（商代・父戊尊）。
183.	徐（下）P1435	輦	〔圖〕薛・寅簋	〔圖〕3.22	《韻海》錄〔圖〕〔圖〕（3.22）釋爲「輦」，釋文乃依薛尚功《歷代鐘鼎彝器款式法帖・寅簋》，此字爲「車」字。
184.	徐（下）P1427	軒	〔圖〕薛・寅簋	〔圖〕1.18	《韻海》錄一形作〔圖〕（1.18），釋爲「軒」，字形與薛尚功《歷代鐘鼎彝器款式法帖・寅簋》釋〔圖〕「軒」相同。此字今釋爲「較」，字形另如〔圖〕（周晚・師克盨（蓋）），《韻海》與〈寅簋〉的「爻」形於右上。
185.	徐（下）P1465	亂	〔圖〕薛・尨敦	〔圖〕4.29	《韻海》「亂」下有三形〔圖〕〔圖〕〔圖〕（4.29），應據呂大臨：《考古圖・卷三・邾敦》[註136]釋同字形爲「亂」。此字宋人也釋有爲「瞳」，如薛尚功《歷代鐘鼎彝器款式法帖・尨敦》釋〔圖〕爲「瞳」，銘文作「今余惟〔圖〕

[註136]　〔宋〕呂大臨：《考古圖・卷三・邾敦》（《宋人著錄金文叢刊》），頁42。

			京乃命」。「🔶京」釋爲「🔶（申）京（就）」，因此宋人釋🔶爲「亂」與「疃」都不正確，今應隸定爲「🔶（申）」。
186. 徐（下）P1471	癸	薛·癸鼎	3.5	《韻海》「癸」又錄一形作🔶（3.5）（明龔萬鐘本作🔶），字形據薛尚功《歷代鐘鼎彝器款式法帖·癸鼎》釋🔶爲「癸」，然此非「癸」而是「朿」。甲骨文作🔶（誠3.73）、🔶（乙5328），金文作🔶（商·朿鼎03.1247），裘錫圭認爲「（朿）象樹上或武器上的刺」。〔註137〕
187. 徐（下）P1473	子	薛·繼女鼎	3.6	《韻海》錄🔶（3.6），釋爲「子」，字形與薛尚功《歷代鐘鼎彝器款式法帖·繼女鼎》🔶相同，薛尚功釋爲「繼」，《韻海》釋爲「子」則依王楚釋文。〔註138〕此字今釋爲「嬰」，字形象人肩有二串貝，字形另如🔶（商·且癸爵）。〔註139〕
188. 徐（下）P1473	子	薛·父甲鼎	3.6	《韻海》「子」錄一形作🔶（3.6），字形依薛尚功《歷代鐘鼎彝器款式法帖·父甲鼎》釋🔶爲「子」，此爲「戈」非「子」。
189. 徐（下）P1479	寅	薛·寅簋	1.15	《韻海》「寅」錄一形作🔶（1.15），字形取自薛尚功《歷代鐘鼎彝器款式法帖·寅簋》「寅」作🔶，此非「寅」，可隸定作「塁」，爲器主名。
190. 徐（下）P1480	辱	薛·晉姜鼎	5.6	《韻海》錄字形🔶（5.6），釋文爲「辱」，字形當取自薛尚功《歷代鐘鼎彝器款式法帖·晉姜鼎》🔶，釋爲「辱」。然按字形而

〔註137〕裘錫圭：《文字學概要》（北京：商務印書館，1988年8月一版，2007年3月第13刷），頁119。

〔註138〕薛尚功曰：「此字王楚釋爲子，恐未然」，見〔宋〕薛尚功：《歷代鐘鼎彝器款式法帖·卷九·繼女鼎》（《宋人著錄金文叢刊》），頁39。

〔註139〕季旭昇：《說文新證》（下冊），頁189。

					言，此字誤釋，應爲「叚」而非「辱」。「叚」金文从又或从刀，从石，如（周中・盠方彝），（周晚・禹鼎）。〔註140〕
191 P1482	徐（下）	以	薛・齊侯鎛鐘	3.7	《韻海》釋（3.7）爲「以」，與薛尚功《歷代鐘鼎彝器款式法帖・齊侯鎛鐘》釋爲「以」相同。按字形應隸定作「𦣝」。
			薛・商鐘一	3.7	《韻海》釋（3.7）爲「以」，與薛尚功《歷代鐘鼎彝器款式法帖・商鐘一》釋爲「以」相同。按字形應隸定作「𦣝」。

第三節　結　語

　　本章主要利用今存宋人金文著錄，儘可能比對了《集篆古文韻海》雜參青銅銘文的字例，並將錯誤的釋文予以改正。以下可據字表各字的考釋，總結《集篆古文韻海》引青銅銘文較爲嚴重的問題。

　　第一、抄自宋人金文著錄，但在傳抄中形體又有訛變。如《集篆古文韻海》「芍」錄二形作（5.22），字形取自薛尚功《歷代鐘鼎彝器款式法帖・蓮勺爐》「勺」作，然稍有訛變。又如「禽」錄一字形作（2.27），字形應出自於元代楊鉤《增廣鐘鼎篆韻・敔敦》「禽」作，上部筆畫聚合而產生訛變。

　　第二、承襲宋人誤釋。如《集篆古文韻海》「賴」字引字形作（4.18），字形當來自薛尚功《歷代鐘鼎彝器款式法帖・父乙鼎》銘文：「作冊友史易（賜）貝」此字今人不釋作「賴」，依形隸定可作「𧶠」。〔註141〕又如《集篆古文韻海》錄字形（5.6），釋文爲「辱」，字形當取自薛尚功《歷代鐘鼎彝器款式

〔註140〕關於「叚」的字形本義，許慎《說文解字》付之闕如。近來李零認爲「叚」的字形可以分析作「从刀从石从又」，認爲金文「叚」有一類字形似从「爪」，其實是「刀」的訛變。字象手持刀磨於礪石上。其又於文中指出，戰國清華簡「叚」作可證。參李零：〈關於碬、碫兩字的再認識〉，《書品》2011年第6期，頁32～35。

〔註141〕董蓮池：《新金文編》（上冊），頁792。

式法帖・晉姜鼎》[字形]，釋爲「辱」。然按字形而言，此字誤釋，應爲「叚」而非「辱」。〔註142〕

第三、據宋人錯誤的釋文，割裂部分形體收錄於字編之中。如《集篆古文韻海》「夾」錄一字形作[字形]（5.39），此應據宋代王黼《重修宣和博古圖・遲父鐘》對銘文「龢[字形]鐘」釋△爲「林夾」割裂下部字形而收於字編之中。此器薛尙功《歷代鐘鼎彝器款式法帖》亦收，字形作[字形]，釋爲「焚」亦同。此字今應隸定作「薔」，金文中多用以修飾鐘，稱薔鐘或龢薔鐘。由於宋人誤釋一字爲二，因此杜從古僅割裂下部形體，認爲是特殊形體而收錄於「夾」下。

以上三點是《集篆古文韻海》雜收青銅銘文較爲嚴重的問題。由於徐在國《傳抄古文字編》照本收錄《集篆古文韻海》所有的古文字形與釋文，容易使單據《傳抄古文字編》引用字形的人誤信誤引。因此在上文【《集篆古文韻海》引青銅銘文字表】的表格中，附有字形出自徐在國《傳抄古文字編》頁數，以提供學界引用《傳抄古文字編》時，可據此相互參考。

〔註142〕李零：〈關於叚、叚兩字的再認識〉，頁 32～35。

第四章 《集篆古文韻海》引唐代碑銘研究

　　《集篆古文韻海》字形來源多頭，經比對後有一部分字形來自於唐代以古文書刻的〈碧落碑〉與〈陽華岩銘〉。本章共分兩節，以字表呈現《集篆古文韻海》引用〈碧落碑〉與〈陽華岩銘〉的字形並有考釋。

第一節　《集篆古文韻海》引〈碧落碑〉

　　〈碧落碑〉全碑共有 630 字，而宋代的郭忠恕《汗簡》只引用〈碧落碑〉122 字，夏竦《古文四聲韻》則引用了 113 字。[註1] 不少二書無引的字形當中，有些是今拓本模糊，可據《集篆古文韻海》補校。本節主要比對《集篆古文韻海》引用〈碧落碑〉字形，提出《集篆古文韻海》有助於〈碧落碑〉字形的校補。

一、〈碧落碑〉述要

　　〈碧落碑〉，全稱《李訓等爲亡父母造大道尊像》，碑立於唐咸亨元年

（670），今在絳州（今山西絳縣）龍興觀。碑體外觀高八尺一寸，廣四尺三寸。碑文共二十一行，每行三十二字，共計六百三十字。碑文字體小篆古文雜出，詭異多變且多假借，頗不易讀。碑立二百年後，於唐咸通十一年（870），有鄭承規釋文。〔註2〕

碑成之後，對於其價值分立兩派，鄙薄者如明代郭宗昌（約1570～1652）在《金石史》中認爲：

> 篆書三代尚矣，下迄秦絕矣。世傳三代遺跡皆屬贗作，獨岐陽石鼓
> 文、彝器款識爲眞，即字書不必盡識，而古雅無前，望而可辨。此
> 碑獨從怪異奧人以不可解，所以有牖戶化鴿之説。而點畫形象，結
> 體命意，雜亂不理。其高處不能遠追上古，下者已墮近代惡趣。如
> 村學究教小兒角險，凡俗可厭定爲惟玉筆書無疑。唐人於八分尚不
> 能造極，況古篆乎。〔註3〕

而另一派則認爲〈碧落碑〉保存許多古文字材料，如唐蘭在〈書〈碧落碑〉後〉云：

> 作者生材料極盛時，不能如懷能集字之法，專取石經或秦篆以爲一
> 碑，而乃雜糅爲之，誠爲可憾，然其字多有所本，後人乃以怪異不
> 可解目之，則識字無多之故，而不能歸咎於作者也。〔註4〕

正如唐蘭所說，今據眾多出土材料，尤其是戰國文字，能夠肯定〈碧落碑〉與古文字的密切關係。如陳煒湛對碑文書體與字形的研究認爲「〈碧落碑〉的主體部分是小篆」，而第二種書體的古文中則多有「合於銅器、竹、帛文字乃至於與甲骨文暗合者」〔註5〕。因此，〈碧落碑〉的價值不可忽視，今就《集篆古文韻海》引〈碧落碑〉者製成字表並有考釋，詳見以下。

〔註2〕 〈碧落碑〉介紹可參江梅：《碧落碑研究》，長春：東北師範大學碩士論文，2004
年5月。陳煒湛：〈〈碧落碑〉研究〉《故宮博物院院刊》2002年第2期（總期第
100期），頁27～33。

〔註3〕 轉引自黃錫全：《汗簡注釋》，頁53。

〔註4〕 唐蘭：《懷鉛隨錄》《考古社刊》第五期，上海：上海書店印行，1981年11月，頁
153。

〔註5〕 陳煒湛：〈〈碧落碑〉研究〉，頁30。

二、《集篆古文韻海》引〈碧落碑〉考釋

【〈碧落碑〉與《集篆古文韻海》字表】〔註6〕

編號	徐書頁數	字例	碧落碑	韻海	韻海	考　釋
1.	徐（上）P2～4	天		2.1	2.1	甲骨文「天」作 （甲3690）或 （拾5.14）、 （乙6858），碑文本於甲骨第一形，於人頭框形中加點畫，《韻海》第二形訛變較多。
2.	徐（上）P7～8	禮		3.12	3.12	此字《汗簡》、《四聲韻》無引。「豊」甲骨文作 （粹232），從豆從玨，爲「禮」的本字，〈碧落碑〉借「豊」爲「禮」。下部「豆」形寫法與傳抄文字「皿」作如 （《四聲韻》3.25汗），形體寫法相同。
3.	徐（上）P8～9	祉		3.7		黃錫全認爲此字應隸作「宦」，釋爲「祉」。宀象宮室房屋之形，可指宗廟祭祀求福之地。……從宀從示有時義近，〔註7〕其說可從。
4.	徐（上）P9	福		5.2		「福」字一般作 （周早・沈子它簋），或 （春秋・國差𦉜），〈碧落碑〉、《韻海》同〈國差𦉜〉形。

〔註6〕表格說明：本字表共有六欄，除第一欄爲編號外，其餘分別爲：

    （二）徐書頁數：例如徐（上）P2～4，指可於徐在國編：《傳抄古文字編》（上冊），頁2～4中找到字形。

    （三）字例：指徐在國《傳抄古文字編》的楷書字頭。

    （四）碧落碑字形：指《集篆古文韻海》所引〈碧落碑〉的原拓本字形

    （五）《韻海》字形：《韻海》爲《集篆古文韻海》簡稱。數字編號同徐在國《傳抄古文字編》，例如《韻海》2.1，指原字形取自《集篆古文韻海》下平聲第1頁。有兩形並出代表《集篆古文韻海》收有多形，擇以最接近的二列於字表中。

    （六）考釋：即考釋〈碧落碑〉與《集篆古文韻海》文字形體。

〔註7〕黃錫全：〈利用《汗簡》考釋古文字〉《古文字研究（第十五輯）》（北京：中華書局，1986年6月），頁147。

5.	徐(上)P23	瓊		2.18	2.18	《汗簡》引作，黃錫全說：「郭變玉从部首，右旁下部乃誤」。〔註8〕《四聲韻》引〈碧落碑〉此字作，玉旁亦同《汗簡》，《韻海》第一形所引較近似〈碧落碑〉。
6.	徐(上)P29	碧		5.29		「碧」，漢以後作（漢印徵）、（西漢・西陲簡40.1）。〈碧落碑〉「碧」作，結構布局與漢印徵字形同，「玉」旁形體較大。而《韻海》結構則與西陲簡同，「玉」、「白」置於「石」上，形體較小。〈碧落碑〉「石」形作，口形上有一小點，形體特殊，《韻海》形作，似乎特意抄寫時加強了這一筆。若從較早的龔萬鐘本抄作，筆者認爲其所從的「」，下部非「口」形而爲「山」形（戰國「山」形或有作（貨系1448），可證），與戰國文字「碧」作（陶徵171），其所從的「」形相似，高明說「字形從「厄」與石同義」。〔註9〕由《韻海》所保留的字形可說明此形體來源是較早的，並非碑刻泐痕或是訛形。
7.	徐(上)P57	落		5.24	5.24	〈碧落碑〉之「落」借「絡」爲之。《汗簡》引〈碧落碑〉作（5.71碧），黃錫全認爲所從之「系」旁爲「索」〔註10〕，說可從。在甲骨文中「系」、「索」可通用，如「給」作（合32919），也作（合13751）。《韻海》錄作（5.24）亦可以證明爲「索」

〔註8〕黃錫全：《汗簡注釋》，頁72。

〔註9〕高明、葛英會編著：《古陶文字徵》（北京：中華書局，1991年2月一版一刷），頁171。

〔註10〕黃錫全：《汗簡注釋》，頁445

					旁，其所從的旁，正與戰國文字「索」作（戰國·郭店緇衣）相似。
8.	徐（上）P136	喪		 4.41	 5.1	「喪」字周晚·毛公鼎作，戰國文字則作如（戰國·上博印31）、（戰國·郭店語一）、（戰國·雲夢日甲）、《石經》「喪」作，口形訛變似「止」，〈碧落碑〉、《韻海》本《石經》。
9.	徐（上）P146～147	步		 4.13	 4.13	〈碧落碑〉碑文「飛步黃庭」，其「步」形作，此字《汗簡》引作（1.8碧），上「止」不若〈碧落碑〉訛爲「小」，《四聲韻》引作（4.12碧）形體則與〈碧落碑〉全同。鄭珍認爲：「以俗楷步下作少爲篆，謬」，其實上下部從「止」訛變作「小」的演變演變軌跡爲：→→（〈碧落碑〉上部結構與其相似）。漢字從「止」的字大多有這樣的訛變，如「步」（西漢·孫子133）→（西漢·流沙簡·屯戍5.16）→（西漢·流沙簡·屯戍5.1）。「歲」（西漢·萬歲宮高鐙）→（西漢·居延簡甲646）→（東漢·華山廟碑）。因此〈碧落碑〉與《韻海》上下「止」訛作「小」形有所由來。而陽華岩銘「步」作則與戰國文字相同並未訛變，《韻海》第二形作，下部的「少」少去一撇，與〈碧落碑〉的「岑」（隙）作形體幾乎相同。
10.	徐（上）P148～149	正		 4.43	 4.43 政	〈碧落碑〉左旁爲「正」，形類似於甲骨文（甲3940），金文（周早·衛簋）。右旁形體不知爲何，此字《汗簡》有引，釋文爲「正」、、《四聲韻》

					引〈古老子〉作（圖），形體與〈碧落碑〉同，然釋文爲「政」。
11.	徐（上）P149～150	是	（圖）	（圖）3.3	（圖）3.3	黃錫全認爲此形上從目，古目如四，如侯馬盟書「直」，從目作「（圖）」，下從多，即「眵」字。從「多」聲字與「衹」音近，古從「氏」從「是」之字，亦音近相通，故此借「眵」爲「是」。〔註11〕《韻海》第二形「多」形抄得不似碑文。筆者以爲也可能是「四」下增「多」形，借爲「是」。
12.	徐（上）P149～150	是	（圖）	（圖）3.3	（圖）3.3	金文「是」從早從止，作（圖）（周中・毛公旅鼎）、（圖）（春秋・邢王是也戈），構形原意不明。〔註12〕後上下兩部分形體連接，作（圖）（春秋・邢王是也戈），被《說文》分析爲從日從正。〈碧落碑〉作（圖）、《韻海》作（圖）、（圖）爲訛形。
13.	徐（上）P155	遄	（圖）	（圖）2.3		遄，金文作（圖）（周中・楚簋），小篆作（圖），魏・封孔羨碑作（圖），〈碧落碑〉承之，只是「耑」形之「屮」與「而」已離析。
14.	徐（上）P158	徙（迻）	（圖）	（圖）3.3		《說文》有「迻」古文作（圖），本象人糞便形，從尾米，尾形訛變，米亦爲甲骨文象糞便形的「小」、「少」訛形，可借作「迻」。〈碧落碑〉與《韻海》的「尸」形，〈碧落碑〉訛作（圖），而《韻海》則訛作（圖）。戰國文字「迻」作如（圖）（包山078）、（圖）（包山250），尸形的人腿寫得較短或不下折而省略作（圖）。〔註13〕〈碧落碑〉、《韻海》「尸」的訛形之所以如此，應是從戰國寫法而來。

〔註11〕黃錫全：《汗簡注釋》，頁257。

〔註12〕各家說法可參季旭昇：《說文新證》（上），頁110。

〔註13〕戰國文字「尸」以及「尸」旁一般有幾種形體：（1）尸：（圖）（雲夢日甲）（2）尻：（圖）（包山238）（3）（圖）（望山M2簡）。第三種寫法較倉促，人腿寫得較短或不下折而省略。

| 15. | 徐(上) P161 | 逮 | |
4.22 | | 〈碧落碑〉與《韻海》字形當取自《說文》「及」字古文作，只是將字形上部「」更進一步誤解爲「艸」形。甲骨文「及」字作（前 6.62.1），本義是逮人。到西周‧保卣仍存此形作，只是手已經貫穿人形，或者有加「彳」旁作（西周‧訇鼎）。人形到戰國時代多加一筆，作（戰國‧侯馬盟書）、（戰國‧郭店緇衣），或者在加「彳」旁之上再加「止」形，至此已與《說文》「及」古文已其非常相似，字形如：
（戰國‧包山 1.2.7）
（戰國‧包山 14.19）
〈碧落碑〉此字唐鄭成規釋其爲「逮」，《說文》說：「及，逮也，从又从人」。「及」、「逮」義近。 |
| 16. | 徐(上) P161 | 逮 | |
4.22 | | 〈碧落碑〉「逮」字右旁「隶」，金文作，从又持尾，以會從後逮捕之意。〔註14〕戰國文字作如（戰國‧璽彙 3163）、（戰國‧郭店性自）、（戰國‧六年令戈）。第三形尾形已經有貫穿手部，和「从又持筆」的「聿」相近，如（聿，春秋晚‧楚王領鐘）。「隶」後加「辵」更表示行走意而成「逮」字。「逮」石鼓文作（春秋‧石鼓霝雨），右旁的「隶」尾形已貫穿手部，而〈碧落碑〉與《韻海》與其形相近，尾形又訛變。 |

〔註14〕 季旭昇：《說文新證》（上），頁 208。

17.	徐（上）P165	遂		4.5		《說文》「遂」字古文作，「遂」字所從的「豕」，戰國文字作（望山M2簡），「豕」所從的「豕」作（包山227），疑《說文》「遂」字古文作，是在戰國文字「豕」與「豕」形體上訛變來的。而〈碧落碑〉「遂」左半的「豕」所從的「八」形已上移且筆畫相連作。《韻海》「八」形雖也上移但筆畫不訛。
18.	徐（上）P168	遠		4.26		《石經》「遠」作，《說文》「遠」古文作，〈碧落碑〉與石經同，與《說文》僅是「彳」、「辶」偏旁的差異。黃錫全疑〈碧落碑〉此偏旁乃「袁」字的訛變，但其又認為字形與「陟」字古作相似，「陟」字右旁是否為「袁」字，還是形同而字別，存疑待考。〔註15〕筆者認為其分析「袁」訛作，其說可從，「遠」戰國文字一般作（戰國包山2.28），但戰國郭店六德「遠」作，已有一樣的訛變。甲骨文「陟」作（合102），象人登陟形，如《詩‧周南‧卷耳》:「陟彼崔嵬」。「步」至戰國止止之間或有加「日」或「田」形，如（戰國‧陶三1291，陟，從步從人），導致字形與訛變的「袁」相似。
19.	徐（上）P169～170	道		3.26		《四聲韻》引〈古老子〉「道」作與〈碧落碑〉作字形相同，從彳從頁，與戰國文字「道」字有作（郭店語二），也從頁相同。

〔註15〕黃錫全：《汗簡注釋》，頁106。

20.	徐（上）P169〜170	道		 3.26	 3.26	金文「道」字从行從頁，如（周早・貉子卣）、（周晚・散盤）。戰國郭店簡則將「頁」省去「首」形作（戰國・郭店老甲）〔註16〕，〈碧落碑〉形體當源於此，《韻海》形體訛誤較多，「行」訛作或二人。
21.	徐（上）P174〜175	德		 5.33		〈碧落碑〉此「德」形，《汗簡》、《四聲韻》無引，《韻海》摹作，左旁形體摹得似「右手」與碑形有一些差距。「德」字一般作：（春秋・王孫鐘）、（戰國・齊陳曼臣）。碑文左旁「彳」形作或爲筆劃貫穿後的訛形，下部「心」作不知何據，應爲訛形。
22.	徐（上）P180	得		 5.33		「得」字甲骨文作（鐵29.1）、（商代・得觚），从手持貝，有獲得之意。也有从彳旁作（商代・得鼎）。〈碧落碑〉與《韻海》所引是从手从貝，只不過「貝」形作「」或「」，是戰國文字常見所从「貝」形，如：「貞」作（戰國・望山M1簡）、「貨」作（戰國・郭店老丙）。戰國文字「得」字作（戰國・包山134）、（戰國・上博周易），〈碧落碑〉與《韻海》字形和戰國文字同。
23.	徐（上）P181	御		 4.10		《說文》：「馭，古文御从又从馬」，〈碧落碑〉與《韻海》本《說文》古文形，从又从馬。目前出土的「御」字，或从「鞭」作如（春秋・石鼓鑾車），或从「午」作如（戰國・包山033）、（戰國・包山牘1）。

〔註16〕李學勤：〈說郭店簡「道」字〉《簡帛研究（第三輯）》（南寧：廣西教育出版社，1998年12月），頁40〜43。

24.	徐(上) P184	術		 5.11		此字《汗簡》、《四聲韻》無引。「術」所從之「术」，甲骨文作（鄴三下42.11），从又持秫米。這樣的形體到秦初、西漢仍保留，如「術」之所從（睡虎地秦簡37.101）（西漢·綜橫家書52）。隸變之後，「又」形改彎曲為平直，作為秫米的小點規整化為上一，下部左右各一，如（西漢·老子甲後400）、（東漢·子游殘碑）。〈碧落碑〉與《韻海》下部點畫則連接手形。陳煒湛說碑文此形「不知何所據，難以考索解釋」[註17]，筆者認為當是上述這個訛變原因。
25.	徐(上) P184	行		 2.16 4.42	 4.42	甲骨文「行」作（甲574）、（粹1360），後一形至戰國作（陶三1254）、（包山085）已與後世隸楷（西漢·孫子88）、（唐·褚遂良倪寬贊）形近。秦山刻石作，〈碧落碑〉同此，兩者較近甲骨文（甲574）。而《韻海》與上部兩筆拉得較長，第三形有較多的訛變，字形同（春秋·公父宅匜）、（春秋·工䣭王劍），訛作「北」形。
26.	徐(上) P200	蹤		 1.3		此字《汗簡》、《四聲韻》無引。《康熙字典》：「《說文》無蹤字，古皆以縱為蹤」。《說文》有「縱」字亦有省「彳」旁的「緃」，戰國有〈亡緃熊節〉：「亡△一乘」，△形作，省「彳」旁，用法同「縱」，由此可知「彳」旁可省。因此〈碧落碑〉「蹤」省「彳」旁作是可以的。

[註17] 陳煒湛：〈《碧落碑》研究〉，頁31。

27.	徐（上）P214	古		3.11		《說文》「古」字古文作，〈碧落碑〉、《韻海》與之同，只是將土形移至中間下部。
28.	徐（上）P221	譔		3.22	4.32	《說文》：「巽，具也」，碑文譔可讀爲譔。〔註18〕
29.	徐（上）P224	諶		2.26		《說文》：「諶，誠諦也。从言甚聲」，小篆「諶」字作形，〈碧落碑〉字形與其近似。〈碧落碑〉右半「甚」形从甘，而《韻海》則从口。古文字「甚」字从甘或从口皆有字例。《說文》說：「甚，从甘从匹」，《說文》古文作，則从口从匹。 金文以「甚」爲偏旁的字从甘或从口並作，如： 諶，（周中・諶鼎），从口 湛，（周晚・毛公鼎），从口 湛，（周晚・儼匜），从甘 媅，（周晚・周棘生簋），從甘 戰國文字「甚」則多从口，如： 甚，（戰國・郭店唐虞24）、从口 以「甚」爲偏旁之字也从口，如： 甚，（戰國・包山258） 湛，（戰國・包山169） 弲，（戰國・天星觀131） 酖，（戰國・私官酖鼎）〔註19〕 秦以降則多从甘，如：

〔註18〕江梅：《碧落碑研究》，頁8。

〔註19〕何琳儀：《戰國古文字典：戰國文字聲系》（北京：中華書局，1998年9月），頁1406。

						甚，**甚**（秦・睡虎地 8.7） 甚，**甚**（西漢・老子甲 73） 湛，**湛**（西漢・老子乙 221 下） 季旭昇認爲「甚」本从匕从口，字形會以匕送食物進口，口繁化爲甘，如**匙**（周中・甚鼎），古文字常見，後从「匹」是因爲繁飾「八」形寫於「匕」內，如**匙**（戰國・郭店老甲 36）→**匙**（戰國・郭店唐虞 24）。〔註20〕從筆者所引西周从「甚」旁的字例時代早晚來看，「甚」字原从口，其說可從。《韻海》「諶」字从口與**諶**（周中・諶鼎）同，而下部作「匕」疑是「匕」形。
30.	徐（上） P229	誼	**誼**	**誼** 4.4		誼，《說文》小篆作**誼**，〈碧落碑〉同之。《韻海》「言」旁形同後世楷書筆法，然戰國已見此形，如**言**（包山 157）。
31.	徐（上） P253～ 254	善	**善**	**善** 3.21		「善」金文作**善**（周晚・毛公鼎），從二言，至戰國多只從一言作**善**（郭店忠信）。〈碧落碑〉從三言，《字彙補》：「**善**，古文善字。徐氏曰：齊桓公謂敞丘之鄉人曰：至德不孤，善言必三。故古善字从三言。」然今出土文字未見从三言者。黃錫全認爲此中間**善**形，爲**善**（周晚・克盨）、**善**（周晚・此簋）此類「羊」形已訛的善字再訛來〔註21〕，說可從，因此〈碧落碑〉的「善」仍从二言。
32.	徐（上） P259～ 260	奉	**奉**	**奉** 3.2		《說文》「奉，承也。从手从廾，丰聲」，金文作**奉**（周晚・散盤）、戰國文字作**奉**（望山 M2 簡）、**奉**（清華皇門

〔註20〕見季旭昇：《說文新證》（上），頁 380。

〔註21〕黃錫全：《汗簡注釋》，頁 138。

						11）从廾从丰，爲奉之初文。〈碧落碑〉與《韻海》所从的「丰」形作【字形】，或由如「封」作【字形】（戰國璽彙1797）所从之「丰」【字形】（左上半部）形訛來。
33.	徐（上）P263	戴	【字形】	【字形】4.22		戴字，戰國文字作【字形】（戰國·封域2940）、【字形】（戰國·十鐘印舉），《韻海》「戴」所从的「異」下部爲三豎，與戰國·郭店語三「異」作【字形】相似。
34.	徐（上）P277	融	【字形】	【字形】1.2	【字形】1.2	融，《說文》籀文作【字形】，〈碧落碑〉形从之，只是移二虫於鬲上，結構稍變。此字《汗簡》引作【字形】、《四聲韻》與《韻海》同之，雖云引自〈碧落碑〉，然所从「鬲」形明顯與〈碧落碑〉不同。但與戰國楚簡「鬲」訛作【字形】，三者「鬲」有「爪」形似之。
35.	徐（上）P280	爲	【字形】	【字形】1.6		「爲」字，傳抄文字作【字形】（《汗簡》6.73華）、【字形】（洪适《隸釋·隸續》），唐碑陽華岩銘則作【字形】，右半形體與前者比較不相同。以上字形當本於戰國楚簡「爲」字寫法，戰國文字「爲」作【字形】（戰國·包山089）或【字形】（戰國·包山147），右半部爲「象」頭，如「象」作【字形】（戰國·郭店老乙），下部兩橫畫代表筆畫的簡省，如「橇」作【字形】（戰國·侯馬盟書），「虫」形以二撇畫代替。傳抄古文字不知「爲」的本義乃牽象役使之形，因此見戰國文字如此簡省時，便仍受《說文》古文「象兩母猴相對形」的說法，把右半象頭抄成爪形，惟仍保留下部兩撇。〈碧落碑〉與傳抄古文字形體同，而《韻海》右半部抄作「爪」是完全錯誤的。

36.	徐（上）P290～291	事		4.8		「事」甲骨文作（合822），本義乃職事。金文作（周早・史矩鼎），戰國文字作（包山188），《說文》古文作，〈碧落碑〉從之。
37.	徐（上）P301	導		4.36	4.36	石鼓文「導」字作（春秋・石鼓乍原），〈碧落碑〉、《韻海》應是在「頁」上省「首」而來，或是以「人」代「首」。
38.	徐（上）P305～306	故		4.14		此形《汗簡》、《四聲韻》無引。江梅認爲碑文右旁訛「攴」爲「久」，或許受楷書影響。〔註22〕筆者認爲也有可能書寫時受字義影響，認爲「故」有「久」義，因此將「攴」類化爲「久」。
39.	徐（上）P310	敦		1.19		〈碧落碑〉借「竴」爲敦，「竴」戰國文字作（戰國・陶四044），「立」、「享」左右互易。
40.	徐（上）P315	教		4.34		〈碧落碑〉此字模糊，江梅認爲：「《四聲韻》引古老子「教」作，與此形近……其所從爲交字。因郭店簡交作（語三34）、（語一42）等形。此字所從蓋即交之訛變，在此字中應爲聲符。」〔註23〕筆者認爲其借《四聲韻》引〈古老子〉說解〈碧落碑〉字形似有一定道理。然從〈碧落碑〉與《韻海》形體對照來看，《韻海》字形線條比較忠於碑文，但《韻海》形體並非「交」。筆者或以爲可能是「攴」的訛體，戰國郭店・尊德「教」字作，與西漢帛書老子甲「教」作，所從的「攴」上部爲「ㄥ」，與《韻海》形同，而《韻海》下部可能爲「又」。然由於原碑字體以難辨認，無法肯定，因此姑且聊備一說。

〔註22〕江梅：《碧落碑研究》，頁24。

〔註23〕江梅：《碧落碑研究》，頁28。

41.	徐（上）P316	貞		2.17		甲骨文假「鼎」爲「貞」，甲骨文「鼎」作如 （甲2418），或在其上加「卜」作爲義符，如 （周早・周原13），〈碧落碑〉源於此，然形體已如小篆 鼎形。戰國後鼎足或訛爲火作 （戰國・包山254），《韻海》當本於此，火形又訛。
42.	徐（上）P329	昒		3.20 4.30	4.32	《說文》「昒」字作 ，西漢・延簡作 （甲316）已有快速簡省之形，疑〈碧落碑〉在此之上訛省。而此形《汗簡》、《四聲韻》無引
43.	徐（上）P384	幾		3.7	3.7	《說文》有「譏」字作 ，所從之「幾」或有省去「戈」形，如春秋・秦公石磬「幾」作 。許學仁認爲 右下兩撇筆爲省略「戈」之省文符號〔註24〕，說可從。〈碧落碑〉借「譏」爲「幾」。
44.	徐（上）P356	群（羣）		1.17	1.17	〈碧落碑〉「羣」字《汗簡》《四聲韻》無引，此形上部從「尹」的「君」字保留戰國楚系書寫較快捷而訛誤的字形。「君」字本作 （商代・小子省卣），示從手持杖以口發號施令。後因楚系文字寫法迅速，上部「尹」字訛變過程如：（戰國・曾侯乙墓185）→ （戰國・曾侯乙墓119），字形若再離析則似雙手相對形，如戰國・侯馬盟書「君」字作 。戰國文字「羣」上部的「君」字多半都有這樣的訛誤，如：（戰國・清華

〔註24〕許學仁：《四聲韻古文研究》（臺北：文史哲出版社，1997年3月），頁24。

						簡金縢07）、（戰國・陳侯午敦）。也有省口的字形如（戰國・璽彙0160），〈碧落碑〉、《韻海》當是保留省口形體。而《韻海》第二形作（1.7）」字則是承襲戰國・侯馬盟書此類的「君」字。 秦系「君」字不訛，如（春秋・石鼓田車），也未見「羣」有訛變又省口形的，如（秦・睡虎地24.34）、（西漢・老子乙前24下）、（東漢・魯峻碑）。〈碧落碑〉、《韻海》當是保留戰國楚系文字的寫法。
45.	徐(上)P385	惠		 4.16		甲骨文「叀」作（粹517）、（林2.14.6），戰國文字作（郭店・忠信），《說文》古文作，〈碧落碑〉當引自《說文》古文。《韻海》形雖似〈碧落碑〉與《說文》古文，然上部「十」似甲骨文「叀」上部形。
46.	徐(上)P385～386	玄		 2.2	 2.2	「玄」甲骨文作（合33276）象絲束之形，或加飾點作（春秋・邾公牼鐘），為《說文》古文所本。春秋・石鼓車工「茲」作，上部已加橫畫作飾筆。戰國「玄」字作（戰國・新蔡楚簡）、（戰國・郭店老甲），〈碧落碑〉、《韻海》上部從「宀」疑是在此基礎上離析訛變而成。〈碧落碑〉束絲形與秦山刻石「茲」作、《漢印文字徵》「眩」字（西漢・西眩都成印）所從「玄」形相似，而《韻海》下部之形應由如戰國・璽彙1969「玄」作、西漢・馬王堆老子甲94「玄」作之形再訛變。此形《汗簡》、《四聲韻》無引。

| 47. | 徐（上）
P385
～386 | 玄 | |
4.32
縣 | | 江梅《碧落碑研究》說：「《說文》旬字或體作，眴常假爲眩……應由形疊目（筆者案：指碑文此字），此假爲玄」，其說可從。〔註25〕《汗簡》「眩」形作（2.16 林），从辵从眴，眴的確常假爲眩。至於「疊目」說，古文字有疊加重形的例子，如「易」疊加同形如中山王壺作（賜），「息」疊加「自」形作（戰國・郭店緇衣）、《韻海》「矛」在《說文》古文「从戈」的形體上再疊加「戈」形作（2.25），因此〈碧落碑〉是有可能由眴形疊目而來。〈碧落碑〉上部「目」爲小篆形，而《韻海》「目」爲《說文》古文形。《韻海》此形當引自〈碧落碑〉，只是其釋文爲「縣」，是音近假借（玄古音匣紐眞部，懸古音匣紐先部，兩字中古音皆匣紐先部）。〔註26〕 |
| 48. | 徐（上）
P388 | 爰 |
1.17 |
1.17 | | 《說文》：「爰，引也。从受从于」，甲骨文「爰」作（乙 3787），象兩人爰引之形。商代・爰卣作更肖其形。後中間爰引的東西由橫畫逐漸訛變，如（西周晚・虢季子白盤）、（戰國・璽彙 3769）、（陶彙 3.1153）。至秦・商鞅方升作已訛變爲「于」，爲後世所承如（西漢・孫臏 239）。〈碧落碑〉此形《汗簡》《四聲韻》不引，字形中間較模糊，《韻海》第二形摹作不似「于」形。第一形作和甲骨文、商代・爰卣較近。 |

〔註25〕江梅：《碧落碑研究》，頁 14。

〔註26〕郭錫良：《漢字古音手冊》，頁 225。

49.	徐（上）P414	肦		 5.13		〈碧落碑〉碑文云：「肦嚮孤風」，《正韻》云：「肦同紛」，《說文》：「肦，嚮，布也。从十从分」。《韻海》右半所從之「分」與甲骨文作 （前 8.10.1）、金文作 （周早・盂爵）形體較近，〈碧落碑〉筆畫打折。
50.	徐（上）P422～423	則		 5.34	 5.34	戰國文字「則」作 （戰國・郭店語三），左半「鼎」形上訛作貝下鼎足訛作火，〈碧落碑〉與《韻海》與之同。
51.	徐（上）P424	切		 4.14	 5.18	切，《說文》小篆作 ，二者與之同。《說文》「七」單字與作爲偏旁字形稍有不同，《韻海》第一形的「七」旁則用《說文》小篆「七」作 的形體。
52.	徐（上）P425～426	列		 5.21		此形《汗簡》、《四聲韻》無引。甲骨文「歹」字作 （花東 166）、（林 1.30.5），本義爲象木杙裂解、殘敗貌，加義符「刀」強化裂解義，因此「列」可以視爲「歹」的分化字。〔註27〕「歹」或者有加小點作 （京津 419），疑〈碧落碑〉 與《韻海》 上部小點從此而來或僅爲刻碑的裝飾筆劃。「列」戰國文字作 、（戰國・雲夢秦律），疑爲小篆作 ，（東漢・夏承碑）所本，上部三畫與下部已離析。
53.	徐（上）P434～435	創（刅）		 4.40		此形《汗簡》、《四聲韻》無引。《韻海》字形較〈碧落碑〉拓本清晰，可補模糊之處。《說文》「刅」或體作 ，「創」所從的「倉」，甲骨文作 （通別 2.10.8），从合从戶，本義爲倉廩。春秋戰國以後「戶」漸訛成「爪」，如

〔註27〕季旭昇：《說文新證》（上），頁 347。

						（春秋・者減鐘）、（戰國・陶彙3.41）、（戰國・包山2.19）。疑〈碧落碑〉訛成「君」形不無由來，亦有可能因「倉」之「昌」似「君」而訛。
54.	徐（中）P448	筵		2.3		此字《汗簡》、《四聲韻》無引。〈碧落碑〉「筵」作從辵從丙，《說文》無此字。右旁丙（丙）字，《說文》以爲「舌皃」，《集韻》則云「丙，以舌鉤取也」，清段玉裁注《說文》此字亦以「吐舌」說解附會，可知由漢至宋對於此字本義皆不甚理解。 丙，甲骨文作（明992），乃簟的初文，本義爲蓆子。〈碧落碑〉此字若是以「丙」爲聲的形聲字，「丙」，古屬端母元部〔註28〕，「筵」，古屬定古耕部〔註29〕，二字音近。 三國魏張揖所輯《廣雅・釋器》說：「丙，席也」，《說文》：「筵，竹席也」。〈碧落碑〉字，從作爲偏旁的「丙」與「筵」，以意思上說也可相通。可知〈碧落碑〉用「丙」作爲「筵」的偏旁或有所本，較《說文》說解「丙」爲「舌皃」正確。
55.	徐（中）P465～466	典		3.20		《說文》「典」字古文作被認爲形體從「竹」，〈碧落碑〉與《韻海》在其之上，將竹形寫得更明確。然此形則是由戰國楚系「典」作如（陳侯因其敦）、（包山003）字形訛變過來，上部增繁，後被認作從竹。
56.	徐（中）P495	盛		4.43		《說文》小篆「盛」作，後至西漢「成」所從的「丁」形寫得較像「丅」形且撇向一邊，如（西漢・一號墓竹簡128）、（西漢・縱橫家書188），容易與「戈」形的撇畫合而誤解

〔註28〕 郭錫良：《漢字古音手冊》，頁192。

〔註29〕 郭錫良：《漢字古音手冊》，頁279。

						為 形，〈碧落碑〉「盛」作 的原因是由以上訛來。碑文此字《汗簡》、《四聲韻》無引，而《韻海》抄寫時雖承襲〈碧落碑〉「丁」與「戈」撇畫連合作 的訛形。但卻再補「戈」一撇畫作 ，可見作者並非盲目地照抄。（較早的龔萬鐘本亦作「戈」有補撇畫的 形）。
57.	徐(中)P495	盛		2.18		黃錫全認為〈碧落碑〉「盛」作 ，同《說文》「宬」字小篆，只是从穴。古「穴」、「宀」可通。〔註30〕除文中所舉「寓」字外，還有如「宴」，周晚·宴簋作 ，戰國作 （璽彙0235），其說可從。
58.	徐(中)P495	盛		4.43		《說文》「宬」字小篆作 ，〈碧落碑〉形體雖稍稍模糊，但仍可辨，應從《說文》小篆，而《韻海》與之同。
59.	徐(中)P520	含		2.27		江梅《碧落碑研究》認為〈碧落碑〉此字从今从肉，是小篆 的俗體字 「今」「肉」互易為上下，假為含，其說可從。〔註31〕碑文今字模糊，《韻海》抄作 不正確。
60.	徐(中)P530～531	高		2.7		此字《汗簡》、《四聲韻》無引。據〈碧落碑〉字形應為「臯」（郭）字，「臯」金文作 （西周中·師㝨鼎）、（西周晚·昭伯簋二）。「臯」古屬見母鐸部〔註32〕，「高」古屬見母宵部〔註33〕，二字音近可通。《說文》「臯」：「象城臯之重，兩亭相對也」。《說文》「高」：「象臺觀高之形」。「臯」、「高」二字都有崇高意思。

〔註30〕黃錫全：《汗簡注釋》，頁281。

〔註31〕江梅：《碧落碑研究》，頁22。

〔註32〕郭錫良：《漢字古音手冊》，頁27。

〔註33〕郭錫良：《漢字古音手冊》，頁150。

61.	徐(中)P536	良		2.13	2.13	甲骨文「良」作 （乙7672）、（乙2510），或中間加點作 （乙3334），徐中舒以爲像古人半穴居的走廊。〔註34〕後作上下又各加畫作 （西周晚·季良父盉），因此其後逐漸出現很多訛形，如 （戰國·陶五384）、（戰國·包山218），下作凶或止，〈碧落碑〉從「匕」也是訛變之形。《汗簡》引〈碧落碑〉作 （3.42碧）、《四聲韻》作 （2.13碧），與碑文形相去較遠，《韻海》第一形較近〈碧落碑〉，而《韻海》第二形作 ，中間作「田」形，與戰國·清華簡·耆夜「良」作 近同。
62.	徐(中)P550～551	久		3.33		此字《汗簡》引作 、《四聲韻》引作 ，「久」形較不若《韻海》似〈碧落碑〉。《集韻》:「㱙，長也，通作久」，〈碧落碑〉借㱙爲久。
63.	徐(中)P551～552	椉（乘）		2.20		陳煒湛〈〈碧落碑〉研究〉認爲椉（乘）作 不知何據。〔註35〕于省吾依字形釋爲「裑」讀爲「憑」。〔註36〕筆者認爲可從其他傳抄古文字「乘」字來看，如《汗簡》引〈義雲章〉「乘」作 下部亦訛作「示」，碑文下部與其相同，可見可從訛形的角度視之。上部作「母」可能是從如 （西漢·老子乙205上）、（西漢·老子甲144）等「乘」字訛來。

〔註34〕徐中舒:〈怎樣研究中國古代文字〉《古文字研究》（第十五輯），頁4。

〔註35〕陳煒湛〈〈碧落碑〉研究〉，頁31。

〔註36〕于省吾:〈碧落碑跋〉《考古社刊》第五期，上海:上海書店印行，1936年12月，頁58。

64.	徐(中) P562	樹	 4.12		《說文》樹的籀文作从寸，石鼓文作（春秋‧石鼓乍原）从又，戰國郭店簡作（戰國‧郭店語三）从攵。〈碧落碑〉與郭店簡从「攵」同，然形作右半可能爲多出的泐痕，《韻海》則照抄。右半「查」之「木」與「豆」則上下互易，與《四聲韻》引《古尚書》作字形類似。〔註37〕
65.	徐(中) P564	枝	 1.4		《說文》「枝」作，出土戰國文字「枝」作（戰國‧上博印39）。〈碧落碑〉、《韻海》所从的「支」下部稍異，不過與金文「支」有作如（商代‧女壴方彝），二者形作如此或有所本。
66.	徐(中) P569	極	 5.33	 5.33	《說文》「極」字作，其所从的亟字从又，而〈碧落碑〉則从攴。戰國文字从「亟」之字多从攴，如殛作（侯馬盟書），恆作（侯馬盟書），極作（秦公石磬），至西漢初年仍从攴，如（西漢孫子116），〈碧落碑〉、《韻海》同此。此形《汗簡》、《四聲韻》無引。
67.	徐(中) P600～ 601	叒 （若 ）	 5.23	 5.23 5.23	此形由甲骨文「若」（甲205）變來，雙手與頭髮形有訛變，〈碧落碑〉與《韻海》字形與（戰國‧中山王鼎）、（戰國‧兆域圖）、（戰國‧信陽楚簡1.05）相似，但不加口形，似乎由飾筆兩畫代替。

〔註37〕關於甲骨文有「尌」字以及後世「查」變而混同於象鼓之「壴」的相關研究，可參裘錫圭：〈釋「尌」〉，收於《龍宇純先生七秩晉五壽慶論文集》（臺北：學生書局，2002年11月），頁189～194。

68.	徐(中) P600～ 601	叒 （若 ）	（篆形）	（篆形） 5.23		「若」字甲骨文作（甲205），象人以雙手理髮，從口作如（周晚·毛公鼎）。〈碧落碑〉與《韻海》與從口作的〈毛公鼎〉同。只是〈碧落碑〉人形下部有斷裂。
69.	徐(中) P607	隆 （隆 ）	（篆形）	（篆形） 1.2	（篆形） 1.2	秦山刻石「隉」作，與〈碧落碑〉形體相似。〔註38〕
70.	徐(中) P608～ 609	華	（篆形）	（篆形） 4.39		〈碧落碑〉「華」有三形，僅有些許不同，第一形與《說文》小篆相同。第二形變公大為大大作，第三形再省中間一畫作，與戰國「華」作（戰國·雲夢編年）形同。《韻海》同第二形。
71.	徐(中) P612	圖	（篆形）	（篆形） 1.10		啚，甲骨文（佚61）、（珠186），義為邊鄙。圖，西周作（西周早·子廠圖卣），於啚外加口，意思為版圖。〔註39〕「啚」與「圖」都從「㐭」，至春秋、戰國從「㐭」的字下部都類似的訛變，如： 牆，（戰國·雲夢日乙） 圖，（戰國·金符6）。 戰國以降，這樣的形體仍保留在部分篆隸的字形中如： 啚，（西漢·天文雜占1.3） 圖，（西漢·天文雜占末·下） 廩，（西漢·蒼頡篇35） 〈碧落碑〉與《韻海》同此訛變，當為啚，借為圖。〔註40〕

〔註38〕 黃錫全：《汗簡註釋》，頁479。

〔註39〕 季旭昇：《說文新證》（上），頁516。

〔註40〕 可參吳振武：〈戰國㐭（廩）字考察〉，《考古與文物》，1984年第4期，頁80～87。

72.	徐(中) P614	因		 1.15		〈碧落碑〉「因」加 旁， 爲象草木斷作兩半之形。如「折」字甲骨文作 （前 4.8.6），金文作 （春秋・王孫誥甬鐘），象以斧斤斷「木」形。後來也有斷木形類化爲兩「屮」，如 （周早・小盂鼎），也有在兩屮中間加「二」形強調斷裂意謂，如 （戰國・璽彙4299），此爲《說文》籀文「折」所本，〈碧落碑〉所從 也是類化作兩「屮」的斷木形。此字《汗簡》抄作 、《四聲韻》抄作 形與〈碧落碑〉同。《韻海》抄作 雖不完全忠於〈碧落碑〉形體，但就象「斷木形」而言，似更本於原義。〈碧落碑〉「因」加 旁不知用意爲何，若從增繁角度來看，或屬增加贅旁。
73.	徐(中) P614～615	固		 4.14	 4.14	《說文》有「固」無「㦎」，《集韻》：「固，古作㦎」。戰國文字「㦎」作 （陶典0940）、（陶三 155），可知〈碧落碑〉來源甚古。
74.	徐(中) P643～644	景		 3.31		〈碧落碑〉「景」字與《說文》小篆 同。《汗簡》引此字作 、《四聲韻》作 ，《韻海》作 ，所從「京」與其不相同。 「京」甲骨文作甲骨文 （合61703）或 （鐵93.4），本意爲「人所爲宮觀亭臺」。〔註41〕疑有樓層有二與一的分別，至金文多作二層，如 （周早・臣辰卣），戰國多二層然也有一層者，

						如 （陶六 048）、（貨系 0391）。秦漢以後，從「京」的篆隸泰半都作二層，如： 京，（秦璽彙 3093）、（西漢・京兆官弩機） 景，（秦印彙編） 就，（秦睡虎地簡 25.49）、（西漢・武威簡士相見一） 然也有漢代簡牘較草的寫法並有一層與二層的形體，如 （居延簡 350.12）、（居延簡 505.20）。 綜合以上，或可說《說文》小篆承一層形而來，而《汗簡》、《四聲韻》、《韻海》雖引自〈碧落碑〉，然卻作二層形，不知爲何而改。
75.	徐（中）P656	游		2.22		此形《汗簡》、《四聲韻》無引。甲骨文「斿」作 （合 303），從子在旌旗下。金文形更唯妙唯肖，字形如 （商代・游爵）。春秋戰國「斿」作 （春秋・石鼓車工）、「游」作 （戰國・雲夢雜抄）、（戰國・璽印集粹）。旗游寫得較彎曲後至斷裂，如〈碧落碑〉形體已似「方」，碑文借「斿」爲「游」。
76.	徐（中）P660	晨（晨）		1.13		戰國文字「晨」字从「日」在「辰」下，如 （戰國・璽彙 3170）、（戰國・璽彙 3188）、（戰國・包山 054）、（戰國・楚帛書 1.23）。〈碧落碑〉保存戰國文字此形，《汗簡》、《四聲韻》無引，《韻海》與〈碧落碑〉同，只是碑文與璽彙「辰」形較古，如甲骨文「辰」字作 （屯 3599）。《韻海》則與包山、楚帛書「辰」形較近，已與小篆近同。

77.	徐(中) P671	函 (圅)		 2.27	 2.29	此字《汗簡》、《四聲韻》無引。圅，甲骨文作 （後 2.22.5），金文作 （周晚・圅皇父匜），戰國文字作 （璽彙 5269），象矢在皮囊之中。漢以後矢形筆畫漸漸拉平，如 （西漢・流沙簡屯戍 15.1），成爲楷書所見的「圅」字，〈碧落碑〉、《韻海》同訛變後的圅字，矢形筆畫拉平後又斷裂分爲左右撇畫。
78.	徐(中) P682～683	積		 5.28		此字《汗簡》、《四聲韻》無引。「積」戰國文字作 （商鞅方升）、（雲夢效律 27）。〈碧落碑〉與《韻海》「責」上部的「朿」形已經似「夫」形。
79.	徐(中) P694	香		 2.13		《說文》：「香，芳也。从黍从甘」，《汗簡》引〈碧落碑〉作 （2.16 碧）、《四聲韻》作 （2.13 碧），與〈碧落碑〉同。上部「黍」字似從如 （戰國・秦・雲夢日乙）、（西漢・帛書五十二病方）字形而來，而《韻海》左右撇畫寫得較《汗簡》、《四聲韻》捲曲。
80.	徐(中) P694	馥		 5.3		「馥」字〈碧落碑〉殘泐的比較不清楚，此字《汗簡》、《四聲韻》無引，而《韻海》將摹得比較完整作 。關於〈碧落碑〉與《韻海》「馥」字左半部「香」旁所從的「黍」形，寫作類似「來」形的討論，可詳參本章附論一：「馥」字考。
81.	徐(中) P698～699	氣		 4.9		槩，戰國文字作 （戰國・包山 249）、（戰國・郭店性自）與〈碧落碑〉、《韻海》同，槩同氣字，从既聲。
82.	徐(中) P698～699	氣		 4.9		〈碧落碑〉「氣」作 ，《韻海》作 ，字形與之同。《汗簡》引作 ，《四聲韻》引作 ，二者左旁變 爲 ，右旁「气」形改從《汗簡》部首 之

						形，與原碑形體不同。昕，《玉篇》:「古文氣字」。又《集韻》「暳古作昕」。《韻海》有另一形作 昣（4.9），釋文爲「暳」，將日移至「气」下。
83.	徐（中）P709	宅	宅形	宅形 5.23	宅形 5.26	《說文》「宅」古文從广作 宅，〈碧落碑〉同《說文》「宅」古文。只是其「广」形較特殊，如同碑的「庭」字 庭，其「广」形亦同此。此形《汗簡》《四聲韻》無引，《韻海》引三形作 宅宅宅，「广」形皆同此。
				宅形 5.26		
84.	徐（中）P710	嚮	嚮形	嚮形 3.29		此字《汗簡》、《四聲韻》無引。嚮，《廣韻》:「《爾雅》:『兩階閒謂之嚮』」，今《爾雅·釋宮》作「鄉」。《集韻》:「嚮，本作鄉」。「鄉」，甲骨文作 鄉（前1.36.3），從兩「欠」向一皀（食器）形，也有從二「卩」作 鄉（拾6.8）。〈碧落碑〉「嚮」所從的「鄉」本應從兩「欠」，但口形離析訛爲「邑」，〈大嚮記碑〉「嚮」作 嚮 則從兩「卩」。
85.	徐（中）P713〜714	寂（宋）	寂形	寂形 5.30		〈碧落碑〉「寂」從「弔」，「弔」甲骨文作 弔（京津1292）、金文作 弔（商代·弔鼎）字形從人從弓。〈碧落碑〉與《韻海》「弔」形離析訛變。
86.	徐（中）P715〜716	容	容形	容形 1.3	容形 1.3	此形《汗簡》、《四聲韻》無引。戰國「容」字作 容（璽彙3840），〈碧落碑〉形體與其近似。
87.	徐（中）P716〜717	寶	寶形	寶形 3.25		「寶」字古有作 寶（商代·宰盘盨），〈碧落碑〉與之同，只是「玉」、「缶」從左右易爲上下。黃錫全《汗簡注釋》說〈碧落碑〉「寶」多出的「丿」是泐痕，可從。〔註42〕《韻海》 寶 則依〈碧落碑〉將泐痕照抄。

〔註42〕黃錫全:《汗簡注釋》，頁278。

88.	徐(中)P717～718	宰		3.14	3.14	「宰」甲骨文作（合1229）、（佚518），从宀从辛，後「辛」上部加畫作（春秋・齊鎛）。黃錫全認爲〈碧落碑〉作與《汗簡》所引作（3.39 碧）當是由其訛變過來[註43]，其說可從，而《韻海》所抄亦是，上部甚至訛作似「冊」。
89.	徐(中)P724	賔		4.3		此字《汗簡》、《四聲韻》無引。古「眞」字作（周中・季眞鬲），上從「匕」下爲鼎形。古文字中的「匕」形往往訛變爲「止」形[註44]，如戰國・曾侯墓簡「眞」所從「匕」形訛爲「止」形，鼎足訛爲「火」形作。〈碧落碑〉與《韻海》「賔」字內部「眞」上部亦是「匕」形訛爲「止」形。
90.	徐(中)P725	寥		2.4	2.4	《說文》：「廫，空虛也。從广膠聲」。《集韻》：「或作寥」，古文字從「宀」與從「广」可互作，如「廟」作（周中・師酉簋）從「广」，（周晚・廟孱鼎）從「宀」；「庫」（戰國・臨汾守戈）與（戰國・甘丹上庫戈）亦是。此字《四聲韻》引作，字形較不似〈碧落碑〉。
91.	徐(中)P728	空		1.2		〈碧落碑〉此字《汗簡》、《四聲韻》無引，由於字形中段模糊，而《韻海》摹作，應是從「窒」。《說文》「（窒），空也。從穴至聲。《詩》曰：瓶之窒矣」。戰國齊陳曼臣「經」作，偏旁「窒」形《韻海》和其相似。

〔註43〕 黃錫全：《汗簡注釋》，頁275。

〔註44〕 陳劍：〈據戰國竹簡文字校讀古書兩則〉，《第四屆國際中國古文字學研討會論文集》（香港：香港中文大學中國語言及文學系，2003年10月），頁377。

92.	徐（中）P734	痛		4.1		戰國「痛」字作痛（雲夢封診）與《說文》小篆同，〈碧落碑〉、《韻海》本此。
93.	徐（中）P739	疚		4.45		《說文》：「疚，貧病也。《詩》曰：煢煢在疚」，今詩作「疚」。〔註45〕此字《汗簡》、《四聲韻》無引。
94.	徐（中）P748	罔〈网〉		3.30		「网」，甲骨文作网（乙3947）或网（合10759），金文作网（商代·亞网爵），象網或人撒網形。後至戰國加「亡」聲作网（雲夢為吏），筆者認為加「亡」聲有可能是网形的變形音化〔註46〕，因「网」、「亡」古同屬明母陽部。〔註47〕〈碧落碑〉「亡聲」形仍似網結交錯形，或許是欲存古意，又或者是變形音化的過渡字形，存疑。此形《汗簡》、《四聲韻》無引。
95.	徐（中）P759	飾		5.32		飾，《說文》小篆作飾，從巾從人，食聲。〈碧落碑〉此字的人形與飾（西漢·相馬經18下）同。左旁的「食」形，同碑的「館」作館、「餘」作餘皆同。此形《汗簡》、《四聲韻》無引。
96.	徐（中）P772	儒		1.9		《汗簡》引〈碧落碑〉此形作儒，黃錫全認為右從古「雨」，「而」下形省略，引鄭珍云：「下『而』省作人，太略不能具體」。〔註48〕江梅則認為黃說不可從，其舉《四聲韻》也引〈碧落碑〉作儒，然所從用與雨顯非一字。因此

〔註45〕江梅：《碧落碑研究》，頁8。

〔註46〕劉釗謂：「變形音化是指將象形字或會意字、指事字的部分構形因素，改造成與其形體接近的一個可以代表這個字字音的字。變形音化與一些訛變不同，常常是一種有意識的改造。但誘發這種改造的原因，則常常是因形體的訛變」，見劉釗：《古文字構形學》（福州：福建人民出版社，2006年1月），頁88。

〔註47〕郭錫良：《漢字古音手冊》，頁150。

〔註48〕黃錫全：《汗簡注釋》，頁295。

認爲此偏旁爲「內」，應該可以隸定作「仴」，可讀爲儒。〔註49〕

筆者案：江梅舉《四聲韻》也引〈碧落碑〉此字，認爲其所從 與雨顯非一字。其實出土文字已有類似的形體，如「雨」作 （戰國・郭店五行），從雨的「霧」作 （戰國・上博周易）、「需」作 （戰國・上博周易）。因此筆者認爲〈碧落碑〉此字 可以從黃錫全之說爲「儒」字。

然江梅所說「仴」可讀作「儒」也並非無可能，正可以用《韻海》字形補充其說。《韻海》「儒」字錄傳抄古文字形體除 外，尚還有 一形，而較早的龔萬鐘本則作 ，筆者認爲此形可分析爲從人從內。「內」字甲骨文作 （前 4.28.3），金文作 （周早・井侯簋），後至戰國則訛變爲 （鄂君啓節）、（郭店語一）、（郭店緇衣）。《韻海》兩形 （清《宛委別藏》本）、（明龔萬鐘本）右旁所從爲「內」當無誤，因此可隸定「仴」，其形收於「儒」下，因此可證江梅說法。而《韻海》 字，與〈碧落碑〉作 形，《汗簡》引〈碧落碑〉作 ，《四聲韻》引作 ，皆不甚相同。但而與同爲傳抄的「螨」字作 （《四聲韻》4.14 裵）、「蝸」字作 （韻海 4.17）所從的「內」形相似，或也可以證明江梅所說〈碧落碑〉等字形爲「仴」的說法。

〔註49〕文中說：「從需聲的字與從內聲的字可以相通，如《周禮天官・大祝》『六曰擩祭』鄭注：『杜子春云擩讀爲虞芮之芮』」，見江梅：《碧落碑研究》，頁 29。

97.	徐(中)P778	何		2.8		《說文》：「抲，从手可聲」，〈碧落碑〉借「抲」爲「何」。傳抄古文字「手」部之字多作「」形，〈碧落碑〉同碑「攜」字作亦是，應是受到籀文「折」左旁斷草誤爲「手」形。〔註50〕此字《汗簡》引作、《四聲韻》引作。《四聲韻》較近〈碧落碑〉，而《韻海》則同《汗簡》所引。
98.	徐(中)P779	位		4.7		戰國文字「立」作（郭店緇衣），〈碧落碑〉「位」所從之「立」形與之相近。
99.	徐(中)P779	倫		1.15	1.15	《說文》「侖」籀文作，〈碧落碑〉借「侖」爲「倫」。〈碧落碑〉與《韻海》所從的「侖」的「冊」形上部形訛作「艸」，與戰國·新蔡楚簡「冊」作相同。
100.	徐(中)P779	備		4.7		「備」，甲骨文作（合565），从人从，「」字象矢盛在箭器之中。後金文作（周中·呂服余盤），至戰國「」，矢形訛作而盛矢的箭器已經訛變作「人」或「女」形，其旁加上釋筆「」，如（中山王鼎）、（郭店緇衣）（郭店語一）、（包山213）。後至《說文》古文則已訛作。〈碧落碑〉、《韻海》采自《說文》古文訛形，只是女形稍變。
101.	徐(中)P781	側		5.32		「昃」甲骨文作（前4.9.1），金文作（兪侯昃戟），戰國文字作（陶彙3.1201）、（上博君老）、（包

〔註50〕關於「折」字訛變，可參杜忠誥：〈說「折」、「製」〉，見杜忠誥：《說文篆文誤形釋例》（臺北：文史哲出版社，2009年2月初版修訂），頁83～91。

					山 181)，《說文》小篆作圧，魏三體石經作圧（尚書・無逸）。〈碧落碑〉與《韻海》寫法近魏三體石經的楷書寫法。「戻」、「側」古音同屬莊母職部〔註51〕，可借。
102.	徐(中) P782	仰		3.29	此形《汗簡》、《四聲韻》無引。《說文》「仰」小篆作仰，〈碧落碑〉形體與小篆不相同，疑碑文形體是在如仰（東漢・史晨碑）上變化而來。〈碧落碑〉「卬」作，「乚」寫得似「工」或由於刻碑時筆畫超過，如魏王墓殘碑「仰」作仰，也有可能是泐痕造成，而「冂」上加「口」則是爲求變化。
103.	徐(中) P787	俗		5.6	江梅《碧落碑研究》引徐在國說法，以爲：「〈碧落碑〉此形與《四聲韻》引〈古老子〉『俗』作社同。」其又說「戰國文字人旁往往加一畫作千，如侯馬盟書伐作」〔註52〕，其引徐在國說法可從。〈碧落碑〉社，「人」形的一畫則更訛作「屮」形，此字《汗簡》引作，《四聲韻》引作，不若《韻海》忠於碑形。
104.	徐(中) P792	俄		2.8	2.8	〈碧落碑〉借「鵝」爲「俄」，但右半部所從的「鳥」形訛爲「頁」。西漢流沙簡「鳩」字作（屯戍 13.10），其「鳥」形已似「頁」形〔註53〕，可見〈碧落碑〉的訛誤是可能的。《韻海》第一形作與〈碧落碑〉同，第二形

〔註51〕 郭錫良：《漢字古音手冊》，頁 22。

〔註52〕 江梅：《碧落碑研究》，頁 19。徐在國說法見徐在國：《隸定古文字疏證》（安徽：安徽大學出版社，2011 年 4 月第 2 次印刷），頁 172。

〔註53〕 陳煒湛認爲此字是改易偏旁，以「頁」代「人」，這和筆者認爲「頁」爲「鳥」訛形說法不同，見陳煒湛：《〈碧落碑〉研究》，頁 30。

						作則較近於《汗簡》引〈碧落碑〉作。
105.	徐（中）P794	伏		5.3		《說文》「凭」作，黃錫全認爲「凭」、「馮（憑）」、「伏」音近通假〔註54〕，〈碧落碑〉借「凭」爲「伏」。
106.	徐（中）P798	僊		2.2		黃錫全認爲，此字本應从「人」作，碑从「山」，引鄭珍認爲「蓋因仚僊二字作之」，並以雲夢秦簡「傾」作（寘）爲例，其說可從。〔註55〕
107.	徐（中）P803	俯		3.10		黃錫全認爲《說文》「頫」作，碑文左旁訛省，與東漢・魯峻碑作類同，右旁爲頁的訛變〔註56〕，其說可從。
108.	徐（中）P804	偷		2.25		此字《汗簡》、《四聲韻》無引。《說文》無「偷」，《爾雅・釋言》「佻，偷也」，出土西漢簡牘有偷字作（居延簡甲133.7B）、（孫子324），寫法已同楷書。〈碧落碑〉「偷」字筆法仍屬篆形。
109.	徐（中）P812	冀		4.6		漢印「冀」作，〈碧落碑〉上部「北」形作，與其相同。《韻海》「北」形同二者，然下部「異」形則似（戰國・郭店語三），下訛作三畫。此形《汗簡》、《四聲韻》無引。
110.	徐（中）P815〜816	重		4.2	4.2	「重」《說文》小篆作，戰國文字作（戰國・東庫扁壺）、（戰國・貨系4071）。〈碧落碑〉近貨系4071形，《韻海》則近戰國・東庫扁壺形。

〔註54〕黃錫全：《汗簡注釋》，頁295。

〔註55〕黃錫全：《汗簡注釋》，頁344。

〔註56〕黃錫全：《汗簡注釋》，頁318。

| 111. | 徐(中)P841 | 居 | | 1.9 | | 江梅《碧落碑研究》認爲碑文此字從尸從立，《說文》不見，金文中有（周早·農卣）、（周中·師虎簋），意思爲居，尸當爲厂（宀）的形訛，古寫本《尚書》居字多作凥，而碑文當有所本。〔註57〕其說可從。然筆者或認爲碑文的形體是據隸古定「屄」以隸作篆的字，其與隸古定的「屄」本來應是「凥」（處）字。〔註58〕
「凥」字戰國文字作（包山032）、（郭店老甲），疑漢人不識「凥」的形體爲從尸從几，因此被隸古定寫作屄。在漢隸的系統中，「几」字作（西漢·武威簡有司15），而「立」作（西漢·老子乙前三下），由於所從的「几」與漢隸不似，因此被誤爲「立」是可能的。因此〈碧落碑〉以及隸古定「屄」字本來都是「凥」字，只是因爲不識戰國文字爲從尸從几，而誤以爲從尸從立而作的隸古定體。若筆者的說法可從，〈碧落碑〉形體應釋爲「凥」（處），借爲「居」，乃義近而用。 |
| 112. | 徐(中)P856～857 | 先 | | 2.1 | 2.1 | 甲骨文「先」從止從人作（甲218），黃錫全認爲〈碧落碑〉原形可能從「二止」作。〔註59〕存疑。 |

〔註57〕江梅：《碧落碑研究》，頁26。

〔註58〕林澐說：「鄂君啓節始見字，舊說或以爲居字，或以爲處字。……今包山32號簡：『所死于其州者名族』，居和連文，釋爲『居處』，甚是」，其說可從，應隸作「凥」，爲「處」的異體，讀爲「處」。原文載於林澐：〈讀包山楚簡札記七則〉《江漢考古》1992年第4期，頁83。後收入林澐：《林澐學術文集》（北京：文物出版社，1999年5月），頁19。

〔註59〕黃錫全：《汗簡注釋》，頁427。

113.	徐　P（中）858～859	視		3.5	4.4	「視」字戰國文字作（戰國・兆域圖）、（戰國・上博緇衣），〈碧落碑〉、《韻海》字形與之近似。只是目形與其稍不相同，「目」形戰國文字並有多形（戰國・郭店五行）、（戰國・郭店唐虞）、（戰國・璽彙0707）。〈碧落碑〉、《韻海》「目」形較近戰國・郭店形。
114.	徐（中）P872～873	盜		4.36		〈碧落碑〉「盜」作，此字《汗簡》引作，《四聲韻》引作，形體與碑文相差較多。《韻海》作，則與〈碧落碑〉形體相同。「盜」，《說文》說：「私利物也。从次，次欲皿者」。然于省吾認爲「盜」从皿次聲，許慎誤以形聲爲會意，所从的「次」甲骨文作（甲2907）、（合8317），即今「涎」字。〔註60〕〈碧落碑〉與《韻海》「盜」上部从籀文「次」，即从「次」从「皿」，字形與（盜）（春秋・秦公鎛）、（盨）（春秋・石鼓汧沔）相似。
115.	徐（中）P877	願		4.26	4.26	黃錫全認爲《說文》正篆「顯」作，漢印省變作、（漢印徵9.1）。〈碧落碑〉左下即省變，右下的「貝」即原來右旁的「頁」形，「貝」「頁」形近易混。〔註61〕其說可從，筆者可再舉「顯」之頁旁已訛作貝的字例，如（西漢・君有遠行鏡）即是。《韻海》第一形作同〈碧落碑〉；第二形作，則同《汗簡》引〈碧落碑〉作之形。

〔註60〕于省吾：〈釋盜〉，見于省吾：《甲骨文字釋林》，頁383～384。

〔註61〕黃錫全：《汗簡注釋》，頁160。

116.	徐（中）P888	弱		5.23	5.23	《說文》：「𣲙（休），没也。从水从人」，甲骨文作𣲙（佚616），戰國文字作（郭店語二），本爲「沉溺」本字，由於休、溺、弱三字音同，故此休以爲弱。〔註62〕
117.	徐（中）P888～889	彩		3.14		《說文》：「彩，文章也。从彡采聲」，〈碧落碑〉刻者可能認爲「文章爲有文采之人所作」，故右半部从「辵」，《說文》：「辵，䚕也」，清段玉裁注曰：「䚕有辵彰也。是則有辵彰謂之辵」。唐詩已有用「辵」字，如薛逢（806～876？）〈宮詞〉：「袍辵宮人掃御床」，《龍龕手鑑・彡部》：「辵，辵彩斑雜也」。以上可見「辵」、「彩」有近似意義。「辵」字戰國文字作（戰國・包山203），與不加「彡」的「文」字用法相同，如《詩・大雅・江漢》：「告于文人」，爲諡美之號。〔註63〕
118.	徐（下）P904	敬		4.41		《說文》：「憼，敬也。从心从敬，敬亦聲」，〈碧落碑〉借「憼」爲「敬」，「憼」戰國文字作（戰國・中山王壺）。
119.	徐（中）P926	序		3.8		「序」戰國文字作（璽彙3455）〔註64〕，从阜、从予，但予形稍變。《說文》無「阝予」字。此字〈碧落碑〉字形作較模糊，《四聲韻》引作（3.9碧），《韻海》與之同。
120.	徐（中）P927	廉		2.29		江梅《碧落碑研究》以爲《說文》「籃」字古文作，由於《四聲韻》引《古老子》「兼」作（2.27 老）、「謙」作（2.27 老），籃、廉古音同屬來紐談部，〈碧落碑〉借「籃」爲「廉」〔註65〕。筆者對此字有進一步的討論，請參看本章附論二：「廉」字考。

〔註62〕黃錫全：《汗簡注釋》，頁291。

〔註63〕何琳儀：《戰國古文字典：戰國文字聲系》，頁1363。

〔註64〕黃錫全：〈釋阝予〉，見〈利用《汗簡》考釋古文字〉，頁137。

〔註65〕江梅：《碧落碑研究》，頁19。

121.	徐（中）P928～929	庶		4.11		「庶」甲骨文作（合16270）、（乙5321），从火从石，金文作（周早‧大盂鼎），石形之口和與火相連接。〈碧落碑〉與石經「庶」作相同，應該是从「炎」。《韻海》「炎」形變撇化爲點。
122.	徐（中）P931	廓		5.25		黃錫全認爲此字采自石鼓文〈霝雨〉「廓」字作，廓从虞聲，古屬魚部，廓从郭聲，古屬鐸部，二字音近，碑文假廓爲廓，其說可從。〔註66〕然〈碧落碑〉「虞」字的「男」形已誤解而寫訛，又《汗簡》錄〈碧落碑〉此字作，右旁「邑」字寫誤，《韻海》則忠於〈碧落碑〉形體。
123.	徐（中）P948～949	長		3.30	4.40	此「長」形《汗簡》、《四聲韻》無引。戰國文字「長」一般作（戰國‧包山268），也有作（戰國‧陶五384）、（戰國‧長陵盉），後二形應是由加「止」形的「長」字，如（戰國‧中山王壺）再離析而來。後此形被如（戰國‧睡虎地秦簡25.37）、（秦‧嶧山碑）、（西漢‧長水屯□瓦當）、（西漢‧陽陵漢景帝墓瓦當）所保留。〈碧落碑〉與《韻海》當本於此。〈碧落碑〉左下部與《韻海》爲「止」形的訛誤，西漢‧縱橫家書125「疵」作，「止」形亦作此。
124.	徐（中）P959～960	易		4.3		「易」甲骨文作（粹603）、金文作（周早‧臣卿簋）、（周晚‧晉侯穌鐘）、戰國作（郭店老甲），〈碧落碑〉形體較特殊，將下部形體寫地較規整，而將置於其上包覆，《韻海》同之。此形《汗簡》、《四聲韻》無引。

〔註66〕黃錫全：《汗簡注釋》，頁339。

125.	徐（中）P960～961	象		3.29		「象」字《汗簡》引作（4.53 碧）、《四聲韻》引作（3.23 碧），《韻海》所引此形與〈碧落碑〉形較相近。
126.	徐（下）P976	駕		4.39		駕，《說文》小篆作，〈碧落碑〉、《韻海》基本同之，只是結構布局較似（春秋·石鼓吾水）。此字《汗簡》引作，《四聲韻》引作，馬形用古文。
127.	徐（下）P981～982	逸		5.10		江梅《碧落碑研究》據唐蘭說法，認爲〈碧落碑〉此字「碑文右旁所從當爲免字」〔註67〕，然根據《韻海》所引，右旁爲「兔」形非常明顯。碑文從「免」應當是「兔」的訛誤。關於「逸」字的詳細討論，參看本章附論三：「逸」字考。
128.	徐（下）P1009～1010	光		2.15		《說文》「光」古文作，戰國文字「光」作（包山276），《說文》古文形體與戰國文字相近，當是在其之上再增一「火」。〈碧落碑〉、《韻海》形體同《說文》古文。
129.	徐（下）P1012	煥		4.29	4.29	「奐」金文作（周晚·奐父盨），〈碧落碑〉借「奐」爲「煥」，《韻海》手形稍訛。此形《汗簡》引作（3.42 碧）、《四聲韻》引作（4.21 碧），釋爲「館」。
130.	徐（下）P1014	儵		5.3		此字《汗簡》、《四聲韻》無引。《說文》無「儵」字，西周金文中有「儵」，字形作（周早·儵鼎）、（周晚·儵戎鼎）、（周晚·散盤）。上部「攸」本意爲以杖擊人，加點爲飾筆，飾筆從二點、三點至連成一筆。〈碧落碑〉與《韻海》字形與（周晚·散盤）同。

〔註67〕江梅：《碧落碑研究》，頁 21。

131.	徐（下）P1026	契		4.15		「栔」，《說文》說：「刻也。从韧从木」。戰國出土「栔」作（戰國・信陽楚簡 2.18），不从刀从攵。〈碧落碑〉借「栔」爲「契」。「契」，金文作（春秋・杕氏壺），戰國文字作（戰國・雲夢日甲），「契」與「栔」皆从「韧」，「韧」甲骨文作（甲 1170），本義爲以刀契刻，「契」與「栔」音同意近，可假借。
132.	徐（下）P1026	夷		1.7		《說文》「仁」古文从「尸」作，戰國文字「仁」作（中山王鼎）亦从尸。古尸、𡰥、夷字通。〔註68〕
133.	徐（下）P1026～1027	亦		5.29		亦，甲骨文作（甲 896）、（鐵5.3）腋下兩點爲指事符號，本義爲人的腋下處。戰國文字作（戰國・上博民之）、（戰國・郭店太一），人頭寫得較短且下部有離析之跡。〈碧落碑〉與《韻海》似作「从宀从火」，應是由此訛變而來。
134.	徐（下）P1028	奔		1.19		「奔」金文作（周早・盂鼎），其下本从三止，後訛作三屮，如（周早・井侯簋）。〈碧落碑〉承訛爲三屮的形體。《汗簡》引〈朱育集字〉「奔」作（4.54 朱），从馬賁聲，可見古有从馬的奔，从馬或爲了更加明白奔走義。此形《汗簡》、《四聲韻》無引。
135.	徐（下）P1028～1029	交		2.6		《說文》小篆「交」作，〈碧落碑〉與之同，《韻海》兩筆較分開，已似後世楷書交字，如（東漢・龍氏鏡）。

〔註68〕于省吾：〈釋人、尸、仁、𡰥、夷〉《大公報・文史週刊》（天津）14 期，1947 年 1月 15 日。

136.	徐（下）P1032	報	（圖）	（圖）4.36		〈碧落碑〉借「復」爲「報」，「復」字作如（圖）（周中・舀鼎）、（圖）（周晚・復公子簋）、（圖）（魏・三體石經）。〈碧落碑〉形當源於石經，石經的「復」形則源於周中・舀鼎。
137.	徐（下）P1034	昊（昦）	（圖）	（圖）3.25		此字《汗簡》、《四聲韻》無引。《說文》：「昦，从日、夰」，〈碧落碑〉借「夰」爲「昦」。《說文》「夰，从大而八分也」小篆作（圖），《汗簡》「夰」作（圖），〈碧落碑〉的（圖）（夰）形據「从大而八分也」寫得更離析，「大」形筆畫不出頭，而《韻海》則出頭。
138.	徐（下）P1036	規	（圖）	（圖）1.5		戰國文字「規」作（圖）（十鐘印舉），〈碧落碑〉、《韻海》誤「夫」爲「矢」。此形《汗簡》、《四聲韻》無引。
139.	徐（下）P1036～1037	立	（圖）	（圖）5.35	（圖）5.35	《說文》小篆「立」作（圖），戰國文字作（圖）（郭店緇衣），〈碧落碑〉文和《韻海》近戰國文字。
140.	徐（下）P1041	志	（圖）	（圖）4.8		志，戰國文字作（圖）（戰國・雲夢雜抄），〈碧落碑〉、《韻海》「之」形下部筆畫上彎。
141.	徐（下）P1041	息	（圖）	（圖）5.32		戰國「息」字作（圖）（戰國・中山王壺）〈碧落碑〉「自」形似「直」形，如「直」作（圖）（戰國・陶五083），下部有曲畫，《韻海》同。此字《汗簡》、《四聲韻》無引。形體易與「悳」相混，「悳」戰國文字作（圖）（令瓜君壺）、（圖）（郭店語一）。
142.	徐（下）P1047	慶	（圖）	（圖）4.41	（圖）4.42	《說文》：「慶，从心从夊，从鹿省」，戰國楚簡「慶」作如（圖）（戰國・包山013）、（圖）（戰國・上博緇衣）。〈碧落碑〉上部「母」形應是从其「鹿」頭訛變而來，《韻海》所引亦是。又《韻海》

						有一「慶」字形作：《韻海》4.41，上部從「來」形，戰國文字「每」形上部多見作「」（來）形，如「每」作（戰國‧郭店語一）、（戰國侯馬盟書）。由此見〈碧落碑〉「慶」字上部確實訛變作「母」（每）形。至若更晚晉代「慶」作（千甓亭‧晉太康碑），上部亦訛作「母」形。
143.	徐（下）P1048	所		3.8	3.8	「所」字戰國文字作（戰國‧包山193）、（戰國‧郭店老甲），〈碧落碑〉和其相近。《韻海》第一形從「巾」，以「巾」代「斤」或為因音同誤書的訛形。「帋」《玉篇》：「婦人巾」。
144.	徐（下）P1051	懋		4.47	4.47	《說文》「懋」字或體省作「㦒」，戰國文字有「㦒」字作（戰國‧上博仲弓），用法同「懋」，只是楚系「矛」寫法較為特殊。
145.	徐（下）P1056～1057	忽		5.14	5.14	唐蘭〈書〈碧落碑〉後〉說：「（筆者案：指〈碧落碑〉）智字一作，與《說文》合，一作，與〈智鼎〉、〈克鐘〉等合。《稽古》於〈智鼎〉引錢獻之說釋為智，後人多從之。近王靜安〈史籀篇疏證〉，始謂其非智字，容庚《金文編》從之，不知《說文》即之誤文，錢釋不誤也。據此碑唐初讀為忽，殆即本諸〈三體石經‧尚書〉在治智，《左傳》鄭太子智等之古文，而《說文》之誤，當遠在唐以前，故碑中兩體並用也。然則之即智，由此碑而得確證，可謂一字千金矣。」〔註69〕而孫常敍〈智鼎銘文通釋〉曾引〈碧落碑〉「忽」字二形「」、「」，認為是同碑同形而異文，字上部與下部右側豎筆接為一體，可能是的連筆速寫或者是形近而誤。〔註70〕

〔註69〕唐蘭：《懷鉛隨錄》，頁155。

〔註70〕孫常敍：《孫常敍古文字學論集》（長春：東北師範大學出版社，1998年7月），頁167。

						筆者案：二說可從，但二者皆以速寫訛形的方向考慮。戶內俊介〈上博楚簡《姑成家父》第 9 簡「⟁（回）」字考釋〉一文，對此字有新的看法。而筆者根據戶內俊介說法，有補充討論，可參本章附論四：「忽」字考。
146.	徐（下）P1057	忘		2.12	2.12	戰國「忘」字作⟁（戰國·郭店語二）、⟁（戰國·上博曹沫），〈碧落碑〉、《韻海》與之同。
147.	徐（下）P1078	憑		2.21		「憑」字《汗簡》、《四聲韻》無引。所從之「馮」，《說文》：「⟁（馮），馬行疾也。從馬冫聲」。徐鉉曰：「經典通用爲依馮之馮。今別作憑，非是」，〈碧落碑〉「憑」所從的⟁（馮）形已與楷字相近，而《韻海》則改爲較古意的⟁形，然其實戰國文字「馮」已作如⟁（璽印集粹）。
148.	徐（下）P1103	澤		5.26		石經作⟁，〈碧落碑〉與之同。黃錫全認爲此字形上爲黽，下爲泉，如⟁（周中·師酉簋），只是字形借的足部與泉字⟁形合書，即黽字，黽、澤音近可借〔註71〕，其說可從。
149.	徐（下）P1122	泣		5.35		此字《汗簡》、《四聲韻》無引。「泣」戰國文字作⟁（戰國·上博泊旱），〈碧落碑〉「立」與之形近，《韻海》「立」的「大」形上下離析。「大」形離析例子如：⟁（春秋·南疆鉦）、⟁（戰國·太后鼎）。
150.	徐（下）P1124	漏		4.48		《說文》：「屚，屋穿水下也。從雨在尸下」，段玉裁注：「今字作漏，漏行而屚廢矣」，《正字通》「屚漏通」。此字《汗簡》、《四聲韻》無引。

〔註71〕黃錫全：《汗簡注釋》，頁 391。

151.	徐（下） P1133	澄		 2.20		「澄」字《說文》所無，《集韻》說：「澄，水清定也」，出土戰國文字有「澄」字作（戰國・天星觀簡），用法不詳。〔註72〕漢印作（漢印文字徵）。〈碧落碑〉此字，《汗簡》、《四聲韻》無引，其寫法與小篆形體近似。《韻海》澄字右半「登」的豆形為《說文》古文形。左半水形寫法較特殊，為《韻海》內部獨特寫法，如：（河2.8）、（濟3.19）亦是。
152.	徐（下） P1141	源		 1.17	 1.7	黃錫全認為〈碧落碑〉此字為「邍」，經典可通作「原」。其引鄭珍認為形體是「仿𧰼之象以作原，偏旁𧰼又以楷體，謬」。黃錫全又認為也許水旁為辵形訛誤，本即邍字，假為源〔註73〕，其說可從，然黃錫全未解釋「备」為何形作，詳細形體待考。
153.	徐（下） P1168	飛		 1.8		〈碧落碑〉「飛」字另一形作，與戰國「飛」字（戰國・上博周易）形體較近。《四聲韻》曾引〈雲臺碑〉「飛」字作（1.21 雲）、〈王存義切韻〉作（1.21 義），與〈碧落碑〉形體當同是訛變，訛變軌跡可作如下：上部省羽毛二撇作，中間主體几（卂）橫筆左右拉長不彎且包覆下部，形體作；之下部（非）形以訛變後的小篆「非」形替代，即會如〈碧落碑〉形，而《韻海》則照抄訛形。

〔註72〕何琳儀：《戰國古文字典：戰國文字聲系》，頁 139。

〔註73〕黃錫全：《汗簡注釋》，頁 391。

154.	徐(下) P1169	靡	 3.5		麻，古麻字从「厂」，如麻（周早·川子卣）、麻（戰國·侯馬盟書），亦有从「广」，如麻（戰國·侯馬盟書）、麻（戰國·雲夢秦律）。靡字上部从麻亦有从「厂」、从「广」二形並存，如靡（戰國·秦玉牘）、靡（戰國·雲夢秦律）。〈碧落碑〉「麻」从「厂」，與《韻海》皆誤「林」爲「林」，與上引雲夢秦律有相似情形。〈碧落碑〉下部「非」構形不明，似「門」，《韻海》「非」形較爲正確。此字《汗簡》、《四聲韻》無引。
155.	徐(下) P1169	䕆	 3.5		《汗簡》引作䕆（1.9 碧）、《四聲韻》引作䕆（3.4 碧），《韻海》引作䕆。〈碧落碑〉與《汗簡》皆誤「林」爲「林」，《四聲韻》與《韻海》字形从「林」較爲正確。《玉篇》：「䕆，古文靡字」。
156.	徐(下) P1169	非	 1.8	 1.8	「非」字戰國文字作非（戰國·包山040）、〈石經〉作非，《說文》小篆作非爲訛形。〈碧落碑〉本〈石經〉不訛之形。
157.	徐(下) P1212	拔	 5.17		此字《汗簡》、《四聲韻》無引。〈碧落碑〉似以「菝」借代爲「拔」，然「手」旁作「木」形，不知何據，疑爲訛形，《韻海》則作「手」形。
158.	徐(下) P1216	播			〈碧落碑〉「播」作畢，下爲手形簡省，《韻海》作畢，字形與之同。此字《汗簡》引作畢（1.6 碧）、《四聲韻》引作畢（4.31 碧），與原碑形體不同。
159.	徐(下) P1270	義	 4.4		黃錫全《汗簡注釋》：「我與弗形似，羛實乃義字譌誤。」〔註74〕文中舉出仲義父鬲作羛，秦公鐘作羛下部「我」形似「弗」爲例。其實从戰國文字「我」

〔註74〕黃錫全：《汗簡注釋》，頁 168

						與「義」更可看出訛變成類似「弗」之形，如「我」作（戰國・清華金縢 05）、「義」作（戰國・包山 077）、（戰國・包山 094），〈碧落碑〉與《韻海》字形與後二形近似。
160.	徐（下）P1283	張		2.13	2.13	戰國・中山王𧊒器有「緽」字作，張頷說：「𧊒器方壺『唯義可張』張作，……以緽爲張由來有素」〔註75〕可知〈碧落碑〉字形來源甚古，只是所從「長」加「止」形。
161.	徐（下）P1347	欻		颭 5.12		〈碧落碑〉文云：「□架斯留」，△釋爲「欻」，《韻海》錄一形與之同作，然釋爲「颭」。據江梅研究認爲碑文此字即「奉」，「奉」常修飾車，指有雕飾花紋的車〔註76〕，冀小軍則認爲「奉」金文用以修飾車，釋爲「雕」。〔註77〕「奉」甲骨文作（粹 15）、（合 30827）。金文作（周早・矢方彝）、（周中・彔伯簋）、（周中・衛盉）、（周中・吳方彝蓋），〈碧落碑〉、《韻海》之形與之近似。
162.	徐（下）P1354～1355	地		4.5		《說文》小篆「地」作，《篆隸萬象名義》則作〔註78〕，疑〈碧落碑〉右旁所從的「也」形作，是其變體。《汗簡》引作（6.74 碧），《韻海》與之同。

〔註75〕張守中：《中山王𧊒器文字編》（北京：中華書局，1981 年 5 月0，頁 6。

〔註76〕江梅：《碧落碑研究》，頁 36～37。

〔註77〕冀小軍：《說甲骨金文中表祈求義的奉字——兼談奉字在金文車飾名稱中的用法》，《湖北大學學報（哲學社會科學版）》1991 年第 1 期，頁 35～44。

〔註78〕〔日〕釋空海：《篆隸萬象名義》（北京：中華書局，1995 年 10 月），頁 6。

163.	徐（下）P1355	坤		 1.19		黃錫全說：「古璽坤字作 、（璽文13.6），疑此爲 形訛省。古璽土旁每從 ，如坡作 ，均作 ……又，《說文》貴字正篆作 ，「從貝臾聲。臾，古文蕢」。也許此爲臾形訛誤，誤人爲介。坤屬溪母文部，貴屬見母物部，二字音近假借。」〔註79〕 其說可從。〈碧落碑〉「坤」作 ，《汗簡》摹作 （6.81碧），《四聲韻》摹作 （1.37碧），二者與〈碧落碑〉同。《韻海》「坤」形 ，反似《四聲韻》引〈古孝經〉「貴」作 （4.8孝）。另釋文爲「貴」的 形反而同〈碧落碑〉、《汗簡》、《四聲韻》的「坤」。由《韻海》「坤」、「貴」的例子，或可以證明黃錫全說「坤」爲「臾」（貴）之間有密切的關係。
164.	徐（下）P1388	勉		 3.22		勉，戰國文字作 （戰國·璽彙1901）、（戰國·雲夢雜抄）。〈碧落碑〉形體取自「勉」小篆作 。
165.	徐（下）P1396	鉛		 2.3		《說文》「鉛」小篆爲 ，二者所從的「金」形與戰國·璽彙3326「金」作 相似。
166.	徐（下）P1398	鑒（鑑）		 4.51		「鑑」金文作 （春秋·吳王光鑑），戰國文字作 （包山263）。漢以後作 （西漢·上林銅鑑）、（東漢·華山廟碑），〈碧落碑〉、《韻海》與〈華山廟碑〉字形相近。其所從「監」人形作「」已於戰國有之，如雲夢法律「監」作 。此形《汗簡》、《四聲韻》無引。

〔註79〕黃錫全：《汗簡注釋》，頁495。

167.	徐（下）P1408	衛		2.30		「衛」字戰國作（戰國・津藝80），《韻海》「行」形偏上。
168.	徐（下）P1422～1423	斯		1.5		〈碧落碑〉「斯」省「斤」可也，如戰國郭店簡「斯」省「斤」作（性自48）。〔註80〕〈碧落碑〉「其」形近（春秋・石鼓吳人），只是下部訛變成三豎。戰國文字時常有這樣的變異現象，如「臾」作（鐵續）、「吳」（珍秦92）等是。
169.	徐（下）P1422～1423	斯		1.5		《汗簡》錄「思」形作云取自〈碧落碑〉，黃錫全說：「今存碑文作，當是由、（璽文10.8）等形誤誤。」〔註81〕其說可從，指碑文應是借「思」為「斯」。又《汗簡》「協」引字形作（6.75說）與（6.75孫）。可證「思」可省作如〈碧落碑〉形。
170.	徐（下）P1431	載		3.14		〈碧落碑〉較模糊，然應該是「飤」字。《說文》：「飤，从丮从食，才聲。讀若載」。此字《四聲韻》引作（3.13碧），左半下部不似「食」，而《韻海》作則似「倉」。
171.	徐（下）P1432	範		3.39		戰國文字「竹」形有作如（包山260）或（貨系0316），後形容易與「艸」作（陶三233）相混。如戰國「策」字有從「竹」形作，如（包山260），也有從「艸」形作（璽彙2409）。這樣的混用至漢以後仍然存

[註80] 張守中：《郭店楚簡文字編》（北京：文物出版社，2000年5月），頁190。

[註81] 黃錫全：《汗簡注釋》，頁453、454。

					在，如「箄」有作（西漢・蒼頡篇 12）、「竿」作（西漢・老子甲後 430）、「筵」有作從「竹」，如（西漢・老子乙 240 上）、從「艸」如（魏受禪表）。〈碧落碑〉「範」從「艸」也是如上這種情形。
172.	徐（下）P1452	隙		5.26	「𡭴」甲骨文作（撫續 205），戰國文字作（戰國・璽彙 0282），於中間加點畫。〈碧落碑〉與之形近，《韻海》中間點成橫畫，再多一橫畫。
173.	徐（下）P1458	六		5.4	黃錫全說：「夏韻屋韻錄《古老子》六作，《古孝經》睦作，今存〈碧落碑〉六作……《說文》古文睦字作，此形蓋其省變，鄭珍認爲『𡭴從六聲，此用字去屮爲六，詭甚』」。〔註 82〕說可從。然筆者認爲也有可能爲單純增繁「目」形，與碑文「是」作，借「四」下增「多」形相似。戰國文字「四」作（璽彙 0316）「六」作（包山 130）。此「六」形寫得似「四」形。
174.	徐（下）P1475	孤		1.10	〈碧落碑〉的「孤」字，陳煒湛〈〈碧落碑〉研究〉說：「碑文中還有若干字，是在原小篆字形上增加偏旁，以示變化（避免同形重見）和美觀。假狐爲孤而增臣」。〔註 83〕其說可從，至於爲何增「臣」，筆者認爲文字演變過程中的繁化現象，據何琳儀《戰國文字通論（訂補）》可分類爲：增加義符、增加聲符、增加同形、增加贅旁。據此字

〔註 82〕黃錫全：《汗簡注釋》，頁 483。

〔註 83〕陳煒湛：〈〈碧落碑〉研究〉，頁 30。

					假「狐」爲「孤」，書者可能以爲「狐」爲獸屬，因此增加「臣」，以示眼睛意義，應該屬於增繁中的增加義符。《韻海》上部「瓜」形訛作「厼」，較早的龔萬鐘本作 較原碑接近，然已經看出可能訛作「厼」的跡象。
175.	徐（下）P1476	存		1.19	戰國文字「存」字作 （雲夢秦律），《說文》小篆作 ，並云：「存，从子才聲」，「才，艸木之初也。从丨上貫一，將生枝葉。一，地也」。疑〈碧落碑〉「才」形作 ，受《說文》說解影響，故上部作「屮」形。此字《汗簡》、《四聲韻》無引而《韻海》則照抄碑形。
176.	徐（下）P1476	疑		1.7	〈碧落碑〉此字頗爲費解，是一個部件經移位，重重訛變的形體。然據黃錫全《汗簡》錄〈王庶子碑〉「疑」作 （2.27庶），與〈碧落碑〉此字近似，可藉此補述〈碧落碑〉形體訛變的歷程如下：黃錫全認爲《汗簡》錄〈王庶子碑〉作 。此即《說文》「𢻻」字。〔註84〕筆者案：疑、𢻻古本一字，皆由「矣」衍生而出。「矣」甲骨文作 （前6.21.2）或 （前7.19.1），象人拄杖東張西望有所懷疑的樣子。至西周或加牛聲作 （周早·疑觶），至戰國秦文字改換「子」聲作 （陶彙5.395），至此左旁形體已由「大」訛爲「矢」，即後世的「疑」字。至若另一「𢻻」字，所从「匕」形則爲「止」所訛來。〔註85〕由於「矣」字上部的口形在戰國時寫法較特別，如作 （郭店語二）、 （上

〔註84〕黃錫全：《汗簡注釋》，頁214。

〔註85〕古文字中的「匕」形往往訛變爲「止」形，如「老」字、「眞」字。參陳劍：〈據戰國竹簡文字校讀古書兩則〉，頁377。「矣」、「疑」、「𢻻」三字詳細論述，可參季旭昇：《說文新證》（下），頁10～11。

博緟衣）。據此，可以分析《汗簡》錄〈王庶子碑〉作[圖] 與〈碧落碑〉作[圖] 訛變過程爲：

左上的[圖]就是本爲「止」而後訛變的「匕」，其本該置於[圖]右側下部，然被移置左上。而[圖]即是承襲上引戰國較特殊「矣」字寫法。唐〈陽華岩銘〉此字也作[圖]，與〈碧落碑〉字形全同。

至若《韻海》作[圖]，刻意將中間矢形寫得中偏上，似乎是把左右的[圖]誤爲雙手形。而《玉篇》有隸定古文作「奱」應是據〈碧落碑〉此形而來，更誤。《四聲韻》「凝」有一隸定古文作[圖]（2.28崔），可能就是上述[圖]的隸定寫法，[圖]形更被隸定作[圖]。

| 177. | 徐（下）P1481～1482 | 以（㠯） | [圖] | [圖]
3.7 | | 「以」甲骨文作[圖]（粹221），從人像提挈之形，於卜辭中可用作「帶領」或「致送」。又有[圖]（㠯）（甲393），裘錫圭認爲[圖]是[圖]的簡化〔註86〕，其說可從。甲骨文以降，「㠯」的寫法多爲[圖]（戰國·中山侯鉞）筆勢終筆圓弧向左，也有向右如[圖]（戰國·璽彙4656），若起筆較彎則如[圖]（春秋·秦公石磬），後至《說文》小篆作[圖]，則與楷書作[圖]（東漢·韓仁銘）相近，其實此形於戰國已有作如[圖]（貨系0040）。〈碧落碑〉[圖]誤以爲「㠯」從二「囗」，遂一分爲二作左右形，而《韻海》爲[圖]雖也爲訛形，但改〈碧落碑〉爲上下形較正確。 |

〔註86〕裘錫圭：〈說以〉，見裘錫圭：《古文字論集》，頁106。

178.	徐（下）P1484	暢		4.40		此字《汗簡》、《四聲韻》無引。《說文》有「暢」無「暢」，「暢」字徐鉉曰：「借爲通暢之暢。今俗別作暢，非是」，段玉裁注曰：「今之暢蓋卽此字之隸變」。〈碧落碑〉「暢」之「申」形依籀文昜作。
179.	徐（下）P1492～1493	尊（算）		1.19		甲骨文「尊」象雙手持酉（酒），作（合4059），後金文於酉上增繁兩撇，作（周晚·召南鬲），〈碧落碑〉、《韻海》與之同。

第二節　《集篆古文韻海》引〈陽華岩銘〉

　　唐代以古文書刻的碑銘還有〈陽華岩銘〉，由於總字數較少，且古文形體大部分都是前有所本，於是研究不多。《集篆古文韻海》引用了數字，以下先述〈陽華岩銘〉概況，再列表說明引用的字例。

一、〈陽華岩銘〉述要

　　〈陽華岩銘〉，唐永泰二年（766）刻，在湖南江華縣（今江華瑤族自治區），元結撰文，瞿令問書，刻於摩崖。前七行序文爲隸體，後三十五行銘文。仿魏三體石經體例，每字先古文，次小篆，再次隸書。〔註87〕

　　由於〈陽華岩銘〉的總字數較少，且古文形體大部分都是前有所本，於是研究較少。然其實碑中部份古文形體不見於〈碧落碑〉，但仍暗合古文字，如「爲」字，傳抄文字皆作如（《汗簡》6.73華）、（洪适《隸釋·隸續》），而唐碑〈陽華岩銘〉則作，前二者右半象「象頭」的部分抄訛，不若唐碑〈陽華岩銘〉形體較正確，〈陽華岩銘〉此形與戰國·楚王酓前盤「爲」字作相似。又如碑文「宜」作，字形與甲骨文、戰國文字近，「宜」甲骨文作（商.前7.20.3）、戰國文字作（戰國·郭店語三）。其中最有價值的當屬碑文「望」字古文作，他處未見此形，然此形暗合戰國省月的形體，與出土的《包山楚簡》「望」作（包山145）相同〔註88〕。從以上這些例子可

〔註87〕　參施安昌：《唐代石刻篆文》（北京：紫禁城出版社，1987年4月），頁116～120。

〔註88〕　此字張守中《包山楚簡文字編》置於存疑字中，今知爲「望」字。見張守中：《包

以知道〈陽華岩銘〉的古文字形與戰國文字關係密切。

　　由於《汗簡》、《古文四聲韻》並無引用〈陽華岩銘〉字形。經比對過後，《集篆古文韻海》采錄了碑文數字，尤其是其中最有價值的「望」字，對於保存碑文形體有所貢獻。此處可舉一例說明《集篆古文韻海》引〈陽華岩銘〉對其形體的改正。如〈陽華岩銘〉「塍」作 ，《集篆古文韻海》此字引作 。「塍」，古作 （春秋‧陳伯元匜）、（春秋‧邾伯鬲）。《說文》小篆作 ，從土朕聲。〈陽華岩銘〉此字下從「田」，古「土」、「田」義近通用，如「型」作 （戰國郭店老甲），也作 （望山 M1 簡），典籍中從「土」或從「田」的字大多義同。〈陽華岩銘〉「田」形中間綜橫的筆劃呈斜向交叉，如同碑「當」字所從的「田」形也刻作 。目前出土的「田」形單形或偏旁多作 （戰國璽彙 0231）形，因此《集篆古文韻海》田形較〈陽華岩銘〉正確。

二、《集篆古文韻海》引〈陽華岩銘〉考釋

【陽華岩銘與《集篆古文韻海》字表】〔註89〕

編號	徐書頁數	字例	陽華岩銘	韻海	考　　釋
1.	徐（下）P1442	陽		 2.12	《四聲韻》錄〈古老子〉「陽」作 ，就形體而言《韻海》似乎較近《四聲韻》所引。然由於陽華岩銘「陽」字的形體正好可輔助說明〈古老子〉「陽」字，因此附此一說。陽華岩銘「陽」字還有一形作 ，碑文借「暘」

山楚簡文字編》（北京：文物出版社，1996 年 8 月），頁 239。

〔註89〕　表格說明：本字表共有六欄，除第一欄爲編號外，其餘分別爲：

　　（二）徐書頁數：例如徐（下）P1442，指可於徐在國編：《傳抄古文字編》（下冊），頁 1442 中找到字形。

　　（三）字例：指徐在國《傳抄古文字編》的楷書字頭。

　　（四）碧落碑字形：指《集篆古文韻海》所引〈碧落碑〉的原拓本字形

　　（五）《韻海》字形：《韻海》爲《集篆古文韻海》簡稱。數字編號同徐在國《傳抄古文字編》，例如《韻海》2.12，指原字形取自《集篆古文韻海》下平聲 12 頁。

　　（六）考釋：即考釋〈陽華岩銘〉與《集篆古文韻海》文字形體。

					為「陽」。「易」，甲骨文作 （乙 6684），從日在 上（ 為柯之初文），本義是日陽〔註90〕，後金文加飾筆作 （周早・小臣宅簋），日下的「」形即從此而來。「易」後因作為聲符而本義不明而另造「暘」字，《說文》：「暘，日出也」。就結構而言，後加的「日」形應置於左側中部，而陽華岩銘「陽」字還有另一形作 ，把左側的「日」形移置上部，雙「日」已漸對稱，而「日」下的橫筆又稍微向上拉直。至〈古老子〉「陽」字向上拉直的橫筆已分立二日於左右，因此又於右日下補上一橫筆。其變化是漸近而來的，可擬訛變歷程如左： → → 。
2.	徐（中）P463～465	其		 1.7	「其」，甲骨文作 （前 5.6.1）、（菁 2），本象畚箕之形，下或加「丌」作 （西周晚・虢季子白盤），西周後開始把上端兩筆寫作類似「八」形，如 （西周・頌鼎）、（春秋・石鼓吳人）。其後魏石經作 ，唐〈碧落碑〉作 、，都承襲上引字形而來並未產生訛變，而《汗簡》引〈碧落碑〉作 亦同原碑形體。然《四聲韻》引〈碧落碑〉作 ，其上的「八」形已離析而產生訛變，反倒是與陽華岩銘「其」字較近似，《韻海》同之。
3.	徐（下）1099	洞		 4.1	出土材料尚未見戰國文字「洞」字，然戰國文字的水旁往往置於上部或下部，如「清」作 （郭店老甲）、「海」作 （上博民之）、「湘」作 （戰國包山 083）。其形當或本於戰國文字，《汗簡》、《古文四聲韻》引〈義雲章〉各作 、，《韻海》與此形同。

〔註90〕 季旭昇：《說文新證》（下），頁 87。

4.	徐(下) P1358	塍		 2.20	「塍」，古作（春秋・陳伯元匜）、（春秋・郳伯鬲）。《說文》小篆作，云「稻中畦也，从土朕聲」。陽華岩銘此字下從「田」，如同碑「當」字刻作，其「田」形亦作如此。古「土」「田」義近通用，如「型」作（戰國郭店老甲），也作（望山 M1 簡），典籍中從「土」或從「田」的字大多義同。《韻海》此字作，就字形正確性較陽華岩銘爲勝。
5.	徐(中) P649	映		 4.41	〈碧落碑〉「映」字作，《韻海》右半部的「央」形較似〈碧落碑〉，猶存古意。央，甲骨文作（合 3010），而陽華岩銘所從的「央」形已經稍變。然其「日」形則較〈碧落碑〉存古意，《韻海》從之。「日」甲骨文作（佚 374），象太陽之形，本應爲圓形狀，但因鑴刻不易，因此也有方形如（鐵 180.2）。金文以下多作方形，如（春秋・吳王光鐘）、（戰國・胤嗣壺）。然也有保持圓形者，如（戰國・令瓜君壺）、（戰國・包山 023）、（魏三體石經）、（東晉・朱曼妻薛買地券【篆書】）。
6.	徐(中) P835	老		 3.26	老，甲骨文作（後 2.35.2）、（前 4.46.1），像一老人拄杖形。春秋之後老形上部變化較多，其下或作「匕」形，或作「止」形，如（春秋早・夆弔匜）、（春秋・歸父盤）。進入戰國後大多都保持「毛」形如（璽彙 1646）、（包山 237）。陽華岩銘的「老」字形體較特殊，應當與（春秋早・夆弔匜）較近，然上部又增加諸點以示變化。
7.	徐(下) P1050	懼		 4.11	懼，《說文》古文作，戰國文字作（戰國・玉印 26）、（戰國・上博從政），碑文

					從此，然「目」形較特殊訛似「田」，與戰國古陶「懼」作 （陶彙 3.234）相同。「目」單形於戰國文字並有多形，如 （戰國·郭店五行）、（戰國·郭店唐虞）、（戰國·璽彙 0707）。於偏旁則有： 省，（郭店唐虞）、睘，（中山玉器） 相，（璽彙 3924）、懼，（中山王鼎） 陽華岩銘「目」形與上引戰國「相」字 （璽彙 3924）所从「目」偏旁相近，秦漢以下篆隸材料中此形少見。〔註91〕
8.	徐（中） P906	醜		 3.34	𩵋，《說文》小篆作 ，古文以爲醜字，其他字形如《四聲韻》引〈古老子〉作 。陽華岩銘與《韻海》較近《說文》形體。
9.	徐（上） P146～ 147	步		 4.13	陽華岩銘碑文作「前步卻望」，其中「步」字碑文古文形體作 ，後列篆文作 ，隸書作 ，可知釋作「步」是正確的。近出楚簡有一字形作 （包山 105）、（包山 116），學者有據《說文》「陟」古文作 、《汗簡》「步」作 （1.8）、（1.8 碧）、《韻海》「步」作 （4.13）。因與上引楚簡字形相似，而將楚簡釋作「步」字。然近來也有學者認爲楚簡 （包山 116），應釋作「憲」字，於是反而認爲《說文》「陟」古文作 ，應是从「人」「憲」聲，用作「陟」大概是假借的用法。〔註92〕筆者認爲，在字形的分析上，楚簡的 （包山 116）並非「步」字，釋爲「憲」是正確的。但不應以此形體反推《說

〔註91〕 見秦漢魏晉篆隸中從「目」之字，徐中舒：《秦漢魏晉篆隸字形表》（成都：四川辭書出版社，1985 年 8 月），頁 225～231。

〔註92〕 劉洪濤：〈《説文》「陟」字古文考〉，武漢大學簡帛，網址：www.bsm.org.cn/show_article.php?id=71

					文》「陟」古文作、《汗簡》「步」作（1.8）、（1.8 碧）、《韻海》「步」作（4.13）爲「疐」。傳抄古文「步」與楚簡（包山 116）在形體上還是有差異的，差異即在於楚簡現所見的（包山 116），上下兩「止」皆作同方向，與傳抄古文「陟」或「步」，上下从止、㞢，並不相同。關於筆者詳細的討論，可參本章附論五：「步」、「疐」字考。
10.	徐(下) P1272 ～1273	望		 4.39	《說文》有「朢」、「望」，二字實爲一字。古作（甲骨文・前 7.38.1）、（周早・保卣），从「臣」「人」。西周早加「月」形作（周早・史臣盉），西周中後「臣」形逐漸聲化爲「亡」聲，如（周中・休盤）、（周晚・無叀鼎）。入戰國省「月」形如（包山 145），學界初見此形時不識。〔註 93〕然陽華岩銘已有「（望）」字相同，可知當本於戰國文字，《韻海》同此作。又《韻海》「謹」錄字形作（4.39），其「望」旁也省作如此。
11.	徐(上) P182	徘		 1.12	《集韻》:「俳佪，亦作徘徊」，「徘」出土字形未見。陽華岩銘「彳」旁較特別，如同碑「蹢」作，兩字「彳」旁都作。然戰國文字有類似形體，如「徻」作（新蔡楚簡），「往」作（陶三 974），西漢武威簡「徐」字作（泰射 23）。《韻海》的「彳」旁則十分常見，如「待」作（西漢・定縣竹簡 10）、「復」作（東漢・禮器碑）所从。
12.	徐(上) P182	徠		 4.22	陽華岩銘與《韻海》「徠」（逨）字形有所本，如金文作（周中・單伯鐘）、（周晚・逨盤），戰國文字作（上博周易）。

〔註 93〕如《包山楚簡文字編》置於存疑字，見張守中：《包山楚簡文字編》（北京：文物出版社，1996 年 8 月），頁 239。

第三節　結　語

　　本章將《集篆古文韻海》引用〈碧落碑〉、〈陽華岩銘〉的字形予以整理並有考釋。碑刻文字由於書寫材質特殊，容易因爲時空的變化而泐蝕，《集篆古文韻海》在引用〈碧落碑〉時，保存了《汗簡》、《古文四聲韻》無引的字形。此外，有些字形較《汗簡》、《古文四聲韻》忠於原碑字形，因此對於字形的校補很有貢獻。關於《集篆古文韻海》引用〈碧落碑〉、〈陽華岩銘〉的整體價值，詳見本論文第五章。

附論一　「馥」字考

　　「馥」字〈碧落碑〉作 ，字形殘泐不清，此字《汗簡》、《古文四聲韻》無引，而《集篆古文韻海》摹得比較完整作 （5.3）。關於〈碧落碑〉與《集篆古文韻海》「馥」字左半部「香」旁所从的「黍」形，寫作類似「來」形，筆者認爲其與傳抄古文字另一字「馨」字作 （《四聲韻》義 2.22）、 （《韻海》2.19），都保留了較早期甲骨文「黍」字容易與「來」相混的寫法。

　　《說文》「香」：「 ，芳也。从黍从甘」，目前出土的「香」字除甲骨文外還有金文作 （周中·獄簋），從「黍」作非常明顯，除此之外其他材料少見。西周、戰國以及漢代以後隸變後的「香」與从「香」的字，上部多半變作从「禾」，如漢代「香」作 （漢印徵）、 （東漢·史辰碑）、「馥」作 （漢印徵）。筆者認爲如果沒有小篆字形作爲認識，「香」字究竟從「禾」或從「黍」將無所識別。然而爲什麼〈碧落碑〉與《集篆古文韻海》左半部「香」旁既不似「黍」，「黍」字西周、戰國以下字形作：

西周·仲虞父盤	戰國·燕·璽彙 55	戰國·楚·天星觀簡
戰國·秦·雲夢日乙	西漢·洛陽西郊漢墓陶文	西漢·居延簡甲 99

也不似「禾」，反倒是較像「來」（如： 西周·般甗、 春秋·石鼓車工）

形。另外傳抄古文字中有另一「馨」字，如《古文四聲韻》引《義雲章》作 （2.22）、《集篆古文韻海》作 （2.19）。《說文》說「馨」從「香」，但傳抄古文的「馨」上部也似「來」形。然究竟從「香」的「馥」與「馨」，為什麼「黍」旁會有「來」形，筆者認為保留了較早的甲骨文「黍」字容易與「來」相混的寫法有關。

甲骨文「香」字一般作 （合 36501）、（合 36553），其在卜辭中作地名，胡厚宣《甲骨文合集釋文（二）》隸定作「香」。〔註 94〕又有一字，形作 （以△1）表示，卜辭辭例為：

（1）乙未卜，貞：黍在龍囿△1，受有年？二月。（《合集》9552）

《甲骨文合集釋文（一）》隸定作「㳶」，這個字郭沫若釋為「薔」，假為「穡」。〔註 95〕李孝定認為此條卜辭「㳶」為地名，認為「香（香）、㳶同為地名而字形又屬從黍從來微異，可證其必同一字也」。〔註 96〕馮時贊成李孝定說法，認為「香」為以豆盛穀物，「口」是擷取豆盤部份後訛作「甘」，上部穀物除了盛「黍」，也有盛「來」，「香」非黍麇所獨有，而指所有穀物成熟的芳香。〔註 97〕進而認為此條卜辭「龍囿」為地名，「香」指黍作飄香，乃黍熟之徵，故貞問受年。〔註 98〕裘錫圭則反對將用法與字形都不一樣的香（香）、㳶視為同字。〔註 99〕

筆者案：檢討這條卜辭，「龍囿」是甲骨文常見分佈在王畿內外的種黍農

〔註 94〕胡厚宣主編：《甲骨文合集釋文（二）》（北京：社會科學出版社，1998 年 8 月），無標頁數。

〔註 95〕郭沫若：《卜辭通纂考釋》，《郭沫若考古全集‧考古編第二卷》（北京：科學出版社，1982 年），頁 93。

〔註 96〕李孝定：《甲骨文集釋（第七卷）》（臺北：中央研究院歷史語言研究所，1965 年），頁 2394。

〔註 97〕馮時：〈商代麥作考〉，收於馮時、丁原植：《古文字與古史新論》（臺北：臺灣古籍出版社，2007 年 8 月），頁 197。

〔註 98〕馮時：〈商代麥作考〉，頁 188～189。

〔註 99〕裘錫圭說：「《集釋》把字形和用法都不相同的 收為『香』字是不對的」，見裘錫圭：〈甲骨文中所見的商代農業〉，收於裘錫圭：《古文字論集》（北京：中華書局，1992 年 8 月），156。

田區，而筆者認爲「杏」並不是地名，因爲貞問的問題通常採用一事兩問法，即從正反兩面貞問一事。「受有年」是甲骨常見的用語，指是否能獲得收成，因此在卜辭中不會同時貞問兩地是否能獲得豐收。至於「△1」是否如爲馮時認爲黍作飄香的「香」字也大有可疑，在問黍作是否「受有年」、「受年」的卜辭句式，一般作「癸亥卜爭貞：我黍，受有年，一月」（《合集》00787）。即使和上引《合集》09552 句式相同的「庚戌卜囗貞：王乎黍在姁，受有〔年〕？」（《合集》09517）也沒有如此用法。因此筆者認爲在貞問受年與否，不太可能在問句中先言黍作成熟飄香。承上，「△1」上部從「來」之字，是否可以視爲「香」字以及其用法爲何，筆者也不敢遽下定論。〔註100〕因此目前暫依裘錫圭說法，認爲「香」從「黍」作，由於「杏」不釋作「香」，因此不認爲「香」有從「來」形作的。

　　裘錫圭認爲甲骨文中有很多農作物，如「禾」、「黍」、「來」，主要是依靠穗形的不同來區別它們。甲骨文「黍」字一般作 ✸（鐵 72.2）散穗下垂，或加小點或加水作 ✸（續 4.27.6）、✸（前 4.40.2）。但有一類是在其上省去小點的字形作 ✸（粹 708），裘錫圭認爲此字形其他文字學家釋爲「來」的其實都應釋爲「黍」（筆者案：釋「黍」可從，但這也反映文字學家們對「來」、「黍」頗不易判斷），其說可從。但他在分析「黍」的異體時，說「來」申於頂端的短畫偏在一方的字形（✸→✸），的確容易和這類省去小點的「黍」✸（粹 708）字相混。〔註101〕因此筆者所舉的西周・般甗「來」字已經作「✸」已經和「黍」✸（粹 708）非常接近。由此看來「黍」字的確有與「來」字相混的可能。這也是爲何〈碧落碑〉「馥」作 [印] 與集篆古文韻海》作 [字]，從黍的「香」旁會有「來」形的原因，是保留了較早「黍」字容易與「來」相混的寫法。

　　相同的情況，也可以在傳抄古文字另一字「馨」中看見。目前可見「馨」字的出土資料較少，多半是形聲字。〔註102〕「馨」字《古文四聲韻》引《義

〔註100〕《新甲骨文編》將「香」、「杏」分作二字收錄，見劉釗、洪颺、張新俊編纂：《新甲骨文編》（福州：福建人民出版社，2009 年 5 月），頁 68、422。

〔註101〕裘錫圭：〈甲骨文中所見的商代農業〉，頁 155～156。

〔註102〕吳振武：〈試釋西周獄簋銘文中的「馨」字〉《文物》2006 年第 11 期，頁 61～62。

雲章》作（2.22）、《集篆古文韻海》作（2.19），筆者認爲它是一個會意字，從手持香黍，以示薦神。商代有用黍祭祀的記載如：「黍登于祖乙（《合集》11484 正）」、「……登黍……（《乙》7596）」，登黍、黍登都是一種祭祀之禮，「香」、「馨」皆從「黍」，以黍薦神明，因此文獻中記載「香」、「馨」時都提到神明可聞，如《周書・酒誥》：「弗惟德馨香，祀登聞于天」、《周書・君陳》：「至治馨香，感于神明」、《左傳・僖公》：「明德以薦馨香，神其吐之乎？」、《詩經・大雅・生民》：「生民如何，克禋克祀……卬盛于豆，于豆于登。其香始升，上帝居歆」。由此可見「香」、「馨」本義都與祭祀有關，因此《說文》才說：「香之遠聞者」，是因爲祭祀時其香始升而上天神明遐遠之故。

至於傳抄古文字「馨」字上部「」爲何與楚系文字常見的「」形相似。筆者認爲也有可能與上述保留了較早「黍」字容易與「來」相混的寫法有關。傳抄古文字素被認爲與戰國文字高度相關，由於楚文字「」形的來源比較複雜〔註103〕，許多不同來源的文字後來都陸續演變成同一個形體，似乎有「團體形近類化」的現象。〔註104〕據研究「」形的來源其中一項爲「來」字，因此與戰國文字高度相關的傳抄古文字「馨」字，從「來」是因爲保留較早「黍」字容易與其易相混的緣故。至於「從黍」的戰國文字是否可能是「團體形近類化」作「」的其一來源，由於目前出土從「黍」的戰國文字很少，也沒有寫作從「來」形的。因此顯得筆者這樣的推想非常薄弱，有待未來出土更多從「黍」作的文字來證明。

以上略述爲何從「香」的傳抄文字，如〈碧落碑〉「馥」作，《集篆古

銘文中讀爲「馨」之字從壬得聲。

〔註103〕許文獻說楚系從「」之字其構形來源有：（1）麥（2）來（3）每（4）素（5）朿（6）差（7）其他相關構形異構來源。見許文獻：〈楚系從之字再釋〉，收於許錟輝教授七秩祝壽論文集編輯委員會編：《許錟輝教授七秩祝壽論文集》（臺北：萬卷樓出版社，2004 年 9 月），頁 219～270。

〔註104〕關於「」形，還可參劉信芳：〈從之字匯釋〉，收於廣東黃炎文化紀念會、紀念容庚先生百年誕辰暨中國古文字學術研討會合編：《容庚先生百年誕辰紀念文集》（廣州：廣東人民出版社，1998 年 4 月），頁 607～618。所謂「團體形近類化」意指好幾個構形原本不相同的字，後來都陸續演變成同一個形體，參林清源：《楚系文字構形演變研究》，臺灣：私立東海大學中國文學系博士論文，1997 年 12 月，頁 162。

文韻海》作 ![字形]，以及《古文四聲韻》「馨」作 ![字形]（2.22）、《集篆古文韻海》作 ![字形]（2.19）有「來」形的原因。

附論二　「廉」字考

　　〈碧落碑〉「廉」字作 ![字形]，《集篆古文韻海》引同字作 ![字形]（2.29）。江梅《碧落碑研究》以為《說文》「籃」字古文作 ![字形]，與〈碧落碑〉「廉」字形體相似。由於《古文四聲韻》引《古老子》「兼」作 ![字形]（2.27 老）、「謙」作 ![字形]（2.27 老），「籃」、「廉」古音同屬來紐談部，〈碧落碑〉借「籃」為「廉」〔註105〕。然筆者或以為《說文》「籃」字古文作 ![字形]，即為「廉」字，中間 ![字形] 即為「兼」字訛變之形。「兼」字一般作 ![字形]（戰國・陶四042）， ![字形]（郭店・語叢3.33），从又持二禾，「禾」形一般作如 ![字形]（周早・白禾憂鼎），禾穗下垂，然也有不下垂者如「曆」 ![字形]（周早・保卣）之所从，因此二「禾」形上部被誤為「艸」是有可能的。而中段「 ![字形] 」也可能訛作「 ![字形] 」，末段「禾」的根部有減省訛變的例子，如 ![字形]（西漢・居延簡甲2042A）、 ![字形]（西漢・武威簡有司），疑 ![字形] 即為兩禾根部全部簡省訛變之形。若此說無誤，《古文四聲韻》引〈古老子〉「兼」作 ![字形] 即是在 ![字形] 誤認上部為「艸」的基礎上再省一「屮」而來。戰國文字「艸」省作「屮」的例子常見，如「茀」省作 ![字形]（侯馬盟書）、「蒯」省作 ![字形]（包山216）。若筆者說法可從，則〈碧落碑〉用的即為本字「廉」，而《說文》「籃」字古文作 ![字形]，則是借「廉」為「籃」。

　　承上，《古文四聲韻》引〈古老子〉「謙」作 ![字形]（2.27 老），其實此字為「謙」。《上博・周易》有「謙掛」，謙作 ![字形]，从廉从土。此二字都从「廉」得聲可假借為「謙」，一字從言，一字從土，聲旁形體一作 ![字形]，一作 ![字形]，或許可證筆者說《說文》「籃」字古文所从的 ![字形] 與傳抄古文「兼」作 ![字形]（《古文四聲韻》

2.27 老）都是「兼」訛形的說法。此外，《集篆古文韻海》中還收有一個獨一字形，即「嗛」作 （2.30），所從的「兼」形與上諸形相似，或可一證。然由於目前出土文獻「兼」寫作 或 ，「廉」寫作 的材料尚不可見，因此筆者此說仍屬推測，聊備一說。

附末一提，《汗簡》抄〈碧落碑〉「廉」作 （4.51 碧），又《汗簡》「摩」抄自〈裴光遠集綴〉作 （5.66 裴），右半形體和抄自〈碧落碑〉「廉」作 （4.51 碧）相似，但黃錫全只把它當「麻」的訛形說。〔註106〕至於「廉」、「麻」的傳抄古文字形為何有類似形體，存疑。

附論三　「逸」字考

江梅《碧落碑研究》據唐蘭說法認為〈碧落碑〉「逸」作 ，此字「碑文右旁所從當為免字」〔註107〕，唐蘭說法見〈書〈碧落碑〉後〉，其說：

> 又《說文》無免字，近人據新出《三體石經》始知當作 ，其實此碑逸字所從作 （筆者案：即 形），蓋即出於《石經》，前人未取以為證也。〔註108〕

筆者案：此字據唐鄭成規釋文釋為「逸」是沒有問題的，字形應該「從辵從兔」而非唐蘭所說據《三體石經》從「免」，以下便略述對「免」、「兔」、「逸」三字的研究。

甲骨文已有「逸」字，在卜辭中表示動物逃跑，文例如：

癸巳卜，王△1 鹿（前 3.32.3）

……其鹿〔允〕△2 兀弗（鐵 45.3）

△1、△2 字形作：

〔註106〕黃錫全說：「夏韻戈韻錄作 是，此右形寫誤（筆者案：即 （《汗簡》5.66 裴））。《說文》正篆作 ，手形在麻下小異」，見黃錫全：《汗簡注釋》，頁 416。

〔註107〕江梅：《碧落碑研究》，頁 21。

〔註108〕唐蘭：《懷鉛隨錄》，頁 156。

△1 （鐵 45.3）、△2 （前 3.32.3）

《說文》說：「逸，失也，从辵、兔。兔謾訑善逃也」，許慎這樣的說解是完全正確的，因此「逸」是不可能如唐蘭所說從「免」。

「免」與「兔」在楷化後，字形差異僅在「點畫」有無。由於《說文》無「免」字，因此後人對其說解往往與「兔」有所關聯，如清段玉裁《段注說文解字》：「兔逸也，從兔不見足，會意……兔之走最迅速，其足不可蹮見，故免省一畫」〔註 109〕，因此將「免」定入兔部。《金文編》說「免」：「從 從人……段玉裁訂入兔部，非是」。〔註 110〕「免」是「冕」的本字，指人戴帽子，假借為免除。「免」字據時代先後可列字表如下：

 1.周中・免簋	 2.戰國・包山 2.20	 3.戰國・郭店性自	 4.戰國・秦・古陶 24
 5.戰國・秦・雲夢日甲	 6.西漢・老子甲後 388	 7.漢・武氏左石室畫像	 8.魏・石經僖公

1～4 形人於帽下，1、2、4 形帽上端寫得較短，3 形寫得較長，到 5、6 形後帽形與人形開始訛變，帽子上端筆畫打折，人形寫得靠近帽形甚至連在一起，5 形人頭入帽中，帽子口包覆人頭，而 6 形雖帽形未完全包覆人頭，但側面人的腳形筆畫拉的較長，綜合 5、6 形可以推定字形會演變如 7 形，現在通行的楷體「免」字一致。

再說「兔」字，「兔」字甲骨文作 （合 309）、（甲 270），十分象形，有蹶起的短尾。此蹶起的短尾疑就是後來作為「免」、「兔」與點（撇）畫有無的區別。「兔」字有蹶起的短尾或加點（撇）畫有以下形：

兔，（戰國・石鼓田車）

〔註 109〕〔東漢〕許慎著、〔清〕段玉裁注：《說文解字》，頁 477

〔註 110〕容庚編著、張振林、馬國權摹補：《金文編（四版）》，頁 574。

逸，（春秋・秦子矛）

逸，（戰國・胤嗣壺）

兔，（西漢・一號墓墓牌）

兔，（西漢・相馬經 50 下）

戰國文字中「兔」形的寫法較爲特殊，如從「兔」的「朘」作：

朘，（戰國・者汈鐘）、（戰國・上博性情）

下部已經訛作肉形自然看不出尾端是否有點畫，然而筆者認爲點（撇）畫是作爲「兔」形不可或缺的構件，然而「兔」的字有時的確可能因爲書寫者的因素而忘記加點（撇），如「毚」下部從「兔」，字形作（戰國・秦・雲夢法律）。〔註 111〕因此作爲碑刻的〈碧落碑〉「逸」字的「兔」形點（撇）畫，更有可能因爲泐蝕而不見。而上部折畫也是因爲漫漶而不清，因而似《三體石經》（兔）形，因此造成唐蘭以爲碑文「逸」字從「免」。總結以上，可知「逸」從「兔」不從「免」，在「兔」字形體益發與「免」字將近的過程中，點（撇）畫的有無成爲識別二字的重要構件。然目前可見字例中，「兔」字的點（撇）畫可能漏寫而與「免」字無別。

雖然唐蘭對形體有所誤解，但並無妨碑文的釋讀。值得嘉許的是《集篆古文韻海》抄〈碧落碑〉「逸」作（時代較早的明龔萬鐘本作），在似「免」的「兔」形尾端加上一筆，，可見抄者對〈碧落碑〉缺一畫有所懷疑。

附論四　「忽」字考

　　〈碧落碑〉「忽」字作，關於此字唐蘭〈書〈碧落碑〉後〉說：

〔註 111〕然同用「毚」爲偏旁的唐陽華岩銘「巉」字作，就不忘「兔」字其尾有點（撇）畫。

（筆者案：指〈碧落碑〉）習字一作回，與《說文》合，一作●，

與〈習鼎〉、〈克鐘〉等合。《稽古》於〈習鼎〉引錢獻之說釋爲習，

後人多从之。近王靜安〈史籀篇疏證〉，始謂其非習字，容庚《金文

編》从之，不知《說文》回即●之誤文，錢釋不誤也。據此碑唐

初讀●爲忽，殆即本諸〈三體石經・尚書〉在治習，《左傳》鄭太

子習等之古文，而《說文》之誤，當遠在唐以前，故碑中兩體並用

也。然則●之即習，由此碑而得確證，可謂一字千金矣。〔註112〕

而孫常敍〈習鼎銘文通釋〉曾引〈碧落碑〉「忽」字二形「回」、「●」，認爲

是同碑同形而異文，回字上部 b 與下部右側豎筆接爲一體，可能是●的連

筆速寫或者是形近而誤。〔註113〕而戶內俊介認爲小篆「回」（習）字上半「？」

（文中▲代表）不是「勿」字，「習」字上邊寫作「勿」是在隸變後的，▲和

「勿」的小篆「勿」字形大不相同。其在註文 25 中又補充說：「將？看作「勿」，

以及以其爲根據把●當作「从勿从日」之字，都是困難的。「勿」在金文中

基本上寫作？」。他認爲▲是就是「回」字，因爲「回」與「習」的上古音很

近似〔註114〕，所以「回」很可能是「習」的聲符。〔註115〕

　　筆者案：上引唐蘭與孫常敍說法可从，但二家都認爲「回」是「●」速

寫訛形，而戶內俊介則從語音角度思考。戶內俊介與唐蘭、孫常敍的說法不同

處在於，戶內俊介認爲回上部即「回」，因爲與「習」的上古音很相近，所以

「回」很可能是「習」的聲符。

　　關於戶內俊介認爲回上部即「回」，且「回」、「習」音近的說法，筆者認

〔註112〕唐蘭：《懷鉛隨錄》，頁 155。

〔註113〕孫常敍：《孫常敍古文字學論集》（長春：東北師範大學出版社，1998 年 7 月），
　　　　頁 167。

〔註114〕其於文中註 15 中說：「據《漢字古音手冊》，「回」字上古音是匣母微部合口，「習」
　　　　字上古音是曉母物部合口（雖然該書中沒記錄「習」字上古音，但是因爲此字常
　　　　常跟「忽」通用，所以我們可以說它是曉母物部合口），「回」（匣母微部）與「習」
　　　　（曉母物部），不僅聲母都是喉音，韻母也爲對轉，而且都是合口，因而我們認爲
　　　　這兩個字在音韻上的關係很近」。

〔註115〕戶內俊介：〈上博楚簡《姑成家父》第 9 簡「●（回）」字考釋〉，復旦大學古文字
　　　　研究中心，網址：http://www.gwz.fudan.edu.cn/SrcShow.asp?Src_ID=1319

為是有可能的，可舉例補充之。《玉篇》「㫚」作🗋，上部从「回」，《集篆古文韻海》「忽」字下引字形作⟲，按此字古文形體即為「回」字。古文字「回」有並有多形如下表：

1.商代·甲903	2.商代·前2.9.2	3.商代·回父丁爵	4.戰國·燕系貨幣80
5.戰國·上博（五）姑9	6.戰國·上博（七）凡物（乙）7	7.《說文》「回」古文	

《說文》說：「回，轉也」，本義為回水、淵水。〔註116〕因此迴轉的方向可以任作，因此《集篆古文韻海》引「回」字形作⟲，釋文為「忽」，正可以補充戶內俊介說「回」與「㫚」的上古音很近似的說法。

但是戶內俊介在該文末也提到，將《說文》「㫚」作回上部視為「回」聲，並不能圓滿地解決為何金文「㫚」多作回形，其說道：

> 最後本文想提到見於西周金文的「回」字，因為此字常常被隸定為「㫚」，徐在國以其為根據來推測出「回」（金文）→「回」「回」（《說文》）的字形演變。但如果按照本文的分析來把「回（㫚）」字的上邊部件視為「回」的話，就必須假想在旋渦形的「回」字以前有寫作「人」的「回」字，不過閱覽出土資料和傳抄古文實難以假想這樣的「回」字的存在。因而我們認為必須對把「回」字看作「㫚」字這種看法重新研討。〔註117〕

其於該文註25又說到：

> 將人看作「勿」，以及以其為根據把回當作「从勿从曰」之字，都是困難的。「勿」在金文中基本上寫作勿。〔註118〕

〔註116〕季旭昇：《說文新證》（上），頁515。

〔註117〕戶內俊介：〈上博楚簡《姑成家父》第9簡「回」字考釋〉，復旦大學古文字研究中心，網址：http://www.gwz.fudan.edu.cn/SrcShow.asp?Src_ID=1319

〔註118〕戶內俊介：〈上博楚簡《姑成家父》第9簡「回」字考釋〉，復旦大學古文

檢討戶內俊介的說法，筆者認爲「把 當作「从勿从日」之字」並無難處。在金文中，「习」有作如下數例：

周早・姞习母方鼎、周早・史习爵、周晚・克鐘

雖然金文中「勿」較多爲形，然春秋・吳王光鑑已有類似「」上部之形，其作。而戰國文字中「勿」旁更有似「爪」形，如以下字例：

勿，（戰國・郭店老甲）

易，（戰國・郭店老甲）

敡，（戰國・璽彙 4026）

惕，（戰國・上博彭祖）

《說文》說：「易，一日从勿」，而上引諸例「易」或以「易」爲偏旁者，「勿」形都近似於上部之形。至於「利」字，或从「刀」、「勿」、「刃」，「勿」形容易演變成「爪」形，如（戰國・侯馬盟書）→（戰國・包山 135）。從此就可以看出上部从「勿」是可能的。

至於，金文「习」作，爲何到《說文》「习」卻作，其間演變過程是否如傳統說法認爲「」（金文）→「」「」（《說文》），還是如戶內俊介以爲須重新討論把「」字看作「习」字的可能。由於筆者囿於學思所限，以上僅就學者的說法提出單點的補充，更圓熟的看法須待未來著力。

附論五　「步」、「歬」字考

近來出土楚簡有一形作如（包山 25、105、116、151、167、194）、（上博（五）・融師有成氏）、（《上博（六）・愼子日恭儉》）等字，目前學界主要釋作「步」、「陟」、「歬」。釋作「步」、「陟」者，主要依據《說文》「陟」古文作、《汗簡》「步」作（1.8）、（1.8 碧）、《韻海》「步」作（4.13）。

字研究中心，網址：http://www.gwz.fudan.edu.cn/SrcShow.asp?Src_ID=1319

釋爲「寖」者主要依據《上博三・周易・訟卦》，今本作「窒」，因此可隸爲「憓」，讀爲「窒」。〔註119〕由於《上博三・周易》字形有今本《周易》的對照，學者進而相信楚簡中其他相似的形體，舊說爲「步」者都應改釋爲「寖」。〔註120〕更有學者據改釋後，認爲《說文》「陟」古文作，應是從「人」「寖」聲，用作「陟」大概是假借的用法。〔註121〕而王瑜楨〈《上博（六）・愼子曰恭儉》「」字探析〉一文，則彙整了古文字「步」、「陟」、「寖」相關字形，並檢討學界諸說，認爲楚簡應釋爲「寖」無誤。文中引用持劉釗看法，認爲戰國「步」字皆作，中間從不從「田」作，因此把「歩」看成是「寖」字的變體，在字形演變上完全可以說得通。〔註122〕

筆者案：筆者同意在字形的分析上，楚簡的（包山116）等字，並非「步」字，釋爲「寖」是正確的。但傳抄古文，如《說文》「陟」古文作、《汗簡》「步」作（1.8）、（1.8碧）、《韻海》作（4.13），〈碧落碑〉作，〈陽華岩銘〉作等字是否是「寖」，筆者則持不一的看法。主要思索重點可分爲兩點：

第一、傳抄古文「步」或從「步」的字，有以下諸形：

「步」〈碧落碑〉作，碑文「飛步黃庭」

「步」〈陽華岩銘〉作，碑文「前步卻望」

「陟」《說文》古文作

〔註119〕馬承源主編：《上海博物館藏戰國楚竹書》（三）（上海：上海古籍出版社，2003年11月），頁141。

〔註120〕如季旭昇《說文新證》2004年藝文印書館版，認爲（戰國包山167）、（戰國包山25）形體爲「步」，其說：「戰國包山楚簡或加『田』、『日』形」，頁105。然其於2010年福建人民出版社中，棄舊說，改釋爲「寖」，頁115。

〔註121〕劉洪濤：〈《說文》「陟」字古文考〉，武漢大學簡帛，網址：www.bsm.org.cn/show_article.php?id=71

〔註122〕王瑜楨〈《上博（六）・愼子曰恭儉》「」字探析〉，原文發表於「淡江大學中國文學研究所研究生秋季論文發表會」，2007年11月29日。本處引用見於該碩士論文附錄，王瑜楨：《《上海博物館藏戰國楚竹書（一）～（六）》字根研究》（臺北：淡江大學中國文學學系碩士論文，2011年1月），頁779～801。

「陟」《汗簡》作 （6.77 義）

「陟」《古文四聲韻》作 （5.26 尙）

「陟」《集篆古文韻海》作 （5.32）

「涉」《汗簡》作 （1.8 孫）

「涉」《古文四聲韻》作 （5.21 孫）

「涉」《集篆古文韻海》作 （5.37）

由於〈碧落碑〉與〈陽華岩銘〉「步」字形，在碑文中有上下文可訓讀，如〈碧落碑〉碑文「伏願棲眞碧落，**飛步黃庭**」。「飛步黃庭」一語也見於南唐徐鉉〈複三茅禁山記〉。〔註123〕「飛步黃庭」爲道家用語，如《淨明忠孝全書》卷二《玉眞靈寶壇記》：「有道之士克寶斯靈者，自有重重樓閣、內景**黃庭**、三五**飛步**、神奏玉京」。〔註124〕因此，〈碧落碑〉 釋爲「步」是可信的。而〈陽華岩銘〉碑文爲「前步卻望」，其「步」古文形體作 。由於〈陽華岩銘〉仿三體石經體例，因此「步」下除古文形體外，還有篆文作 ，隸書作 ，可知釋作「步」也是正確的。承以上，筆者進一步思索，如果這些傳抄古文並非「步」或從「步」的字，那麼如果釋爲「𢟭」或從「𢟭」的字，前引碑文又該如何解釋？

第二、出土文獻的 形，雖與上引傳抄古文字「步」等形相似，但進一步分析可發現，目前出土的 形，上下兩「止」形皆作同一方向。可例舉原字形如下：

1. 《包山》25：「癸巳之日，不遲（詳）玉命 ，玉婁㠯（以）廷，阤門又敗」。

2. 《包山》105：「鄝莫囂 ，左司馬殹、安陵莫囂䜌獻爲鄝貸邡異之黃金七益以糴穜」。

〔註123〕徐鉉〈複三茅禁山記〉：「故策名紫素，飛步黃庭」。（全唐文卷 0882）

〔註124〕正統道藏電子文字資料庫，網址：http://www.ctcwri.idv.tw/ctcwri-mts/CMT05 太平部/CMT05XX/CH0510 淨明忠孝全書/CH0510-2 淨明忠孝全書卷二.htm

3.《包山》116：「鄝莫囂■、左司馬旅殹爲鄝貸郙異之金七異」。

4.《包山》151：「戊死，其子番■後之；■死，其弟番後之」。

5.《包山》167：「東邱人登■、東邱人登恕」。

6.《包山》194：「蔡■、集廚鳴夜、舒帥鯢、鄔人鹽懋」。〔註125〕

7.《上博（三）・周易・訟卦》簡4：「又孚，■惠，中吉，冬凶」〔註126〕。

8.《上博（五）・融師有成氏》簡9：「名則可畏（畏），■則可柔（柔）」。

〔註127〕

9.《上博（六）・莊王既成申公臣靈王》簡9：「死，不昌（以）晨（辰）鈇（扶）■，可（何）敢心之又（有）」。〔註128〕

10.《上博（六）・愼子曰恭儉》簡1：「共（恭）嗇（儉）昌（以）立身，訟（堅）弖（強）以立志，忠■昌反■」。〔註129〕

11.《上博（六）・用曰》簡16：「■其又（有）戲（威）頌（容）」。〔註130〕

12.《信陽楚簡・遣冊》2-03：「一■戬（婴）」。

筆者案：除第11條《信陽楚簡・遣冊》外，其餘■字形，學界普遍釋爲「步」、「陟」、「鼀」。〔註131〕上引第11條原《信陽楚墓》釋作「一良戬（婴）」

〔註125〕以上六條見滕壬生：《楚系簡帛文字編（增訂版）》（武漢：湖北教育出版社，2008年10月），頁135～136

〔註126〕馬承源主編：《上海博物館藏戰國楚竹書》（三），頁141。

〔註127〕馬承源主編：《上海博物館藏戰國楚竹書》（五）（上海：上海古籍出版社，2005年12月），頁322、324。

〔註128〕馬承源主編：《上海博物館藏戰國楚竹書》（六）（上海：上海古籍出版社，2007年7月），頁251。

〔註129〕馬承源主編：《上海博物館藏戰國楚竹書》（六），頁276

〔註130〕馬承源主編，《上海博物館藏戰國楚竹書》（六），頁303。

〔註131〕第1～8、10條詳參王瑜楨〈《上博（六）・愼子曰恭儉》「■」字探析〉一文引學界各說法，玆不贅引，頁782～797。第9條原整理者陳佩芬認爲「鈇（扶）■」可釋讀爲「扶步」，陳偉與何有祖認爲■隸定作「鼀」，讀爲「質」，認爲是「斧質（鑕）或「鈇質（鑕）」，古刑具」。參陳偉：〈《讀上博六》條記〉，武漢大學簡帛網，（2007.7.9），網址：http://www.bsm.org.cn/show_article.php?id=597 何有祖《讀

〔註132〕，郭若愚則將 釋爲「步」，認爲是「一步行之大扇」。〔註133〕筆者以爲可釋爲「叀」，讀作「質」，「叀」古音屬端母質部，「質」古音屬端母質部，二字聲韻相同。〔註134〕「叀（質）翣（翣）」是相對於「畫翣」而言，《禮記・喪大記》：「黼翣二，畫翣二，皆戴綏」，「畫翣」指有彩畫的棺飾，古代出殯時用之。「叀（質）翣（翣）」則指沒有花紋的棺飾。總上所引字形而言，筆者認爲這些 形釋爲「叀」是正確的，非常值得注意的是這些字形「田」或「日」上下的「止」形都是同一方向。這和「步」或「陟」上下從「止」、「𣥂」，並不相同。

「步」，《說文解字》：「行也。從止𣥂相背」。學界對「止𣥂相背」義的解釋，如段玉裁「步，相隨者，步行之象，相背猶相隨也」。王筠《說文句讀》：「背當作承，兩足前後相承，是一步也」，二者都認爲許愼訓「相背」義有誤，認爲人之左右兩腳何能相背而行。楊樹達《積微居小學述林》更進一步引用經典解釋說：

> 步，止𣥂皆象足趾，左右相異者，一象左足，一象右足也。步字止在上，𣥂在下，象左右二足後相承之形。許君云從止𣥂相背，非也。
> 禮記祭義篇云：「故君子頃步而弗敢忘孝也。」釋文云：「頃讀爲跬，一舉足爲跬，再舉足爲步。」小爾雅廣度云：「跬，一舉足也，倍跬謂之步。」倍跬亦謂再舉足也。以再舉足釋步，較許君泛訓爲行者，其於字形尤爲密合也。〔註135〕

季旭昇《說文新證》說：

> 步。甲骨文從止𣥂，會一左腳、一右腳步行之意。《說文》釋爲「止𣥂相背」，「相背」二字不妥。〔註136〕

〈上博六〉簡記》，武漢大學簡帛網（2007.7.9），網址：http://www.bsm.org.cn/show_article.php?id=596。第 11 條「」字，原整理者隸定作「繢」，何有祖《讀〈上博六〉簡記》指出此字「從糸從叀（質），可以讀作『質』」。

〔註132〕河南省文物研究所：《信陽楚墓》（北京：文物出版社，1986 年 3 月），128。

〔註133〕郭若愚《戰國楚簡文字編》（上海：上海書畫出版社，1994 年 2 月），頁 68。

〔註134〕郭錫良：《漢字古音手冊》，頁 52。

〔註135〕楊樹達：《積微居小學述林》（上海：中國科學院出版社，1954 年 2 月），頁 84。

〔註136〕季旭昇：《說文新證》（上），頁 105。

楊樹達對「步」字的解釋非常正確，「步」的本義左右腳各跨一步。季旭昇承其說法，但二人都認爲許愼說「止屮相背」不妥，似乎都是把許愼意思誤解爲「兩隻腳相背著走」。〔註137〕筆者認爲許愼說「止屮相背」並不是指左右腳相背著走，應是指「左右兩隻腳是對稱構造，方向不同」。其實要了解許愼所指的「相背」爲何意思，可將《說文解字》有用及「相背」一詞，舉數例如下：

> 1.「非，違也。从飛下翄，取其**相背**」
>
> 2.「舞，樂也。用足**相背**」
>
> 3.「北，乖也。从二人**相背**」
>
> 4.「八，別也。象分別**相背**之形」

許愼釋「非」認爲其本形象鳥「兩扇反向的翅羽之形」，「相背」指鳥羽左右對稱各一。「舞」字甲骨文作 ![字形]（花東 391）、![字形]（粹 133），字象人持牛尾或鳥羽等舞具跳舞。許愼釋「舞」字說「用足**相背**」，筆者認爲「用足」即指歌舞時之「投足」，歌舞時必定舉步左踏右蹈，即《呂氏春秋・古樂》說：「*昔葛天氏之樂，三人操牛尾，投足以歌八闋*」，因此「用足**相背**」即是指用左右雙足婆娑起舞。至於「北」甲骨文作 ![字形]（菁 2.1），本義象二人相背之形，段玉裁注曰「軍奔曰北，其引伸之義也，謂背而走也」。「八」甲骨文作 ![字形]，本義爲以抽象的筆劃表示分別之形。段玉裁注「今江、浙俗語以物與人謂之八，與人則分別矣」。從前引 4 條許愼說解文字用「相背」一詞時，筆者認爲可以分爲兩種情況，一是若是物件（如「舞」字，左右足在同一人身上；「非」，左右翅膀在一鳥身上）在同一個體上，「相背」義指的是「左右是對稱構造，方向不同」。二是若分屬可分割或兩個各體時，如「北」與「八」，那麼「相背」義則指兩個相反的方向。承上，許愼說「步」時指的是第一種「相背」義。因此古文字有關「步」或从「步」的字形，多作「左右腳形」，如 ![字形]（甲骨文・商 4.75），僅有少數作「相同方向」，如下表例 1、例 3、例 14、例 17、例 19、例 20，有可能是書刻時不理解字形原義的疏忽。

〔註137〕王瑜楨〈《上博（六）・愼子曰恭儉》「![字形]」字析〉一文說，頁 790。

商代	商代	商代	商代	商代	商代
1 鐵 22.2	2 續 3.28.2	3 後 2.43.2 彶	4 前 6.22.8 衒	5 金 696 衒	6 步父癸爵 衒
周代	戰國	戰國	秦代	西漢	西漢
7 周晚·晉侯 酥鐘	8 陶三 3.266	9 青川櫝	10 睡虎地 52.6	11 孫子 133	12 流沙簡· 屯戍 5.16
西漢	商代	周代	周代	周代	周代
13 馬王堆· 養 195	14 乙 5317 涉	15 周晚·散 氏盤 涉	16 周晚·散 氏盤 涉	17 周早·瀨 史甶 瀨	18 周晚·퉂 設 瀨
商代	商代				
19 前 5.30.6 陟	20 甲 766 陟				

例 2、例 4、例 5、例 16 之「步」作 形，雖與常見的 （甲骨文·商 4.75）寫法不同。但從腳形的大拇指長短與方向可知，是左右腳無誤。〔註138〕例 11 ～13 時代較晚，字形可能產生較多訛變。綜上，可以肯定「步」作「止止」是多數，只有少數從相同方向的二「止」，應是不理解字形原義或書刻因素造成。

至於「憲」的字形，多作如甲骨文 （商前 2.27.8）、（商前 2.30.2），

〔註138〕若以 形分析， 為左腳，因左腳大拇指在右邊； 為右腳，右腳大拇指在左邊。但若腳趾筆畫寫得齊整，那麼就較難以判斷。如「涉」作 （戰國·璽彙 2758）下部之 形即是。

（商前 2.39.5），金文作 （周早・憲瓶）、 （春秋早・秦公簋），本義為花蒂脫華之形，上從 省，下從止。〔註139〕目前所有「憲」字形，下部都不作「土」形，與「步」作「土」有所差別，上部花蒂形或訛作「止」。基於以上如此的判斷，因此前文所述出土文獻的 形，可以確定是「憲」字無誤。

總上所言，「步」從「止土」，因此前文所引傳抄古文等，如：〈碧落碑〉「步」作 、〈陽華岩銘〉「步」作 、《說文》「陟」古文作 《汗簡》「陟」作 （6.77 義）、《集篆古文韻海》「陟」作 （5.32）《汗簡》「涉」作 （1.8孫）等。皆從「止土」，因此都是「步」或從「步」的字，不可與楚簡等「憲」字（ 形）混為一談。至於學界認為「步」或從「步」的字，字形均不加「田」〔註140〕，若有從「田」形的「步」或從「步」的字，如《中山王𧓍壺》的 ，齊陶文的 （圖錄 3.196.1）、 （圖錄 3.195.1）、 （圖錄 3.194.6）、 （圖錄 3.649.4）是因為「步」旁形近聲化作「憲」旁。〔註141〕但筆者認為以上字形與傳抄古文「步」或從「步」的字相同，皆從「止土」，字形本來即是從「步」。正如何琳儀說：

> 或二止中間加日為飾，三體石經《君奭》「陟」作 ，亦或加日為飾。日或作田形，參中山王方壺作 。〔註142〕

筆者認為「飾筆」之說可信，齊系文字有於原字之上加「口」形增繁之例，如「興」作 （圖錄 2.435.1）、 （圖錄 3.49.3），「再」作 （圖錄 2.9.1），「綴」作 （圖錄 2.82.1）。文字演變中「口」形「乘隙加點」，後又訛變為田形也有其例，如甲骨文「良」作 （乙 7672）、 （乙 2510），或中間加點

〔註139〕郭沫若：《兩周金文辭大系・晉姜鼎》，頁 230。

〔註140〕如王瑜楨《上博（六）・慎子曰恭儉「 」字探析》一文列出「步」演變字形表，認為「步」均不從「田」形，頁 787～790。

〔註141〕如季旭昇認為《說文》「陟」古文：「『步』旁形近聲化作『憲』旁」，見季旭昇：〈《上博三・周易・訟掛》二題：懷、其邑三四戶〉（《中國文字》新三十一期，臺北：藝文印書館，2006 年 11 月），頁 31。

〔註142〕何琳儀：《戰國古文字典：戰國文字聲系》，頁 592。

作 [圖] （乙 3334），後上下又各加畫作 [圖] （西周晚・季良父盉），因此其後逐漸出現很多訛形，如 [圖] （戰國・陶五 384）、[圖] （戰國・包山 218），下作凵或止，至戰國清華簡・耆夜「良」作 [圖] 同，中間則作「⊕」形。因此，筆者認爲從「田」形的「步」有可能是齊系特有文字。傳抄古文字等從「日」或「田」形的「步」字，應該是抄自齊系戰國古文。

　　總上所述，筆者認爲「步」與「憲」的分別在於兩「止」方向的差異，「步」從「止屮」；「憲」下步從「止」，上部花蒂形或訛作「止」，兩「止」方向相同。因此，傳抄古文等，如〈碧落碑〉「步」作 [圖] 、〈陽華岩銘〉「步」作 [圖] 、《說文》「陟」古文作 [圖] 、《汗簡》「陟」作 [圖] （6.77 義）、《集篆古文韻海》「陟」作 [圖] （5.32）《汗簡》「涉」作 [圖] （1.8 孫），戰國《中山王𰻞壺》的 [圖] ，齊陶文的 [圖] （圖錄 3.196.1）、[圖] （圖錄 3.195.1）、[圖] （圖錄 3.194.6）、[圖] （圖錄 3.649.4）等，皆從「止屮」，都是「步」或從「步」的字，不可與楚簡等「憲」字（[圖] 形）混爲一談。

第五章 《集篆古文韻海》之研究價值

　　《集篆古文韻海》除《汗簡》、《古文四聲韻》之外，擴大蒐羅當代可見的其他古文字形，對於保存文字形體有所貢獻。其中特別是鐘鼎文字、唐宋碑刻與寫本、辭書古文、或體等的古文字材料是《汗簡》、《古文四聲韻》所不引。此外，《集篆古文韻海》引用字形構形也與出土的戰國文字高度相關。本章欲從這些所引字形總述《集篆古文韻海》的研究價值。

第一節 《集篆古文韻海》引青銅銘文字形的貢獻

　　本論文第三章整理與考釋了《集篆古文韻海》收錄青銅銘文的字例。筆者認為《集篆古文韻海》雜收青銅銘文的貢獻可分為以下幾項：

一、分韻收字、檢索方便

　　《集篆古文韻海》在體例方面分韻收字、檢索方便。作者將當時所能見到的一字異體都儘量羅列，較同性質的《汗簡》、《古文四聲韻》多多收錄青銅銘文，可謂總結並引用宋人在金石上釋字的成果。所收字體縱的向度擴大，如果識字、收字正確，將有助於漢字形體流變的研究。

二、有助古文字書編纂的發展

關於傳抄古文與鐘鼎文字兼收，爲宋以後古文字書編纂的一個趨勢，黃德寬、陳秉新曾論述《集篆古文韻海》的價值說道：

> 除《汗簡》、《古文四聲韻》外，宋代杜從古宣和元年（1119）編成的《集篆古文韻海》也是一部應該值得一提的古文字書。……書中古文不注出處，卷首也未列資料來源，訛誤頗甚而無法校對，數量雖多，也難於憑依。它問世後，並未產生大的影響。值得稱道的是，這部書收錄了相當部分的鐘鼎文字，對古文字書的編纂有所發展。這種發展也是勢在必然，《古文四聲韻》已經爲研究金石文字而編綴古文，是傳世古文與出土金石銘刻文字相結合的開端，而與杜氏同時代的黃伯思於政和六年（1116）已以《古文四聲韻》爲藍本，補三代金文集周秦碑刻、古印璽文等，成《古文韻》（惜已亡佚）。隨著金石學的興起，傳世古文和鐘鼎文字兼收並蓄已成爲古文字書編纂的一個趨勢。〔註1〕

文中提到《集篆古文韻海》收錄了相當的鐘鼎文字，對古文字書編纂的發展有所貢獻。從今日文字研究與字書編纂的眼光來看，宋代的《汗簡》、《古文四聲韻》可謂是戰國文字編，同代的呂大臨《考古圖釋文》也算是一部金文編。《集篆古文韻海》以「集篆古文」爲名，兼收青銅銘文、戰國文字等，或可謂如今日「古文字類編」一類的文字編。

三、保留亡佚的青銅銘文字形

從所收的青銅銘文字例來看，作者頗具心思，收錄的字形多半是特殊而與《說文》形體有別。如「福」收 形，字形加「宀」，而「史」錄一形作 ，與薛尚功《歷代鐘鼎彝器款式法帖·（漢）齊安爐》銘文「佐 工司馬」之「史」相同，與一般「史」字寫法有別。《集篆古文韻海》所引的青銅銘文字形，除了從今存宋人金石著錄可以找到出處外，還有一些字形與近出的青銅器銘文相近。如《集篆古文韻海》「我」下錄一形作 ，與戰國·陳肪簋「我」作

〔註1〕 黃德寬、陳秉新：《漢語文字學史》（合肥：安徽教育出版社，2006 年 8 月二版一刷），頁 77～78。

相似，「德」錄一形作🐾，上部形體與周晚・洐其鐘「德」作■相似。「禍」

錄字形作🐾，與戰國・中山王壺「禍」作🐾近似，「眉」錄字形作🐾，與周

中或周晚・晉侯對鼎「眉」作■，字形「頁」旁省爲「首」相同。又如「史」

錄字形作🐾（3.6），與近收周中・殷簋「史」作🐾以及戰國・喪史賨鈚「史」

作🐾相同。「事」錄字形作🐾（4.8）幾乎與其後清咸豐七年（1857 年）出土

的戰國・陳純釜「事」作🐾相同。而「鈴」下錄字形作🐾（2.19）字形特殊，

釋爲「鈴」應是錯誤的。但它與春秋中晚期・楚王酓審盞「盂」作■字形相

似。以上諸例或可說明《集篆古文韻海》收錄的青銅銘文並非只因循當代可見

的金文著錄，而這些青銅銘文的字形來源可能是今已亡佚的資料。從以上來說，

這些作者用心擇選的字形都對於保存文字形體有所貢獻。

第二節　《集篆古文韻海》提供傳抄及出土古文互證

　　《集篆古文韻海》一書廣徵博引眾多字形，本節主要分作兩點，指出《集
篆古文韻海》對校補傳抄古文正訛，以及探討戰國文字構形方面皆有助益。

一、對傳抄古文的貢獻

　　雖然傳抄古文與戰國文字本爲一家之眷屬〔註2〕，但由於傳抄古文又因輾轉
抄寫之故，因此文字形體往往訛變更甚。在傳抄古文文字正訛的研究上，《集篆
古文韻海》可以提供更多的字形予以互相校補、比對。以下便將《集篆古文韻
海》引用的傳抄古文分作兩類，一爲引用自唐宋以古文刻寫的傳抄資料；二爲
引自傳抄字書的《汗簡》、《古文四聲韻》，說明《集篆古文韻海》在引用上對於
字形的貢獻。

（一）保存唐宋以古文刻寫的傳抄古文，並提供字形互證

　　唐宋以古文書刻的傳抄資料主要有〈碧落碑〉、〈陽華岩銘〉，以及宋代郭中
恕的〈三體陰符經〉，其中又以〈碧落碑〉字形最多尤爲重要。〔註3〕由於〈碧

〔註2〕　何琳儀：《戰國文字通論（訂補）》，頁 60。

〔註3〕　如陳煒湛說〈〈碧落碑〉〉「合於銅器、竹、帛文字乃至於與甲骨文暗合者」，見陳
　　　　煒湛：〈〈碧落碑〉研究〉，頁 30。

落碑〉是少數全部用古文書寫的唐代碑刻，保存較多的古文字形體，因此被傳抄字書如《汗簡》、《古文四聲韻》取資甚多。但由於二書並非全部收錄，碑中尚有些暗合戰國文字的形體，卻被《集篆古文韻海》保留。關於詳細考釋可參見第四章第一節【〈碧落碑〉與《集篆古文韻海》字表】各字例的欄位，以下例舉《集篆古文韻海》對〈碧落碑〉的貢獻：

（1）保留《汗簡》、《古文四聲韻》無引的字形

《汗簡》、《古文四聲韻》引用了〈碧落碑〉部分字形。經筆者比對後，還有以下字形是二書無引，而被保留於《集篆古文韻海》之中。這些字形為〔註4〕：

禮（2）、碧（6）、德（21）、術（24）、蹤（26）、故（38）、昡（42）、臺（44）、玄（46）、肦（49）、列（52）、創（53）、筵（54）、盛（56）、高（60）、極（66）、游（75）、晨（76）、函（77）、積（78）、馥（80）、氣（82）、嚮（84）、容（86）、寊（89）、空（91）、疢（93）、网（94）、飾（95）、側（101）、仰（102）、偷（108）、冀（109）、盜（114）、長（123）、易（124）、逸（127）、倏（130）、奔（134）、界（137）、規（138）、息（141）、憑（147）、漏（150）、澄（151）、靡（154）、拔（157）、颸（161）、存（175）、暢（178）。

（2）可補〈碧落碑〉較模糊的字形

這點貢獻當承襲上點而來。據統計《汗簡》引用〈碧落碑〉共 122 字，《古文四聲韻》共 113 字。〔註5〕但〈碧落碑〉全碑共有 630 字，不少二書無引的〈碧落碑〉的字形當中，有些是今拓本模糊，可據《韻海》補校，如創（53）、馥（80）、空（91）等。此外二書無引的字形中也有與現今出土戰國文字相合，如臺（44）、晨（76）、澄（151）等，而這些字形都被《集篆古文韻海》所保留。

（3）形體較〈碧落碑〉正確

〈碧落碑〉在歷代翻刻中或有渙蝕訛誤，經比對後《集篆古文韻海》所引形體有較〈碧落碑〉正確的，如遂（17）、靡（154）、逸（127）三字。

（4）某些字形較《汗簡》、《古文四聲韻》忠於原碑

〔註4〕 字形後的編號意指詳細說明可參看本論文第四章【〈碧落碑〉與《集篆古文韻海》字表】各欄位，例如「禮（2）」代表見字表第 2 欄。

〔註5〕 見黃錫全：〈《汗簡》徵引七十餘種資料的時代字數統計表〉《汗簡注釋》，頁 538。
　　　　許學仁：〈《古文四聲韻》徵引資料字數統計〉《古文四聲韻古文研究》，頁 196～197。

　　《汗簡》、《古文四聲韻》收錄了許多〈碧落碑〉的古文字形，然卻有許多字形與今日見到的碑文拓本有所出入。關於這樣的差異，江梅認爲有可能是碑文在不斷翻刻中有訛變，抑或是二書在流傳中產生的訛變。但其最後則認爲《汗簡》、《古文四聲韻》二書應較今〈碧落碑〉拓本的字形來的可靠，推斷的理由爲：

> 宋代距唐不遠，所見碑文拓本是早期的，應該比現在看到的拓本更爲可靠。〔註6〕

但在經過筆者與《集篆古文韻海》的比較研究後，發現書中有不少字形反而與〈碧落碑〉今拓本相近。若照江梅所說，宋代離唐不遠，因此郭、夏二人所錄的應是較今可靠的拓本字形。然有所疑問的是杜從古與郭忠恕、夏竦同爲宋代人，應亦可見到所謂較早期的〈碧落碑〉拓本，然而爲何收錄的部分字形反較是與今日拓本相近。這樣的情形有以下幾個字例：

字例	〈碧落碑〉	《汗簡》引〈碧落碑〉	《四聲韻》引〈碧落碑〉	韻海	差異處說明
廖		膠 4.51 碧	2.6 碧	2.4	《四聲韻》引〈碧落碑〉「羽」的寫法
廓		4.51 碧		5.25	《汗簡》「邑」的寫法
瓊		1.4 碧	2.21 碧	2.18	《汗簡》、《四聲韻》「玉」的寫法
正		6.83 碧		政 4.43	《汗簡》右半下部寫法不同 《四聲韻》右半上部寫法不同

〔註6〕　江梅：《碧落碑研究》，頁49。

譱	（圖）		（圖） 3.17 碧	（圖） 3.21	《四聲韻》中間寫法不同
尊	（圖）	（圖） 6.82 碧	（圖） 1.36 碧	（圖） 1.19	《汗簡》、《四聲韻》「酋」形寫法不同
是	（圖）	（圖） 3.35 碧		（圖） 3.3	《四聲韻》上部寫法不同
氣	（圖）	（圖） 气 1.4 碧	（圖） 4.9 碧	（圖） 4.9	《汗簡》、《四聲韻》「气」形寫法不同
俯	（圖）		（圖） 4.47 碧	（圖） 3.10	《四聲韻》左半寫法不同
俄	（圖）	（圖） 5.68 碧	（圖） 騀 2.10 碧	（圖） 2.8	《汗簡》、《四聲韻》「我」形寫法不同
久	（圖）	（圖） 2.29 碧	（圖） 3.26 碧	（圖） 3.33	《汗簡》右半寫法不同《四聲韻》左半似寫訛
鑄	（圖）	（圖） 6.75 碧	（圖） 4.10 碧	（圖） 4.12	《汗簡》、《四聲韻》「金」形寫法不同
駕	（圖）	（圖） 4.54 碧	（圖） 4.32 碧	（圖） 4.39	《汗簡》、《四聲韻》「馬」形寫法不同

良		 2.13 碧	 2.13 碧	 2.13	《汗簡》、《四聲韻》上部寫法不同
		3.42 碧			
盜		 4.47 碧	 4.29 碧	 4.36	《汗簡》、《四聲韻》左半寫法不同
播		 1.6 碧	 4.31 碧	 4.37	《四聲韻》似寫訛
逮		 6.83 碧	 4.17 碧	 4.22	《汗簡》右半寫法不同

除以上三者皆錄〈碧落碑〉字形而《韻海》反較《汗簡》、《古文四聲韻》接近今拓本外，還有一種情況是《韻海》所錄有一字多形時，有各自與〈碧落碑〉今拓本，以及《汗簡》、《古文四聲韻》引〈碧落碑〉相近的字形，如以下二例：

（1）俄，《韻海》錄有 與 兩形，第一形近〈碧落碑〉，第二形則近《汗簡》引〈碧落碑〉「俄」作 ，差異處在於左旁的「我」形寫法。

（2）願，《韻海》錄有 與 兩形，第一形近〈碧落碑〉，第二形則近《汗簡》引〈碧落碑〉「願」作 ，差異處在於上部的「目」形。

另還有一種情況是《韻海》與《汗簡》、《古文四聲韻》所引〈碧落碑〉的字形相近，反倒是與拓本較不相同，如以下三例：

（1）傆，〈碧落碑〉作 ，《汗簡》引〈碧落碑〉作 、《四聲韻》引作 、《韻海》作 。三者與〈碧落碑〉的差異在「」與「」的不同。

（2）融，〈碧落碑〉作 ，《汗簡》引〈碧落碑〉作 、《四聲韻》引作 、《韻海》作 。三者與〈碧落碑〉的差異在「虫」與「鬲」的寫法。

（3）景，〈碧落碑〉作 ，《汗簡》引〈碧落碑〉作 、《四聲韻》引作 、《韻海》作 。三者與〈碧落碑〉的差異在「京」的寫法。

綜合以上的三種情形，筆者認爲江梅說《汗簡》、《古文四聲韻》應較今〈碧落碑〉拓本的字形可靠的說法，並不能解釋爲什麼有以上這三種情形。今〈碧落碑〉拓本爲明代所翻刻，而較之更早之前宋代的《集篆古文韻海》字形卻與之相近。或許在宋代之時，杜從古看到的〈碧落碑〉拓本與明代翻刻的拓本並無太大差異，反而是《汗簡》、《古文四聲韻》所抄錄的〈碧落碑〉字形往往改動形體以符合所从部首。〔註7〕因此，《集篆古文韻海》所錄字形兼有以上三種情形，表示《集篆古文韻海》對於傳抄與實物資料都曾參考並廣徵博引。

附此一提《集篆古文韻海》除以引用了以古文書寫的唐代碑刻〈碧落碑〉外，也引用了同代郭忠恕書寫的〈三體陰符經〉古文二字。〈三體陰符經〉也是以篆書、隸書、古文三體書寫，其中篆書字大，隸書、古文分列左右，字小。〔註8〕《集篆古文韻海》引用的古文形體一字爲「賊」，另一字爲「地」。以下便對二字形體略加考述：

（1）〈三體陰符經〉「賊」字作 、 ，字形特殊。《集篆古文韻海》清《宛委別藏》本作 （5.34），明龔萬鐘本作 ，二形較〈三體陰符經〉字形而言，右下「甲」形書寫地更爲清晰。以上「賊」字構形可分析爲从「則」从「甲」，爲何从「甲」的原因可考釋如下。

「賊」小篆作 ，金文作 （周晚·散盤），「从戈則聲」。戰國楚系文字「賊」字所从的「則」聲，「鼎」形下部的足形訛變作「火」形，「刀」形

〔註7〕 如《汗簡》部首「士」字形作 ，部首之下云引自〈碧落碑〉的「俗」字作 ，由今本〈碧落碑〉拓本作 比較之，《汗簡》所引的字形「士」旁改从部首。

〔註8〕 王競雄：〈圓的趣味—談郭忠恕〈三體陰符經〉小篆〉《故宮文物月刊》第277期，2006年4月，頁40～49。

亦訛作「勿」，字形如（戰國・上博彭祖）、（戰國・溫縣盟書）。漢以後「賊」字的「刀」形因書寫方式已逐漸簡省訛變，如（西漢・流沙簡屯戍4.11）、（東漢・李孟初神祠碑）、（東漢・張景碑）。至楷書已「刀」形已完全訛作「十」，後與「戈」結合爲「戎」形，如（東漢・王羲之〈臨鍾繇千字文〉）、（宋・蘇軾〈次韻秦太虛詩〉）。使得「賊」字便被誤解以爲乃「貝戎」二構件組合成字。〔註9〕筆者認爲〈三體陰符經〉與《集篆古文韻海》「賊」字分別作、，其所從的「則」形爲戰國楚系形體。右下從「甲」疑是誤解「賊」從貝戎，但只寫出「戎」的「甲」形。「戎」古文字作如（周中・多友鼎）、（戰國・陶五271）。裘錫圭認爲「戎」小篆作，「大概某些文字學者誤以爲戎字所從的十是甲的古寫（甲冑也是重要的戎器）所以把「戎」的篆文改成了現在《說文》的樣子」。〔註10〕因此「戎」小篆從「甲」爲訛形。總而言之，〈三體陰符經〉「賊」字作，《集篆古文韻海》錄作（5.34），這個「賊」形所從的「則」形承自戰國楚系形體，但又誤解「賊」從貝戎，但只寫出「戎」的「甲」形，構形用意甚爲奇怪。

（2）〈三體陰符經〉「地」字作，《集篆古文韻海》清宛委別藏本作（4.5），從「豕」之形更爲明確。戰國「地」字基本構形爲從阜、豕聲，字形如（春戰・侯馬35：6），或加義符土、又、止，字形如（春戰・侯馬91：5）、（春戰・侯馬75：4）、（戰國・郭店忠信）、（戰國・朁錄13.4）。〈三體陰符經〉與《集篆古文韻海》字形與戰國・郭店忠信相同。字形可隸定作「墜」，從「豕」聲，「豕」古音屬書母支部〔註11〕，與「地」古音爲定母歌部〔註12〕，支部與歌部可旁轉。

總而言之《集篆古文韻海》引唐宋碑刻的貢獻在於保存字形，由於碑刻書寫材質特殊，容易因爲時空的變化而泐蝕。藉由《集篆古文韻海》的字形的引

〔註9〕 如〔明〕無名氏《贈書記・旅病托棲》：「生涯個個不相同，小子從來業『貝戎』」，「貝戎」爲「賊」的拆字。

〔註10〕 裘錫圭：《文字學概要》（北京：商務印書館，1988年8月第一版，2007年3月第十三刷），頁62。

〔註11〕 郭錫良：《漢字古音手冊》，頁56。

〔註12〕 郭錫良：《漢字古音手冊》，頁80。

用不僅保存形體，對於字形的相互對照研究很有貢獻。

（二）可資以校對《汗簡》、《古文四聲韻》的字形

近年以來由於戰國文字研究的突飛猛進，使得學界開始重視傳抄古文的重要性，不過學界的焦點大都集中於《汗簡》、《古文四聲韻》字形的探討上。由於《集篆古文韻海》字形有很大一部分承襲自《汗簡》、《古文四聲韻》，因此，比較三書收錄的字形差異可以校正彼此的訛誤，對於考釋文字也互有闡發。以下據筆者研究提出數條說明《集篆古文韻海》對《汗簡》、《古文四聲韻》字形校補的貢獻。

（1）《古文四聲韻》「呴」錄一形作 𠰔（4.10 老），右旁形體可據《集篆古文韻海》錄作 𱍒（4.12），可知其「欠」旁訛變作似「气」，今據《集篆古文韻海》改正《古文四聲韻》此字應從句從欠，可隸定爲「欨」。《集韻》：「呴與欨同」。

（2）《古文四聲韻》「歊」錄一形作 𮨵（4.26 籀），字形從尞從頁，據《集篆古文韻海》錄作 𮨵（4.34），可知《古文四聲韻》頁形稍訛。

（3）《古文四聲韻》「究」有一形作 𠂕（4.37 尚），構形特殊，據《集篆古文韻海》作 𠂕（4.45），可知《古文四聲韻》字形上部應該是「九」旁的訛變，此借「宄」爲「究」。

（4）《汗簡》「謁」錄字行作 𧮫（1.12）、《古文四聲韻》錄作 𧮫（5.10 烟），「言」旁訛作「糸」，《集篆古文韻海》作 𧮫（5.14），左半其所從的「言」形較前二者正確。

（5）《古文四聲韻》「川」下錄一字形作 𠔏（2.5 老），爲隸定古文。關於字形爲何上部似從「公」，據《集篆古文韻海》錄作 𭇯（2.3），上部也似「公」正可以說明補充其字形。此字〈古文老子碑〉也作 𭇯，字形可分析作上從「州」下從「水」。「州」甲骨文作 𡿧（乙 5327），金文作 𡿧（周早·井侯簋），從川，中間象州形。到了戰國，川形筆畫較不彎折且中間的「州」形寫法稍變，如 𡿧（包山 128），𡿧（包山 022），因此與「公」字相似。因此，《古文四聲韻》隸定古文字形 𠔏（2.5 老）與《集篆古文韻海》𭇯（2.3）

即「洲」字。「川」古音昌母文部〔註13〕，「洲」古音昌母幽部〔註14〕，兩字音近。藉由《集篆古文韻海》的訛形才可爲《古文四聲韻》的隸定古文作說明。

（6）《古文四聲韻》「㺄」錄字形作 （4.39 籀），字形有訛變，依《集篆古文韻海》「㺄」錄作 （2.25）、（4.48），可分析此形體應爲「據」字。其形體中的 乃手旁移至虎頭上部，而下部之 爲「據」所从的「豕」形，乃從如戰國「豕」形作 （望山 M2 簡）離析訛變而來。今據以上的分析可知「㺄」下所錄的字形即爲「據」字無誤。籍中「㺄」與「據」字有互爲異文的現象，如《左傳・成公十年》：「晉侯㺄卒」，《史記・十二諸侯年表》作「據」。

（7）《古文四聲韻》「也」下錄一形作 （3.22 庶），左旁爲「兩匹」上下疊形。然據《集篆古文韻海》「也」有一形錄作 （3.23），左半中間爲「矢」形，可知《古文四聲韻》應爲訛形。《古文四聲韻》「矢」形之所以訛作「兩匹」形，應是從如戰國璽彙 0323「医」作 訛來。今據《集篆古文韻海》字形可隸定爲「殹」，出土文字如 （清華簡金縢 2）。「殹」、「也」可通用，如段玉裁注「殹」說：「秦人借爲語詞，〈詛楚文〉：『禮使介老將之以自救殹』……周秦人以殹爲也」。另出土的《馬王堆帛書》「殹」字常見，整理者均讀作「也」〔註15〕，也可以用以說明「殹」、「也」可通。另《古文四聲韻》「醫」錄字形作 （1.28 義），而《集篆古文韻海》錄作 （1.10）較其正確。

（8）《古文四聲韻》「奏」錄字形作 （4.39 籀），字形上部从竹，李春桃認爲下部字形散亂，但可藉由《集篆古文韻海》同字錄作 （4.47），分析爲「下部似从戶、从月（或肉）、从子、从人，應是一個與「奏」讀音相近的字」。〔註16〕李春桃如此分析並未解決字形究竟以及讀音爲何與「奏」相近等問題。筆者對字形的分析不作如此，但仍可運用《集篆古文韻海》所載字形用以互證。《集篆古文韻海》同字錄作 （4.47），因傳抄古文字「門」字多作如 （《汗

〔註13〕郭錫良：《漢字古音手冊》，頁 218。

〔註14〕郭錫良：《漢字古音手冊》，頁 172。

〔註15〕陳松長主編：《馬王堆帛書文字編》（北京：文物出版社，2001 年 6 月），頁 122。

〔註16〕李春桃：《傳抄古文綜合研究》》，頁 582。

簡》5.65）與[字]（《四聲韻》1.36 老），且《集篆古文韻海》「門」錄有一形作[字]（1.19）正與《古文四聲韻》「奏」作[字]所從之形相似。因此可知《古文四聲韻》、《集篆古文韻海》所錄的「奏」字可分析爲上部從竹，下部從門、從孔（其實是從似「子」形，「子」旁一撇可能僅是多衍出的筆劃），即「奏」的訛變字形。

「奏」古文字如甲骨文作[字]（乙 6794）、[字]（戩 37.7），本義是「象雙手持繁飾之花草樹木類工具（即「丰」）演奏歌舞敬神以祈禱。〔註 17〕「奏」所從的「丰」字在戰國以後已斷裂分作上下二形，如[字]（戰國・雲夢語書）、[字]（西漢・馬王堆三號木牘），因此《說文》便將形體說解爲「奏進也。從𠬞從屮從中。中，上進之義」，誤解上部從「屮」。筆者認爲《古文四聲韻》「奏」字[字]（4.39 籀），上部從「竹」乃在誤解爲從「屮」之上，再增一「屮」而來，古文字「竹」與「艸」每互用不別，如「菁」作[字]（戰國・包山 040），也作[字]（戰國・包山 201），且「屮」可增爲「艸」，如《說文》:「芬或從艸作𦬶」，又如出土文字「屾」作[字]（上博周易）。因此[字]（4.39 籀）上部乃在誤認爲「屮」之上增「屮」又訛爲「竹」而來。而其下的似「門」的[字]形，其實「廾」形聚合而成，「廾」或「𢆀」若與字形其他部件筆畫黏合，的確容易讓人誤解爲「門」，如戰國「興」作[字]（璽彙 3586）即是。最後，最下部的[字]可能是「奏」下部形體的訛變，這個訛變可能是據如[字]（西漢・馬王堆三號木牘）下部訛變而來，整理者將[字]的左半誤抄作似「子」，右半一撇離析而衍出旁邊一筆劃。透過以上所述，藉以《集篆古文韻海》「門」的形體，筆者認爲《古文四聲韻》「奏」錄字形作[字]（4.39 籀），即「奏」形的嚴重訛變。

（9）《汗簡》「委」錄字形作[字]（3.20 史）、《古文四聲韻》錄作[字]（3.4 史），依字形應爲「骫」，據《集篆古文韻海》「骫」錄字形作[字]（3.4），可知《汗簡》、《古文四聲韻》右半訛變似「几」。

（10）《古文四聲韻》「蕉」錄字形作[字]（2.7 汗），據《集篆古文韻海》同字錄作[字]（2.5），可知《古文四聲韻》下部爲「朱」的訛形，依字形應隸定爲「茱」。古「焦」「朱」可通用，《馬王堆漢墓帛書・五十二病方》:「薑（薑）、

_____

〔註 17〕趙誠:〈甲骨文行爲動詞探索（一）〉《古文字研究（第十七輯）》（北京:中華書局，1984 年 6 月），頁 330。

蜀焦、樹（茱）臾（萸）四物而當一物」〔註18〕，其中的「焦」，整理者釋爲「椒」。

（11）《汗簡》「繹」字形爲 ![字形]（1.5 裴）、《古文四聲韻》錄作 ![字形]（5.24 裴），
皀、罩音近可通，下所從者即「皀」字古文「![字形]」之形變，皆爲訛誤之形，反而《集篆古文韻海》錄作 ![字形]（5.23）字形較正確。

（12）《古文四聲韻》「髻」下錄一隸定古文字形作 ![字形]（4.14 崔），右下部似「个」，字形與戰國「介」作 ![字形]（雲夢法律）相似。然據《集篆古文韻海》「髻」下錄 ![字形]（紒 4.15），更可確定《古文四聲韻》應爲「紒」字。《說文》：「紒，簪結也」，可知「髻」、「紒」義近可通。

（13）《汗簡》「皛」錄字形作 ![字形]（1.10 裴），《古文四聲韻》同字也錄作 ![字形]（5.21 裴），由《集篆古文韻海》同字錄作 ![字形]與 ![字形]（5.38）可知《汗簡》字形在傳抄的過程有訛誤，此字形應爲「嵒」。《說文》：「多言也。从品相連。《春秋傳》曰：次于嵒北。讀與聶同。」段玉裁注：「春秋傳曰：『次于嵒北』。僖元年左傳文，今左作聶。聶北，邢地。」可知古「嵒」、「聶」可通。又甲骨文有 ![字形]（合 9432），裘錫圭釋爲「嵒」，讀爲「讘」。〔註19〕

（14）《古文四聲韻》「鶤」錄字形 ![字形]（1.36 義），左半形體較模糊，今據《集篆古文韻海》同字錄 ![字形]（1.18）相互補足。傳抄古文字「軍」字寫作 ![字形]（汗簡 3.42 義），因此可知左半爲「軍」。《楚辭·九辯》「鶤雞啁哳而悲鳴」，「鶤」又作「鵔」。

（15）《古文四聲韻》「均」錄字形作 ![字形]（1.33 老），下部所從的形體較模糊，今據《集篆古文韻海》錄作 ![字形]（1.15），可知下部所從爲「金」，可隸定作「鋆」，爲「鈞」的古文，「鈞」金文作 ![字形]（戰國·子禾子釜）（拓本作 ![字形]），从「旬」。

（16）《古文四聲韻》「敊」錄字形作 ![字形]（4.23 爾），左半下部所從的「臣」形訛作「目」，《集篆古文韻海》錄作 ![字形]（4.24）不訛。戰國文字某些从艸的字

〔註18〕馬王堆漢墓帛書整理小組編：《馬王堆漢墓帛書·五十二病方》（北京：文物出版社，1979 年 11 月），頁 95。

〔註19〕裘錫圭：〈釋嵒、嚴〉《古文字論集》（北京：中華書局，1992 年），頁 99～104。

往往可以省一少，如「葥」作 （包山216），「萠」作 （陝西臨潼陶）皆是。

（17）《古文四聲韻》「順」錄字形作 （4.19 孝），右半上部 州 究竟爲何，然此字另據《集篆古文韻海》錄作 （4.25），可知爲「巡」。《古文四聲韻》「巛」訛作 州，字形有可能從如戰國・郭店尊德「巛」形作 訛變而來。「巡」、「順」古可通，如戰國《行氣玉銘》：「巡則*生*，逆則死」，「巡」與「逆」對文，可知讀爲「順」。〔註20〕

（18）《古文四聲韻》「軌」錄隸定古文字形作 （3.6 崔），字形的「九」旁訛變作「几」。《集篆古文韻海》「軌」錄字形作 （3.5）從「九」不訛，「軌」戰國文字作 （軌敦），亦從「九」。

（19）《古文四聲韻》「胯」錄字形作 （4.33 籀），右半形體怪異，應該是傳抄過程中受到左旁「足」所從的「止」形類化訛變而來。〔註21〕同字《集篆古文韻海》錄作 （4.14）字形較正確。

（20）《古文四聲韻》「虹」錄字形作 （1.10 義），《集篆古文韻海》也錄作 （1.2），李春桃以爲此字右半部應該是「申」的訛變，應該隸定作「坤」，從申會意，從工得聲，不見於字書。他又認爲此字之所以如此構形是因爲整理古文者聯繫「虹」籀文從虫從申作 ，認爲形體中沒有聲符，於是把「虫」旁換成「工」旁以表音。〔註22〕另據《集篆古文韻海》有一字錄作 （1.2）釋作「䖝」，據《集韻》說「䖝或作䖜」，「虫」旁也換成「工」。可見傳抄古文中有「虫」、「工」可互換之例。

（21）《古文四聲韻》「鐏」錄字形作 （2.16 崔），上部從酉，下部似「天」，然究竟爲何形難以確認。據《集篆古文韻海》同字錄作 （2.12）（明龔萬鐘本作 ），下部似爲「犬」，因此或可說《古文四聲韻》下部的 是「犬」的

〔註20〕陳邦懷：〈戰國《行氣玉銘》考釋〉《古文字研究（第七輯）》（北京：中華書局，1982年6月），頁187。

〔註21〕劉釗定義「類化」爲：「類化又稱同化，是指文字在發展演變中，受所處的具體語言環境和受同一文字系統內部其他文字的影響，同時也受自身形體的影響，在構形和形體上相應地有所改變的現象」，見劉釗：《古文字構形學》，頁95。

〔註22〕李春桃：《傳抄古文綜合研究》，頁150～151。

訛變。此字可以隸定作「獎」，是「獎」的異體字，借爲「鏘」。

（22）《古文四聲韻》「螫」錄字形作[字形]（5.17 老），下部「虫」形訛變作「甲」形，同字《集篆古文韻海》錄作[字形]（5.28），「虫」形不訛。按字形即「蚩」字，借爲螫，《說文》：「蚩，螫也，从虫，若省聲。」此爲不省之形，出土戰國文字有「蛞」字，如[字形]（郭店老甲）。

（23）《汗簡》「兒」錄字形作[字形]、[字形]（4.46）字形似「完」。古文字「兒」作[字形]（商代・兒斝），《集篆古文韻海》錄作[字形]（4.35）字形較正確。

（24）《古文四聲韻》「敷」作[字形]（5.23 義），左半下部訛作从「犬」，古文字「敷」作[字形]（戰國・雲夢日甲），《集篆古文韻海》錄作[字形]（5.22）較正確。

（25）《古文四聲韻》「具」錄字形作[字形]（4.10 孝），字形與小篆相同，古文字「具」多作如甲骨文[字形]（甲 3365）、金文作[字形]（周中・白據簋），戰國文字作[字形]（郭店緇衣），《集篆古文韻海》錄作[字形]（4.12），與古文字形體相同。

（26）《汗簡》「戎」錄字形作[字形]（5.65 義），《古文四聲韻》錄作[字形]（1.11 張），兩者字形與小篆相同，皆从戈从甲。裘錫圭認爲「戎」字所從的「十」並非「甲」而是古「盾」的線條化寫法，其說：「大概某些文字學者誤以爲戎字所從的十是甲的古寫（甲冑也是重要的戎器），所以把「戎」的篆文改成了現在《說文》的樣子」。〔註23〕而《集篆古文韻海》「戎」錄作[字形]（1.2），與古文字「戎」作如[字形]（周中・多友鼎）、[字形]（戰國・陶五 271）相同，字形較正確。

（27）《汗簡》「儒」引〈碧落碑〉作[字形]，黃錫全認爲字形右从古雨，「而」下形省略，並引鄭珍云：「下而省作[字形]，太略不能具體」。〔註24〕而江梅則認爲黃說不可從，其舉《古文四聲韻》也引〈碧落碑〉作[字形]，然右旁所从[字形]與「雨」顯非一字。因此認爲此偏旁爲「內」，應該可以隸定作「伋」，可讀爲儒。〔註25〕對於江梅所說「伋」可讀作「儒」，可以用《韻海》字形補充其說。《韻海》「儒」下錄有字形[字形]（1.9）與[字形]（1.9），第二形據字形可分析爲从人从內。「內」字甲骨文作[字形]（前 4.28.3），金文作[字形]（周早・井侯簋），後至戰國則訛變爲[字形]（鄂

〔註23〕裘錫圭：《文字學概要》，頁 62。

〔註24〕黃錫全：《汗簡注釋》，頁 295。

〔註25〕文中說：「從需聲的字與從內聲的字可以相通，如《周禮天官・大祝》『六曰擩祭』鄭注：『杜子春云擩讀爲虞芮之芮』」，見江梅：《碧落碑研究》，頁 29。

君啓節）、✦（郭店緇衣）。因此《韻海》✦（1.9）字形右旁所從爲「內」當無誤，字形可隸定爲「伋」，其形收於「儒」下，因此可證江梅說法。另《韻海》所錄的✦（1.9）字，與〈碧落碑〉「儒」作✦形，《汗簡》引〈碧落碑〉作✦（3.39 碧），《四聲韻》引作✦（3.42 碧），皆不甚相同。但而與同爲傳抄的「蜗」字作✦（四聲韻 4.14 裴）、「蚋」字作✦（韻海 4.17）相似，或也可以證明江梅所說〈碧落碑〉等字形爲「伋」，可讀爲「儒」的說法。

（28）《古文四聲韻》「鄧」錄一字形作✦（4.41 籀），上部構形不明，左旁似從「肉（月）」、右旁似「刊」。據《集篆古文韻海》同字錄作✦（4.44），可知《古文四聲韻》爲訛形。「鄧」金文作✦（春秋·鄧公乘鼎），上部從「癶」，然同器同字也作✦，上部「癶」訛成似「非」。承此，《集篆古文韻海》字形上部爲「癶」訛作「非」之形，下部爲「豆」與「廾」，「廾」也類化訛作「非」，此字爲「登」，借爲「鄧」。而《古文四聲韻》上部左字形更訛作似從「肉（月）」。

（29）《汗簡》「倦」錄字形作✦（6.75 尙）、《古文四聲韻》錄作✦（4.24 尙），下部構形《汗簡》似「巾」，《古文四聲韻》不明。此字《集篆古文韻海》錄作✦（4.33），下部從「力」較清楚，即「券」字。戰國文字「券」作✦（包山 168）力旁置於左部，此借「券」爲「倦」。

（30）《汗簡》「醴」錄作✦（2.26 林）《古文四聲韻》作✦（4.6 林），字形從「弋」。同字《集篆古文韻海》作✦（4.6），字形從「戈」，與戰國「醴」字作✦（戰國璽彙 2019）從「戈」相同。戰國文字「弋」旁與「戈」旁經常相混，如戰國「一」字作✦（郭店緇衣），《說文》古文作✦。

（31）《古文四聲韻》「㻷」錄字形作✦（4.34 爾），左形訛變似「牙」，此字《集篆古文韻海》錄作✦（4.40）字形與《汗簡》作✦（4.47 爾）相同，較正確。

（32）〈碧落碑〉「落」作✦，借「絡」爲之。《汗簡》引〈碧落碑〉作✦（5.71 碧），黃錫全認爲兩字所從之「系」旁爲「索」[註26]，其說可從。在甲骨文中「系」、「索」可通用，如「給」作✦（合 32919），也作✦（合 13751）。《韻海》錄作✦（5.24）亦可以證明✦爲「索」旁，其所從的✦旁，正與戰國

〔註26〕黃錫全：《汗簡注釋》，頁 445。

文字「索」作🔲（戰國郭店緇衣）其所从的「素」旁相似。

　　（33）《古文四聲韻》「蒼」錄一字形作🔲（2.17 籀），爲爲隸定古文。或由於音近的關係，字形下部被隸定作「亡」形（倉，古音屬清母陽部〔註27〕；亡，古音屬明母陽部〔註28〕，二字音近）。《集篆古文韻海》「蒼」錄作🔲（2.14），較近戰國文字，然下部應是戰國「倉」形的訛變。戰國文字「倉」多作如🔲（陶六198）、🔲（郭店太一），《集篆古文韻海》「蒼」作🔲（2.14），其下部的「倉」可能是據戰國文字形體省去🔲而來。戰國文字从「艸」的字往往可省一「屮」，因此《集篆古文韻海》「蒼」作🔲（2.14），是「蒼」省一「屮」，又有訛變的形體。

　　（34）《古文四聲韻》「終」錄作🔲（1.12 崔），爲爲隸定古文，此字《集篆古文韻海》作🔲（1.2），與戰國「冬」作🔲（戰國郭店緇衣）形體較近，此借「冬」爲「終」。

　　（35）《古文四聲韻》「農」錄作🔲（1.12 崔），《集篆古文韻海》作🔲（1.3），與金文「農」作🔲（周晚牆盤）、🔲（周中·田農鼎）相似。

　　（36）《古文四聲韻》「經」錄作🔲（2.21 籀），《集篆古文韻海》作🔲（2.18），字形即「荊」字。古文字「荊」作🔲（周早·鼏鼎）、🔲（戰國·陶三1146）。「荊」古音屬見母耕部，「經」古音也屬見母耕部〔註29〕，可借。

　　（37）《汗簡》「襜」錄字形作🔲（3.34 石），據《集篆古文韻海》作🔲（4.19），《汗簡》🔲乃🔲之訛。

　　（38）《汗簡》「府」錄字形作🔲（4.51 濟），黃錫全說：「月訛似舟，此假腐爲府，與雲夢秦簡假府爲腐同，夏無」。〔註30〕《集篆古文韻海》作🔲（3.10），肉形不訛。

　　（39）《古文四聲韻》「皰」作🔲（4.28 雲），左半似「肉」形，應爲「皮」旁的訛形。「皮」古文字作如🔲（陶三1170），本義爲以手剝取獸革，手旁若寫

〔註27〕　郭錫良：《漢字古音手冊》，頁 252。

〔註28〕　郭錫良：《漢字古音手冊》，頁 260。

〔註29〕　郭錫良：《漢字古音手冊》，頁 274～275。

〔註30〕　黃錫全：《汗簡注釋》，頁 339。

得靠近則容易筆畫含糊，如《古文四聲韻》左半似「肉」形。《集篆古文韻海》作 [字形]（4.35）「皮」形不訛。

（40）《汗簡》「龏」錄字形作 [字形]（4.53 禮）、《古文四聲韻》作 [字形]（4.15 禮），字形皆有訛誤。「龏」甲骨文作 [字形]（乙3400），[字形]（春秋庚壺），[字形]（戰國侯馬盟書），象矢射獸形。《汗簡》字形誤獸足 [字形] 為 △ △，《集篆古文韻海》錄作 [字形]（4.17）不訛。

（41）《古文四聲韻》「橈」作 [字形]（4.29 籀），左旁從 [字形] 即古「堯」字，但其訛作「旡」形。古文字「堯」作 [字形]（後下35.6）、[字形]（周早・堯戈）、[字形]（戰國郭店六德），無一從「旡」。同字「橈」《集篆古文韻海》錄作 [字形]（4.35）較正確。又《集篆古文韻海》「橈」下錄一形作 [字形]（4.35），即「堯」字，其所從的「土」形下部筆畫向上捲曲，已似「旡」，因此可知《古文四聲韻》從「旡」形是漸進訛變而來。又《古文四聲韻》「撓」作 [字形]（4.29 籀）亦是借「堯」為「撓」，字形亦訛變作「旡」。

（42）《古文四聲韻》「悶」作 [字形]（4.20 老），此形上部看似從「貝」，其實是門形上部逐漸聚合，最後相連，訛成貝形，《集篆古文韻海》作 [字形]（4.27）上部不訛。

（43）《汗簡》「遣」錄字形作 [字形]（1.9）、《古文四聲韻》作 [字形]（3.17 義）上部字形從「臾」從「𦣞」。《集篆古文韻海》此字錄作 [字形]（3.22），從「臼」從「𦣞」，與較早期的古文字「遣」作 [字形]（周早・小臣謎簋）、[字形]（周中・遹簋）相同。《汗簡》、《古文四聲韻》所錄「遣」字形作「臾」從「𦣞」，如秦代・睡虎地簡18.160作 [字形]、西漢・居延簡甲231作 [字形]，上部類化與「遣」作 [字形]（戰國・雲夢效律）、[字形]（秦代・睡虎地簡 24.28）相同，已是戰國晚期至秦漢較晚的字形。

（44）《古文四聲韻》「閉」作 [字形]（5.13 天），據《集篆古文韻海》「或」作 [字形]（3.33），「武」作 [字形] 或 [字形]（3.10），「國」作 [字形]（5.34），其所從的「戈」形與之相近。因此可以將《古文四聲韻》字形分析作從「門」從「戈」，其正與

戰國文字「閉」作 （戰國郭店老甲），也從「門」從「戈」相同。〔註31〕

　　（45）《古文四聲韻》「蹲」錄隸定古文字形作 （1.28 古），左旁從「山」，此字據《集篆古文韻海》作 （1.10），古文字「足」、「止」義近可通。據此可知《古文四聲韻》左旁從「山」乃「止」的訛形。戰國「止」形有作如 （郭店唐虞），確有可能訛變作「山」形。

　　（46）包山簡 233 簡文：「（以下用△1 代指）于大門一白犬」，整理者將△1 讀作「閥」，並引《廣雅・釋詁一》：「伐，殺也」。〔註32〕關於此字史傑鵬也曾引《古文四聲韻》卷五陌韻「磔」字作 （字形出自〈義雲章〉，以下用△2 代指），認為依字形可分析為「從門從木」，並疑「木」是「戈」形訛變。據此認為「△1」也許就是後來的「磔」字。〔註33〕關於史傑鵬引《古文四聲韻》「磔」字作△2 用以說明包山簡△1 字，筆者認為完全是字形訛變的巧合。《古文四聲韻》「磔」字作△2 似可分析為「從門從木」，然字形上部之所以從「門」完全是訛變而來的巧合。「磔」字《集篆古文韻海》宛委別藏本作 （5.26），上部與《古文四聲韻》一樣訛變作似「門」形，然而更早之前的明龔萬鍾本卻作 。從這個字形可以推斷上部之所以訛變作「門」形，是因為下部的「舛」與上部的「宀」筆畫連合而成。〔註34〕此字本就是「桀」字，因此並非「從門從木」，而「木」形也並非是「戈」形訛變。

〔註31〕郭店簡《老子》甲 27 簡：「閟其兑，塞其門」，乙本 13 簡作「閟（閉）其門，塞其兑」，傳世本多作「塞其兑，閉其門。整理者以為「閟」乃「閉」字誤寫，見荊門市博物館：《郭店楚墓竹簡》（北京：文物出版社，1998 年，注釋 63），頁 116。然魏啟鵬先生以為是「閉」字之異構，以「戈」距門，會闔閉之意，本文依此。見魏啟鵬：〈楚簡《老子》柬釋〉，《道家文化研究（第 17 輯）》（香港：三聯書店，1999 年 8 月），頁 227。

〔註32〕劉彬徽、彭浩、胡雅麗、劉祖信：〈包山二號楚墓簡牘釋文與考釋〉注 458，見湖北省荊沙鐵路考古隊：《包山楚墓》（北京：文物出版社，1991 年），頁 57。

〔註33〕史傑鵬：〈包山楚簡研究四則〉《湖北民族學院學報》2005 年第 3 期，頁 65。

〔註34〕在筆者提出之前，此字形王丹與李春桃已論述過，二者說法可參李春桃《傳抄古文綜合研究》，頁 114～115。由於二位對於字形訛變的論述是據漢印徵 5.17「桀」字形作 ，認為「舛所從的二夂形均向下延伸筆畫，將木形半包圍，若頂部粘連，即變成 」。這和筆者運用《集篆古文韻海》字形予以說明訛變的由來有一點不同的看法，因此以註腳說明。

（47）《古文四聲韻》「捨」下錄字形作 ![字形]（3.22 老），字形較難辨認。藉以《集篆古文韻海》錄作 ![字形]（3.28），可以分析《古文四聲韻》「![字形]」即為「手」，而「![字形]」即為「豫」。此字即從手、豫聲的「捨」字異體。「豫」戰國文字作 ![字形]（陶五 123）、![字形]（包山 007），《集篆古文韻海》「豫」所從的「象」形作 ![字形]，上部似「又」形是從戰國「象」的頭形寫法訛變過來的。此外，《古文四聲韻》「舍」古文字形作 ![字形]（4.33 籀）即是「豫」形，但同字《集篆古文韻海》錄作 ![字形]（4.38），左半下部明顯是「兔」的象形。由於戰國文字「兔」、「象」常相混訛〔註35〕，可能杜從古可能看到了《汗簡》、《古文四聲韻》所不載的珍貴字形，從這個字形也可以更加確定以上的字形考釋是正確的。

（48）《古文四聲韻》「斯」下錄字形作 ![字形]（1.16 道），下部從「土」，此字《集篆古文韻海》錄作 ![字形]（1.5），可知從「土」為訛形，此即「思」字。《汗簡》錄「思」形作 ![字形]，字形取自〈碧落碑〉，黃錫全說：「今存碑文作 ![字形]，當是由 ![字形]、![字形]（璽文 10.8）等形謁誤。」〔註36〕又《汗簡》「協」引字形作 ![字形]（6.75 說）與 ![字形]（6.75 孫），可證「思」可省作如此。

（49）李春桃於《傳抄古文字綜合研究》中指出《古文四聲韻》「筆」有一形作 ![字形]（5.8 義），該形下部形體怪異，和常見的「筆」的寫法不同。其認為這這個字形是後人偽造，從金文「津」作 ![字形]（周晚・翏生盨），可知《古文四聲韻》下部即為「津」形，三個橫畫是水旁橫置。〔註37〕其說正確，「津」到戰國作 ![字形]（璽彙 2408）、![字形]（雲夢為吏），和「筆」所從的「聿」形相近，因此《古文四聲韻》把「筆」的下部「聿」改作「津」的古文。同字《集篆古文韻海》錄作 ![字形]（5.10），水形更加明確，可以補充李春桃的說法。

（50）《汗簡》「卿」錄字形作 ![字形]（3.40 李），《古文四聲韻》錄作 ![字形]（2.19 李），這兩形體上部似「宀」。黃錫全引鄭珍說：「蓋原作 ![字形]」。〔註38〕可見古文

〔註35〕李天虹：〈楚簡文字形體混同、混訛舉例〉《江漢考古》2005 年 3 期，頁 83。該文中注釋 1 說：「中山胤嗣圓壺『逸』字作 ![字形]，所從『兔』的上部變為象頭，但下部所從仍是『兔』的象形」，見該文頁 87。

〔註36〕黃錫全：《汗簡注釋》，頁 453、454。

〔註37〕李春桃：《傳抄古文綜合研究》，118～119。

〔註38〕黃錫全：《汗簡箋證》，頁 285。

原本上部是斷開的，從兩個人形，後誤成「宀」《集篆古文韻海》「卿」則作 （2.16），字形上部筆畫未連合，與古文字作 （春秋・邾公鐘）、（璽彙4010）相似。

（51）《古文四聲韻》「鄉」錄字形作 （2.14 老），李春桃認為是「鄉」形體的訛誤。〔註39〕筆者不同意這樣的說法，若依李春桃的分析，則此字左右兩撇為人形的聚合，而 則應該是「皀」的形體，但傳抄古文字並無這樣的形體。此字依《集篆古文韻海》「鄉」下即有相似字形作 （2.13）、（2.13），形體即為「香」，因此藉此可知《古文四聲韻》「鄉」作 （2.14 老），依字形分析應該是「香」。「香」與「鄉」古音皆為曉母陽韻字，音韻皆同。〔註40〕戰國文字從「禾」的字如「季」作 （包山 127），《古文四聲韻》左右兩撇只是「禾」形兩旁筆畫寫得較長而已。此外，傳抄古文字「享」如《古文四聲韻》作 （2.18 老）與《集篆古文韻海》作 （2.16），與上引《古文四聲韻》「鄉」錄字形作 （2.14 老）有些相似，「鄉」（即「香」）作 （2.14 老），上部 為「禾」形，而下部疊加「甘」形。而「享」作《古文四聲韻》（2.18 老），上部 為「亯」象祭祀場所的屋頂，下部象祭祀的臺階形。〔註41〕此為二字是異字有類似形體，不可混為一談。

（52）《汗簡》「蒙」作 （6.72 尚），《古文四聲韻》古文與隸定古文分別作 （1.10 尚）與 （1.10 古），上部「亡」都類化成「虫」形。《集篆古文韻海》則作 （1.1），字形不訛。

（53）《古文四聲韻》「蠱」作 （4.30 籀），下部「虫」訛作「心」，《集篆古文韻海》則作 （4.36），不訛。

（54）《古文四聲韻》「脰」作 （4.39 籀），《集篆古文韻海》作 （4.48），「豆」偏旁形體較正確。

（55）《古文四聲韻》「授」作 （4.38 籀），依字形應為从辵从受，據《集篆古文韻海》「授」作 （4.46）可知，《古文四聲韻》右下部的「手」形訛作 。

〔註39〕 李春桃：《傳抄古文綜合研究》，頁 126。

〔註40〕 郭錫良：《漢字古音手冊》，頁 258。

〔註41〕 「亯」本義為祭祀的場所，詳參季旭昇：《說文新證》（上），頁 453。

（56）《古文四聲韻》「嫁」作 ![字形] （4.32 汗），右旁「家」所從的「豕」形有訛變，據《集篆古文韻海》「嫁」作 ![字形] （4.39），可知《古文四聲韻》原作此形。

（57）《古文四聲韻》「恭」作 ![字形] （1.21 義），下部形體似「玄」。可據《集篆古文韻海》「悍」作 ![字形] （1.22），也有相似形體，可確定其爲「心」的訛形。當是從戰國「恭」作 ![字形] （長沙帛書）、「惓」作 ![字形] （上博相邦）「心」的寫法訛變而來。

（58）《古文四聲韻》「沒」作 ![字形] （5.10 老），「又」形與「回」合爲一形。《集篆古文韻海》作 ![字形] （5.14），字形較正確，出土文字「沒」如 ![字形] （雲夢秦律）。

（59）《古文四聲韻》「泣」作 ![字形] （5.22 孝），據《集篆古文韻海》作 ![字形] （5.35），可知上部爲「立」形稍訛，《古文四聲韻》上部似「宀」則爲連合而成的訛變，下部「非」爲「水」的訛形。

（60）《古文四聲韻》有一字形作 ![字形] （1.34 說），似從門從蜀，釋爲「闌」，並言字形出自《說文》，然今考《說文》並「闌」字，《集篆古文韻海》「闃」作 ![字形] （1.16），字形與其相同，應是《古文四聲韻》釋文錯誤，且門下的「夏」形略訛。

（61）《古文四聲韻》「費」作 ![字形] （4.9 老），下部「貝」訛作「見」，《集篆古文韻海》作 ![字形] （4.9）不訛。

（62）《古文四聲韻》「屈」有一字形作 ![字形] （5.9 老），人旁的「土」形爲「出」形的訛變，《集篆古文韻海》則作 ![字形] （5.12），「出」形不訛。「屈」古文字作如 ![字形] （戰國・郭店老甲），傳抄古文字人尾離析置於左旁。

（63）李春桃認爲《古文四聲韻》「役」收錄隸定古文字形作 ![字形] （5.17 崔），字形從人從閔，「閔」是明母文部字，「役」是喻母錫部字，兩者讀音不近，不能相通。懷疑該古文是由「役」字結構分裂訛變而來。文中並舉《古文四聲韻》「役」另有古文作 ![字形] （5.17 說），認爲「閔」旁即爲 ![字形] 訛變而來。〔註42〕筆者認爲其對字形分析可從，可另舉以《古文四聲韻》「殺」作 ![字形] （5.12），同

〔註42〕李春桃《傳抄古文綜合研究》，頁 127。

字《集篆古文韻海》作🔲（4.18），右旁的「殳」形也有訛變作「門」形的現象以證。

（64）《古文四聲韻》「馴」作🔲（4.7 天），字形筆畫較不清晰，此字《集篆古文韻海》作🔲（4.5），兩者上部似皆從「穴」作。然另據《集篆古文韻海》「四」作🔲（4.5），可知「穴」形為「四」的訛形。戰國文字「四」如🔲（璽彙 0316），《集篆古文韻海》「四」承此又有些訛變，而《古文四聲韻》「馴」把「四」移至馬的上部又訛作「穴」形。

（65）《古文四聲韻》「驚」作🔲（2.18 老），字形筆畫較不清晰，此字《集篆古文韻海》作🔲（2.16）（明龔萬鐘本作🔲），可知《古文四聲韻》「羊」寫至上部，🔲為「句」離析於左部，馬形置中但漏抄馬頭。但《集篆古文韻海》把「攴」誤抄為「子」。

（66）《古文四聲韻》「室」下錄一形作🔲（5.8 季），字形奇怪。據《集篆古文韻海》「室」作🔲（5.9）可知，《古文四聲韻》字形🔲（5.8 季）即為「至」字。「至」古文字一般如甲骨文作🔲（乙 7795）、🔲（戰國·雲夢日甲），象「矢鏑」的筆畫沒有如《古文四聲韻》作反方向的，而且其象「矢」末的羽形筆畫消失，又於圓圈中加一小圈，以致字形訛變太甚（若還原其形應該作🔲）。

（67）《古文四聲韻》「沱」作🔲（2.9 張），「它」形承自戰國文字如🔲（戰國·三晉 126），但字形抄的不完全。《集篆古文韻海》則作🔲（2.9），較完整。

（68）《古文四聲韻》「珉」字形作🔲（1.323 李），右半為「民」的古文但下部訛變作似「人」形。「民」戰國文字如🔲（郭店忠信），《古文四聲韻》「民」字乃下部橫畫位移與豎畫連接所造成的訛變，此字《集篆古文韻海》作🔲（1.14）較為正確。

（69）《汗簡》「聚」下有一形作🔲（3.39 碧），黃錫全引鄭珍云：「此𡨋字也，耳從隸作，以又倒書配之，𡨋右作又是。古聚取通」。[註43] 此字《汗簡》「又」形有訛變，《古文四聲韻》作🔲（4.10 庶），「又」形雖不訛，但「耳」形仍與《汗簡》類似，《集篆古文韻海》作🔲（4.12）則較二者正確。

（70）《古文四聲韻》「離」有一形作🔲（1.5 道），上部似「雙手捧屮」，

〔註43〕黃錫全：《汗簡注釋》，頁 277。

此為訛形，藉由《集篆古文韻海》「離」作 ![形] （1.5）可知《古文四聲韻》的 ![形] 形是由 ![形] 訛變而來，而 ![形] 形則承自戰國「鹿」形的寫法，如 ![形] （包山181），《古文四聲韻》![形] （1.5 道）即「麗」字，「麗」古音屬來母支部〔註44〕，「離」古音屬來母歌部〔註45〕，二字音近，「麗」可借為「離」。

（71）《古文四聲韻》「導」有一形作 ![形] （4.29 孝），據《集篆古文韻海》作 ![形] （4.36），下部似「牛」形為「寸」的形體訛變，人形也有訛變。

（72）甲骨文「保」作 ![形] （合18970），象人背負孩子保護之形。《古文四聲韻》「保」有一形作 ![形] （3.12 老），人的「手」形離析移至右下部訛作「十」，《集篆古文韻海》作 ![形] （3.26）字形較正確。

（73）《古文四聲韻》「病」作 ![形] （4.35 孝），「疒」中的字形似「兀」，然據《集篆古文韻海》作 ![形] （4.42），可知字形應為「方」。二字與戰國文字「病」作 ![形] （疠）（包山243）相同。

（74）《古文四聲韻》「疚」有一字形作 ![形] （4.37 籀），「久」形有訛變，正確字形應如《集篆古文韻海》「疚」作 ![形] （4.45），此「久」形與〈碧落碑〉「久（歐）」作 ![形] 右旁「久」形相同相同，可證。

（75）《古文四聲韻》「厝」錄 ![形] （4.11 孝），據《集篆古文韻海》「措」錄有相同字形作 ![形] （4.13），可知《古文四聲韻》借「措」為「厝」。

（76）《古文四聲韻》「摸」有一字形作 ![形] （1.25 南），右旁似从「及」，據《集篆古文韻海》同字作 ![形] （1.10），此字為「拇」〔註46〕，《古文四聲韻》作 ![形] （1.25 南）為訛變字形。「拇」古音明母之部〔註47〕，「摸」明母鐸部〔註48〕，二字音近可通。

（77）《古文四聲韻》「貌」有一形作 ![形] （4.28 籀），左半从「鼠」，戰國从「豸」的字或可從「鼠」，如「豻」作 ![形] （包山271）。但右半字形難解，

〔註44〕郭錫良：《漢字古音手冊》，頁83。

〔註45〕郭錫良：《漢字古音手冊》，頁83。

〔註46〕據傳抄古文「母」有作 ![形] （集古文韻上聲韻第三·19 老）可知，徐在國：《傳抄古文字編》（下），頁1241。

〔註47〕郭錫良：《漢字古音手冊》，頁107。

〔註48〕郭錫良：《漢字古音手冊》，頁26。

據《集篆古文韻海》作▢（4.35），《古文四聲韻》的▢形，應是受「鼠」形下部類化，應爲▢之訛。而《集篆古文韻海》「貌」作▢（4.35），其▢有可能即爲「爻」形的訛變。戰國「爻」形多寫作如▢（包山093「駁」所从），且戰國文字與傳抄古文都喜於原字形基礎上「加點」。〔註49〕其訛變過程應如右所示：▢→▢→▢。因此《集篆古文韻海》「貌」作▢（4.35），依形體此字可隸定作「豸」，從「豸」、「爻」聲。戰國文字中有「貌」寫作從「爻」聲之「佼」，如《郭店・五行》簡32：「顏色容▢」，▢字從「人」，「爻」聲，可隸定作「佼」，簡文讀爲「貌」。楚簡中「貌」字又有寫作▢（畜），從「苗」聲，如《郭店・性自命出》簡20：「至頌（容）畜（貌）」。「爻」古音屬匣母宵部〔註50〕，「貌」古音屬明母藥部〔註51〕，「苗」古音屬明母宵部〔註52〕，三者音近可通。總上考述，據《集篆古文韻海》「貌」作▢（4.35），可知《古文四聲韻》「貌」作▢（4.28箱）爲訛形。而《集篆古文韻海》▢（4.35）字可隸定作「豸」，從「豸」、「爻」聲。保留戰國文字「貌」可與從「爻」聲之字通假之例。〔註53〕

　　（78）《古文四聲韻》「嬉」有一形作▢（1.20 義），李春桃以爲「此形殘訛，究竟爲何字尚難判斷，但從其輪廓可以推測出有兩種可能。一是「每」字之訛；一是從「里」得聲之字殘形」〔註54〕。據《集篆古文韻海》同字作▢（1.8），明龔萬鐘本作▢，筆者認爲李春桃以爲《古文四聲韻》「嬉」作▢（1.20 義）可能是「每」字之訛與從「里」得聲之字殘形兩種說法尚待證實，此字有可能是戰國「喜」字的殘形。戰國「喜」字有作如▢（陶三877）、▢（璽彙0395），與上引傳抄古文「嬉」有類似的形體，「喜」可借爲「嬉」。

〔註49〕何琳儀：《戰國文字通論（訂補）》，頁257。

〔註50〕郭錫良：《漢字古音手冊》，頁165。

〔註51〕郭錫良：《漢字古音手冊》，頁160。

〔註52〕郭錫良：《漢字古音手冊》，頁169。

〔註53〕筆者本條考釋原認爲「因傳抄古文字「丹」作▢（《集篆古文韻海》1.20）、「青」作如▢（《汗簡》2.25），此字或可以隸定作「𩔖」或「𩱆」，但與「貌」有何關聯，待考。」新說乃經口考委員范麗梅老師給予的建議，特此謝忱。

〔註54〕李春桃：《傳抄古文綜合研究》，頁460。

（79）《古文四聲韻》「屍（臀）」下有一形作 [圖] （1.13 義），字形究竟應該如何分析，頗爲費解。然而藉由《集篆古文韻海》「屍（臀）」也錄有兩形分別爲 [圖] （1.19）與 [圖] （1.19），與其字形類似藉以說明。由於第一形與《古文四聲韻》形體全同，因此透過第二形可以考釋其訛變之由來。筆者認爲《古文四聲韻》「屍（臀）」的古文字形 [圖] （1.13 義），即「屍」字訛變過後的形體，因《古文四聲韻》「尾」有隸定古文字形作 [圖] （3.8 崔），而《集篆古文韻海》則錄有古文形體作 [圖] （3.7），分析認爲《集篆古文韻海》「屍（臀）」的第二形 [圖] （1.19），其 [圖] 即「尸」，而左半 [圖] 即 [圖]，只不過下部「丌」訛變作三劃。這樣的訛變於傳抄古文與戰國文字都十分常見，如傳抄古文「斯」作如《汗簡》 [圖] （1.3 義），「丌」旁下部訛作三筆劃；又如戰國文字「吳」作 [圖] （珍秦 92）、「異」作 [圖] （郭店語三）亦是。因此，上文所引的《集篆古文韻海》「尾」作 [圖] （3.7），其實此字乃「屍（臀）」字，與「尾」義近而釋爲「尾」。《古文四聲韻》 [圖] （1.13 義）也是「屍（臀）」，只不過形體在《集篆古文韻海》 [圖] （1.19）之上又有訛變。其訛變歷程爲：《古文四聲韻》 [圖] （1.13 義），上部爲「公」形筆畫聚和作 [圖]，左旁「尸」形上亦增一相同形體對稱。左半下部誤解《集篆古文韻海》 [圖] （1.19）爲「水」，因此改从「氺」作 [圖]。其訛變過程利用出土文字與傳抄古文作圖示如下：

[圖] （戰國曾侯墓簡）→ [圖] （《韻海》3.7）→ [圖] → [圖] → [圖] （《韻海》1.19）→ [圖] → [圖] （《四聲韻》1.13 義）

傳抄古文字「殿」下有組字形和上引《集篆古文韻海》釋爲「臀」的 [圖] （1.19）形體相同。可例舉如《汗簡》 [圖] （3.42 華）、 [圖] （4.49 林），《古文四聲韻》 [圖] （4.22 華）、 [圖] （4.22 孝）、 [圖] （4.22 雲），《集篆古文韻海》 [圖] （4.31），這些字形都是上述的「屍（臀）」，因「殿」从「屍」聲，因此音近可通，可以借作「殿」。上引「殿」的諸字形中，明顯可見右半下部或作二劃或作三劃，可以再補強三劃是从「丌」訛變而來的例證。

此外，「屍」戰國文字作 [圖] （戰國曾侯墓簡）所从的「臼」 [註 55] 形爲何

〔註 55〕劉釗認爲「臼」即是「脽（屍）」的古字，金文加「尸」、加「丌」，「臼」或訛變作「目」形、「爪」形。可參季旭昇：《說文新證》（下），頁 40。原文見劉釗：〈談史密簋銘

在傳抄文字卻改從「公」（如上引《古文四聲韻》「尾」作 （3.8 崔）、《集篆古文韻海》「尾」作 （3.7）），筆者認爲有可能是反映變形音化的過程。「𠂤」古音爲端母微部〔註56〕，「公」古音見母東部〔註57〕，雖然二者音韻關係並不直接。但從「𠂤」的「歸」（古音見母微部）〔註58〕、「官」（古音見母元部）〔註59〕與「公」聲母相同。雖然出土古文並無這樣的字例，其有可能是整理傳抄古文中形成的。

（80）《古文四聲韻》「网」下一有字形作 （3.24 老），研究傳抄古文字大多都將 看作爲「亡」形的抄訛，認爲其即《說文》「网」古文 。〔註60〕若檢擇其他傳抄古文字的資料，同字的字形也大多承襲《古文四聲韻》，如徐在國《古老子文字編》收錄的幾形：

（《四聲韻》3.24）、 （《四聲韻》三 3.16）、 （《篆韻》3.39）、 （《廣金石韻府》3.33）、 （《六書分類》8.42）。

〔註61〕

除末兩形有漸漸抄訛作「止」外，其他諸形大多與《古文四聲韻》相同。然而透過《集篆古文韻海》「网」下有一形作 （3.30），比較了字形後認爲 （3.24 老）的 並非「亡」的訛形，因 （3.30）下部從「足」，可以確認《古文四聲韻》 是漏抄了上部之形（以虛線補足應爲 ），上部的字形則爲「网」，因傳抄古文多減省作似「宀」，如《汗簡》「羅」作 （3.39 華）「网」形亦作如此。根據《集篆古文韻海》的 （3.30）形，可以將據形隸定作「𦋚」，這個字形來源甚古，保存了甲骨文的字形與原義。

文中的「屑」字〉《考古》1995 年第 05 期，頁 434。

〔註56〕郭錫良：《漢字古音手冊》，頁 148。

〔註57〕郭錫良：《漢字古音手冊》，頁 282。

〔註58〕郭錫良：《漢字古音手冊》，頁 140。

〔註59〕郭錫良：《漢字古音手冊》，頁 216。

〔註60〕國一妹：《古文四聲韻異體字處理訛誤的考析》，頁 46。李春桃：《古文字綜合研究》，頁 663。

〔註61〕徐在國：《古老子文字編》（合肥：安徽大學出版社，2007 年 8 月），頁 219。

甲骨文中有幾條卜辭，如《小屯南地甲骨》730 號：

其田𡧘，以🏴，亡戈（灾）

又《甲骨文合集》28825 也有一條卜辭：

……王其田……以🏴……

關於這兩個字形，裘錫圭隸定作「罞」，並分析字義爲：

> 「罞」顯然是從「网」「疋」聲的一個形聲字，結合字形和辭義來看，應是一種田獵用網之名。這個字跟《爾雅·釋器》：「兔罟謂之罝」的「罝」字大概是一字的異體。「且」、「疋」二字的韻母在上古都屬魚部。「且」是清母字，「疋」是生母字，聲母的讀音在上古也相距不遠。「疋」、「足」本由一語分化，「足」是精母字，聲母跟且就很接近了。所以「罞」與「罝」是一字異體的可能性是很大的。第一期卜辭中屢見一個從「网」從「兔」的字，王國維釋爲「罝」（《甲骨學文字編》7.15 下），當可信。這是「罝」的表意初文，「罞」與「罝」都是它的後起形聲字。〔註62〕

裘錫圭文中提到兩個重點，第一「罞」本義爲田獵用網之名，泛言之即「网」。第二、「疋」與「足」本由一語分化。透過以上兩點可以解釋爲何《集篆古文韻海》「网」下有一形作🏴（3.30）。這個「网」的異體字來源甚古，如今在戰國楚簡中也可以見到相同的構形，如🏴（上博三德 22）。透過《集篆古文韻海》「网」有一形作🏴（3.30），不僅校補了《古文四聲韻》漏抄的形體，也證實這個字與甲骨文、戰國文字相承的關係。

（81）《古文四聲韻》「置」有一形作🏴（4.8 崔）（《碧琳瑯館叢書本》則作🏴，左下部似「牙」）〔註63〕，字形可分析作从「网」、「攴」，左半下部字形不明。然據《集篆古文韻海》「置」有形作🏴（4.8），可知下部即爲「散」。「散」古文字如甲骨文作🏴（京都 2146）、金文作🏴（周中·衛盉），象人「髟」

〔註62〕 裘錫圭：〈殷墟文字考釋七篇〉《湖北大學學報》1990 年第 1 期，頁 52～53

〔註63〕 〔宋〕夏竦：《古文四聲韻》（巴陵方功惠《碧琳瑯館叢書本》），收於李學勤主編：《中華漢語工具書書庫》（第 038 冊）（合肥：安徽教育出版社，2002 年 1 月），頁 106。

方向大多一致向右，至戰國文字楚系文字「敳」以及从「敳」的寫法如 ![字形](4.8)（敳，郭店唐虞）、 ![字形]（娭，郭店老甲）、 ![字形]（頪，上博緇衣），「彡」形則向左。《集篆古文韻海》作 ![字形]（4.8），下部的「敳」形承楚系戰國文字，此字可隸定作「罭」，而《古文四聲韻》、《集篆古文韻海》都釋爲「置」。由於「敳」古音明母微部〔註64〕，「置」古音端母職部〔註65〕，音韻不近，因此不採取將 ![字形]（4.8）釋爲从「网」、「敳」聲的字，它有可能是从「网」从「敳」的會意字。「敳」字本義許進雄以爲乃「手持利器打殺病弱或視覺不佳的老人狀」。〔註66〕從廣泛的字義來看，也許具有驅趕之義，而从「网」的字往往有羅繫的意思。因此从「网」从「敳」的這個會意字，本義可能是「罥遣」，與「置」義近。《說文》：「置，赦也」，徐鍇曰：「與罷同意」，《說文》：「罷，遣有皋也……言有賢能而入网，而罥遣之」。從字形來看的確與「罥遣」的意思相合，所以才被釋爲「置」。此外，傳世字書「置」下有一組與此字形相似的隸定古文，如《集韻》作「罭」、《玉篇》作「罭」，徐在國認爲：「《玉篇·言部》：『設，置也，陳也』，置、設義近，罭下部所从有可能是「設」字之譌，从网从設，會意也」。〔註67〕筆者則認爲罭與罭即上引《古文四聲韻》 ![字形]（4.8崔）、《集篆古文韻海》 ![字形]（4.8）的隸定，徐在國說下部乃「設」的訛誤已不可信。 ![字形]（4.8）左下部被隸定爲多是可被理解的，如《古文四聲韻》「六」下有一隸定古文字形作 ![字形]（5.4崔），左旁的「多」形，懷疑就是被誤解的「邑」的隸定寫法，此字即爲「陸」，戰國文字「陸」有从「邑」作的字形，如 ![字形]（包山181）。「邑」的隸定古文可被寫作如 ![字形]多，而 ![字形]（4.8）左下部的 ![字形]與 ![字形]（邑）形體也差不多，因此被寫作多也是極爲合理的。綜合以上所說，筆者認爲《集篆古文韻海》「置」下所錄的 ![字形]（4.8）形，起了考釋此字形的關鍵性作用，這個字正確隸定應作「罭」，本義可能是「罥遣」，與「置」義近。

（82）《古文四聲韻》「廢」錄一形作 ![字形]（4.18老）〔註68〕，右下部有一部

〔註64〕郭錫良：《漢字古音手冊》，頁137。

〔註65〕郭錫良：《漢字古音手冊》，頁51。

〔註66〕許進雄：《簡明中國文字學（修訂版）》（北京：中華書局，2009年2月），頁131。

〔註67〕徐在國：《隸定古文疏證》（合肥：安徽大學出版社，2002年6月），頁166。

〔註68〕此形李春桃已辨認出是「灋」字，但他並沒有對字形部件作詳細的說解，正文以

件似「又」，整體字形有訛變，據《集篆古文韻海》「廢」作 （4.23）（明龔萬鐘本作 字形更為正確），可知此為「灋」字。以明龔萬鐘字形，部件可分析如右： 左半下部至右半上部 形即為「去」，因傳抄古文「去」如《集篆古文韻海》作 （3.8）。而剩餘的 形即「廌」字，因戰國「廌」有作如 （上博緇衣），下部簡化似戰國「虫」形（如「蚊」作 （陶三 144）所从）。從明龔萬鐘右半下部的 可知其也為「虫」形，乃因傳抄古文字「虫」多作 （《汗簡》6.72）（前述 較 省去下部，乃與「虫」上部共筆）。因此借《集篆古文韻海》字形可確認這是一個保存戰國文字寫法的「灋」字。而《古文四聲韻》「廢」作 （4.18 老），右下部的「虫」形又訛變為「又」〔註69〕。「廢」古音屬幫母月部〔註70〕；「灋」古音屬幫母葉部〔註71〕，二字音近可通。

總而言之，由以上諸例可知《集篆古文韻海》對於校對《汗簡》、《古文四聲韻》有很大的價值。

二、與出土古文的互證

傳抄古文與戰國文字關係密切，因此戰國文字具「言語異聲，文字異形」〔註72〕的現象在傳抄古文中也可以同等見之。〔註73〕目前學界多半運用《汗

下利用《集篆古文韻海》的部件作分析，可以確認這是一個保存戰國文字寫法的「灋」字。見李春桃〈淺談傳抄古文資料對古漢語研究的重要性〉《古漢語研究》2012 年 03 期，頁 62。

〔註69〕在傳抄古文字中，「虫」形抄訛作「又」形是有直接例證的，如《集篆古文韻海》「蠋」作 （2.25），其左半「蜀」所从的「虫」就抄訛成「又」。《汗簡》「屬」作 （3.43 義）亦是。

〔註70〕郭錫良：《漢字古音手冊》，頁 136。

〔註71〕郭錫良：《漢字古音手冊》，頁 6。

〔註72〕〔東漢〕許慎：〈說文解字序〉《（圈點段注）說文解字（附索引）》（臺北：萬卷樓圖書股份有限公司，2002 年 8 月再版），頁 765。自許慎提出戰國文字異形的說法後，開啟了學界將戰國文字的分域研究的領域，如民初王國維〈戰國時秦用籀文六國用古文說〉分東土六國文字以及西土秦國文字，是最早使用分域意識研究戰國文字的學者，以及 1959 年李學勤〈戰國題銘概述〉中將戰國文字分成六部分，後來何琳儀《戰國文字通論》延續發展出分為五系之說，可參。

〔註73〕李春桃在其博士論文《傳抄古文綜合研究》第八章〈古文國別問題研究〉中提到：

簡》、《古文四聲韻》以考釋戰國文字，較少運用《集篆古文韻海》以證戰國文字。關於此點乃是因爲《集篆古文韻海》字形多半承襲二書，而學界亦無較好的校刊本。〔註74〕不過仔細研究可以發現，《集篆古文韻海》有許多字形是合於戰國文字而《汗簡》、《古文四聲韻》所無的〔註75〕，因此足以證明其對戰國文字的貢獻。舉例來說，部分偏旁保留戰國字形，如「搎」作 ![字形](1.19)（1.19），「手」旁與戰國文字作「搏」作 ![字形]（戰國包山 096）相同。又如在構形方面，戰國文字有一類繁化現象是「增繁標義偏旁」，其所指的是在文字原有形符基礎上再增加一個形符，其可以突出原來形符的意義。〔註76〕如戰國文字從「木」的字有時可與「艸」形互換，如「桃」或有作 ![字形]（戰國郭店老甲），「櫨」或有作 ![字形]（戰國陶三 344）。也有不作互換而是「疊加」形符的情況，如「枸」作 ![字形]（戰國包山牘），「栽」作 ![字形]（包山 216），「苟」作 ![字形]（戰國包山簽），「甚」作 ![字形]（戰國包山 258），以上諸字或增加義符「艸」形。這樣的情況同樣可以於《集篆古文韻海》中見到，如「櫨」作 ![字形]（2.10），「業」作 ![字形]（1.16），「柍」作 ![字形]（2.16），「梢」作 ![字形]（5.8），「椊」作 ![字形]（4.5），「枸」作 ![字形]（3.35），以上從「木」的字也都增加義符「艸」形。由於在戰國文字構形中，簡化、繁化、同化、特殊符號變異的激烈程度相對較低。但從文字構形方式之一「異化」的角度來看，《集篆古文韻海》所載的字形與戰國出土文字有著高度的相關。以下便針對此點，提出《集篆古文韻海》的獨特貢獻之處。

關於戰國文字「異化」，何琳儀曾於《戰國文字通論（訂補）》說到：

「古文的主體是戰國文字，同樣也具有地域性特點」，下文又說到關於古文國別的研究「主要集中在《說文》、三體石經古文，關於《汗簡》、《古文四聲韻》古文的國別性質還沒有專門研究」，見李春桃：《傳抄古文綜合研究》，頁 309～310。

〔註74〕學界目前對《集篆古文韻海》較周全的整理本，是北京中華書局於 2012 年 10 月出版的〔宋〕杜從古撰、丁治民校補：《集篆古文韻海校補》（古代韻書輯刊）系列。但此整理本主要是運用《永樂大典》殘卷、《古老子》碑文、《集韻》校補，但未運用到藏於臺灣國家圖書館藏明嘉靖二年（1523）武陵龔萬鐘抄本。

〔註75〕此部分可參本論文附錄一【《集篆古文韻海》與出土古文相合字表】。

〔註76〕「增繁標義偏旁」又可細分爲（一）象形標義（二）會意標義（三）形聲標義三類，見何琳儀：《戰國文字通論（訂補）》，頁 220。

> 簡化和繁化，是對文字的筆畫和偏旁有所刪簡和增繁；異化，則是
> 對文字的筆畫和偏旁有所變異。異化的結果，筆畫和偏旁的簡、繁
> 程度並不顯著，而筆畫的組合、方向和偏旁的種類、位置則有較大
> 的變化。〔註77〕

此外，林清源稱「異化」爲「變異」，二者內容實質相同，只是稱名不同。他定義說：

> 變異這一類所強調的，在於文字構成部件的改異，其所採取的演變
> 途徑，主要有偏旁替換、方位移動與筆畫變異。〔註78〕

從以上二家說法，可以說「異化」不是對文字的筆畫有所刪簡，而是對文字的構件有所變異。變異後的形體雖然改變，但整個字形的記錄功能，即文字本身所擔負字義並沒有變化。〔註79〕

雖然文字的簡化、繁化、同化、特殊符號等都與變異有關。但若從「筆畫的組合、方向和偏旁的種類、位置則有較大的變化」來說，文字的「異化」相對而言是激烈且較難辨認的。〔註80〕然而目前藉由已出土的文字資料，可以歸納「異化」的規律。例如「異化」當中「形符互作」，何琳儀舉出 17 條以說明，而「形近互作」則舉出 15 條常見的現象。〔註81〕這種以出土文字本身存在的變異現象去歸納規律是十分客觀的，但假使能對傳抄文字中的變異現象也作同等的整理研究，再藉以對照符應戰國文字的現象，或許可對文字形體的研究有所貢獻。

經初步整理，關於《集篆古文韻海》中的異化現象較多，有些現象與戰國文字有高度相關，比如傳抄古文字形體訛變的原因就往往與戰國文字構形

〔註77〕何琳儀：《戰國文字通論（訂補）》，頁 226。

〔註78〕林清源：《楚國文字構形演變研究》（臺中：東海大學中文所博士論文，1987 年 12 月），頁 119。

〔註79〕李運富說：「異化指原本相同的某一形體，變成了一組不同的形體。……異化的情況多發生在構件身上，構件的形體變了，但整個字形的記錄功能並沒有變化」，見李運富：〈漢字形體的演變與整理規範〉《語文建設》（1997 年 03 期），頁 21。

〔註80〕何琳儀說到「『同』易於認識，『異』難以辨清」，見何琳儀：《戰國文字通論（訂補）》，頁 249。

〔註81〕何琳儀：《戰國文字通論（訂補）》，頁 229〜237。

有關。《集篆古文韻海》從「皿」的字如「盂」作 （1.9），「盈」作 （1.18），「皿」形中的 ʌʌ 形，即是從戰國「皿」的寫法而來。戰國文字從「皿」的字，如「盞」有 （太府盞），「盛」作 （璽彙1319），「皿」寫作 ，而傳抄古文又將「皿」形中的 ʌʌ 形位移，所以造成的訛變。眾所周知戰國文字變異性高，有可能到了宋代編纂傳抄文字的整理者見到實物資料，由於限於釋讀水準或誤解進而造成訛誤，不過些偏旁的訛變正可以利用戰國文字予以說明。然而在此前提之下，必須體認傳抄文字的諸多侷限，例如傳抄古文字來源是否可靠，其中是否夾雜非真古文的字形，以及歷代輾轉傳抄之下訛誤更甚等問題。因為《集篆古文韻海》字形來源不載出處且頗為蕪雜，因此不敢妄下遽論。以下先提出《集篆古文韻海》與戰國文字異化現象相同的例子，再舉出《集篆古文韻海》其他異化的例子以供參考。

何琳儀在《戰國文字通論（訂補）》將「異化」分作：「方位互作」、「形符互作」、「形近互作」、「音符互作」、「形音互作」、「置換形符」、「分割筆畫」、「連接筆畫」、「貫穿筆畫」、「延伸筆畫」、「收縮筆畫」、「平直筆畫」、「彎曲筆畫」、「解散形體」等諸項予以討論。﹝註82﹞其中關於筆畫的變異，傳抄古文字的確也可以找到相等對應的例子，例如戰國文字「夫」有作 （璽彙0110），下部筆畫分割，《集篆古文韻海》「贊」作 （4.28）也有相同現象。又如戰國文字「賤」有作 （上博緇衣）兩戈移至貝的上部，屬於「方位互作」中的「上下互作」，而《集篆古文韻海》「賤」作 （4.32）同戰國文字。戰國文字「鄰」有作 （仰天湖簡），邑旁至左部，而《集篆古文韻海》作 （3.8）同此。筆畫變異的例子很多，但考慮到傳抄古文字較出土古文又經輾轉的摹抄，可能比出土古文形體有較多的訛變，因此不予以細部討論。以下以「異化」中的「形符互作」、「形近互作」兩項為主要討論中心，提出《集篆古文韻海》與戰國文字相同之處。

（一）形符互作

高明《中國古文字學通論》「意義相近的形旁互為通用」提到：

在古體形聲字中，如果兩種形旁意義相近，即可相互代用，並不因

更換形旁而改變本字的意義。……「義近形旁通用」是利用偏旁分析來研究古文字形體的一項非常重要的方法。〔註83〕

何琳儀於《戰國文字通論（訂補）》稱之為「形符互作」，其說：

> 合體字偏旁，尤其形聲字形符，往往可用與其義近的表意偏旁替換，這就是古文字中習見的「形符互換」現象。形符互換之後，形體雖異，意義不變。〔註84〕

文中舉出戰國文字中較常見的幾類形符互換，以下以其所列出的類型，用《集篆古文韻海》與戰國文字相合舉例如下。

（1）日－月

「春」古文字如（春秋吳王光鑑）从「日」，也作（戰國書也缶），从「月」。《集篆古文韻海》「夜」作（3.28）从「日」，與戰國「夜」有从「日」作（睿錄7.1）相同。

（2）土－田

戰國「型」作有从「土」如（郭店老甲），也有如（望山M1簡）從「田」。《集篆古文韻海》「垓」作（1.12），「垗」作（3.24），从「田」。

（3）土－章

戰國文字「城」有从「土」作如（郭店老甲），也有作（包山004），从「章」。又如「塊」作（郭店老甲）从「土」，也有从「章」作如（上博周易）。《集篆古文韻海》「堵」作（3.11），从「章」。

（4）宀－穴

〔註83〕高明：《古文字學通論》（北京：北京大學出版社，1996年6月），頁129～130。其在文中提出了古文字或古代文獻中32種常見的形旁通用例子，分別為：(1)人、女(2)儿、女(3)首、頁(4)目、見(5)口、言(6)心、言(7)音、言(8)肉、骨(9)身、骨(10)止、足(11)止、辵(12)辵、彳(13)走、辵(14)攴、戈(15)牛、羊、豕、馬、鹿、犬諸獸旁(16)鳥、隹(17)羽、飞(18)虫、黽(19)艸、䒑(20)禾、米(21)米、食(22)衣、巾(23)衣、糸(24)糸與索、素旁(25)糸、帛(26)宀、广(27)缶、皿與瓦(28)土、章(29)土、田(30)土、阜(31)谷、阜(32)日、月。高明：《古文字學通論》，頁129～159。

〔註84〕何琳儀：《戰國文字通論（訂補）》，頁229。

戰國文字「宮」一般作 （陶五 224），從「宀」，也有從「穴」作如 （戰國□陽令戈）。「宴」古文字一般從「宀」，如 （春秋配兒鈎鑼），也有從「穴」作 （戰國璽彙 0235）。《集篆古文韻海》「寠」作 （2.25），從「穴」、「窔」作 （5.19），從「穴」。

（5）宀－广

戰國文字「安」有作如 （璽彙 4348），從「宀」，也有如 （璽彙 0237），從「广」。又如「庫」作 （璽彙 5212），從「广」，也有從「宀」作 （上博相邦）。《集篆古文韻海》「宗」作 （3.26）從「广」、「宰」作 （3.14）從「广」。

（6）首－頁

戰國文字「惪」作 （郭店老乙），從頁，也有作 （郭店語二）從首。又如「頡」作 （戰國包山 022），從「首」，而「頵」作 （戰國陶三 1266）亦從「首」。《集篆古文韻海》「碩」作 （5.29）從「首」，又如「眉」錄字形作 ，與周晚・晉侯對鼎「眉」作 ，「頁」省爲「首」相同。

（7）目－見

戰國文字「睘」作 （中山玉器）從「目」，此字或作 （郭店老甲）從「見」。又如「親」作 （包山 051），從「見」，也作如 （上博緇衣）、（陶三 917），從「目」。而《集篆古文韻海》「瞥」作 （5.19）、「瞤」作 （1.22）、「眶」作 （2.14）「瞕」作 （3.36）、「瞟」作 （2.5）「目」旁改從「見」。而「見」旁改從「目」則有「覘」《集篆古文韻海》作 （4.50），「覵」作 （4.34），「現」 （5.9）。

（8）口－言

戰國文字「詩」從「言」作如 （郭店語一），也有從「口」，如 （上博詩論）。《集篆古文韻海》「啜」作 （5.21），「口」或從「言」，又如「話」作 （4.39）從「口」。

（9）言－心

戰國文字「訓」作如 （天星觀簡），從「言」，也作如 （郭店緇衣），從「心」。又如「信」作 （璽彙 0650），從「言」，也作如 （璽彙 3125），

從「心」。《集篆古文韻海》「諟」作 （3.3），從「心」。「諗」作 （3.38），本爲「言」旁的字也從「心」。

（10）又－攴

戰國文字「敗」從「攴」作如 （包山 015），也從「又」如 （包山 022）。而《集篆古文韻海》「肇」作 （3.23），右上部「攴」或從「又」。「取」作 （3.35），從「又」改從「攴」

（11）攴－殳

「毀」戰國文字有從「殳」作如 （青川牘），也有如 （戰國璽彙 0702），從攴。《集篆古文韻海》「毀」錄字形作 （5.5），從「攴」。

（12）攴－戈

戰國文字中「攴－戈」互換，何琳儀歸於「形符互作」，認爲兩者通用可互作。然而林清源認爲「攴－戈」字義並不相近，他歸之於「異義別構」，其於《楚國文字構形演變研究》中指出：

> 義符通用的現象，除了上述「義近替代」與「形近訛混」兩種類型
> 之外，還有一些例字，大概是受造字觀點轉變等因素的影響，各自
> 選用字義並不相近的偏旁爲義符，這種類型的異體字，筆者稱之爲
> 「異義別構」。以「戈」、「攴」二旁爲例，「戈」是一個表示兵器的
> 象形字，「攴」是一個表示搥擊動作的會意字，前者屬於名詞，後者
> 屬於動詞，字義並不相近。但因戈可以用於搥擊撲殺，而搥擊撲殺
> 往往要倚賴戈戟之類的兵器。所以「戈」、「攴」二旁在當做義符時，
> 仍然經常互用。楚國「救」字既作「」形（秦王鐘），又作「」
> 形（包山簡 226），就是一個典型的例子。〔註85〕

攴、戈於戰國文字可互作的例子，還有如「寇」從「攴」作 （戰國侯馬盟書）、或從「戈」作如 （上博周易）；「攻」作 （郭店成之）或從「戈」。《集篆古文韻海》也有一樣的例子，如「致」作 （5.8）從「戈」，「戯」作 （5.6）從「攴」。

〔註85〕林清源：《楚國文字構形演變研究》，頁 131。

（13）屮－木

「蒂」作 （璽彙3118），上部的「屮」作「木」形。在傳抄古文字中，《汗簡》「籃」作 （4.51義），中間從「屮」形，而《集篆古文韻海》作 （2.28），中間從「木」形。

（14）皀－食

戰國文字「飤」有作 （包山147），從「食」，也有如 （包山245），從「皀」。「即」有作 （信陽楚簡），從「食」，也有如 （天星觀簡），從「皀」。《集篆古文韻海》「餿」作 （1.11），「食」或從「皀」。

（15）木－禾

「秦」戰國文字作 （璽彙1630）從「禾」，也有從「木」作如 （璽彙3423）。而《集篆古文韻海》「攢」從「木」作如 （2.12）。又「利」作 （4.6），從「木」。

（16）糸－束

戰國‧中山王壺「純」字作 ，從「束」，而《集篆古文韻海》「約」作 （5.7），亦從「束」。

除了上述何琳儀《戰國文字通論（訂補）》中提到較常見的幾類形旁意義相近可互作的例子之外。《集篆古文韻海》還有幾類「形符互作」與戰國文字有相同的例子如：

（1）刀和斤

「剖」《集篆古文韻海》作 （3.4）、「劃」作 （3.20）、「劅」作 （2.25）、「劑」作 （4.18）皆從「斤」。「斲」作 （5.8），從「刀」。古文字中「刀和斤」互作的例子，如「刖」作 （商代‧刖斝）從「斤」，「劃」作 （戰國富奠劍），從「斤」。

（2）刀和力

「刭」《集篆古文韻海》作 （4.22），從力。「剋」作 （5.34），也從「力」。與戰國文字「罰」作 （郭店緇衣），從「刀」，也有作如 （戰國信陽楚簡），或從「力」相同。

（3）力與攴

《集篆古文韻海》「勵」作🔲（4.21）、「勃」作🔲（5.14），「駕」作🔲（4.39），又如「敕」作🔲（5.32），「束」雖訛作「來」，承自戰國文字如「棗」作🔲（雲夢日甲）訛作「來」。以上諸例「力」與「攴」互作。「力」與「攴」互作，如戰國「動」字有作🔲（郭店性自），亦從「攴」形。

（4）口和欠

「呻」《集篆古文韻海》作🔲（1.13）從「欠」，「嘆」作🔲（5.38）從「欠」，「欽」作🔲（3.14），從「口」。與戰國文字「杏」作🔲（郭店窮達）從「口」，也有作🔲（包山189），從「欠」相同。

（5）走與足

「趑」《集篆古文韻海》作🔲（4.1），從「足」。「趙」作🔲（1.6）從「足」。與戰國文字「趙」從「足」作🔲（包山163）相同。

（6）米和禾

《集篆古文韻海》「稗」作🔲（5.11）、「稷」作🔲（4.17）、「穄」作🔲（2.14）、「程」作🔲（2.15）、「檜」作🔲（4.19）、「稞」作🔲（3.28）、「穄」作🔲（4.37），「米」與「禾」有互作之例。其與甲骨文「耀」作🔲（佚745），戰國文字「粟」作🔲（璽彙3100）、「梁」作🔲（包山157）從「米」的字也有從「禾」相同。

（7）頁與見

《集篆古文韻海》「顱」作🔲（3.37）、「頮」作🔲（1.16），「頁」旁或從「見」。與戰國文字「頴」作🔲（包山019）從「見」相同。

（8）肉與骨

「骨」、「肉」偏旁可通用，如戰國新蔡楚簡「䯏」作🔲，簡文同「朐」。「髖」作🔲，同「膁」。又如「膺」作🔲（新蔡楚簡），從「肉」，也作🔲（新蔡楚簡），從「骨」。《集篆古文韻海》「髑」作🔲（3.35）從「肉」、「胲」作🔲（1.12）從「骨」與戰國文字「肉」與「骨」可通用相同。

（9）骨與人

《集篆古文韻海》「髁」作🔲（4.19）、「髁」作🔲（2.5），「骨」旁或從

「人」，與戰國文字「體」从「人」作 ![字形]（上博緇衣）相同。

（10）糸與革

《集篆古文韻海》「紳」作 ![字形]（1.13）「絆」作 ![字形]（4.29），皆从「革」，與戰國文字「紳」作 ![字形]（雲夢法律）从「革」相同。

（11）糸與巾

《集篆古文韻海》「紙」作 ![字形]（3.3）、「繆」作 ![字形]（3.37）、「縈」作 ![字形]（2.18），「糸」旁或从「巾」。另外「巾」旁也有从「糸」，如「幡」作 ![字形]（2.6）、「幰」作 ![字形]（5.18）、「幅」作 ![字形]（5.2）。戰國文字「糸」與「巾」互用的例子如：「幣」作 ![字形]（郭店語三）、「席」作 ![字形]（包山 268）、「幞」作 ![字形]（包山牘 1）、「帶」作 ![字形]（望山 M2 簡）等字，「巾」旁或从「糸」。「糸」旁或从「巾」如「素」作 ![字形]（長沙帛書）、「純」作 ![字形]（曾侯木簡）。

（12）衣與糸

《集篆古文韻海》「襻」作 ![字形]（5.24）、「衦」作 ![字形]（3.18）、「褙」作 ![字形]（4.21）、「襛」作 ![字形]（4.30）、「裡」作 ![字形]（2.6），以上从「衣」的字或从「糸」。而从「糸」的字或从「衣」，如「緟」作 ![字形]（4.2）、「綹」作 ![字形]（3.26）、「緁」作 ![字形]（5.37）「繆」作 ![字形]（2.30）。戰國文字从「衣」的字或从「糸」，如「裝」作 ![字形]（戰國雲夢封診）从「糸」莊聲，「表」作 ![字形]（上博彭祖），或增「糸」旁。

（13）衣與巾

《集篆古文韻海》「褚」作 ![字形]（2.13）、「襜」作 ![字形]（4.50）、「襆」作 ![字形]（5.38）、「袋」作 ![字形]（4.22），以上从「衣」的字或从「巾」。戰國文字「巾」與「衣」互作的例子如「常」作 ![字形]（包山 244），或从「衣」。

（14）衣與革

戰國・詛楚文「褕」作 ![字形]，从革。《集篆古文韻海》「袴」作 ![字形]（4.14），也从革。

（15）土與阜

《集篆古文韻海》「墇」作 ![字形]（2.13）、「垗」作 ![字形]（2.15）、「陵」作 ![字形]（4.25）、「阮」作 ![字形]（2.15），「土」與「阜」有互作之例。與戰國文字「塒」作 ![字形]（山東 001）![字形]（侯馬盟書）、「陘」作 ![字形]（戰國陶三 427）或从「土」相同。

（16）玉與土

《集篆古文韻海》「璞」作▲ᅡ（5.7）、「瓗」作⬚（5.4）「玉」旁或作「土」。與戰國文字「璽」作⬚（陶三645）、「琰」作⬚（望山M2簡2.34），從「土」相同。

（17）瓦與土

《說文》：「瓦，土器已燒之總名」，土器即爲陶器，或因陶器以土製而成，因此有「瓦」與「土」互作之例，如「瓶」戰國文字作⬚（璽彙0720）、⬚（信陽楚簡），從土。而《集篆古文韻海》「甄」錄字形作▲⬚（2.3），也從土。

（18）人與立

甲骨文「立」作⬚（甲820），字形从大立於一（象地）上，「大」即爲「人」正面之形，因此「人」與「立」義近可通用。戰國文字中从「人」的字或有从「立」作，如「僮」，从「立」作如⬚（戰國中山王鼎），「位」，从「立」作如⬚（戰國中山王鼎）。同樣的例子也可於《集篆古文韻海》見到，如「侍」作⬚（3.15），从「立」，「佇」作⬚（3.9），也从「立」。

（19）足與彳

戰國文字中「足」旁往往可與「彳」通用，如「跟」或作⬚（郭店尊德），「跱」或作⬚（侯馬盟書）。《集篆古文韻海》也有相同的例子，如「蚋」作⬚（5.37），「踆」作⬚（4.32），「躔」作⬚（3.5）（傳抄古文字「彳」旁多訛變作⬚），以上「足」旁或从「彳」。

（20）手與攴

戰國文字「手」與「攴」互作，如「擇」作⬚（湖南90），也有作⬚（戰國書也缶）。「操」作如⬚（雲夢秦律），也有如⬚（戰國廿五年戈）。《集篆古文韻海》如「毆」作⬚（3.35），「操」作⬚（4.36）「捨」作⬚（4.48）「搦」作⬚（5.26）等是。

（21）鳥與羽

《集篆古文韻海》「鸛」作⬚（5.3），「翁」作⬚（1.16），「羽」改从「鳥」。戰國文字「翠」如⬚（包山269）从「羽」，然也有从「鳥」作如⬚（曾侯墓簡）。

（22）片與木

戰國文字如「折」作⬚（戰國・析君戟）、「椑」作⬚（信陽楚簡2.3），

皆从「片」。《集篆古文韻海》「柸」作 ▨（5.23）與「榜」作 ▨（3.30），也从「片」。

　　以上整理出《集篆古文韻海》「形符互作」與戰國文字有相同的例子，從這些例子足可說明其與戰國文字構形現象極爲密切。此外，《集篆古文韻海》中還有零星疑爲「形符互作」之例，「堉」作 ▨（2.10），「埭」作 ▨（4.22），「堊」作 ▨（1.4），土旁或改從石。又如「吮」作 ▨（3.21），从舌，「諒」作 ▨（4.40），从欠。「袋」作 ▨（2.10），「裛」作 ▨（2.11），衣旁或从毛，「鬟」作 ▨（3.14）與「鬚」作 ▨（2.13），髟旁或从毛。由於目前出土文字尚找不出相對應的例子，這些異化現象是否爲保留自戰國文字，有待更多出土文獻的印證。

　　除此之外，在《集篆古文韻海》中還有幾類「形符互作」的情形，如「土與山」、「糸與帛」、「𨸏與石」、「𨸏與邑」等。這些變異的現象，目前較難從戰國文字中找到相似的例子來說明是「義近互換」。然而傳抄古文字之所以有這類情形，可以利用出土文字形體加以解釋原由，它們有可能僅是承襲戰國文字特殊的構形而來。以下便以戰國文字構形來說明這類形符互換的原因。

　　第一類「土與山」，《集篆古文韻海》从「土」的字或有从「山」形，如「塹」作 ▨（4.50），「培」作 ▨（3.35），「垐」作 ▨（2.7），「墱」作 ▨（4.44）。「墓」作 ▨（4.13），下部「土」似「山」。「土」與「山」的形符互作，目前在戰國文字沒有直接的例子，但古文字有些从「山」作的字，如，「垐」作 ▨（春秋・須垐生鼎），「岡」作 ▨（戰國・璽彙1617），因爲「山」形中間增加橫畫，的確有可能訛變作从「土」形。而从「山」作的字，如「隋」作 ▨（戰國・包山163）因爲「山」形筆畫寫得較平整，也有可能被誤解爲「土」形。

　　第二類「糸與帛」也是相似的情形，《集篆古文韻海》从「糸」的字或有从「帛」，如綠」作 ▨（5.6），「綅」作 ▨（3.38），「絧」作 ▨（3.32）。筆者認爲从「帛」乃可能是从「糸」訛變而來。古文字从「糸」旁的字，如「縷」作 ▨（周晚・散氏盤），「絧」作 ▨（戰國・璽彙4033）「維」作 ▨（戰國・璽彙3957），「綌」作 ▨（輯存65），以上「糸」旁可能因抄寫而將上部寫成似「白」，於是被傳抄者誤解爲「帛」字。

　　第三類「𨸏與石」的互換，如《集篆古文韻海》作「磁」作 ▨（5.26），

「碬」作▨（4.29），「碣」作▨（5.13），以及「巖」《汗簡》作▨（4.52 義）、《古文四聲韻》作▨（2.29 義），二者从「石」，《集篆古文韻海》作▨（2.30），从「𨸏」。以上从「石」的字或有與「𨸏」形互換。「𨸏」甲骨文作▨（菁 3.1）或▨（甲 2327）。《說文》解釋說：「𨸏，大陸，山無石者」，葉玉森認爲字形象土山高峭的阪級之形。〔註86〕若從二家的解釋「𨸏」似乎與「石」義近可通。然而由於目前無法從古文字中找到二者義近互換的例證，而學界對於「𨸏」仍存著不同的解釋，如徐中舒謂「𨸏」象古代穴居者用小刀挖成上下對稱的腳窩，形狀如▨，後來演變作獨木梯之形。〔註87〕若依徐中舒的說法，「𨸏」與「石」的意義相距就較遠了。筆者認爲「𨸏」與「石」在傳抄古文中之所以有互換的現象，是因爲承襲戰國文字構形而來。「石」甲骨文作▨（乙 1277），戰國文字作▨（包山 080），多加「一」、「二」畫爲飾。在戰國文字中，从「石」的字往往減省「口」形，如「磨」有作▨（上博緇衣），「魂」有作▨（包山 046），「碑」有作▨（郭店忠信）。減省後容易與从「𨸏」旁訛混，如从「𨸏」旁的「陲」作▨（包山 075），「隊」作▨（分域 1397）。因此「𨸏」與「石」在傳抄古文中有互換的情形，或許就是因爲戰國文字从「石」的字減省「口」形與「𨸏」相似而造成。

《集篆古文韻海》中還有若許字形，如「鄃」下錄字形作▨（3.8），「那」錄字形作▨（2.9），二字左半偏旁似「𠃜」或「多」，這其實是承襲戰國文字寫法。戰國文字从「邑」旁的字多寫至左半，如「郧」作▨（戰國・望山M1 簡），「鄃」作▨（戰國・仰天湖簡），而「邑」旁寫法與「多」相似十分相似（「多」字形如▨（戰國・包山 271）和上引「邑」旁的字確實相似）。《古文四聲韻》「六」下有一隸定古文字形作▨（5.4 崔），左旁的「多」形，懷疑就是被誤解的「邑」的隸定寫法，此字可能是「陸」，「陸」戰國文字有从「邑」作的字形，如▨（包山 181）。又如「駾」《集篆古文韻海》作▨（2.15），爲何右半从似「瓦」形，其應是據戰國文字「馬」的特殊構形而來。古文字从「馬」

〔註86〕轉引自李孝定：《甲骨文字集釋（第十四卷）》（臺北：中央研究院歷史語言研究所，1960 年 10 月再版），頁 4129。

〔註87〕徐中舒：〈怎樣考釋古文字〉《出土文獻研究》（北京：文物出版社，1985 年 6 月），頁 215。

的字或可寫於右半，如「騹」作（先周・周甲 41），「駁」作（包山234）。《集篆古文韻海》右半从似「瓦」形就是承戰國減省的「馬」形又訛變而來。从「玉」的「理」作（3.7），左旁似「幺」，戰國「玉」旁多作如（環，望山 M1 簡）、（珮，信陽楚簡），傳抄古文字承其「玉」形。

此外，還可再舉一例。《汗簡》「戶」有一形作（5.65 演），《古文四聲韻》作（3.11 演），《集篆古文韻海》則作（3.12）。此字黃錫全《汗簡注釋》引鄭珍說：「于半門形不合，此疑之譌，卯爲春門，卯爲秋門，其形並是二戶，卯之古文作非，郭氏卯部作，此或仿之取其半作戶」，黃錫全其則認爲有可能是形訛，也可能是巨字假爲戶。〔註88〕李春桃則提出另一種可能，其引《龍龕手鏡・雜部》「互」有俗體作，和《古文四聲韻》（3.11 演）形體相近，認爲有可能是「互」字俗體，由於音近而收於「戶」字下。〔註89〕檢討以上諸說，除鄭珍說法拘泥於《汗簡》字形強說較爲不可信外，其餘黃錫全與李春桃的說法都可從，但在此處可利用古文字提出另一種看法。

筆者認爲傳抄古文字「戶」下錄如（《四聲韻》3.11 演）形體，是誤信《說文解字》對「戹」以爲从「戶」說解，因此割裂「戹」上半部作爲「戶」形而來。「戹」古文字形如（春秋・齊鎛）、（戰國・璽彙 1240）、（西漢・縱橫家書 155），「戹」形的上部有一半圓形孔，乃「衡上之鍵」，起固定衡與軛的作用〔註90〕，「戹」爲象形字，上部並不从從「戶」。藉由古文字「戹」，對於《汗簡》作（5.65 演），《古文四聲韻》作（3.11 演），《集篆古文韻海》作（3.12），乃割裂「戹」上部作「戶」形則較能夠對字形有合理的解釋。

從以上例子可知，傳抄古文字形不藉由戰國文字則難以解釋構形之由來，這也顯示傳抄古文與戰國文字有密切關係。理解傳抄古文奇詭的字形需藉由戰國文字的特殊形體，而整理傳抄古文則有助於考釋戰國文字。

〔註88〕黃錫全：《汗簡注釋》，頁 407。

〔註89〕李春桃：《傳抄古文字綜合研究》，頁 294。

〔註90〕何琳儀、程燕：〈釋戹——兼釋齊家村 H90 西周甲骨〉，收於王宇信、宋鎮豪、孟憲武主編：《2004 年安陽殷商文明國際學術研討會論文集》（北京：社會科學文獻出版社，2004 年），頁 69。

（二）形近互作〔註91〕

林清源於《楚國文字構形演變研究》中指出：

> 偏旁「形近訛混」現象，是指兩個形體相近的偏旁，彼此訛亂混用
> 的情形。這個現象的發生，有時是因書手一時粗心誤寫，有時是因
> 書手對文字構形認知不足所致。〔註92〕

依根據林清源的解釋，可見「形近訛混」的產生並非自覺性的人爲改造，應該
是因爲傳抄過程中因書寫或筆勢變化所造成的誤解。這和上述的「義近替換」
有所分別，「形近訛混」指的是兩個形體相近卻無字義上相近關係的混用。關於
戰國時期的形近訛混在漢字歷史中的存在，何琳儀曾提到自秦統一文字後，這
類因爲形體相近的偏旁而寫混的字便隨之淘汰。其云：

> 形體相近的偏旁往往容易寫混，這是古今通例。……形體互作，與
> 形符互作有本質的區別。前者是以訛傳訛的錯別字，後者是人爲改
> 造的異體字。由「形近互作」產生的錯別字，在戰國人心目中可能
> 不覺其「錯」，但在秦文字統一之時多被淘汰。〔註93〕

雖則如此，筆者整理了傳抄古文字中幾類「形近訛混」的類型，發現其和戰國
文字有高度相關。由於傳抄古文字主要收錄的是未經過秦統一的戰國文字，因
此可以整理出傳抄古字常見的訛變類型，用以對照研究或預測戰國訛變現象。
以下便整理出《集篆古文韻海》與戰國文字「形近互作」相合的例子。

（1）人－弓

戰國文字「彊」作如 （璽彙 0525），左旁从「弓」，然也有作如 （郭
店老甲），「弓」形訛作「人」形。《集篆古文韻海》「彊」作 （2.13），「弓」
形亦訛作「人」形。

〔註91〕「形近互作」或稱爲「形近訛混」，它是戰國文字訛變的其中一個類型。關於戰國
文字的訛變，如湯餘惠〈略論戰國文字形體研究中的幾個問題〉一文把戰國文字
的訛誤分爲改變筆勢、苟簡急就和形近誤書三種情況。可參湯餘惠：〈略論戰國文
字形體研究中的幾個問題〉《古文字研究（第十五輯）》（北京：中華書局，1986 年），
頁 9～100。

〔註92〕林清源：《楚國文字構形演變研究》，頁 124。

〔註93〕何琳儀：《戰國文字通論（訂補）》，頁 233。

（2）人－亻

《集篆古文韻海》「仿」作 ![字形] （2.12），「保」作 ![字形] （3.26），「狂」作 ![字形]（3.30），「人」旁訛變作「亻」旁，與戰國「倚」作 ![字形] （戰國包山 125），「使」作 ![字形] （戰國中山獸器），「人」旁訛作「亻」相同。

（3）目－田

戰國文字「看」或作 ![字形] （戰國陶彙 4.15），「督」作 ![字形] （陶彙 3.823），二字的「目」或變作「田」。又如「懼」作 ![字形] （戰國·玉印 26）、![字形] （戰國·上博從政），上部從「目」，但戰國古陶「懼」也有作 ![字形] （陶彙 3.234），「目」變作從「田」。《集篆古文韻海》「懼」作 ![字形] （4.11）也變作從「田」。

（4）日－目

「莫」本義為日斜入茻中，本應從「日」如 ![字形] （陶三 047），然戰國文字也有訛從「目」作如 ![字形] （璽彙 3025）。又如「明」作 ![字形] （侯馬盟書）從「日」，也有作 ![字形] （侯馬盟書）從「目」。《集篆古文韻海》「日」、「目」形近互作的例子如：「映」作 ![字形] （4.41），「暉」作 ![字形] （1.14），兩字皆「日」旁皆改從「目」。又如「矇」作 ![字形] （3.1）「目」旁作「日」。

（5）目－自

戰國文字「冒」有作如 ![字形] （包山 131），從「目」，也有作 ![字形] （郭店唐虞），「目」變作從「自」。《集篆古文韻海》「省」作 ![字形] （3.31），下部「目」變從「自」，又「瞢」作 ![字形] （2.21），下部「目」也變從「自」。又如《集篆古文韻海》「瞙」其下錄字形作 ![字形] （2.1），依《集韻》說：「瞙，或作鼻」〔註94〕，上部從「雙目」，應是由「鼻」的「自」訛變而來。

（6）貝－目

《集篆古文韻海》「買」作 ![字形] （3.13），下部「貝」改為「目」，與戰國·璽彙 1864「買」作 ![字形] 相同。

（7）日－田

甲骨文「良」作 ![字形] （乙 7672）、![字形] （乙 2510），或中間加點作 ![字形] （乙

〔註94〕〔宋〕丁度等編：《集韻》（上），頁 46。

3334），徐中舒以爲象古人半穴居走廊之形。〔註95〕其後走廊上下又各加點畫，如 ![字] （西周晚・季良父盉），因此其後逐漸出現很多訛形，如 ![字] （戰國・陶五 384）、![字] （戰國・包山 218），下作「人」或「止」，然中間都維持作「日」形。戰國清華簡・耆夜「良」作 ![字] ，中間「日」變从「田」，而《集篆古文韻海》「良」作 ![字] ，中間作「⊞」形與其相同。

（8）口－日

戰國文字「口」與「日」的互作應該是基於「口」形中間增加飾筆一畫而成爲「日」形。字例如「河」作 ![字] （上伯仲弓），从「口」，也作 ![字] （郭店窮達），从「日」。《集篆古文韻海》「活」作 ![字] （5.16），其所从的「昏」下部「口」形變作「日」形。

（9）止－屮－山

古文字「止」常訛作「屮」或「山」，如「奔」作 ![字] （春秋石鼓田車），从「止」，也作如 ![字] （石鼓霝雨）與 ![字] （雲夢法律），从「屮」。又如「歲」作 ![字] （周中・曶鼎），从「止」，也作如 ![字] （陶三 005），从「屮」，戰國文字「篳」![字] （陶三 1371），上部的「止」形訛作「屮」或似「山」。同樣的情況在《集篆古文韻海》也可見到，如「前」作 ![字] （2.1），「止」訛作似「山」。又「黃」作 ![字] （2.15），上部作「屮」，應是由古文字「黃」如 ![字] （春秋・哀成叔鼎）、![字] （戰國・�王職矛）「止」形訛來。又如「省」作 ![字] （3.31），古文字「省」如甲骨文作 ![字] （粹 1045），从目從屮，《集篆古文韻海》疊加「屮」又訛作「止」形。

（10）弋－戈

「貣」作 ![字] （璽印集粹），从「弋」，也作如 ![字] （包山 157），从「戈」。《集篆古文韻海》「弑」作 ![字] （2.8），从「弋」。

（11）口－卩

「巽」作 ![字] （曾侯墓磬），也作 ![字] （璽彙 3023），「撰」作 ![字] （璽彙 0575），上部「卩」形變作「口」形。又「鄒」作 ![字] （十鐘印舉）亦是。《集篆古文韻海》「令」作 ![字] （4.43），「卩」形也變作「口」形。寫法和戰國・楚王領鐘「玲」作 ![字] 所从的「令」寫法相似。

〔註95〕徐中舒：〈怎樣研究中國古代文字〉《古文字研究（第十五輯）》（北京：中華書局，1978 年 11 月），頁 4。

（12）土－立

戰國文字中「土」與「立」形近互作的例子如：「坤」有作作，從「土」，也有作，從「立」。又如「堂」作，從「土」，也又作，從「立」。《集篆古文韻海》也有相同例子，如「圧」作![字]（5.36），字形「從石從立」。「厂」可改從「石」，如《說文》「底，或從石」。因此《集篆古文韻海》「圧」作![字]（5.36），左旁「厂」可改從「石」，右旁「立」形即爲與「土」形近互作。

（13）土－壬

戰國文字「呈」作![字]（郭店老甲），從「土」，也作![字]（璽彙4523），從「壬」。《集篆古文韻海》「匡」作![字]（2.14），「壬」訛作「土」。戰國文字「匡」作![字]（璽彙4061）從「壬」，也有作![字]（璽彙3856），訛作「土」形。

（14）舟－月

「前」字《說文》云：「不行而進謂之歬。從止在舟上」，戰國文字「前」有從「舟」作如![字]（郭店窮達），也有「舟」形訛作「月」形如![字]（郭店尊德）。《集篆古文韻海》「艘」作![字]（1.2），「舟」形亦訛作「月」形。

（15）矢－大

甲骨文「矢」作![字]（河 336），象鏑、栝、羽之形。金文作![字]（商代・矢觚）、![字]（周早・小盂鼎），由於中部有寫爲爲圓點，而箭頭筆畫又突出，因此字形逐漸變似「大」形。如戰國「疾」作![字]（曾侯乙戈）、「矰」作![字]（璽彙0845）之所從，《集篆古文韻海》「疾」作![字]（2.24）亦同。

除了上述幾類「形近訛混」外，還有一種訛混的情形是因爲傳抄古文整理者誤解戰國文字書寫方式或構形所造成的。這與上述「形近訛混」不同的地方在於戰國文字本身並不訛混，但因爲書寫的原因而造成後來整理傳抄古文的人誤解。可舉數例如下：

（1）「且」與「目」，例子如《集篆古文韻海》「助」作![字]（4.11），所從的「且」旁訛作「目」，又如「勖」作![字]（5.7），「目」訛作「且」。戰國文字有「且」字形如![字]（郭店唐虞），與「相」作![字]（郭店六德），所從的「目」形相似，兩者是可能訛混的。

（2）「目」與「肉」，例子如《集篆古文韻海》「盲」作■（2.15），「目」變作「肉（月）」，「腦」作■（4.27）「肉（月）」改從「目」形，「祭」作■（4.16），「肉（月）」變作「目」形。又如古文字形錄■（5.28）形，依字形爲「脊」字，但整理者卻將釋文誤寫爲「脊」。戰國文字因爲書寫的原因，也有兩者形近互作的例子，如「胖」作■（璽彙2524），「腦」作■（璽彙3225），「祭」作■（陶彙3.843），「肉（月）」形皆似「目」形。

（3）「水」與「米」，如《古文四聲韻》「麋」作■（1.18義），下部「米」形變作似「水」。《集篆古文韻海》「瀰」作■（5.13），從米；「暴」作■（4.36），從水，「水」與「米」有形近互作的形況。「水」古文字一般作如甲骨文■（甲903）、■（戰國・陶彙5.249），象流水之形，大部分字形中間一畫並不斷裂，然而也有如「浸」作■（周晚成伯孫父鬲），「沫」作■（周晚・周顯簋），「水」形斷裂已似「米」形（如「糴」作■（璽彙0644）其所從的「米」形）。又如「涕」作■（戰國・胤嗣壺），「水」形作「米」形。而從「米」形的字如「糒」作■（璽彙0252），其「米」形也近似「水」。從以上可以說明《集篆古文韻海》「瀰」作■（5.13），「水」旁訛作似「米」，其來有自。

（4）「犬」與「又」的訛混，如「睍」下錄字形作■（4.31），字形似可分析作「從日從肉（月）從鬥」（因傳抄古文字「鬥」字形如■（《古文四聲韻》1.24道），■（《集篆古文韻海》1.9），但若依這樣的字形分析則很難解釋。由於戰國文字從「犬」的「狀」字有作如■（璽彙3128），「犬」形似「又」，因此可以說《集篆古文韻海》■（4.31）字的■形即「然」字，此爲訛形（明龔萬鐘本同一字作■不訛）。《集韻》說：「睍，日光也，或从然」。〔註96〕《集篆古文韻海》其他從「犬」的字也有類似的訛變，如「狴」作■（3.12）「猗」作■（4.6）「獄」作■（5.7），前二字「犬」形尚可辨認，而後一形已直接訛變作左右手形。「犬」之所以訛變作「又」是因爲承襲自有如古文字「狃」作■（周早・沈子它簋）、■（戰國・璽彙2526），「狀」如■（戰國・津藝80），「獐」作■（戰國・獐子壺）等「犬」形的寫法。可能因爲傳抄古文字整理者誤解

「犬」的寫法而造成的訛變。

（5）「疒」與「（月）肉」。

《集篆古文韻海》中有許多从「（月）肉」的字卻釋作从「疒」，例子如
（4.8）釋作「痣」，（4.9）釋作「痹」，（4.46）釋作「瘦」，（5.30）
釋作「癖」等。這樣的情況也存在於《集韻》異體字組之中，如《集韻》說：
「盬，《說文》膿血也，或作膿癑」。〔註97〕為何「膿」「癑」是互為異體字，
筆者認為之所以有這樣的現象可能與戰國文字構形有關。「疒」甲骨文作
（乙738），至金文作从「疒」的字多作如 （癥）（周中・十三年癥壺），
（疾）（春秋・鄧乙疾鼎），上部的橫畫都寫得非常清楚。但到了戰國文字，
可能由於書寫快速，很多从「疒」的字，旁邊的筆畫寫法容易連接，且上部
的橫畫不僅寫得較簡短，甚至有也有消失者。可舉字形如「癥」作 （璽
彙2056），「疕」作 （璽彙5507），「瘥」作 （包山003），「病」作
（郭店老甲），「瘥」作 （包山188），其中最直接的例證即上博（七）〈凡
物流形甲〉27.2）「牆」作 ，已經把「爿」寫作「（月）肉」形。這樣的
寫法十分易使人誤以為从「（月）肉」形。因此可以合理地認為傳抄古文之所
以會有把从「疒」與从「（月）肉」的字視為異體字，就是誤解戰國文字寫法
而來。

（6）「犬」與「欠」

《集篆古文韻海》从「犬」的「默」作 （5.34），「狒」作 （4.22），
二字「犬」形變作「欠」，可能是整理者誤解戰國文字「犬」旁寫法。戰國文
字「犬」如 （陶三065），从「犬」的字如「狂」作 （璽彙0530），「猛」
作 （戰國郭店老甲），「狗」作 （郭店語四），其「犬」旁都寫至右半部，
從字形來看的確容易與「欠」訛混，如與「次」作 （戰國・雲夢法律），「歇」
作 （璽彙1900）所从相似。透過戰國文字，這就可以合理地解釋為何《集
篆古文韻海》「默」與「狒」會从「欠」作的原因了。很有可能是傳抄古文字
整理者看到戰國文字誤解字形，又加上「犬」旁寫至右半是楷體字所不見的。
因此整理者就索性把這不能確定的形體誤解為「欠」，而且還改以小篆寫法。

總而言之，《集篆古文韻海》中的傳抄字形與戰國文字構形有高度相關。

〔註97〕〔宋〕丁度等編：《集韻》（上），頁15。

這說明整理傳抄古文字形體變異現象對戰國文字研究有所助益。

第三節　結　語

　　以上二節從《集篆古文韻海》引青銅銘文字、唐宋碑刻以及對傳抄及出土古文互證的方面談起。舉出了《集篆古文韻海》的貢獻，可總述如下：

　　第一、《集篆古文韻海》收錄的青銅銘文並非只因循當代可見的金文著錄，有些字形與近出青銅字形相似。如「史」錄字形作 （3.6），與近收周中・殷簋「史」作 ，以及戰國・喪史實鉳「史」作 相同。

　　第二、保存了唐宋碑刻文字。由於碑刻書寫材質特殊，容易因為時空的變化而泐蝕。藉由《集篆古文韻海》字形的引用不僅保存形體，對於字形的相互對照研究很有貢獻。

　　第三、利用《集篆古文韻海》以校對《汗簡》、《古文四聲韻》字形。眾所周知，傳抄古文與戰國文字關係密切，而《汗簡》、《古文四聲韻》往往是學界用以考釋戰國出土文字之橋梁，但其中字形不少已經產生訛變。由於《集篆古文韻海》在編纂時有很大一部分收錄二書字形，因此可利用《集篆古文韻海》校對《汗簡》、《古文四聲韻》，比較三者之間字形的正訛。

　　第四、提供出土古文互證。本章主要以「形符互作」與「形近互作」兩種文字的變異現象，整理《集篆古文韻海》與戰國文字相合的例子。此外，傳抄古文字形體訛變的原因往往與戰國文字構形有關。由於戰國文字變異性高，有可能編纂傳抄文字的整理者見到實物資料，但限於釋讀水準或誤解而造成，然而這也表示二者關係的確密切。

第六章　結　論

　　作爲傳鈔古文字編的集大成之作，杜從古《集篆古文韻海》自成書以來卻罕爲世人所知，直至清人阮元搜訪四庫未收書，《集篆古文韻海》才被編選入《宛委別藏》之一。近代對《集篆古文韻海》的專文研究爲郭子直〈記元刻古文《老子》碑兼評《集篆古文韻海》〉一文，然而其對《集篆古文韻海》現存版本與體例皆有誤解。基於學界對《集篆古文韻海》有越來越多關注，但卻有如阮元提要稱《集篆古文韻海》「所譽良不虛也」〔註1〕以及何琳儀謂「只是把《集韻》之隸古定再還原爲古文」〔註2〕兩種不一的評價。本論文以文字形體的角度對《集篆古文韻海》予以較深入的研究，今可總述初步的研究成果、限制與未來展望，希望能對《集篆古文韻海》作一客觀的評價。

　　在研究成果方面，有以下幾點：

一、釐清《集篆古文韻海》現存三個版本間的體例、源流、傳抄差異

　　學界較常以爲《集篆古文韻海》僅存清阮元《宛委別藏》抄本，其實現存版本還有現藏於臺灣國家圖書館明嘉靖二年（1523）武陵龔萬鐘抄本，以及中

〔註1〕見〔清〕阮元：〈四庫未收書提要·集篆古文韻海五卷提要〉可見於氏著：《揅經室外集卷二》，本引文主要是引自杜從古：《集篆古文韻海》（影印《宛委別藏》本），無標頁數。

〔註2〕何琳儀：《戰國文字通論〔訂補〕》，頁81。

國北京圖書館清嘉慶元年（1796）錢唐項世英抄本。版本一共有三而非學界一直以爲僅有《宛委別藏》一孤本而已，此外根據私家藏書目錄與現存版本的藏書印可以考據三個版本被收藏的源流。在體例方面，《集篆古文韻海》四聲分韻隸字，韻目依《集韻》而非《廣韻》。其與《集韻》關係密切，每韻收字排列順序大致依《集韻》，然卻也有混亂的地方，尤其是漏抄而補之處。所收的古文字形與釋文關係複雜可分爲不同的情況，學界誤輕以爲據。而三個版本間的差異分別在版式行款、序跋差異、韻目殘存、傳抄異同四個方面。若研究文字形體則更需注重參考明嘉靖二年（1523）武陵龔萬鐘抄本，因爲二者之間存有某正某訛的情況。

二、書中雜收青銅銘文而誤釋者，今可據研究改正

由於宋代金石學與古文字學逐漸融爲一體且並無斷代的意識〔註3〕，因此書中雜收不少青銅銘文卻又誤釋者。本論文盡可能地比對了現存宋人的金石著錄，如薛尚功《鐘鼎彝器款式法帖》、呂大臨的《考古圖》、《考古圖釋文》與王俅的《嘯堂集古錄》，製成字表並根據今人研究予以改釋。表格中附有字形出自徐在國《傳抄古文字編》的頁數，學界引用其文字編時可據此相互參考。此外，《集篆古文韻海》某些字形與新出青銅器銘文相近，如「史」錄字形作 （3.6），與近收周中・殷簋「史」作 以及戰國・喪史實鈚「史」作 相同。可見並非只因循當代可見的金文著錄，其中更可能保存獨見的材料。

三、利用《集篆古文韻海》校補唐宋碑刻，以及《汗簡》、《古文四聲韻》

碑刻文字由於書寫材質特殊，容易因爲時空的變化而泐蝕，《集篆古文韻海》在引用時保存了較正確的字形，因此對於字形的相互對照研究很有貢獻。此外，其在編纂時有很大一部分參考了《汗簡》、《古文四聲韻》的字形，因此可利用《集篆古文韻海》校對二書，比較三者之間字形的正訛。本論文第

〔註3〕 徐剛說：「宋代以後，古文學的傳承出現了根本性的變化，那就是融入了金石學的傳統。古文從此與其他先秦古文字一起作爲一個整體，成爲金石學的輔助手段」，見徐剛：《古文源流考》（北京：北京大學出版社，2008年3月一版一刷），頁26。

四章提出了八十餘條利用《集篆古文韻海》校補《汗簡》、《古文四聲韻》的例子。如《古文四聲韻》「川」下錄一字形作 ☆（2.5 老），爲隸定古文。關於字形爲何上部似从「公」，據《集篆古文韻海》錄作 ☵（2.3），上部也似「公」正可以說明補充其字形。「州」甲骨文作 ☵（乙 5327），金文作 ☵（周早・井侯簋），从川，中間象州形。到了戰國，川形筆畫較不彎折且中間的「州」形寫法稍變，如 ☵（包山 128），☵（包山 022），因此與「公」字相似。《古文四聲韻》隸古定字形 ☆（2.5 老）與《集篆古文韻海》☵（2.3）即「洲」字。「川」古音昌母文部，「洲」古音昌母幽部，兩字音近。除了上述此例外，筆者利用《集篆古文韻海》字形，起了較關鍵性考釋作用的例子如解釋《古文四聲韻》的「网」與「置」，可參。郭忠恕《汗簡》由於現今有清人鄭珍以及黃錫全逐條的注釋，因此疑難字形大多已可被理解。夏竦《古文四聲韻》收羅的字形較《汗簡》爲多且字形有更多訛變，然而今日並無校釋的專著問世。《集篆古文韻海》對《古文四聲韻》的考釋很有幫助，這項工作進行了部份，以後還可以多多善用。

四、整理《集篆古文韻海》的變異現象，往往與戰國文字有高度相關

傳抄古文字形體變異現象如訛變的原因往往與戰國文字構形有關。可能承襲自戰國文字的字形，或由於戰國文字變異性高寫法特殊，而編纂傳抄文字的整理者雖見到實物資料，限於釋讀水準或誤解而造成，然而這也表示二者的確關係密切。

《集篆古文韻海》中異化現象如「日－月」、「土－田」、「土－章」、「宀－穴」、「宀－广」「首－頁」、「目－見」、「口－言」、「言－心」「又－攴」、「攴－殳」、「攴－戈」、「屮－木」「皀－食」、「木－禾」、「系－束」等「義近形旁互作」，在戰國文字中都可找到較多相同的例子。此外，尚還有「刀和斤」、「刀和力」、「力與攴」、「口和欠」「走與足」、「米和禾」、「頁與見」、「肉與骨」「骨與人」、「糸與革」、「糸與巾」、「衣與糸」、「衣與巾」、「衣與革」、「土與阜」、「玉與土」、「瓦與土」、「人與立」、「足與彳」、「手與攴」、「鳥與羽」、「片與木」等少部分形符互換字例，也同樣可以對應戰國文字。除義近形旁互作之外，《集篆古文韻海》的因偏旁形體相近而訛混的字例，如「人－弓」、「人－

彳」、「目－田」、「日－目」、「目－自」、「貝－目」、「日－田」、「口－日」、「止
－屮」、「弋－戈」、「口－卩」、「土－立」、「土－壬」、「舟－月」、「矢－大」
等，都與戰國文字相同。此外，本文還提出某些傳鈔古文異體的產生，可能
是因爲誤解戰國文字形體而來。其與上述「形近訛混」不同的地方在於戰國
文字本身並不訛混，但因爲書寫的原因而造成後來整理傳抄古文的人誤解。
例子有「且與目」、「目與肉」、「水與米」、「犬與又」、「广與（月）肉」、「犬
與欠」等。

　　除了研究成果外，本論文在研究侷限方面有二：一爲《集篆古文韻海》
本身體例爲字樣的逐錄，又經歷代傳抄字體構形容易失眞。二爲所引字形不
載明出處，對字形的正確性與引用的嚴謹性帶來質疑。《集篆古文韻海》雖然
大部分字形可以與現存的材料，如宋人著錄金文、唐宋碑刻，以及《汗簡》、
《古文四聲韻》等傳抄古文比對，但其中保存了不少特殊字形是前述材料所
不見的。假設這些字形是當時杜從古所獨見的材料，限於他個人釋字水平，
很有可能把某字誤釋爲某，而二字完全是風馬牛不相及的關係。如「鈴」下
錄字形作█（2.19），釋爲「鈴」應是錯誤的。但它與春秋中晚期·楚王酓審
盞「盂」作█字形相似。「無」錄字形作█（1.9），字形非常特殊，它和戰
國文字「金」作爲偏旁的「鈇」作█（安昌里館印存）、「鋝」作█（貨
系4264）所從有些相似，而又如「神」作█（1.13）、「鐘」作█（1.3）、「鬱」
作█（5.12）、「天」作█（2.1），「日」作█（5.9）與現今出土字形皆不
相類。由於收錄他人所不見的字形而又誤釋，除非有對應的出土文字可以與
之互證，因此研究者若想改釋則就相對困難。這項侷限使得《集篆古文韻海》
即便有可能保存有利於戰國文字考釋的相關字形，也長久以來湮沒不被世人
所相信，大大地降低了《集篆古文韻海》在學界被廣泛運用的情形，這一部
分的研究則必須等待更多出土資料予以佐證。

　　此外，《集篆古文韻海》還存在著繪畫裝飾意味的字形，如「日」作█
（5.9），字形爲日中有鳥。〔註4〕「昌」作█（2.13），中間形體爲█乃據

〔註4〕　西漢馬王堆覆蓋於棺上的 T 形帛畫，右上方畫太陽，中立金烏一隻，形如█。
　　　　另王襄曾說：「漢孝山堂壁畫刻有日月之形，日中有鳥，即烏。高句驪漢塚群有名

《說文解字》:「昌，从日从曰。一曰日光也」，而在圓圈中寫入「昜」字，強調是太陽，這些字形有可能是漢以後俗造的字形。

在研究展望方面，可舉本論文認爲《集篆古文韻海》尚可以琢磨與研究之處：

第一、整理《集篆古文韻海》引辭書楷體以篆作楷者，考辨還原後字形的正訛

《集篆古文韻海》收羅古文字形時，很大一部分參考了辭書如《玉篇》、《廣韻》、《集韻》中所謂的古文、或體的楷體異體再還原爲古文。這些辭書中所稱的「古文」，有時只是籠統地表示「前代文字」而已，與嚴格意義指「戰國時代六國文字」的「古文」同詞異義。不過也不可否認，這些字書中的某些楷體的確與戰國文字有關。如《古文四聲韻》「創」作與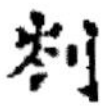（4.34 崔），《集篆古文韻海》還原古文形體作與（4.40），字形就與戰國文字「創」作（戰國陶三 865）、（陶三 866）相似。又如《集韻》「棄」下並存古文「弃」字，《集篆古文韻海》還原古文形體作（4.6），中間从「田」是畚箕形的變體。「棄」本義是雙手持畚箕棄子，甲骨文作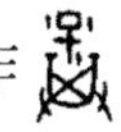（後下 21.14），《說文》說：「棄，从廾推華棄之」，从「華」是訛變之形〔註 5〕，因此古文「弃」字來源甚古。又如《古文四聲韻》「風」下有隸定古文作（1.11 義）（1.11 義），之所以从「缶」或从「午」的原因，推究當是因據戰國文字「虫」作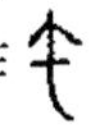（戰國璽彙 1099）、作（蛍，所从。戰國璽彙 2615），「虫」形寫法不同於小篆，其又加點成橫畫而似「缶」或「午」的隸定而來，《集篆古文韻海》據此還原古文作（1.2）。

又如《集篆古文韻海》「眊」古文字形作（5.8），《博雅》云「眊，或作䁓」，戰國文字「毛」的確有从羽作的，如（包山牘 1）。如今知道這些字書如《集韻》，其中有很多或體都可以與戰國文字相對應。〔註 6〕《集篆古文韻海》

角抵塚，主室壁畫有日形，中有三足烏，高冠脩尾，狀甚奇詭，此皆爲日中有烏之証」，見于省吾主編：《甲骨文字詁林》（二）（北京：中華書局，1996 年 5 月），頁 1089。

〔註 5〕「」的本義是一種捕鳥、捕兔用長柄有網的工具，見季旭昇：《說文新證》（上），頁 303。

〔註 6〕《集韻》中的確有許多與戰國文字相合的字形，這方面已經有研究，可參蔣德平：

將這些楷體還原，其字形可作爲研究的中介。

　　此外也須注意，在這種還原的過程中，因爲不了解所本的字形已經產生訛變，很容易「製造」出甚爲奇怪的古文字形。如「澮」《汗簡》錄作 （2.26 尚），《古文四聲韻》錄隸定古文作 （4.12 箱），上部訛作「山」，下部訛作「乃」。「止」與「山」訛混易見，另如《古文四聲韻》作 （1.24 尚），隸定古文卻作 （1.24 箱）。而《集篆古文韻海》卻依據《古文四聲韻》訛形還原字形作 （4.19），這個字形就並非正確。又如《古文四聲韻》「突」隸定古文作 （5.10 箱）、（5.10 箱），《集篆古文韻海》還原古文作 （5.14）、（5.14），把下部寫作「水」也不正確。《古文四聲韻》「紫」隸定古文作 （1.28 箱），上部从「老」，《集篆古文韻海》據傳抄古文字「老」字作 （《四聲韻》3.20 老），而還原作 （1.11）。又《古文四聲韻》「笄」下錄一隸定古文作 （1.28 古），依字形可以隸訂作「枲」，即「綦」字。「綦」傳抄古文如《汗簡》（5.70 尚），《古文四聲韻》作 （1.20 尚）。《古文四聲韻》隸定古文上部已經訛變作「天」形，而《集篆古文韻海》據此還原作 （1.10），並非正確的字形。《古文四聲韻》「亭」隸定古文作 （2.22 崔），構形不知爲何，《集篆古文韻海》還原爲古文照形寫出作 （2.18）。其實《集篆古文韻海》「亭」另錄有字形作 （2.18）反而比較正確。戰國文字「亭」作如 （陶五 311），筆者懷疑《古文四聲韻》隸定古文上部作 有可能是筆劃斷裂而來，下部作 也爲訛形。《古文四聲韻》「經」隸定古文作 （2.21 箱），依字形應爲「荆」。古文字「荆」作 （周早・矞頂），字形下部 即爲此的訛形。《集篆古文韻海》還原爲古文作 （2.18），字形不正確。《古文四聲韻》「多」隸定古文作 （1.12 崔），此據《說文》小篆 而來。《集篆古文韻海》還原古文作 （1.2），从「廾」則大誤。《集篆古文韻海》「至」作 （4.4），乃據《集韻》「至，古作 」還原古文字形。「至」古文字作 （乙 7795）、（戰國・雲夢日甲），象「矢」發射至目標之形。《集韻》的隸定古文下部將矢鏑筆畫拉平已訛作「土」，而《集篆古文韻海》又將左右寫訛成兩個圓圈，

〈從楚簡新出字看《集韻》增收的或體〉《商業文化・教科縱橫》2007 年 5 月，頁141～142+110。

因此字形就更加不正確。

第二、系統地整理《集篆古文韻海》訛形之所由來

　　本論文雖提出《集篆古文韻海》部分訛變的形體予以
討論，但《集篆古文韻海》訛形的整理工作還不夠全面。
使用傳抄文字以證出土文獻，必須特別重視其本身的侷
限，即傳抄古文比出土古文更容易因輾轉傳抄發生訛變。
不可否認，《集篆古文韻海》訛形眾多，存在著誤抄以及
誤解而來的形體。如《集篆古文韻海》「星」下錄有字形
作 ⊙○（2.19），並不是什麼特字形，只是抄寫時沒有注意
到「『並』崔希裕纂古」小字，而將《古文四聲韻》「星」
下所收的二形抄作一形（如右欄）。〔註7〕又如《集篆古文
韻海》「帬」作 （1.17），據《古文四聲韻》同字作 （1.34
裴）可知，這是傳抄者因為不理解下部「衣」形訛變作似
「从」形而將整個部件妄改作「眾」形。

　　再者如從「犬」的「默」作 （5.34），「狒」作
（4.22），二字「犬」形變作「欠」，可能是整理者誤解戰國文字「犬」旁寫
法。戰國文字「犬」如 （陶三 065），從「犬」的字如「狂」作 （璽彙
0530），「猛」作 （戰國郭店老甲），「狗」作 （郭店語四），其「犬」旁
都寫至右半部，從字形來看的確容易與「欠」訛混，如與「次」作 （戰國‧
雲夢法律），「歟」作 （璽彙 1900）所從相似。透過戰國文字，這就可以合
理地解釋為何《集篆古文韻海》「默」與「狒」會從「欠」作的原因了。很有
可能是傳抄古文字整理者看到戰國文字誤解字形，又加上「犬」旁寫至右半
是楷體字所不見的，因此整理者就索性把這不能確定的形體誤解為「欠」，而
且還改以小篆寫法。又如《集篆古文韻海》「号」作 （4.35），字形左半奇
詭，但可以將這個字分析作「號」，另外還有一字「虐」作 （5.23）。這兩
字從「虎」的這兩字都有一個似「止」形的部件。字形之所以如此也是與戰
國文字有關，戰國「虎」有作如 （曾侯木簡，簡文增肉形），「虖」作 （郭

〔註7〕　李零、劉新光整理：《汗簡、古文四聲韻》，頁31。

店語一），《集篆古文韻海》承襲這樣的形體又有訛變。又如《集篆古文韻海》「掃」有一形作 （3.25），「帚」為何變作右半部从「來」形的原因，可以從同樣从「帚」旁的「婦」字得知。「婦」古文字如甲骨文作 （乙871）、金文作 （商・婦簋）、戰國文字作 （包山168），象婦人持掃帚灑掃之形，但《集篆古文韻海》「婦」字形卻有作 （3.34），所从的「帚」形訛變作似「束」形。從出土从「束」形的字可知，其往往訛變作似「來」形，如戰國文字楚系从日、棗聲的「早」作 （郭店語三）。從以上可以推論《集篆古文韻海》「掃」作 （3.25），「帚」先訛作「束」形再變爲「來」形。此外還有《集篆古文韻海》「滔」作 （2.8）字形難解，經比對其他字形後，如《六書通》作 （通3.103）〔註8〕，可知《集篆古文韻海》「滔」的「臼」已類化與上部相同且部件經過位移。

從以上例子可知，傳抄古文本身存在著諸多訛變，其訛變往往並非僅是形體訛混，有時字形部件容易發生極爲劇烈的位移，而移動後又與其他部件相結合。引用傳抄古文與出土文字互證時，須特別注意是否爲「同形異字」。〔註9〕而《集篆古文韻海》更多的訛變的整理工作則有待未來繼續著力。

〔註8〕 徐在國：《古老子文編》，頁312。

〔註9〕 激烈位移所導致的訛變，除上文所舉的「滔」字，如〈碧落碑〉「疑」作 ，字形也是經過激烈部件位移。又《集篆古文韻海》「侍」作 （4.8），字形是由正確的「侍」形作 （4.8），上部的「止」形與下部「人」位移結合所造成的訛變。但它與傳抄古文字形「殺」作 （四聲韻5.12崔）形體相似，但二者只是同形異字。

附錄一　《集篆古文韻海》與金文、出土古文相合字表

編號	釋文	韻 海	甲 骨	金 文	戰國文字	說　明
1.	丕	1.7			溫縣 T1 坎 1：1845，文物 1983.3	
2.	祿	5.2	甲 598	周晚·散盤	上博孔子詩論	
3.	神	1.13	周中·齊家村骨	周中·癲鐘	郭店唐虞	
4.	祀	3.6		周晚·訇簋		
5.	祖	3.11	粹 242	商·門且丁簋	望山 M2 簡	「祖」西周以前不从示

6.	祈	(1.2)		春秋晚·喬君鉦鍼		金文「祈」有假「旂」爲之
7.	禍	(3.27)		中山王壺	清華楚居 13	
8.	皇	(2.15)		周中·追簋		
9.	瓊	(4.16)			上博容成	《韻海》字形爲「璚」，藉爲「瓊」
10.	琱	(2.4)		周晚·休盤		
11.	每	(3.14)	甲 573	春秋·杞伯簋	郭店語一	「每」的上部戰國訛作「來」形
12.	襄	(2.12)			天星觀簡	《集韻》：「襄，同箱」
13.	葩	(2.10)		戰國·五城令戈	璽彙 2248	《集韻》：「苩，同葩」
14.	萅（春）	(1.15)			雲夢日乙	
15.	媚	(4.7)		商·子眉鼎		《韻海》字形爲「眉」
16.	莋	(5.25)			曾侯墓簡	

17.	麓	[篆] 5.2	[古文] 合 29409）	[金文] 周中·麓伯簋）		麓，甲骨文作[字]（粹 664），从鹿；也作[字]（合 29409），從彔
18.	暮	[篆] 4.13	[古文] 粹 628	[金文] 戰國·中山王壺	[古文] 璽彙 1187	
19.	問	[篆] 4.25		[金文] 戰國·陳侯因資敦	[古文] 璽彙 1073	
20.	問	[篆] 4.25			[古文] （聞）郭店五行	
21.	趙	[篆] 1.6			[古文] 包山 163	《集韻》：「趙或作趞，亦作次趌」
22.	趄	[篆] 1.17		[金文] 周晚·虢季子白盤	[古文] 新蔡楚簡	
23.	起	[篆] 5.6			[古文] 兆域圖	
24.	歸	[篆] 1.8	[古文] 乙 7809	[金文] 周早·亢鼎	[古文] 侯馬盟書	
25.	通	[篆] 1.1	[古文] 合 19834	[金文] 周中·九年衛鼎		

26.	遣	3.22		周早·小臣謎簋		
27.	逮	3.15			上博競建	《集韻》:「逮與迨同」
28.	遲	1.6	合 14912	周中·癲壺		
29.	遂	4.5		周中·史述簋	璽彙 0333 / 清華保訓 01	《韻海》字形爲「述」
30.	邋	5.38			雲夢日甲	
31.	逴	5.8		周早·趠鼎	上博性情	
32.	遷	3.32			（連）兆域圖	从辵、絲聲，疑「連」之異文〔註1〕
33.	行	4.42	甲 574	春秋·公父宅匜		《韻海》下部訛作「北」形
34.	廷	2.18		周晚·無叀鼎	上博容成	

〔註1〕何琳儀:《戰國古文字典：戰國文字聲系》，頁 1038。

35.	史	（圖）3.6		周中‧殷簋	喪史實鉳	
36.	改	（圖）3.14	前 4.27.2	周中‧盨	郭店緇衣	
37.	敃	（圖）3.8		周中‧敃簋	上博從政	
38.	學	（圖）5.7		教 春秋‧鄭大子之孫與兵壺器	郭店老甲	
39.	瞻	（圖）2.28			上博緇衣	
40.	督	（圖）5.5	合 30599			「督」本義爲樹木樁以查看樹影，引申爲察視應從「日」
41.	瞬	（圖）4.25	合 22317	商‧罘弓形器		《集韻》：「瞬亦作眒」
42.	皆	（圖）2.11			郭店忠信	
43.	鳩	（圖）5.19			曾侯墓磬	《韻海》「鳩」從「隹」，與曾侯墓磬相同
44.	鷃	（圖）4.30			包山 085	《莊子‧逍遙遊》「斥鷃笑之」，一作鴳

45.	鳩	 4.48		 周早·沈子他簋	 西周·陶徵271	《集韻》:「鳩或作鵃」
46.	舄	 5.28		 周早·大盂鼎		
47.	舄	 3.33			 璽彙1018	
48.	鵑	 2.2			 陶六090	
49.	畢	 5.9			 畢包山140	
50.	筍	 3.16			 包山180	《集韻》:「筍俗作笋」
51.	箸	 5.23			 春秋·石鼓乍原	
52.	筮	 4.16			 戰國上博周易	
53.	籓	 1.18		 戰國·上郡守戈		
54.	笑	 4.34			 郭店老乙	簡文笑作芙

55.	答	(5.36)			上博仲弓（簡文不從竹）	
56.	差	(1.11)		周中・同簋	上博詩論	
57.	甘	(2.28)			郭店老甲	
58.	甚	(4.48)			雲夢日甲	
59.	盂	(1.9)	合 16239	周早・大盂鼎	上博容成	
60.	齍	(1.6)	乙 3803	周中・羌鼎		
61.	盅	(2.5)		周中・卯簋		
62.	盉	(2.10)		周中・伯龢盉		
63.	益	(5.29)		戰國・春成侯鐘	包山 113	
64.	䭿	(3.31)			春秋・石鼓鑾車（御）	

65.	卽	5.32			幣編 137	
66.	飲	4.8			包山 208	
67.	享	2.16			雲夢日甲	
68.	良	2.13			清華簡耆夜	《韻海》「良」中从「田」，與《清華簡·耆夜》相同
69.	夏	5.2		周晚·瓚比盨	侯馬盟書	
70.	枸	3.35			包山牘	
71.	櫛	5.12			包山 259	戰國包山簡「柳同櫛」
72.	樂	5.24		春秋·鮑氏鐘	天星觀簡	
73.	棖	1.13	乙 4211	周早·作冊旂尊		《集韻》:「柾同棖」
74.	椒	2.5			雲夢封診	

75.	枭	3.33			本 上博曹沬	《韻海》隸定作「枭」，以爲从「臼」聲。有可能作者見戰國文字不識
76.	橐	2.5	合 9425	周晚·毛公鼎	信陽楚簡	
77.	賈	3.12	後下 18.8	周早·沈子它簋	陶三 1168	《集韻》:「賈或从古」
					包山 225	
78.	贄	4.4	合 185	周中·不娶簋	包山 143	《韻海》字形爲「執」
79.	買	3.13	合 11434	商代買車斝	璽彙 1864	
80.	賤	4.32			上博緇衣	
81.	圝	1.14		周晚·圝王㽅		
82.	邪	2.11			趙·貨系 887	
83.	冥	2.19			古錢 672	

84.	疊	(篆形) 5.38	(篆形) 西周晚·魚甫人匜（盨）		
85.	胐	(篆形) 4.21		(篆形) 周中·曶鼎	(篆形) 侯馬盟書
86.	稱	(篆形) 4.44			(篆形) 雲夢秦律
87.	積	(篆形) 5.28			(篆形) 雲夢秦律
88.	家	(篆形) 2.11		(篆形) 周晚·不嬰簋	《韻海》從兩「又」爲「豕」的訛形
89.	宇	(篆形) 3.10		(篆形) 周晚·害夫簋	
90.	安	(篆形) 1.20		(篆形) 戰國·宜安戈	
91.	竈	(篆形) 4.36		(篆形) 戰國·陳麗子戈	(篆形) 包山簽
92.	穿	(篆形) 2.3			(篆形) 璽彙0381	《集韻》：「穿，或從身」，應是「牙」的訛形
93.	望	(篆形) 4.39			(篆形) 郭店窮四

94.	秀	 4.45			 包山 078	
95.	宇	 3.10	 周晚・訣簋			
96.	定	 4.43	 戰國・中山王 壺		 包山 152	
97.	寡	 3.28			 郭店語三	
98.	病	 4.42			 包山 243	包山簡「病」可 隸定作「疞」
99.	疛	 3.24			 璽彙 1388	《集韻》:「疛或 作疢」
100.	瘍	 5.29			 新蔡楚簡	《韻海》字形爲 「癑」
101.	瘨	 1.12			 包山 125	《韻海》字形爲 「痺」。「瘨」與 「痺」同爲陰 病，義近可借。
102.	痺	 4.7	 周中・齊家村 骨		 陶三 1204	《韻海》字形爲 「疕」。 《類篇》:「疕或 作痺」而「痺」 又同「痹」
103.	兩	 3.29		 戰國・平宮鼎		

104.	帚	3.34	商.後下 3.17（反文）		
105.	布	4.13			貨編 117
106.	櫟	5.24			春秋石鼓汧沔
107.	保	3.26	周原甲骨 50	春秋·其次句鑃匜	
108.		3.26		春秋·盅子臣	
109.	保	3.26			包山 212
110.	何	2.8	合 275	周晚·何簋	
111.	衣	1.8	甲 335		陶三 503
112.	褎（袖）	4.45			雲夢封診
113.	卒	5.11			雲夢日甲

114.	妥	3.27	乙 8722	周早·沈子它簋	璽彙 3044	
115.	嬭	3.13		春秋·莒侯簋		
116.	屈	5.12			方足小布貨系 1603	
117.	顏	1.22		周中·九年衛鼎		
118.	碩	5.29		周晚·伯碩父鼎		
119.	顯	3.20		周中·康鼎		
120.	首	3.34	乙 3401	春秋·邾公典盤	天星觀·策 / 璽彙 3487	戰國文字髮形或訛成「之」「止」等形。
121.	府	3.10			上博容成	
122.	貂	2.4			曾侯墓簡	

123.	易	易 5.29		易 周晚・兮甲盤	
124.	象	象 3.29		象 陶 2.1 象 陶 3.1240	
125.	馬	馬 3.28		馬 璽彙 0025	
126.	馬	馬 3.28		騎 璽彙 0307	與璽彙 0307「騎」所从的「馬」形相似
127.	狃	狃 4.46		璽彙 2526	《韻海》从「犬」的字其「犬」形多作犬，與戰國「犬」形作犬（侯馬盟書）相合。
128.	獻	獻 4.26	獻 春秋・齊陳曼簠	獻 璽彙 3088	
129.	狂	狂 2.14		狂 上博仲弓	
130.	狊	狊 3.6		（狊） 郭店語一	《韻海》字形爲「狊」所从「犬」形和郭店簡「狊」犬形相似。

131.	穳	5.33	後下 22.16			《韻海》字形為「儵」，構形與甲骨文同
132.	尉	4.10			雲夢雜抄	《說文》「尉，從尼；又持火」，《韻海》與戰國‧雲夢雜抄皆從尸從示。
133.	尉	4.10			官印 0075	「尉」戰國文字從「寸」，《韻海》與之相同。
134.	煌	2.15		春秋‧王孫鐘		
135.	光	2.15		戰國‧者汈鐘	包山 276	
136.	燈	2.21			包山 257	
137.	赤	5.28	乙 2908	周早‧麥鼎		
138.	心	2.26	摭續 338	西周‧散盤	包山 218	
139.	志	4.8			包山 200	
140.	愼	4.23		春秋‧邾公華鐘	郭店語一	

141.	慨	4.23		志 忢 中山王壺	忢 上博容成	
142.	恭	1.3			長沙帛書	
143.	慶	4.41	合 36836	春秋・秦公簋		
144.	悔	4.17			郭店唐虞	《玉篇》「忔， 同悔」
145.	憚	4.28			上博曹沫	
146.	惎	4.9			郭店忠信	
147.	江	1.4			故宮 423	
148.	漢	4.28			陶三 1106	
149.	泰	4.18			西周・陶二 0004	
150.	溧	2.20			璽彙 1167	

151.	冬	(圖) 1.3			(圖) 璽彙 2207	
152.	鹽	(圖) 2.28		(圖) 戰國·亡鹽右戈	(圖) 包山 147	《集韻》：「鹽或省作盬」
153.	門	(圖) 1.19	(圖) 合 22239	(圖) 周中·師酉簋	(圖) 清華·皇門 01	《四聲韻》與《韻海》門形上部似「爪」形者，與戰國文字相似。
154.	撫	(圖) 4.9	(圖) 甲 3102			《集韻》：「撫同抚」
155.	播	(圖) 4.37			(圖) 郭店緇衣	
156.	妘	(圖) 1.16		(圖) 周晚·輔伯鼎		
157.	妻	(圖) 4.14	(圖) 乙 1916 一期	(圖) 周晚·叔皮父簋	(圖) 包山 091	
158.	婦	(圖) 3.34	(圖) 乙 871 一期	(圖) 商·婦觥	(圖) 包山 168	
159.	姒	(圖) 3.6		(圖) 春秋·弗奴父鼎	(圖) 璽彙 3599	

160.	妬	妬 4.13	合 282		貨文 182
161.	望	望 4.39			郭店語叢 4.39
162.	繸	繸 4.39			戰國信陽楚簡
163.	纙	纙 3.11			戰國曾侯墓簡
164.	緬	緬 2.1			《集韻》:「緊，或从臣」 天星觀簡
165.	我	我 3.26	合 19957	周中·盠駒盤	清華尹至 03
166.	望	望 4.39			包山 145
167.	坪	坪 4.42		戰國·高平戈	璽彙 2534
168.	基	基 1.8	合 6572	春秋·子璋鐘	陶·鐵雲 150.3
169.	坐	坐 4.37			陶徵 3.987
170.	墓	墓 4.13			莫 璽彙 5498

171.	黃	 2.15	 合 3484	 春秋·哀成叔鼎	 璽彙 0728	
172.	勁	 4.42			 包山 082	
173.	加	 2.11			 郭店語三	
174.	協	 5.38	 合 7	 春秋·秦公鎛	 清華·尹誥 02	「劦劦劦」同「協」
175.	勦	 4.7			 包山 051 勞	
176.	金	 2.27		 周早·利簋		
177.	鑄	 4.12	 英 2567	 周中·師同鼎 周晚·王人甗	 雲夢封診	
178.	鐘	 1.3		 春秋·王孫鐘	 上博詩論	
179.	斧	 3.10			 信陽楚簡	《集韻》:「斧或作鈇」

180.	斧	3.10		春秋·公子士斧壺		
181.	斗	3.35	乙117	戰國·土勻錍	璽彙1069	
182.	斗	3.35	甲550	周晚·友簋	雲夢秦律	《韻海》字形應爲「升」
183.	斜	5.1		戰國·公朱左自鼎	陶六051	
184.	輔	3.10			璽彙2496	
185.	官	1.21			璽彙4355 隨縣146	《韻海》字形上部訛作「止」
186.	䪼(陝)	5.19			雲夢秦律	
187.	陀	2.9		周晚·𧻚簋		
188.	隘	4.47			侯馬盟書阨	
189.	九	3.33		周早·令簋	包山039	

190.	辰	1.13		春秋·吳王光鐘		
191.	辰	1.13	屯 3599		陶彙 5.92	
192.	辱	5.6		周晚·禹鼎	清華保訓 08	《韻海》誤「辱」爲「辱」
193.	午	3.12	前 7.40.2	春秋·哀成叔鼎		
194.	醓	3.30			天星觀簡	
195.	亥	3.14		周中·師兌簋	包山 071	

參考書目

一、古　籍（依年代先後爲序）

1. 〔梁〕顧野王：《大廣益會玉篇》，北京：中華書局（《古代字書輯刊》），1987 年 7 月。

2. 〔宋〕司馬光：《類篇》，北京：中華書局（《古代字書輯刊》），1984 年 12 月。

3. 〔宋〕丁度等編：《集韻》（上），上海：上海古籍出版社（據述古堂影宋鈔本影印），1985 年 5 月。

4. 〔宋〕杜從古：《集篆古文韻海》，上海：江蘇古籍出版社（影印《宛委別藏》本），1988 年 2 月。

5. 〔宋〕杜從古撰、丁治民校補：《集篆古文韻海校補》，北京：中華書局（《古代韻書輯刊》），2012 年 10 月。

6. 〔宋〕洪適：《隸釋・隸續》，北京：中華書局，1986 年 11 月。

7. 〔宋〕薛尚功：《歷代鐘鼎彝器款識法帖》，北京：中華書局（《宋人著錄金文叢刊》），1986 年 5 月。

8. 〔宋〕呂大臨、趙九成：《考古圖・續考古圖・考古圖釋文》，北京：中華書局（《宋人著錄金文叢刊》），1987 年 2 月。

9. 〔宋〕王俅：《嘯堂集古錄》（上下），臺北：臺灣商務印書館（上海涵芬樓景印蕭山朱氏藏宋刊本），1979 年。

10. 〔宋〕楊仲良撰、李之亮校點：《皇宋通鑑長編記事本末》（第四冊），哈爾濱：黑龍江人民出版社，2006 年 12 月出版。

11. 〔遼〕釋行均：《龍龕手鑑》，臺北：臺灣商務印書館（《四部叢刊廣編》景印江安

傅氏雙鑑樓藏宋刻本），1981 年。

12. 〔元〕陶宗儀：《書史會要》，上海：上海書畫出版社，盧輔聖主編：《中國書畫全書（三）》，1992 年 10 月一版一刷。

13. 〔元〕楊桓：《六書統》，臺北：臺灣商務印書館（影印文淵閣四庫全書本第 227 冊），1983 年。

14. 〔元〕楊鈞：《增廣鐘鼎篆韻》，上海：江蘇古籍出版社，阮元輯：《宛委別藏》，1998 年 2 月。

15. 〔明〕毛扆：《汲古閣珍藏秘本書目》，王雲五主編：《叢書集成初編 · 世善堂藏書目錄及其他一種》（清嘉慶五（庚申）年（1800）士禮居刊本），上海：商務印書館，1937 年 6 月初版。

16. 〔清〕吳大澂：《說文古籀補》（三冊），上海：商務印書館，1936 年 3 月初版。

17. 〔清〕吳玉搢：《金石存》，臺北：臺灣商務印書館，王雲五主編：《叢書集成初編》，1936 年 12 月初版。

18. 〔清〕段玉裁：《說文解字注》，臺北：萬卷樓圖書有限公司，2002 年 8 月。

19. 〔清〕孫星衍：《平津館鑑藏書籍記（附補遺、續編)》，上海：商務印書館，王雲五主編：《叢書集成初編》，1936 年 6 月初版 0。

20. 〔清〕張鑒等撰、黃愛平點校本：《阮元年譜（繁體版)》，北京：中華書局，1995 年 11 月。

21. 〔清〕畢沅：《關中金石記》，臺北：臺灣商務印書館，王雲五主編：《叢書集成初編》，1936 年 12 月初版。

22. 〔清〕葉德輝：《書林清話 · 古今藏書家紀版本》，臺北：世界書局，楊家駱主編：《中國目錄學名著第二集》，1983 年 10 月四版。

23. 〔清〕趙紹祖輯：《求古精舍金石圖》，臺北：新文豐，《石刻史料新編》（第二輯第七），1979 年。

24. 〔清〕鄭珍：《汗簡箋正》，臺北：藝文印書館，1991 年 1 月。

25. 〔清〕繆荃孫：《藝風堂文續集》，上海：上海古籍出版社，續修四庫全書編纂委員會：《續修四庫全書 · 集部》（1574 冊），1994～2002 年。

26. 〔清〕繆荃孫著，黃明、楊同甫標點：《藝風藏書記》上海：上海古籍出版社，《中國歷代書目題跋叢書第二輯》，2007 年 6 月。

27. 〔清〕謝啓昆：《小學考》，臺北：藝文印書館，1974 年 2 月初版。

28. （明國）倫明：《辛亥以來藏書紀事詩（附校補)》，上海：上海古籍出版社，1999 年 9 月。

29. 〔日〕釋空海：《篆隸萬象名義》，北京：中華書局，1995 年 10 月。

二、專　書（依編著者姓氏筆畫爲序）

1. 于省吾：《甲骨文字釋林》，北京：中華書局，1979 年 6 月。

2. 于省吾主編、姚孝遂按語編撰：《甲骨文字詁林》（全四冊），北京：中華書局，1996年5月。

3. 山西省文物工作委員會：《侯馬盟書》，臺北：里仁書局，1980年10月。

4. 中國社會科學院考古研究所：《信陽楚墓》，北京：文物出版社，1986年3月。

5. 中國社會科學院考古研究所編輯：《曾侯乙墓》，北京：文物出版社，1989年7月。

6. 中國社會科學院考古研究所編：《殷周金文集成釋文》（全六卷），香港：香港中文大學中國文化研究所，2001年10月。

7. 王國維：《王國維先生全集初編》，臺北：大通書局有限公司，1976年7月。

8. 王國維：《觀堂集林（外二種)》，石家莊：河北教育出版社，2001年6月。

9. 王輝：《古文字通假釋例》，臺北：藝文印書館，1993年4月。

10. 王力：《中國語言學史》，太原：山西人民出版社，1981年8月。

11. 北京圖書館古籍出版編輯組編：《北京圖書館古籍珍本叢刊（五）經部小學類》，北京：書目文獻出版社，1986年8月。

12. 白於藍：《簡牘帛書通假字字典》，福州：福建人民出版社，2008年。

13. 李孝定：《甲骨文字集釋》（全十四卷），臺北：中央研究院歷史語言研究所，1960年10月再版。

14. 李零、劉新光整理：《汗簡、古文四聲韻》，北京：中華書局，1983年12月。

15. 李學勤：《失落的文明》，上海：上海文藝出版社，1997年12月。

16. 李守奎編著：《楚文字編》，上海：華東師範大學出版社，2003年12月。

17. 何琳儀：《戰國古文字典——戰國文字聲系》（上下冊），北京：中華書局，1998年9月。

18. 何琳儀：《戰國文字通論（訂補)》，南京：江蘇教育出版社，2003年1月。

19. 吳良寶：《先秦貨幣文字編》，福州：福建人民出版社，2006年3月。

20. 杜忠誥：《說文篆文訛形釋例》，臺北：文史哲出版社，2009年2月初版修訂。

21. 沈治宏、劉琳主編：《現存宋人著述總錄》，成都：巴蜀書社，1995年8月一版一刷。

22. 林申清編著：《明清著名藏書家・藏書印》，北京：北京圖書館出版社，2000年10月。

23. 林夕主編、孫學雷、薑尋副主編：《中國著名藏書家書目匯刊，近代卷，26》，北京：商務印書館，2005年10月一版一刷。

24. 林志強：《古本《尚書》文字研究》，廣州：中山大學出版社，2009年4月。

25. 香港中文大學圖書館系統編：《香港中文大學圖書館古籍善本書錄》，香港：中文大學出版社，2001年增訂。

26. 季旭昇：《說文新證》（上下冊），臺北：藝文印書館，2002年10月。

27. 河南省文物研究所：《信陽楚墓》，北京：文物出版社，1986年3月。

28. 河南省文物考古研究所：《新蔡葛陵楚墓》，鄭州：大象出版社，2003年10月。

29. 施安昌：《唐代石刻篆文》，北京：紫禁城出版社，1987 年 4 月。

30. 姚孝遂主編：《殷墟甲骨刻辭類纂》（全三冊），北京：中華書局，1989 年 1 月。

31. 秋禾、少莉編：《舊時書坊》，北京：生活‧讀書‧新知三聯書店，2005 年 12 月，2006 年 7 月重印。

32. 胡厚宣主編：《甲骨文合集釋文（二）》，北京：社會科學出版社，1998 年 8 月。

33. 唐蘭：《古文字學導論（增訂本）》，濟南：齊魯書社，1981 年 1 月。

34. 高明編著：《古陶文彙編》，北京：中華書局，1990 年 3 月。

35. 高明、葛英會編著：《古陶文字徵》，北京：中華書局，1991 年 2 月。

36. 高明：《古文字學通論》，北京：北京大學出版社，1996 年 6 月。

37. 高明、塗白奎：《古文字類編（增訂本）》（全二冊），上海：上海古籍出版社，2008 年 8 月。

38. 容庚編著、張振林、馬國權摹補：《金文編》，北京：中華書局，1985 年 7 月。

39. 陳松長主編：《馬王堆帛書文字編》，北京：文物出版社，2001 年 6 月。

40. 陳昭容：《秦系文字研究》，臺北：中央研究院歷史語言研究所，2003 年 7 月。

41. 袁仲一、劉鈺：《秦文字類編》，西安：陝西人民教育出版社，1993 年 11 月。

42. 馬王堆漢墓帛書整理小組編：《馬王堆漢墓帛書‧五十二病方》，北京：文物出版社，1979 年 11 月。

43. 馬飛海、汪慶正、馬承源：《中國歷代貨幣大系——先秦貨幣》，上海：上海人民出版社，1988 年 4 月。

44. 徐中舒主編、漢語大字典字形組編：《秦漢魏晉篆隸字形表》，成都：四川辭書出版社，1985 年 8 月。

45. 徐中舒：《甲骨文字典》，成都：四川辭書出版社，1989 年 5 月。

46. 徐穀甫、王延林合著：《古陶字彙》，上海：上海書店出版社，1994 年 5 月。

47. 徐在國：《隸定古文疏證》，合肥：安徽大學出版社，2002 年 6 月。

48. 徐在國：《傳抄古文編》（全三冊），北京：線裝書局，2006 年 11 月。

49. 徐在國：《戰國文字論著目錄索引》（全三冊），北京：線裝書局，2007 年 4 月。

50. 徐在國：《古老子文字編》，合肥：安徽大學出版社，2007 年 8 月。

51. 徐剛：《古文源流考》，北京：北京大學出版社，2008 年 3 月一版一刷。

52. 徐寶貴：《石鼓文整理研究》（全二冊），北京：中華書局，2008 年 1 月。

53. 孫海波：《甲骨文編》，北京：中華書局，1965 年 9 月。

54. 孫慰祖主編、蔡進華、張健、駱錚編：《古封泥集成》，上海：上海書店，1994 年 11 月。

55. 孫慰祖、徐谷富：《秦漢金文彙編》，上海：上海書店出版社，1997 年 4 月。

56. 孫偉龍：《上海博物館藏戰國楚竹書（一～五）文字編》，北京：作家出版社，2007 年 12 月。

57. 荊門市博物館編：《郭店楚墓竹簡》，北京：文物出版社，1998 年 5 月。

58. 郭沫若著、中國社會科學院考古研究所編輯：《石鼓文研究、詛楚文考釋》（《考古學專刊甲種第十一號》），北京：科學出版社，1982 年 10 月。

59. 郭沫若著作編輯出版委員會編：《郭沫若全集》，北京：科學出版社，1982 年 9 月。

60. 國立中央圖書館編：《國立中央圖書館善本書目》（上）（甲編卷一·經部小學類），臺北：中華叢書委員會，1957 年 8 月。

61. 商承祚：《說文中之古文考》，臺北：學海出版社，1979 年 5 月。

62. 許學仁：《古文四聲韻古文研究——古文合證編》，臺北：文史哲出版社，1997 年 3 月。

63. 許進雄：《簡明中國文字學（修訂版）》，北京：中華書局，2009 年 2 月。

64. 張守中：《中山王𰯼器文字編》，北京：中華書局，1981 年。

65. 張守中：《睡虎地秦簡文字編》，北京：文物出版社，1994 年 2 月。

66. 張頷：《古幣文編》，北京：中華書局，1986 年 5 月。

67. 張傳保修、陳訓正、馬瀛纂：《民國鄞縣通志》，上海：上海書店，1993 年。

68. 張光裕、黃錫全、滕壬生：《曾侯乙墓竹簡文字編》，臺北：藝文印書館，1997 年 1 月。

69. 張光裕主編、袁國華合編：《包山楚簡文字編》，臺北：藝文印書館，1992 年 11 月。

70. 張昇編：《《永樂大典》研究集刊》，北京：北京圖書館出版社，2005 年 6 月。

71. 張光裕主編、袁國華合編：《郭店楚簡研究（第一卷文字編)》，臺北：藝文印書館，2006 年 4 月再版。

72. 張富海：《漢人所謂古文之研究》，北京：線裝書局，2007 年 4 月。

73. 張新俊、張勝波：《新蔡葛陵楚簡文字編》，成都：巴蜀書社，2008 年 8 月。

74. 董蓮池：《新金文編》（上中下冊），北京：作家出版社，2011 年 10 月。

75. 黃錫全：《汗簡注釋》，武漢：武漢大學出版社，1990 年 8 月。

76. 黃德寬、陳秉新：《漢語文字學史》，合肥：安徽教育出版社，2006 年 8 月二版一刷。

77. 湯餘惠主編：《戰國文字編》，福州：福建人民出版社，2001 年 12 月。

78. 曾憲通：《長沙楚帛書文字編》，北京：中華書局，1993 年 2 月。

79. 湖北省荊沙鐵路考古隊：《包山楚簡》，北京：文物出版社，1991 年 10 月。

80. 湖北省文物考古研究所、北京大學中文系編：《九店楚簡》，北京：中華書局，2000 年 5 月。

81. 裘錫圭：《古文字論集》，北京：中華書局，1992 年 8 月。

82. 裘錫圭：《文字學概要》，臺北：萬卷樓圖書有限公司，2001 年 2 月再版。

83. 趙學清：《戰國東方五國文字構形系統研究》，上海：上海教育出版社，2005 年 10 月。

84. 趙振鐸：《集韻研究》，北京：語文出版社，2006 年 1 月。

85. 趙立偉：《魏三體石經古文輯證》，北京：社會科學文獻出版社，2007 年 9 月。

86. 齊白石：《齊白石全集・第八卷篆刻》，長沙：湖南美術出版社，1996 年 10 月一版一刷。

87. 滕壬生：《楚系簡帛文字編（增訂本）》，武漢：湖北教育出版社，2008 年 10 月。

88. 劉釗：《出土簡帛文字叢考》（出土思想文物與文獻研究叢書第十九種），臺北：臺灣古籍出版有限公司，2004 年 3 月初版。

89. 劉釗：《古文字構形學》，福州：福建人民出版社，2006 年 1 月。

90. 劉釗：《新甲骨文編》，福州：福建人民出版社，2009 年 5 月。

91. 劉昭瑞：《宋代著錄商周青銅器銘文箋證》，廣州：中山大學出版社，2000 年 5 月。

92. 冀淑英纂：《自莊嚴堪善本書目》，天津：天津古籍出版社，1985 年 7 月初版。

93. 謝承仁編：《楊守敬集・第七冊》，武漢：湖北人民出版社，1988～1997 年。

94. 羅福頤主編：《古璽彙編》，北京：文物出版社，1981 年 12 月一版，1994 年 6 月二刷。

95. 龔延明：《宋代官制辭典》，北京：中華書局，1997 年 4 月出版。

三、專書論文（依作者姓氏筆畫為序）

1. 于豪亮：〈說引字〉《于豪亮學術文存》，北京：中華書局，1985 年 1 月），頁 74～76。

2. 王丹：〈《古文四聲韻》重文間的關係試析〉《漢字研究（第一輯）》，北京：學苑出版社，2005 年 6 月，頁 238～243。

3. 朱德熙：〈釋橐〉《朱德熙文集》（第五卷），北京：商務印書館，1999 年 9 月，頁 1～2。

4. 何琳儀、程燕：〈釋尼——兼釋齊家村 H90 西周甲骨〉《2004 年安陽殷商文明國際學術研討會論文集》，北京：社會科學文獻出版社，2004 年，頁 69～73。

5. 吳哲夫：〈《宛委別藏》簡介〉，收於王秋桂、王國良主編：《中國圖書・文獻學論集》，臺北：明文書局，1983 年 9 月初版，頁 527～553。

6. 李學勤：〈說郭店簡「道」字〉《簡帛研究（第三輯）》，南寧：廣西教育出版社，1998 年 12 月，頁 40～43。

7. 李家浩：〈楚墓竹簡中的「昆」字及從「昆」的字〉《著名中年語言學家自選集・李家浩卷》，合肥：安徽教育出版社，2002 年 12 月，頁 306～317。

8. 李零：〈出土發現與古書年代的再認識〉《李零自選集》，桂林：廣西師範大學出版社，1998 年 2 月，頁 22～57。

9. 沈寶春：〈段、桂注證《說文解字》古文引《汗簡》、《古文四聲韻》的考察〉《漢學研究之回顧與前瞻國際學術研討會論文集》，臺北：國立臺灣師範大學國文學系，頁 217～235。

10. 邢文：〈數字卦與《周易》形成的若干問題〉，收於鄭吉雄主編：《周易經傳文獻新

銓》，臺北：臺大出版中心，2010 年 1 月，頁 55～78。

11. 季旭昇：〈《召南·甘棠》「勿翦勿拜」古義新證〉《詩經古義新證》，臺北：藝文印
書館，1994 年 3 月初版，1995 年 3 月增訂版，頁 37～43。

12. 林澐：〈讀包山楚簡箚記七則〉《林澐學術文集》，北京：文物出版社，1999 年 5 月，
頁 19～21。

13. 孫常敘：〈智鼎銘文通釋〉《孫常敘古文字學論集》，長春：東北師範大學出版社，
1998 年 7 月，頁 163～261。

14. 許文獻：〈楚系從⊥之字再釋〉，收於許錟輝教授七秩祝壽論文集編輯委員會編：《許
錟輝教授七秩祝壽論文集》，臺北：萬卷樓圖書有限公司，2004 年 9 月，頁 219～
270。

15. 許學仁：〈《古文四聲韻》古文合證例釋稿（一）〉《第七屆中國文字學全國討會論
文》，香港：香港中文大學主辦，1997 年 10 月 15～17 日，頁 1～26。

16. 許學仁：〈《古文四聲韻》古文合證稿（二）〉《第三屆國際中國古文字學研學術研
討會論文集》，臺北：私立東吳大學中國文學系所主編，1996 年 4 月，頁 197～236。

17. 陳偉武：〈試論晚清學者對傳抄古文的研究〉《第二屆國際清代學術研討會論文
集》，高雄：國立中山大學中文系，1999 年，頁 857～881。

18. 陳劍：〈據戰國竹簡文字校讀古書兩則〉，《第四屆國際中國古文字學研討會論文
集》，香港：香港中文大學中國語言及文學系，2003 年 10 月，頁 371～381。

19. 陳劍：〈釋造〉，收於復旦大學出土文獻與古文字研究中心編：《出土文獻與古文字
研究·第一輯》，北京：復旦大學出版社，2006 年 12 月，頁 55～100。曾憲通：〈論
《汗簡》古文之是非得失──讀《汗簡注釋》有感〉《曾憲通學術文集》，汕頭：
汕頭大學出版社，2002 年 7 月，頁 429～434。

20. 曾憲通：〈論齊國「遷嵒」及其相關問題〉，收於廣東黃炎文化研究會等編：《容庚
先生百年誕辰紀念文集》，廣州：廣東人民出版社，1998 年 4 月，頁 619～636。

21. 馮時：〈商代麥作考〉，收於馮時、丁原植：《古文字與古史新論》，臺北：臺灣古
籍出版社，2007 年 8 月，頁 187～202。

22. 楊樹達：〈敔殷三跋〉《積微居金文說》（考古學專刊甲種第一號），北京：中國科學
院出版，1952 年 9 月，頁 76。

23. 裘錫圭：〈說以〉《古文字論集》，北京：中華書局，1992 年 8 月，頁 106～110。

24. 裘錫圭：〈釋喦、嚴〉《古文字論集》，北京：中華書局，1992 年，頁 99～104。

25. 裘錫圭：〈甲骨文中的見與視〉，收於國立臺灣師範大學國文學系編：《甲骨文發現
一百周年學術研討會論文集》，臺北：文史哲出版有限公司，1998 年 5 月 10 日～
12 日，頁 1～5。

26. 裘錫圭：〈釋「尌」〉，收於龍宇純先生七秩晉五壽慶論文集編輯委員會：《龍宇純
先生七秩晉五壽慶論文集》，臺北：臺灣學生書局，2002 年 11 月，頁 189～194。

27. 趙平安：〈戰國文字中的鹽字及其相關研究〉《考古》，2004 第 8 期，頁 56～61。

28. 劉信芳：〈從⊥之字匯釋〉，收於廣東黃炎文化紀念會、紀念容庚先生百年誕辰暨

中國古文字學術研討會合編：《容庚先生百年誕辰紀念文集》，廣州：廣東人民出版社，1998 年 4 月，頁 607～618。

四、期刊論文（依作者姓氏筆畫爲序）

1. 丁延峰：〈《汲古閣珍藏秘本書目》的著錄體例及其價值述論〉《圖書館理論與實踐》，2009 年 06 期，頁 46～50。

2. 丁治民、汪亮娟：〈《集篆古文韻海》校補舉例〉《溫州大學學報（社會科學版）》，2013 年 1 月第 26 卷第 1 期，頁 64～70。

3. 于省吾：《碧落碑跋》《考古社刊》第五期，上海：上海書店印行，1936 年 12 月，頁 58。

4. 于省吾：〈釋人、屍、仁、尼、夷〉《大公報・文史週刊》（天津）14 期，1947 年 1 月 15 日。

5. 史傑鵬：〈包山楚簡研究四則〉《湖北民族學院學報》，2005 年第 3 期，頁 62～65。

6. 白於藍：〈《郭店楚墓竹簡》釋文正誤一例〉《吉林大學社會科學學報》，1999 年第 2 期，頁 90～92。

7. 何琳儀：〈戰國文字與傳抄古文〉《古文字研究（第十五輯）》，北京：中華書局，1986 年 6 月，頁 101～134。

8. 何琳儀：〈郭店簡古文二考〉《古籍整理研究學刊》，2002 年 9 月第 5 期，頁 1～3+6。

9. 吳振武：〈試釋西周𤨏簋銘文中的「馨」字〉《文物》，2006 年第 11 期，頁 61～62。

10. 吳振武：〈戰國𩫖（廩）字考察〉《考古與文物》，1984 年第 4 期，頁 80～87。

11. 呂朋林：〈《汗簡》音切考校（上）〉《古籍整理研究學刊》，1998 年第一期，頁 15～19。

12. 呂朋林：〈《汗簡》音切考校（下）〉《古籍整理研究學刊》，1998 年第二期，頁 45～49。

13. 李天虹：〈楚簡文字形體混同、混訛舉例〉《江漢考古》，2005 年 3 期，頁 83～87。

14. 李守奎：〈古文字字編類著作的回顧與展望〉《吉林大學社會科學學報》，2008 年 1 月第 48 卷第 1 期，頁 123～129。

15. 李守奎：〈關於古文字編體例的一些思考〉《華夏文化論壇》，2006 年 00 期，頁 116～121。

16. 李綉玲：〈夏竦《古文四聲韻》之構形現象舉隅探析〉《國立虎尾科技大學學報》，2009 年 6 月第二十八卷第二期，頁 111～134。

17. 李運富：〈漢字形體的演變與整理規範〉《語文建設》，1997 年 03 期，頁 21～24。

18. 李學勤：〈戰國題銘概述〉（上）《文物》，1959 年 07 期，頁 50～54

19. 李學勤：〈戰國題銘概述〉（下）《文物》，1959 年 09 期，頁 58～61。

20. 李學勤：〈戰國題銘概述〉（中）《文物》，1959 年 08 期，頁 60～63。

21. 李零：〈關於𤫩、碫兩字的再認識〉，《書品》2011 年第 6 期，頁 32～35。

22. 李春桃〈淺談傳抄古文資料對古漢語研究的重要性〉《古漢語研究》，2012 年 03 期，頁 61～66。

23. 周祖謨：〈《新集古文四聲韻》與《集古文韻》辨異〉《古籍整理研究學刊》，1999 年第 1 期，頁 7～9。

24. 季旭昇：〈說釐〉《中國文字（新 36 期）》，臺北：藝文印書館，2011 年 1 月，頁 1～16。

25. 徐中舒：〈怎樣考釋古文字〉《出土文獻研究（第一輯）》，北京：文物出版社，1985 年 6 月，頁 213～218。

26. 徐中舒：〈怎樣研究中國古代文字〉《古文字研究（第十五輯）》，北京：中華書局，1978 年 11 月，頁 1～7。

27. 徐在國：〈談隸定古文中的義近誤置字〉《古籍整理研究學刊》，1998 年第六期，頁 25～26。

28. 徐剛：〈衛宏《古文官書考述》〉《中國典籍與文化》，2004 年第四期，頁 78～84。

29. 袁本良：〈鄭珍《汗簡箋正》論略〉《貴州文史叢刊》，2001 年第 3 期，頁 36～40。

30. 馬國權：〈金文字典述評〉《中國文史論叢》，1980 年第 4 輯，頁 27～46。

31. 曹建國、張玖青：〈李商隱《字略》真偽考辨〉《文學遺產》，2004 年第三期，頁 54～60。

32. 郭子直：〈記元刻古文《老子》碑兼評《集篆古文韻海》〉《古文字研究（第廿一輯）》，北京：中華書局，2001 年 10 月，頁 349～360。

33. 陳奇：〈鄭珍對古文的研究〉《貴州文史叢刊》，1987 年第二期，頁 115～121。

34. 陳煒湛：〈碧落碑研究〉《故宮博物院院刊》，2002 年 02 期，頁 27～33

35. 陳榮軍：〈《汗簡》研究綜述〉《鹽城工學院學報》，2004 年第四期，頁 44～47。

36. 陳邦懷：〈戰國《行氣玉銘》考釋〉《古文字研究（第七輯）》，北京：中華書局，1982 年 6 月，頁 187～193。

37. 曾憲通：〈三體石經古文與說文古文合證〉，《古文字研究（第七輯）》，北京：中華書局，1982 年 6 月，頁 273～288。

38. 曾憲通：〈說繇〉，《古文字研究（第十輯）》，北京：中華書局，1983 年 7 月，頁 23～36。

39. 湯餘惠：〈略論戰國文字形體研究中的幾個問題〉《古文字研究（第十五輯）》，北京：中華書局，1986 年 6 月第一版），頁 9～100。

40. 舒大剛：〈論日本傳《古文孝經》決非「隋唐之際」由我國傳入〉《四川大學學報》，2002 年第二期，頁 110～117。

41. 黃錫全：〈《汗簡》、《古文四聲韻》中之《義雲章》「古文」的研究〉《古文字研究（第廿輯）》，北京：中華書局，2000 年 3 月，頁 465～487。

42. 黃錫全：〈《汗簡》、《古文四聲韻》中之石經、《說文》「古文」的研究〉《古文字研究（第十九輯）》，北京：中華書局，1992 年 8 月，頁 433～463。

43. 黃錫全：〈利用《汗簡》來考釋古文字〉《古文字研究（第十五輯）》，北京：中華

書局，1986 年 6 月，頁 135～151。

44. 裘錫圭：〈史牆盤銘解釋〉《文物》，1978 年第 3 期，頁 25～32。

45. 裘錫圭：〈殷墟文字考釋七篇〉《湖北大學學報》，1990 年第 1 期，頁 52～53

46. 劉雨、張亞初：〈商周族氏銘文考釋舉例——摘自《商周青銅器族氏銘文的資料和初步研究》〉，《古文字研究（第七輯)》，北京：中華書局，1982 年 6 月，頁 31～41。

47. 劉樂賢：〈《說文》「法」字古文補釋〉，《古文字研究（第廿四輯)》，北京：中華書局，2002 年)，頁 464～467。

48. 劉釗：〈談史密簋銘文中的「眉」字〉《考古》，1995 年第 05 期，頁 434～435。

49. 潘天禎：〈《秘本書目》收錄書的歸屬問題〉，《圖書館雜誌》，1986 年第 1、2 期，頁數 39～42＋46：57～60。

50. 蔣德平：〈從楚簡新出字看《集韻》增收的或體〉《商業文化・教科縱橫》，2007 年 5 月，頁 141～142＋110。

51. 龍宇純：〈甲骨文金文𡙭字及其相關問題〉，《中央研究院歷史語言研究所集刊（第 34 本下冊)》，臺北：臺灣商務印書館，1963 年 12 月，頁 405～433。

52. 魏啓鵬：〈楚簡〈老子〉柬釋〉，《道家文化研究（第十七輯)》，香港：三聯書店，1999 年 8 月)，頁 208～259。

53. 寶雞市考古研究所、扶風縣博物館：〈陝西扶風五郡西村西周青銅器窖藏發掘簡報〉《文物》，2007 年 08 期，頁 4～27。

54. 顧新民：〈夏竦與《古文四聲韻》〉《南方文物》，1987 年第一期，頁 89～90。

五、網站論文（依作者姓氏筆畫爲序）

1. 凡國棟：〈《用曰》篇中的「寧」字〉，武漢大學簡帛研究中心，
網址：http://www.bsm.org.cn/show_article.php?id=609

2. 戶內俊介：〈上博楚簡《姑成家父》第 9 簡「𢏚（回）」字考釋〉，復旦大學古文字研究中心，網址：http://www.gwz.fudan.edu.cn/SrcShow.asp?Src_ID=1319

3. 王丹：〈《汗簡》、《古文四聲韻》研究綜述〉，復旦大學古文字研究中心，2009 年 4 月 25 日首發。網址：http://www.guwenzi.com/SrcShow.asp?Src_ID=767

4. 王丹：〈《汗簡》、《古文四聲韻》傳抄古文試析〉，復旦大學古文字研究中心，2009 年 4 月 28 日首發。網址：http://www.guwenzi.com/SrcShow.asp?Src_ID=773

5. 白於藍：〈釋「妻」〉，復旦大學古文字研究中心，
網址：http://www.gwz.fudan.edu.cn/SrcShow.asp?Src_ID=1123

6. 何有祖《讀〈上博六〉箚記》，武漢大學簡帛研究中心，
網址：http://www.bsm.org.cn/show_article.php?id=596

7. 孟蓬生：〈「法」字古文音釋——談魚通轉例說之五〉，復旦大學古文字研究中心，
網址：http://www.gwz.fudan.edu.cn/SrcShow.asp?Src_ID=1642

8. 季旭昇：〈說覃鹽〉，復旦大學出土文獻與古文字研究中心，
   網址：http://www.gwz.fudan.edu.cn/SrcShow.asp?Src_ID=732

9. 林清源：〈釋「葛」及其相關諸字〉，復旦大學古文字研究中心，
   網址：http://www.gwz.fudan.edu.cn/SrcShow.asp?Src_ID=563

10. 張崇禮：〈釋「瘟氣」〉，復旦大學古文字研究中心，
    網址：http://www.gwz.fudan.edu.cn/SrcShow.asp?Src_ID=664

11. 清華大學出土文獻讀書會：〈《清華大學藏戰國竹簡》（貳）研讀箚記（二）〉，復旦
    大學古文字研究中心，
    網址：1http://www.gwz.fudan.edu.cn/SrcShow.asp?Src_ID=1743。

12. 陳劍：〈甲骨金文舊釋「䵼」之字及相關諸字新釋（上中下）〉，復旦大學古文字研
    究中心，網址：
    http://www.gwz.fudan.edu.cn/SrcShow.asp?Src_ID=280（上）
    http://www.gwz.fudan.edu.cn/srcshow.asp?src_id=281（中）
    http://www.gwz.fudan.edu.cn/srcshow.asp?src_id=282（下）

13. 陳偉：〈《讀上博六》條記〉，武漢大學簡帛研究中心，
    網址：http://www.bsm.org.cn/show_article.php?id=597

14. 程少軒：〈試說「蒿」字及相關問題〉，復旦大學古文字研究中心，
    網址：http://www.gwz.fudan.edu.cn/SrcShow.asp?Src_ID=380。

15. 單育辰：〈釋餤〉，復旦大學古文字研究中心，網址：
    http://www.gwz.fudan.edu.cn/SrcShow.asp?Src_ID=2004

16. 蘇建洲：〈楚文字訛混現象舉例〉，武漢大學簡帛研究中心，
    網址：http://www.jianbo.org/admin3/2010/xuedeng014/sujianzhou.htm

17. 蘇建洲：〈讀《上讀（六）‧用曰》筆記五則〉，武漢大學簡帛研究中心，
    網址：http://www.bsm.org.cn/show_article.php?id=644

六、學位論文（依發表先後為序）

1. 林素清：《戰國文字研究》，臺北：國立臺灣大學中國文學研究所博士論文，73 學
   年度。

2. 許學仁：《戰國文字分域與斷代研究》，臺北：國立臺灣師範大學國文研究所博士
   論文，75 學年度。

3. 劉端翼：《汗簡與汗簡箋正研究》，臺北：中國文化大學中國文學所碩士論文，80
   學年度。

4. 林清源：《楚國文字構形演變研究》，臺中：私立東海大學中國文學研究所博士論
   文，85 學年度。

5. 林美娟：《說文解字古文研究》，南投：國立暨南大學中國文學所碩士論文，88 學
   年度。

6. 陳立：《戰國文字構形研究》，臺北：國立臺灣大學國文研究所博士論文，92 學年

度。

7. 李綉玲：《《古文四聲韻》古文探賾》，嘉義：國立中正大學中國文學所博士論文，97 學年度。

8. 楊慧眞：《《汗簡》異部重文的再校訂》，北京：北京語言文化大學漢語言文字學碩士論文，2002 年。

9. 國一妹：《《古文四聲韻》異體字處理訛誤的考析》，北京：北京語言文化大學漢語言文字學碩士論文，2002 年。

10. 江梅：《碧落碑研究》，長春：東北師範大學漢語言文字學碩士論文，2004 年。

11. 李春桃：《傳抄古文字綜合研究》，長春：吉林大學歷史文獻學博士論文，2012 年。